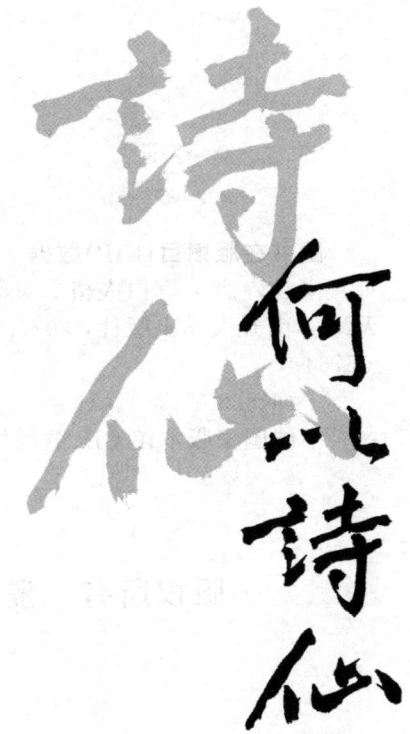

李白人格形象研究

崔际银 著

南开大学出版社
天津

图书在版编目(CIP)数据

何以诗仙：李白人格形象研究 / 崔际银著.
天津：南开大学出版社，2025.9. -- ISBN 978-7-310-06764-0

I. K825.6
中国国家版本馆CIP数据核字第2025FA1717号

版权所有　侵权必究

何以诗仙：李白人格形象研究
HEYI SHIXIAN：LIBAI RENGE XINGXIANG YANJIU

南开大学出版社出版发行
出版人：王　康
地址：天津市南开区卫津路94号　邮政编码：300071
营销部电话：(022)23508339　营销部传真：(022)23508542
https://nkup.nankai.edu.cn

河北文曲印刷有限公司印刷　全国各地新华书店经销
2025年9月第1版　2025年9月第1次印刷
240×170毫米　16开本　15.75印张　2插页　248千字
定价：78.00元

如遇图书印装质量问题，请与本社营销部联系调换，电话：(022)23508339

四川省哲学社会科学重点研究基地
四川省教育厅人文社会科学重点研究基地
李白文化研究中心：重大委托项目
研 究 成 果

天津财经大学珠江学院
语言文学与文化科研创新团队项目基金
资 助 出 版

目 录

引言：李白人格形成的前提条件 /1
 （一）个人品性 /1
 （二）家庭影响 /2
 （三）生活环境 /4

上篇　李白人格形象的多向展现 /9

一、彰显主体意识：李白诗歌中的自我称谓 /11
 （一）李白诗中有关"我"的称谓用语 /11
 （二）李白诗中"我"发挥的主要作用 /14
 （三）李白着意写"我"的主客观机缘 /18

二、标识身份品格：李白的"别称" /21
 （一）李白"别称"的基本状况 /21
 （二）李白"别称"的作用价值 /30

三、确立人生志愿：李白的"功成身退" /40
 （一）"功成身退"理念的确立 /40
 （二）追求"功成"的具体举措 /43
 （三）未能"身退"的自我因素 /45
 （四）李白"功成身退"定位之评价 /47

四、理念统领创作：李白诗歌创作的思理格范 /49
 （一）李白诗学思想的主要指向 /49
 （二）李白诗学思想的基本特征 /54
 （三）李白诗学思想的切实功用 /59

五、载体烘托性情：酒和月与李白人格形象塑造之关联　/64
　　（一）酒与李白性格　/64
　　（二）月与李白形象　/67
　　（三）酒、月与李白人格的融合　/69

中篇：李白人格形象的传播状况　/73

一、诗歌名篇：认知李白的重要载体　/75
　　（一）李白诗歌名篇的界定依据　/75
　　（二）李白诗歌名篇的主要标识　/77
　　（三）李白诗歌名篇的传播状况　/80

二、正史记录：两《唐书·李白传》本事考索　/87
　　（一）《李白传》所录本事　/87
　　（二）李白本事的来源　/89
　　（三）李白本事的"真实性"考察　/92

三、全相形容：唐代小说中的李白故事　/95
　　（一）李白故事之概况　/95
　　（二）李白故事形成因缘　/100
　　（三）李白故事衍生的功效　/103

四、个案分析："力士脱靴"故事的传播与接受　/108
　　（一）"力士脱靴"故事的文献载录　/108
　　（二）"力士脱靴"故事的历时传播　/110
　　（三）"力士脱靴"故事的阐释接受　/112

五、"仙""圣"对比："李杜优劣"论争平议　/116
　　（一）"李杜优劣"论争的主要观点　/116
　　（二）"李杜优劣"论争的形成根由　/121
　　（三）"李杜优劣"论争之臆见　/125

六、名家观点：陆游评述李白试绎　/132
　　（一）评述李白的前提条件　/132

（二）评述李白的基本特征　/136
　　（三）评述李白的作用意义　/140

下篇：李白人格形象的价值评析　/145

一、奇异与庸常：李白具备的多面人格形象特征　/147
　　（一）多面的李白形象　/147
　　（二）李白其人"奇异化"过程　/149
　　（三）李白人格形象的评定　/151

二、持道而不苟：李白与王维关系疏离缘由探赜　/154
　　（一）自身秉赋不同　/154
　　（二）生活环境不同　/155
　　（三）思想意识不同　/157
　　（四）人生定位不同　/158
　　（五）创作风格不同　/159

三、承接及递变：李白在传统文化流程中的作用　/161
　　（一）李白对传统文化的接受　/161
　　（二）李白在现实文化环境中的际遇　/163
　　（三）后世之于李白的文化审视　/164

四、形上兼形下：李白产生的主要效应　/169
　　（一）文学效应　/169
　　（二）人格效应　/181
　　（三）实用效应　/188

五、考量并推究：李白形象光耀千古探原　/198
　　（一）思想意识契合文化传统　/198
　　（二）人格魅力举世无与伦比　/203
　　（三）名篇佳作助益励志扬名　/211

结语：李白人格精神的现代启示　/220
　　（一）树立信念　追求理想　/220

（二）关心社会　批判现实　/221

（三）积极进取　挫而不折　/223

（四）保持个性　展示自我　/224

（五）热爱自然　和谐共处　/225

主要参考书目 /227

后　记 /240

引言：李白人格形成的前提条件

人格（亦称个性或性格），是由人的性情、气质、能力等特征共同构成的。它既存储于内在心理（志趣爱好），又展示为自我形貌（神态气质），还表现在待人处世的行动上，是内心、外貌与言行的统一体。人格具有整体性与稳定性的特征，并且需要向公众展示、接受社会的认定（评价），因而又具有社会性。每个人的人格都是独一无二的，形成的原因也各不相同，尤其是人格卓异、形象特立、社会影响巨大的人士，更是如此。唐代最为著名的诗人李白，其独特人格众所周知，形成原因亦值得探讨。

（一）个人品性

每个人的品格性情，与其先天秉赋密切相关，天赋是人格形成的基础。"性受于所生之气，习成于幼弱之时。"[①]李白具有独特的先天秉赋资质，少年时代就明显与众不同。成年之后，其卓异才情更是被人们交口称赞。文人的才情，主要表现为知识丰富及创作能力的展示。李白与杜甫齐名，但二人不同处在于："太白以天资胜，下笔敏速，时有神来之句，而粗劣浅率处亦在此。少陵以学力胜，下笔精详，无非情挚之词，晦翁称其诗圣亦在此。学少陵不成者，不失为伯主之谨饬；学太白不成者，不免为季良之画虎。"[②]可见，李白拥有与生俱来的"天资"，后人难以学习；杜甫得益于刻苦攻读而获的"学力"，效仿相对容易得多。

与"天才"秉赋相应者，是李白的傲骨："唐人言：李白不能屈身，以腰间有傲骨。"[③]有论者曾将李白的"傲骨"与某些士大夫的"傲骨"进行对比："尝闻唐李太白腰间有傲骨，不能屈折，盖恃其才尔。竟以《清

[①]〔清〕王夫之《读通鉴论》第 23 页，中华书局，1975 年。
[②]〔清〕黄子云《野鸿诗的》：《李白资料汇编》（金元明清之部）第 822 页，中华书局，1994 年。
[③]〔宋〕戴埴《鼠璞》：《李白资料汇编》（唐宋之部）第 560 页，中华书局，2007 年。

平调》词为杨太真所忌，终身不偶，遂陷永王之祸，卒至采石之死。今有一等士大夫，姓名未高，职位未显，则谦和恭谨；及渐向上，傲骨便长与昔迥。别居闲时与居官时如两人焉。若能以道眼看破，则此等俱非远大之器。若始终不改节者，他日必为名人矣。"①可见，因身居官职而生成的"傲"，与李白始终如一的"傲"，是无法相提并论的。

李白性格直率、感情外露，是公认的纯真之人。这样的品性，对其情感抒发与诗歌创作，具有决定作用："诗文字画，大抵从胸臆中出，子美笃于忠义，深于经术，故其诗雄而正。李太白喜任侠，故其诗豪而逸。"②"诗不可以学为也。诗本情性，有性此有情，有情此有诗也。上而言之，《雅》诗情纯，《风》诗情杂；下而言之，屈诗情骚，陶诗情靖，李诗情逸，杜诗情厚：诗之状未有不依情而出也。"③"太白天才放逸，故其诗自为一体。……诗原于德性，发于才情；心声不同，有如其面。故法度可学而神志不可学，是以太白自有太白之诗，子美自有子美之诗，昌黎自有昌黎之诗。……皆各自有体，不可强而同也。"④这种特征，在李白的各类诗作中都有体现。他对建功立业的执着、对山水胜景的追寻、对美酒的酷爱、对轻柔月色的依恋等，很大程度上是自我性情的描述表白。

（二）家庭影响

家庭出身对人格的形成影响甚巨。有关李白家庭的相关情况，迄今尚无公认的确论。李白自己在《与韩荆州书》中说："白，陇西布衣。"在《上安州裴长史书》中说："白，本家金陵，世为右姓，遭沮渠蒙逊难，奔流咸秦，因官寓家。"⑤范传正的《唐左拾遗翰林学士李公新墓碑》（并序）也说："隋末多难，一房被窜于碎叶，流离散落，隐易姓名，故自国朝（唐）已来，漏于属籍。神龙初，潜还广汉，因侨为郡人。父客以逋邑，遂以客为名。高卧云林，不求禄仕。"⑥通过这些记述可知，至晚自其祖、父辈之时，李白的家庭已是"布衣"阶层，而且历经艰辛，迁徙

---

① 〔宋〕顾文荐《负暄杂录》：《李白资料汇编》（唐宋之部）第735页，中华书局，2007年。
② 〔宋〕张戒《岁寒堂诗话》（卷上）：《历代诗话续编》第458页，中华书局，1983年。
③ 〔元〕杨维桢《杨维桢诗话》：《辽金元诗话全编》第2378页，凤凰出版社，2006年。
④ 〔元〕傅若金《傅与砺诗文集》（卷5）：《李白资料汇编》（金元明清之部）第101页，中华书局，1994年。
⑤ 两"书"请见：《李白全集编年笺注》第1775页、1761页，中华书局，2015年。
⑥ 詹锳《李白全集校注汇释集评》第10页，百花文艺出版社，1996年。

侨居于蜀地。有关李白的父亲李客，几乎没有更多质实的资料记载，但是认为他是经商之人的观点，大致为古今研究者所公认。李客身为商人，需要应对各种人物事件，对世事人情的体认较为宽容通达。他那种"高卧云林，不求禄仕"的人生取向，对李白应当是有影响的。宋人沈作喆曾经列举李白的忆旧话语，批评李白父亲对其施教不正："李太白云：'予小时，大人令诵《子虚赋》，私心慕之。及长，南游云梦，览七泽之壮观，酒隐安陆者十余年。'夫人之教其子，必先之以诗礼，所以防闲其邪心，使之可以言，可以立，动遵于法训，乃可责以成人之事耳。白方幼稚，而其父首诲以靡丽放旷之词，然则白之狂逸不羁，盖亦过庭之所致也。"①其实，父亲让年幼的李白诵读《子虚赋》之类的文学作品，正是不拘泥于诵经通史的正统教育，显示出宽松通达的教育观念。

李白青年时期经三峡出蜀，开始大半生的漂泊生涯，其间先后与四位女子共同生活。他"始娶于许，生一女一男，曰明月奴，女既嫁而卒。又合于刘。刘诀，次合于鲁一妇人，生子曰颇黎，终娶于宋"②。据考证，李白出蜀至安陆所娶的许氏（宰相许圉师孙女）、后来长期滞留河南梁地时所娶宗氏（宰相宗楚客孙女），是正式的妻子；而在安陆期间与之关系密切的刘氏，以及移居东鲁共同生活的"鲁一妇人"，属于情妇或妾室。③许氏、宗氏两位夫人，皆出自勋贵之家且颇具才华："太白妇好道，博学强记。太白一日赋诗成，末云：'不信妾肠断，归来看取明镜前。'妇曰：君不闻武后诗乎？'不信比来尝下泪，开箱验取石榴裙。'将无类乎？又一日，作《日出入行》，大爱'草不谢荣于春风，木不怨落于秋天'之句。妇轻讽曰：'暄然而春，荣华者不谢；凄然而秋，凋零者不憾。'非刘勰之言乎？太白深异之，然终不复改窜。"④此处"不信妾肠断"出自《长相思》诗，作于开元十七年（729），时年29岁的李白，与许氏夫人一起生活。而《日出入行》则作于天宝六载（747），李白此时47岁，妻子是宗氏夫人⑤。李白与许、宗二位夫人情意敦厚，南宋刘克庄曾经列举《代

---

① 〔宋〕沈作喆《寓简》（卷4）：《宋诗话全编》第5697页，凤凰出版社，1998年。
② 〔唐〕魏颢《李翰林集序》：《李白全集校注汇释集评》第4页，百花文艺出版社，1996年。
③ 〔日〕冈村繁、张寅彭《李白妻妾考》：《阴山学刊》，2002年5期。
④ 〔明〕王圻《稗史汇编》（卷47）《太白妇强记》：《李白资料汇编》（金元明清之部）第324页，中华书局，1994年。
⑤ 此二诗的创作年限，见《李白全集编年笺注》第104页、793页，中华书局，2015年。

内》《在浔阳非所寄内》《赠内》等作品的相关诗句为例，得出的结论是："世称太白名姬骏马，若放荡者，然于伦纪尤厚。别篇云'姜家三作相'，为许氏；《浔阳寄内》，则为宗氏作矣。终始笃于伉俪如此。"①金元之际的李治也曾评价此类"寄内"诗："《代内》云：'安得秦吉了，为人道寸心。'《寄内》云：'北雁春归看欲尽，南来不得豫章书。'……此皆以禽鸟寄书见意，其原出于苏子卿上林雁及汉武帝故事。盖以为相思契阔无由寄声，而行空度远莫若飞鸟之疾，愿托劲翮，犹或可以致我万一之心焉。是故诗人性情言叹不足之余旨也。"②李白于《留别宗十六》道出"我非东床人，令姊忝齐眉"之语，在自谦之余，重在说明宗夫人对自己极为关爱。

自幼父辈营造宽松的家庭及教育氛围，成年之后夫妻间的亲密关系，这对李白的性情具有奠基与加持作用。

（三）生活环境

社会生活环境对性情具有制约作用。人的生活环境，包括自然地域和社会环境。

李白出生的蜀地，"自盘古划天地，天地之气，艮于西南。剑门上断，横江下绝，岷、峨之曲，别为锦川。蜀之人无闻则已，闻则杰出。是生相如、君平、王褒、扬雄，降有陈子昂、李白，皆五百年矣。白本陇西，乃放形，因家于绵。身既生蜀，则江山英秀"③。蜀地周边被高原大山环绕，其中的四川盆地由平原、丘陵及山间谷地组成，气候适宜、土地肥沃，为农业发展提供了坚实的基础。当地"土植五谷，牲具六畜。桑、蚕、麻、海鱼、盐、铜、铁、丹漆、茶、蜜、灵龟、巨犀、山鸡、白雉、黄润、鲜粉，皆纳贡之。其果实之珍者：树有荔芰，蔓有辛蒟，园有芳蒻、香茗、给客橙、葵。其药物之异者有巴戟、天椒；竹木之瑰者有桃支、灵寿。……沃野千里，号为'陆海'。旱则引水浸润，雨则杜塞水门，故记曰：水旱从人，不知饥馑，时无荒年，天下谓之'天府'也"④。"天

---

① 〔宋〕刘克庄《刘克庄诗话》：《宋诗话全编》第8477页，凤凰出版社，1998年。
② 〔金〕李治《敬斋古今注·拾遗》：《李白资料汇编》（金元明清之部）第13页，中华书局，1994年。
③ 〔唐〕魏颢《李翰林集序》：《李白全集校注汇释集评》第3页，百花文艺出版社，1996年。
④ 〔晋〕常璩《华阳国志》（卷1）《巴志》、（卷3）《蜀志》：《文渊阁四库全书》第463册第135、156页，上海古籍出版社，1987年。

府之国"的美誉，主要是针对巴蜀物产丰富、人们物质生活得到切实保障而发出的感言。居住在这里，通常无须竭尽全力辛勤劳作，便可获得日常生活所需。物质生活有保障，人们的心态就会放松而平和。良好的自然环境与物质条件，必然对社会文化的发展具有推动作用。巴蜀虽然远离中原地区，但其社会文化的整体水平并不落后。同时，得益于"天高皇帝远"的地域距离形成的思想统治弱化，巴蜀地区人们的思想观念更加开放活跃。儒家学说自汉代始，虽然占据着统治地位，但巴蜀地区佛教及道教思想的影响力亦不遑多让。以峨眉山、青城山为代表的佛教、道教名山，佛寺道观密布其间，成年累月香火不断。汉代司马相如、唐代陈子昂及李白、宋代苏轼等文学大家，不仅以其创作成就名扬文坛，更由于司马相如迎娶卓文君、陈子昂在京城千金购琴摔琴、李白"斗酒诗百篇"（杜甫《饮中八仙歌》）、苏轼"一蓑烟雨任平生"（苏轼《定风波》）的脱俗举措及超凡豪情，赢得人们广泛而真切的赞赏。他们的文学成就与洒脱浪漫的品性情怀，很大程度上得益于巴蜀大地社会氛围的滋养。李白二十余岁离别故乡未曾返回，但他诗作中多次表达怀乡之情："仍怜故乡水，万里送行舟"（《渡荆门送别》）、"尔去之罗浮，我还憩峨眉"（《江西送友人之罗浮》）、"国门遥天外，乡路远山隔。朝忆相如台，夜梦子云宅"（《淮南卧病寄蜀中赵徵君蕤》）、"蜀国曾闻子规啼，宣城还见杜鹃花。一叫一回一肠断，三春三月忆三巴"（《宣城见杜鹃花》寓居宣州怀念西蜀故乡之作）。透过这些作品，足见故乡对他的影响之深。

李白的一生，主要生活在"安史之乱"爆发前的"开（元）天（宝）盛世"，这也是大唐帝国最为繁荣昌盛的时期，主要表现在：一是政治清明与制度健全。经过唐太宗直至玄宗的不断努力，由隋文帝开创的"隋制"，在唐王朝认真选优汰劣、弥隙补缺之后，得到真正切实的推行。二是经济繁荣及百姓富足。李唐建国之初，采取了一系列恢复生产的政策措施，其中最重要的是"均田制"和"租庸调法"的推行。"均田"，使得无地或少地的农民获得了可耕的土地；"租庸调"，使农民在交纳"租"（粮食）"调"（绢和绵）的同时，可以用"庸"代役（每年丁男服徭役二十日，每天折合绢或布若干，称为"庸"，如未能服役，则交纳绢布代之）。拥有属于自己的耕地（永业田）、可以在农忙季节"以庸代役"，农民可以利用较多时间，更加专心地精耕细作。农业的恢复与发展，改善了人民的生活,促进了经济的繁荣、社会的富足与安定。从唐太宗"贞观之治"到玄宗的"开元之治",创造了唐朝的极盛时代。杜甫所作《忆昔》,记录了唐玄宗开元年间的社会景况:"忆昔开元全盛日,小邑犹藏万家室。稻米流脂粟米白,公私仓廪俱丰实。九州道路无豺虎,远行不劳吉日出。齐纨鲁缟车班班,男耕女桑不相失。宫中圣人奏云门,天下朋友皆胶漆。百余年间未灾变,叔孙礼乐萧何律。"① 这种"人口繁衍、物产充裕、社会安定、人尽其职、风气良好、礼乐完备"的描述,正是盛唐时期的真实写照。三是文禁松弛及思想解放。唐代之前,汉代独尊儒术、魏晋道家流行(玄学)、南北朝佛教兴盛。李唐开国之后,实行"三教并重"政策。与"三教并行"政策相适应,唐王朝对思想观念、意识形态方面的管控极为宽松。整个唐代,几乎没有因思想意识、文字表述而获罪的情况。如此良好的社会环境,造就了唐代独特的时代特征:不畏艰难、积极进取的乐观主义精神,勇于表现自我、张扬个性的英雄主义气质,充满诗意、志在远方的理想主义色彩。这种特征贯穿于整个唐代,更加典型地呈现在李白的诗歌之中。此类诗歌作品,既包含积极向上、无所畏惧的进取精神(雄壮之"气"),也展示了以现实为基础、洒脱自然的外在形态(浑厚之"象");既是大唐盛世时代精神面貌(盛唐气象)的反映,也是大唐精神放松、思想解放的结果。四是国势声威影响巨大。唐代疆域辽阔,盛期的统治区域东至朝鲜半岛,西至葱岭以外的中亚,南至越南顺化,北至贝加尔湖(小海)以北。高效的中央集权政治、组织严密的制度体系、结构完整的行政机构、战无不胜的军事力量,保障了庞大帝国的繁荣昌盛。在对外关系上,唐朝实行非常宽松的怀柔政策,多以册封、互市、和亲等方式交往。唐太宗自言:"自古皆贵中华,贱夷、狄,朕独爱之如一,故其种落皆依朕如父母。"② "我今为天下主,无问中国及四夷皆养活之。不安者我必令安,不乐者我必令乐。"③ 由此可以看出他与外邦交好的意愿,并且也尽力予以践行。大唐的强盛与开明的对外政策,极大地吸引域外国家民族的艳羡与效仿。

---

① 〔唐〕杜甫《忆昔二首》(之二):《杜诗详注》第1163页,中华书局,1970年。
② 〔宋〕司马光《资治通鉴》(卷198),第1332页,上海古籍出版社,1987年。
③ 〔宋〕王钦若《册府元龟》(卷170)《来远》:《文渊阁四库全书》第905册,第105页,台湾商务印书馆,1986年。

盛唐著名诗人王维曾用"九天阊阖开宫殿,万国衣冠拜冕旒"之句[①],赞颂唐明皇"开元"时期的强盛之况。如此优良的社会环境,为李白外向个性的定型与张扬,提供了最好的舞台。

统观李白的人生状况:其个人与生俱来的秉赋,预备了底色;家庭的背景,奠定了基础;外向的性格,产生了动力;侠道思想,增强了平等通达观念;嗜酒的积习,强化了胆气;社会政治开明,提供了舞台。正是这些因素,造就了个性独具的李白,亦是李白人格形成的前提条件。

---

① 〔唐〕王维《和贾舍人早朝大明宫之作》;《王维集校注》第488页,中华书局,1997年。

上篇

李白人格形象的多向展现 ▶▶▶

一、彰显主体意识：李白诗歌中的自我称谓

李白属于"主观之诗人"。在其诗歌作品中，大量而直接地记录其言行、描述其行为、表达其思想、塑造其形象等，均属这一特征的鲜明表现。同时，李白诗中通过多用第一人称的"我""吾"等语词自称（为求简明，可概言之曰"我"），进一步强化了其人为"主观诗人"、其诗为"主观诗歌"之特征，这也是彰显其自我主体意识的重要方式。

（一）李白诗中有关"我"的称谓用语

1. 自我称谓的主要语词

李白诗歌中用以指称自我的语词，大致有十种。在这些自称语词中，出现次数最多的是"我"字，共计380处左右，如"我思仙人，乃在碧海之东隅"（《有所思》）[1]、"桃李如旧识，倾花向我开"[《对酒二首》（其二）]、"春风复无情，吹我梦魂散"（《大堤曲》）、"我欲弯弓向天射，惜其中道失归路"（《独漉篇》）、"我见楼船壮心目，颇似龙骧下三蜀"（《司马将军歌》）、"感物动我心，缅然含归情"[《古风五十九首》（其二十二）]、"我纵言之将何补，皇穹窃恐不照余之忠诚"（《远别离》）、"我去黄牛峡，遥愁白帝猿"（《留别龚处士》）等[2]。

出现次数仅次于"我"字的是"吾"，约有90处，如"吾将囊括大块，浩然与溟涬同科"（《日出行》）、"吾观摩天飞，九万方未已"[《古风五十九首》（其三十三）]、"吾欲揽六龙，回车挂扶桑"（《短歌行》）、"五色粉图安足珍，真仙可以全吾身"（《当涂赵炎少府粉图山水歌》）、

---

[1]《全唐诗》（卷17）第172页，中华书局，1960年。为省篇幅，以下所引《全唐诗》诗句，仅列页码，不列卷次。

[2] 以上所引诗句，见《全唐诗》第208、275、286、421、1674、1680、1785页，中华书局，1960年。

"吾师醉后倚绳床，须臾扫尽数千张"（《草书歌行》）、"清秋何以慰，白酒盈吾杯"[《玉真公主别馆苦雨赠卫尉张卿二首》（其一）]、"独用天地心，浮云乃吾身"（《对雪奉饯任城六父秩满归京》）等①。

数量居于第三位的是"余"字，数量接近60处，如"古老向余言，言是上留田"（《上留田》）、"横江馆前津吏迎，向余东指海云生"[《横江词六首》（其五）]、"余亦去金马，藤萝同所欢"（《赠参寥子》）、"别后若见之，为余一攀翻"（《金陵白下亭留别》）、"余亦能高咏，斯人不可闻"（《夜泊牛渚怀古》）等②。

"予"字，在李诗中出现了16处，如"嗟予落魄江淮久，罕遇真僧说空有"（《僧伽歌》）、"君乃辎轩佐，予叨翰墨林"[《赠崔侍郎》（"郎"一作"御"）]、"且寄一书札，令予解愁颜"（《自梁园至敬亭山见会公谈陵阳山水兼期同游因有此赠》）、"暝投永华寺，宾散予独醉"（《流夜郎永华寺寄寻阳群官》）、"予若洞庭叶，随波送逐臣"（《送郄昂谪巴中》）等③。

出现次数较少者是"仆""侬"等字。"仆"字作为第一人称代词，出现在三首诗之中（《走笔赠独孤驸马》《经乱离后天恩流夜郎忆旧游书怀赠江夏韦太守良宰》《闻丹丘子于城北营石门幽居中有高凤遗迹仆离群远怀亦有栖遁之志因叙旧以寄之》）。"侬"字代指作者，在李白诗歌中出现了两次："人道横江好，侬道横江恶"[《横江词六首》（其一）]、"寄言向江水，汝意忆侬不（否）"[《秋浦歌十七首》（其一）]④。

除了第一人称代词之外，李白的姓名、别号，也出现在其诗歌之中。直呼"李白"者有2处：一写李白意欲终生与酒为伴之愿望，"舒州杓，力士铛，李白与尔同死生"；一写李白对友人的感激之情，"李白乘舟将欲行，忽闻岸上踏歌声"⑤。李白以其名"白"字自称，在其诗歌正文中未曾使用，但出现在《答湖州迦叶司马问白是何人》《白微时募县小吏入令卧内尝驱牛经堂下令妻怒将加诘责白亟以诗谢云》两首诗歌的标

---

① 以上所引诗句，见《全唐诗》第 210、1675、1705、1724、1729、1733、1792 页，中华书局，1960 年。
② 以上所引诗句，见《全唐诗》第 242、1720、1737、1784、1849 页，中华书局，1960 年。
③ 以上所引诗句，见《全唐诗》第 1721、1739、1761、1774、1808 页，中华书局，1960 年。
④ 以上两首诗，见《全唐诗》第 1720、1723 页，中华书局，1960 年。
⑤ 《襄阳歌》《赠汪伦》二诗，见《全唐诗》第 422、1765 页，中华书局，1960 年。

题之中,而且后一诗题中出现了两次。李白的别号"青莲居士""谪仙人"等,也出现在其诗作之中:"青莲居士谪仙人,酒肆藏名三十春。"(《答湖州迦叶司马问白是何人》)并且,他还在《对酒忆贺监二首》(其一)诗中,对"谪仙人"这一称呼的缘起作了说明:"四明有狂客,风流贺季真。长安一相见,呼我谪仙人。"① 可见,此称由贺知章提出,获得了李白的认同。另外,李白在其诗中还曾用"山人"等称呼自己,此处不再一一细述。

2. 自我称谓语词的使用方式

李白诗歌用于自我称呼语词的使用方式,大致可分为三种情况。

第一,作品中单独出现某一语词且只出现一次。这种情况在李白拥有第一人称语词的诗歌中,占的比例最大。在上文引述的例句中,大多属于此类,为避免烦琐不再列举。

第二,某一自我称谓语词多次出现在某一作品之中。例如"我":"主人有酒且莫斟,听我一曲悲来吟。悲来不吟还不笑,天下无人知我心。君有数斗酒,我有三尺琴。琴鸣酒乐两相得,一杯不啻千钧金。"再如"吾":"拂彼白石,弹吾素琴。幽涧愀兮流泉深,善手明徽高张清。……吾但写声发情于妙指,殊不知此曲之古今。幽涧泉,鸣深林。"② 这种在同一首诗作中多次重复使用自我称谓语的方法,具有增强主观情感、强化自我介入的作用。

第三,不同语词出现在同一作品之中。例如,"我"与"吾"合用:"我欲攀龙见明主,雷公砰訇震天鼓,帝旁投壶多玉女。三时大笑开电光,倏烁晦冥起风雨。阊阖九门不可通,以额叩关阍者怒。白日不照吾精诚,杞国无事忧天倾"③;"我"与"侬"合用:"寄言向江水,汝意忆侬不(否)。遥传一掬泪,为我达扬州"④;"我"与"予"合用:"黄鹤东南来,寄书写心曲。倚松开其缄,忆我肠断续。……对酒忽思我,长啸临清飙。寒予未相知,茫茫绿云垂。……忆君我远来,我欢方速至。

---

① 《答湖州迦叶司马问白是何人》、《对酒忆贺监二首》(其一)二诗,见《全唐诗》第 1813、1859 页,中华书局,1960 年。
② 《悲歌行》《幽涧泉》二诗,见《全唐诗》第 312、306 页,中华书局,1960 年。
③ 《梁甫吟》:《全唐诗》第 250 页,中华书局,1960 年。
④ 《秋浦歌十七首》(其一):《全唐诗》第 1723 页,中华书局,1960 年。

开颜酌美酒,乐极忽成醉。我情既不浅,君意方亦深"①;"予""余""我"之合用:"嗟予沉迷,猖獗已久。五十知非,古人尝有。立言补过,庶存不朽。……拾尘掇蜂,疑圣猜贤。哀哉悲夫,谁察予之贞坚。……天未丧文,其如余何。……子野善听,离娄至明。神靡遁响,鬼无逃形。不我遐弃,庶昭忠诚"②。这种不同第一人称语词同入一诗的情况,既强调了作者的主观介入,同时也使行文具有"变化"的特征。

(二)李白诗中"我"发挥的主要作用

1. 提供直接观照视角

在文学创作过程中,切入"视角"(其中包括运用"人称")是作者必须认真考虑的问题,因为"社会是由人构成的,而人的遭际是各不相同的。文学关心的永远是某个(或某些个)个人的生活,而并非某种(或某些种)社会生活。从某种到某个是哲学和社会学的方法;从某个到某种才是文学的方法。用后一方法看问题,则文学的对象是人生,各色各样的人生;每个人都是一个独立的主体,都有自己独特的思想感情和命运"③。李白的诗歌正是从"个人"(自己)生活出发,从"某个"(本人)的视角切入的。同时,采用第一人称、由内视角切入的方法,可以更加直观地描述事实、抒发情感,为受众提供直接的参照。

"我"(包括"吾""予"等)属于第一人称,此类语词在李白诗歌中大量运用,使我们对李白的认识更加直接。"待吾尽节报明主,然后相携卧白云""齐有倜傥生,鲁连特高妙。……意轻千金赠,顾向平原笑。吾亦澹荡人,拂衣可同调"④,明确提出自己的人生目标是"功成身退"、学习的榜样是鲁仲连;"燕昭延郭隗,遂筑黄金台。剧辛方赵至,邹衍复齐来。奈何青云士,弃我如尘埃""而我竟何辜,远身金殿傍。浮云蔽紫闼,白日难回光"⑤,意在通过自己受谗被弃的不幸遭遇,讽刺

---

① 《酬岑勋见寻就元丹丘对酒相待,以诗见招》:《全唐诗》第1815页,中华书局,1960年。
② 《雪谗诗赠友人》:《全唐诗》第1736页,中华书局,1960年。
③ 裴斐《裴斐文集》(第一卷)第65页,人民文学出版社,2013年。
④ 《驾去温泉后赠杨山人》、《古风五十九首》(其十):《全唐诗》第1736、1672页,中华书局,1960年。
⑤ 《古风五十九首》(其十五)、(其三十七):《全唐诗》第1673、1676页,中华书局,1960年。

奸佞当道、贤哲获谴的黑暗现实;"仙人浩歌望我来,应攀玉树长相待。尧舜之事不足惊,自余嚣嚣直可轻。巨鳌莫戴三山去,我欲蓬莱顶上行""邀我登云台,高揖卫叔卿。恍恍与之去,驾鸿凌紫冥""吾欲揽六龙,回车挂扶桑。北斗酌美酒,劝龙各一觞。富贵非所愿,与人驻颜光"①,反映出作者浓重的求仙学道、企盼长生不老之思想;"吾爱孟夫子,风流天下闻。……高山安可仰,徒此揖清芬"、"我来竟何事,高卧沙丘城。……思君若汶水,浩荡寄南征"②,展示了与友人的深厚友谊;"出门妻子强牵衣,问我西行几日归。归时倘佩黄金印,莫学苏秦不下机""娇女字平阳,折花倚桃边。折花不见我,泪下如流泉。小儿名伯禽,与姊亦齐肩。双行桃树下,抚背复谁怜。念此失次第,肝肠日忧煎"③,表现出与妻子儿女浓浓的挚爱亲情。

此外,李白诗歌还有不少以第一人称方式描述登临名胜、游览山水、参加宴饮等情景的作品。这些通过"我"亲身介入的表达,为读者提供了更加直接的视角,大大增强了作品所述内容的真实性。

2. 彰显本人性情

诗歌具有鲜明的"言志""抒情"之功能,这种"志"与"情",理应是作者本人真情实感的记录与表达。但是,不少诗歌作者,或站在道德高点上着意于爱国忧民(如杜甫),或运用委婉含蓄之方法抒情表意(如李商隐)。此类诗人诗作,自有其价值存在。不过,若以勇于展示自我品性而论,则无有与李白比肩者。概而言之,李白诗歌大量使用第一人称语词,鲜明地表现出其纯真、自信与进取的品格特征。

首先谈纯真之情。关于李白的纯情诗,人们极易想起《古朗月行》和《静夜思》中的诗句,这些诗句确实表现出李白的真纯情感。但是,以下加入第一人称称谓的诗句,所表现的情感更为确切真实。《把酒问月》所谓"青天有月来几时,我今停杯一问之。人攀明月不可得,月行却与人相随。皎如飞镜临丹阙,绿烟灭尽清辉发。……今人不见古时月,今月曾经照古人。古人今人若流水,共看明月皆如此。唯愿当歌对酒时,

---

① 《怀仙歌》、《古风五十九首》(其十九)、《短歌行》:《全唐诗》第1727、1673、1705页,中华书局,1960年。

② 《赠孟浩然》《沙丘城下寄杜甫》:《全唐诗》第1731、1768页,中华书局,1960年。

③ 《别内赴征三首》(其二)、《寄东鲁二稚子》:《全唐诗》第1883、1772页,中华书局,1960年。

月光长照金樽里"①，其既是宇宙意识的体现（探讨月之成因），又具有现实意义（探讨人与月之关系），同时也是李白纯真情感的具体表现。《山中与幽人对酌》所云"两人对酌山花开，一杯一杯复一杯。我醉欲眠卿且去，明朝有意抱琴来"②，描述了作者置身繁花盛开的山中与人豪饮、沉醉尽欢之真实情态。《送萧三十一之鲁中兼问稚子伯禽》之"我家寄在沙丘傍，三年不归空断肠。君行既识伯禽子，应驾小车骑白羊"③，表现出作者久未还家、想念娇儿之状，足见其父子之情深。而《宿五松山下荀媪家》中"我宿五松下，寂寥无所欢。田家秋作苦，邻女夜舂寒。跪进雕胡饭，月光明素盘。令人惭漂母，三谢不能餐"的讲述④，让人体会到李白发自内心同情百姓、自感羞惭之真情。

其次谈自信之心。李白的自信，是尽人皆知的。而其自信的表达，大多依靠有"我"的诗句承载与展示。他认为自己的命运可以交由自我把握，不可自暴自弃："卷舒固在我，何事空摧残。"⑤他自命先知先觉的智者（通达彻悟之人），深知物理与人性，实现了物我同一："茫茫大梦中，惟我独先觉。……彼我俱若丧，云山岂殊调。"⑥他甚至以仙佛自居，认为自己兼有"谪仙人"和"如来佛"的双重身份。正是基于如此的自我认知与定位，他敢于挑战世俗的圣贤："凤歌笑孔丘。"⑦当然，对于普通人的不理解甚至全社会对自己的抛弃，他也能够以潇洒的态度予以承受："我本不弃世，世人自弃我。一乘无倪舟，八极纵远舵。"⑧凡此种种的表述，足以证明李白非凡的自信。

最后谈进取之志。李白具有强烈的建功立业思想，"立功"乃是其一生的最大追求。他的一生，可称之为奋斗的一生、进取的一生。他从不认为自己只是能够舞文弄墨的书生，而是以"壮士"自居，坚守重义轻利的原则："予为楚壮士，不是鲁诸生。有德必报之，千金耻为轻。"⑨为了报

---

① 《把酒问月》：《全唐诗》第1827页，中华书局，1960年。
② 《山中与幽人对酌》：《全唐诗》第1856页，中华书局，1960年。
③ 《送萧三十一之鲁中兼问稚子伯禽》：《全唐诗》第1802页，中华书局，1960年。
④ 《宿五松山下荀媪家》：《全唐诗》第1844页，中华书局，1960年。
⑤ 《秋日炼药院镊白发，赠元六兄林宗》：《全唐诗》第1741页，中华书局，1960年。
⑥ 《与元丹丘方城寺谈玄作》：《全唐诗》第1852页，中华书局，1960年。
⑦ 《庐山谣寄卢侍御虚舟》：《全唐诗》第1773页，中华书局，1960年。
⑧ 《送蔡山人》：《全唐诗》第1801页，中华书局，1960年。
⑨ 《淮阴书怀寄王宗成》：《全唐诗》第1769页，中华书局，1960年。

答君王的知遇之恩，他宁愿违背远游归隐的誓言："余欲罗浮隐，犹怀明主恩。踌躇紫宫恋，孤负沧洲言。"① 他期待着获得诸葛亮式的机遇、像鲁仲连那样"功成身退"。不过，现实是残酷的，"乱我心"的"多烦忧"，是他长期相处的境况。面对极度困穷的局面，李白从来未曾退缩，而是坚信"长风破浪会有时，直挂云帆济沧海"②。可以毫不夸张地讲，李白的一生，就是奋斗的一生、积极进取的一生。他的这种人生理念与行为，都在其诗作中得到直观真切的展示。

3. 增强感染力

王国维先生在《人间词话》中有言："客观之诗人不可不多阅世，阅世愈深则材料愈丰富愈变化……；主观之诗人不必多阅世，阅世愈浅则性情愈真。"王先生将作品构筑的境界分为"无我之境"和"有我之境"，其中的"有我之境，以我观物，故物皆着我之色彩"③。王先生所谓"主观之诗人不必多阅世"的观点，实有商榷之必要，但认为主观诗人以抒发主观感受、表达人生理想、展示纯真性灵为主，则是很有见地的。李白是公认的"主观之诗人"，在他的诗歌作品中，带有浓重的个人色彩，而第一人称"我"在诗句中的大量加入，更进一步增强了作品的感染力。每当读到"承恩初入银台门，著书独在金銮殿。龙钩雕镫白玉鞍，象床绮席黄金盘。当时笑我微贱者，却来请谒为交欢。一朝谢病游江海，畴昔相知几人在"的时候④，怎能不对政治的黑暗与世态炎凉而浩叹；每当读到"叹我万里游，飘飘三十春。空谈帝王略，紫绶不挂身"的时候⑤，怎能不为其生存困境而伤感；每当读到"孤云还空山，众鸟各已归。彼物皆有托，吾生独无依"的时候⑥，怎能不对其孤独寂寞而深表同情；而每当读到"仰天大笑出门去，我辈岂是蓬蒿人""安能摧眉折腰事权贵，使我不得开心颜"的时候，又是何等的振奋人心、增人勇力！

尽心创作优秀诗歌作品感染读者的诗人，历代不乏其例；但是，能

---

① 《同王昌龄送族弟襄归桂阳二首》（其一）：《全唐诗》第1798页，中华书局，1960年。
② 《行路难三首》（其一）：《全唐诗》第1684页，中华书局，1960年。下文中引用李白此类流传极广、人皆可知的著名诗句，如无特殊需要，不再一一注明出处。
③ 龚兆吉《历代词论新编》第78、124页，北京师范大学出版社，1984年。
④ 《赠从弟南平太守之遥二首》（其一）：《全唐诗》第1755页，中华书局，1960年。
⑤ 《门有车马客行》：《全唐诗》第1698页，中华书局，1960年。
⑥ 《春日独酌二首》（其一）：《全唐诗》第1855页，中华书局，1960年。

够如同李白一样全方位、高强度、最直白地利用诗歌展现个人感受、理想、品性者,迄今未见。李白诗歌的冲击力、穿透力与感染力,是无与伦比的。李白尽多地加入"我"的成分,从中发挥着重要的作用、取得了良好的效果。

(三)李白着意写"我"的主客观机缘

1. 多重知识的支撑

李白是真正的"读万卷书"且"行万里路"之人。就知识构成而言,他不仅接受了儒家教育,而且对诸子百家多有涉猎,其中受道家、纵横家影响甚巨,这为其树立远大理想、追求个性自由奠定了基础。身为文士,李白对文学创作有着清醒而深刻的体认:"大雅久不作,吾衰竟谁陈。王风委蔓草,战国多荆榛。龙虎相啖食,兵戈逮狂秦。正声何微茫,哀怨起骚人。扬马激颓波,开流荡无垠。废兴虽万变,宪章亦已沦。自从建安来,绮丽不足珍。圣代复元古,垂衣贵清真。群才属休明,乘运共跃鳞。文质相炳焕,众星罗秋旻。我志在删述,垂辉映千春。希圣如有立,绝笔于获麟。"① 在这首诗中,作者回顾了自先秦以来文学发展的基本状况,对诗经、楚辞、汉魏六朝及唐代文学创作进行了评价;明确表达了对《诗经》及两汉(以建安为界)文学的重视,批评了六朝文学的"绮丽"之风,并且申明自己"志在删述"、企求"垂辉映千春"的志向。同时,他击剑任侠、交友访道、观览河山、置身官场,又大大开阔了眼界,印证并增进了学识。如此多重知识的支撑(遭受打击也可归入知识与经验范围),使之有能力、有信心、有勇气充分展示自我。

2. 外向性格的决定

性格,是由先天秉赋与后天影响而成的。性格的类别,通常分为"外向"与"内向"两种类型。依照这一标准,李白显然属于外向型性格。李白的随性、纯真、勇于展示自我,都是这种性格的表现。李白性格的主要表征是:在个人定位上,表现为"张扬自我";在行为方式上,表现为"嗜酒豪饮"。

李白的"张扬自我",在其诗歌作品中得到了多方位的展示,当然也包括多用"我""吾"之类的语词。诸如"天生我材必有用"等诗句,

---

① 《古风五十九首》(其一):《全唐诗》第1670页,中华书局,1960年。

并非他人所能尽道。这些豪言壮语，成为彰显李白勇于展示自我品性的最佳注脚。

李白的"嗜酒豪饮"，既是他的一种生活嗜好，也与其创作风格的形成大有关系。他的不少作品与酒有关，或是在饮酒醉酒状态下完成的。此外，嗜酒也可视之为发表观点、张扬个性的一种载体、道具或曰策略。因为只有在酒力的帮助（掩盖）之下，李白才可以放开胆量大声谴责不平、勇敢地揭露批判。

李白是一位坚守自己原则、不被外物左右的人。苏轼曾说："士以气为主。方高力士用事，公卿大夫争事之，而太白使脱靴殿上，固已气盖天下矣。使之得志，必不肯附权幸以取容，其肯从君于昏乎？"[①] 正是这一点，使得李白其人有气质、气骨、气势、气派，其诗有奇气、逸气、壮气、豪气。在他的一生中，以上述方面为表征的外在性格，既为他带来了巨大快乐，也让他付出了高昂的代价。所谓"性格决定命运"，在李白身上得到了真实的验证。

3. 宽松社会环境的包容

李唐王朝（特别是盛唐时期）政治相对开明，推行三教（儒释道）并行之策，对国民思想及言行钳制较少，整体社会环境较为宽松。唐朝作为大一统的王朝，注重南北文化、中外文化的相互交流。李白生长于蜀地，青年时代经三峡而东出，以荆州之安陆为中心长期游历。此后虽然到达冀、鲁等地，但其更多受巴蜀、荆楚等南方文化影响。与以中原文化为代表的北方文化崇尚儒学、循规守礼不同，南方文化有更为浓重的信奉神道、崇尚自由浪漫之色彩。这种南方文化的印记，在李白其人其诗中都得到很好的体现（例如《蜀道难》《梦游天姥吟留别》诗中的神话传说、高山大川）。此外，李白也受到外来文化的影响。这种外来文化，一方面来自家庭（如果其家由碎叶城迁往四川江油之事属实），另一方面可归之于他的外出交游（特别是任职京师朝堂）的经历。置身于这样的社会之中，人们的生存空间得以延拓、个性得以张扬、自我意愿易于得到表达。这为李白一类人物及作品的出现，提供了良好的平台。

---

① 〔宋〕苏轼《李太白碑阴记》：《唐宋八大家散文总集》，第4833页，河北人民出版社，1995年。

概言之，李白身为唐代乃至中国古代影响最大的诗人，其影响力极为鲜明地体现在对自我的描述（思想情感、实际生活等）上。李白之所以能成为李白，从主观上讲，与其对"我"的倾心关注，具有特别重要的关系；而从客观角度而言，则是盛唐社会成就了李白。当然，从某种意义上讲，也是因为李白，成就了唐诗与盛唐时代。

二、标识身份品格：李白的"别称"

别称，指正式名称之外的名称。人或物有别称，是自古至今常有的现象。人的别称，所指应是"名"与"字"之外的称呼[①]。由于时代及人物阶层、身份不同，别称的风格也大不相同。大致说来，文化素养深厚、社会地位较高的人物，其别称较为雅致，反之则较为俚俗。在中国传统文化视域内，文人群体的别称值得特别关注。李白，既是唐代最著名的诗人之一，也是古代别称最多的文人之一，因而有专门探讨之必要。

（一）李白"别称"的基本状况

李白的别称，具有出处不一（李白自我命名及他人命名）、形式多样（一字至多字、单称与多称）、内容广泛（涉及性格、爱好、文学成就、现实社会、神仙世界）、时域绵长（从李白生前直至清代）等特点。因此，须将这些方面的情况适当归纳梳理。

1. 出处

某个人的别称，通常是由与之相熟（或对其感兴趣）的人提出，相当于民间所说的"绰号"。李白的不少别称，便是由此而来。同时，李白也喜欢自我命名，而且自命的别称不在少数。于是，李白的别称，既源自自身，也来自其他人士。

（1）自我命名。李白"别称"中的自我称呼，包括两种情况：第一种是出自李白之口的称呼，第二种是由他人讲出的李白自称。

出自李白之口的别称，其标识为第一人称的"我""余""李白"。他有时将自己定位于尘世中有知识、有抱负的"野人""草间人"（"白，野

[①] 每个人的"名"（姓名），通常是按照家族谱牒严格排序；"字"，是对"名"的意义的解释、说明或呼应。例如：苏轼，字子瞻。"名"和"字"的确定，是非常严肃、严格的；而"号"（别号）的命名与含义，则灵活多样，应当属于"别称"范围。

人也,颇工于文,惟君侯顾之"①"余亦草间人,颇怀拯物情"②),认为自己就是"南阳子"诸葛亮,希望受邀出山,辅佐君王、建功立业:"余亦南阳子,时为梁甫吟……愿一佐明主,功成还旧林。"③李白一生的定位目标是"功成身退","山人不照镜,稚子道相宜"④"一昨于山人李白处奉见吾子移文"⑤中的以"山人"自称,正是这种追求的体现。不过,由于世路坎坷、到处碰壁,他只能以"妄人""可笑人""楚狂人"自嘲自解:"昔徐邈缘醉而赏,魏王却以为贤;无盐因丑而获,齐君待之逾厚。白,妄人也,安能比之""白,嵚崎历落可笑人也"⑥,"我本楚狂人"⑦。他以曾经担任过"翰林供奉"为荣,借助推荐自己的官员(宋中丞)之口,说明自己任职时的状况:"前翰林供奉李白,……名动京师。"⑧李白深信自己不同凡俗,是一位来自上界的"谪仙""酒仙""岁星":"四明逸老贺知章呼余为谪仙人,盖实录耳","举目四顾,霜天峥嵘。衔杯叙离,群子赋诗以出饯,酒仙翁李白辞"⑨,"闲倾鲁壶酒,笑对刘公荣。谓我是方朔,人间落岁星"⑩。他甚至在同一首诗中,多次称呼自己属于仙佛之身,与如来佛祖有直接关系:"青莲居士谪仙人,酒肆藏名三十春。湖州司马何须问,金粟如来是后身。"⑪

他人讲出的李白自我称呼,最有名的是杜甫《饮中八仙歌》:"李白一斗诗百篇,长安市上酒家眠。天子呼来不上船,自称臣是酒中仙。"⑫诗中说李白自称"酒中仙",情况应当属实(贺知章、李白交往及其相关作品可证)。宋人乐史说李白:"效谢安石风流,自号'东山',时人遂以'东山李白'称之。"⑬李白自称"东山",源自对谢安的仰慕,人们便由

---

① 《上安州裴长史书》:《李白全集编年笺注》第1761页,中华书局,2015年。
② 《读诸葛武侯传书怀赠长安崔少府叔封昆季》:《全唐诗》第1735页,中华书局,1960年。
③ 《留别王司马嵩》:《全唐诗》第1781页,中华书局,1960年。
④ 《答友人赠乌纱帽》:《全唐诗》第1813页,中华书局,1960年。
⑤ 《代寿山答孟少府移文书》:《李白全集编年笺注》第1744页,中华书局,2015年。
⑥ 《上安州李长史书》:《李白全集编年笺注》第1752页,中华书局,2015年。
⑦ 《庐山谣寄卢侍御虚舟》:《全唐诗》第1773页,中华书局,1960年。
⑧ 《为宋中丞自荐表》:《李白全集编年笺注》第1899页,中华书局,2015年。
⑨ 《金陵与诸贤送权十一序》:《李白全集编年笺注》第1878页,中华书局,2015年。
⑩ 《留别西河刘少府》:《全唐诗》第1781页,中华书局,1960年。
⑪ 《答湖州迦叶司马问白是何人》:《全唐诗》第1813页,中华书局,1960年。
⑫ 〔唐〕杜甫《饮中八仙歌》:《全唐诗》第2259页,中华书局,1960年。
⑬ 〔明〕杨慎《升菴诗话》(卷6)《东山李白》:《历代诗话续编》第757页,中华书局,1983年。

此称之为"东山李白"。这种说法，也大致可信。晚唐李山甫的《代张孜幻梦李白歌》，叙述自己在梦中与李白相见的情景，李白"自言天上作先生，许向人间为弟子"①。此诗形象地描述了李白的音容笑貌，当然加工创作的成分不少。至于明代张以宁所谓"举杯一问月，我本月中仙。醉狂谪人世，于今几何年"中的"月中仙""醉狂"②，是直接从李白诗句中摘抄而成，并非真正出自李白之口。

（2）他人称呼。在李白的别称中，大多数称呼是由其他人命名的。这些别称中，可以分为当代（唐代）、后代（宋迄清代）两个部分。

唐代的李白别称，始于其生活的盛唐，延及中唐、晚唐五代。盛唐，如贺知章[见李白《对酒忆贺监二首》（其一）、杜甫（《饮中八仙歌》）；中唐，如韩愈（《石鼓歌》《荐士》《调张籍》）、白居易（《江楼夜吟元九律诗成三十韵》）、元稹[《唐故工部员外郎杜君墓系铭》（并序）]；晚唐，如李商隐[《漫成五章》（其二）]、张祜（《偶题》）、温庭筠（《秘书省有贺监知章草题诗笔力遒健风尚高远拂尘寻玩因有此作》）；五代，如王仁裕（《开元天宝遗事》卷下）、王定保（《唐摭言》卷7）等，都有命名或描述李白别称的记录。唐代为李白送上"别称"的人士，除了文坛同人，还包括官员、僧侣（贯休、齐己）等各界人士。有的别称，上至皇帝下至普通百姓皆知。例如，唐文宗在任命丁居晦担任御史中丞时说："朕曾以时谚谓杜甫、李白辈为'四绝'，问居晦，曰：'此非君上要知之事。'常以此记得居晦，今所以擢为中丞。"③可见，在唐文宗当政时期，包括李白、杜甫在内的"四绝"之称，在社会上传颂极盛，以至引起皇帝的关注。唐代是李白"别称"的创制生成期，除了"谪仙""李杜"等称呼重复较多之外，其他称名皆为李白本人及关注李白者所独创。

唐以后的李白别称，可以分成两个时段。第一时段是宋代，此时距唐世未远，"李杜""谪仙"之类的称呼，仍然流行："篇章取李杜，讲贯

---

① 〔唐〕李山甫《代张孜幻梦李白歌》：《全唐诗补编》第438页，中华书局，1992年。
② 〔明〕张以宁《翠屏集》（卷1）《题李白问月图》：《文渊阁四库全书》第1226册第522页，台湾商务印书馆，1986年。
③ 〔清〕顾炎武撰、〔清〕黄汝成集释、栾保群校点《日知录集释》第1330页，中华书局，2020年。按：《日知录》原注，出自"《册府元龟》（卷69）"。又：此段文字在《太平御览》（卷226）、《册府元龟》（卷512）、《南部新书》（卷9）中，均有著录。

本姬孔"①"深美谪仙遗世务,酒船榱𣛾浪如山"②。有的称名稍有调整,如将杜甫的"饮中八仙"改为"酒中八仙人":"白自知不为亲近所容,益骜放不自修,与知章、李适之、汝阳王琎、崔宗之、苏晋、张旭、焦遂为'酒中八仙人'。"③ 同时,出现了一些新的李白别称,张齐贤《书杜工部祠堂》中说:"三贤出蜀,俱有高名:房相为中兴名臣,陶甄品汇;翰林旅寓采石,屹立丰碑;工部寓葬耒阳,显存遗迹。"④ 将房琯与李白、杜甫合称"三贤",当属"跨界"式组合(房琯属政界、李与杜为文人)。钱易称李白为"天才绝":"李白为天才绝,白居易为人才绝,李贺为鬼才绝。"⑤ 田锡称其为"俊人":"又有长庚字太白,下笔一万字,是为唐朝之俊人。"⑥ 郭祥正称其为"酒家仙""金銮客"及"诗中元帅""酒中豪":"君不见,李太白。朝为酒家仙,暮作金銮客。醉里题诗宫妾扶,自谓遇君今古无"⑦ "太白之精生李白,诗中元帅酒家豪。轩然眉目已如此,况着当年宫锦袍"⑧。人们熟知的"诗仙"之称,见于宋人徐积《李太白杂言》:"至于开元间,忽生李诗仙。是时五星中,一星不在天。"⑨ 叶廷珪的《海录碎事》记载着多个李白别称,有的是前人所言(海上钓鳌客、青莲居士、翰林伯),而"仙宗十友"之称("唐司马承祯与陈子昂、卢藏用、宋之问、王适、毕构、李白、孟浩然、王维、贺知章为仙宗十友"⑩)则首见于此。

第二时段是自宋后直至清末,此时有关李白的别称仍然大量出现,

---

① 〔宋〕王禹偁《小畜集》(卷3)《寄题陕府南溪兼简孙何兄弟》:《文渊阁四库全书》第1086册第20页,台湾商务印书馆,1986年。
② 〔宋〕李觏《旴江集》(卷37)《太平州十咏亭》:《文渊阁四库全书》第1095册第332页,台湾商务印书馆,1986年。
③ 〔宋〕欧阳修《新唐书·李白传》(卷202)第4741页,上海古籍出版社,1986年。
④ 〔宋〕张齐贤《书杜工部祠堂》:《李白资料汇编》(唐宋之部)第88页,中华书局,2007年。
⑤ 〔宋〕钱易《南部新书》(丙):《宋元笔记小说大观》第308页,上海古籍出版社,2001年。
⑥ 〔宋〕田锡《咸平集》(卷19)《赠宋小著》:《文渊阁四库全书》第1085册第468页,台湾商务印书馆,1986年。
⑦ 〔宋〕郭祥正《青山集》(卷10)《西山谣寄潘延之先生》:《文渊阁四库全书》第1116册第623页,台湾商务印书馆,1986年。
⑧ 〔宋〕郭祥正《青山续集》(卷6)《李白祠堂》(二首之二):《文渊阁四库全书》第1116册第840页,台湾商务印书馆,1986年。
⑨ 〔宋〕徐积《节孝集》(卷1)《李太白杂言》:《文渊阁四库全书》第1101册第786页,台湾商务印书馆,1986年。
⑩ 〔宋〕叶廷珪《海录碎事》(卷8下)《朋友门》:《文渊阁四库全书》第921册第369页,台湾商务印书馆,1986年。

但多为重复唐宋时期的称呼或稍有变动,较有特点的别称是:"诗中豪杰"("谪在人间凡几年,诗中豪杰酒中仙"①)、"真仙人"("太白真仙人,俗客匪其偶"②)、"饮中豪"("诗中无敌饮中豪,四海飘潇一锦袍"③)、"千秋才"("匡庐万古瀑,太白千秋才"④)、"旷世逸才"("太白旷世逸才,自成一家"⑤)、"开元供奉"("李白开元供奉,当年恩礼偏隆"⑥)。明代的陆深对李白的称呼最为通俗,《李白对月图》中说:"老白爱月不爱身,酒阑捉月秋江滨。平生见月即举盏,自道对影成三人。采石深不测,青天高无垠。骑鲸一去忽千载,月与老白俱精神。"⑦此诗中的"老白"极为平易亲切。清代何栻所作《李白斗酒诗百篇赋》,将李白自称及流行的有关别称予以列举,包括"金粟如来、青莲居士、酒国醉侯、诗城仙史、酒狂、诗癖、酒仙、诗伯"等⑧,具有总结性的意义。

2. 形式

李白别称的形式,是指这些别称的命名,是单一别称独自出现(单称),抑或与李白另外的别称、其他人的别称同时出现(合称)。

(1) 单称。以单一名称出现在某作品的李白别称,占据李白别称的大多数。例如"谪仙""酒仙""仙翁""星精""诗仙""诗杰""诗豪""诗客""高士""狂士"等等,此处不拟展开叙说。

(2) 合称。合称(多称)的情况较为复杂。有的是针对李白一人的合称,如晚唐诗人郑谷《读李白集》:"何事文星与酒星,一时钟在李先

---

① 〔金〕李俊民《申元帅四隐图》(其四 李太白):《辽金元诗话全编》第229页,凤凰出版社,2006年。
② 〔元〕黄玠《弁山小隐吟录》(卷1)《月下独酌似谢季初叔久兄弟》:《文渊阁四库全书》第1205册第5页,台湾商务印书馆,1986年。
③ 〔元〕王恽《秋涧集》(卷28)《太白扪月图》:《文渊阁四库全书》第1200册第340页,台湾商务印书馆,1986年。
④ 〔明〕王世贞《弇州续稿》(卷7)《题朱上林所赠钱舜举太白观瀑图后即还上林》:《文渊阁四库全书》第1282册第92页,台湾商务印书馆,1986年。
⑤ 〔清〕田雯《古欢堂集》(卷17)《论七言古诗》:《文渊阁四库全书》第1324册第200页,台湾商务印书馆,1986年。
⑥ 〔清〕陈维崧《西江月·题六合孙公树捧书图》:《十五家词》(卷32),《文渊阁四库全书》第1494册第439页,台湾商务印书馆,1986年。
⑦ 〔明〕陆深《俨山集》(卷19)《李白对月图》:《文渊阁四库全书》第1268册第121页,台湾商务印书馆,1986年。
⑧ 〔清〕何栻《李白斗酒诗百篇赋》:《李白资料汇编》(金元明清之部)第1242页,中华书局,1994年。

生。高吟大醉三千首,留著人间伴月明。"①此作中"文星""酒星"及"李先生",所指均为李白。李白与他人合称,最早当出自杜甫的《饮中八仙歌》。该诗将李白与贺知章、张旭等七人并称为"饮中八仙"。合称中的二人合称,最著名者为"李杜"。此称最早见于中唐韩愈,在其作品中多次出现[《荐士》、《感春四首》(其二)、《调张籍》],此后成为普遍流行的称呼。三人合称中,较早出现的是"三星"("杜甫李白与怀素,文星酒星草书星"②)和"三绝"("文宗时,诏以白歌诗、裴旻剑舞、张旭草书为'三绝'")③。这两则别称,包含着李白爱好艺术、借鉴艺术、文学创作与各类艺术融合的信息。多人合称者,人们熟知的是"饮中八仙"。"方外十友",是从崇道尚隐视角命名的:"司马承祯,字子微,号白云子,……居天台山,事师正潘先生,传辟谷导引术,无不通。后与陈子昂、卢藏用、宋之问、王维、孟浩然、王适、毕构、李白、贺知章为'方外十友'。"④"盛唐十大家",则是从诗歌创作视角的命名:"诗至开元、天宝间为最盛,若杜工部、孟襄阳、高渤海、岑嘉州、王右丞、储御史、王江宁、李颀、常建者,皆声振艺林,言中金石,彬彬乎一代之英也,故世称盛唐十大家云。"⑤

3. 内容

仔细考察李白别称的词义内蕴可知,这些别称有的是符合实际的"实称",有的显然是出自夸饰的"虚称",还有的则是将"实"与"虚"融为一体的称名。

(1)实称。在李白的别称之中,有些名称是属实或合乎实际的,可以称之为"实称"。比如,李白早年曾经在江油县的大匡山(戴天山)读书,称其"匡山读书客"("君不见饮酒吟诗狂李白,曾是匡山读书客"⑥),是与事实相符的;他曾经任职"翰林学士",称其为"翰林"("翠羽雕虫

---

① 〔唐〕郑谷《读李白集》:《全唐诗》第7736页,中华书局,1960年。
② 〔唐〕裴说《怀素台歌》:《全唐诗》第8260页,中华书局,1960年。
③ 〔宋〕欧阳修《新唐书·李白传》(卷202)第4741页,上海古籍出版社,1986年。
④ 〔宋〕邓牧《洞霄图志》(卷5)《司马天师》:《文渊阁四库全书》第587册第435-436页,台湾商务印书馆,1986年。
⑤ 〔明〕李濂《唐李白诗序》:《李白资料汇编》(金元明清之部)第303页,中华书局,1994年。
⑥ 〔元〕柳贯《待制集》(卷3)《商学士画云壑招提歌》:《文渊阁四库全书》第1210册第231页,台湾商务印书馆,1986年。

日日新，翰林工部欲何神。"①"翰林"与杜甫的别称"工部"对举）、"学士"（"学士风流不可名，暮云犹著古贤声"②），也是没有问题的。李白喜爱饮酒，并且时常大醉，故称"醉客"（"李白死来无醉客，可怜神彩吊残阳"③）。他晚年流落当涂，葬于采石矶近旁（青山脚下），"采石李"是对其葬地的真实记录（"惊醒采石李，触起耒阳杜"④杜甫死于耒阳）。李白的声名隆盛，主要源自其优秀诗作，称其为"诗客"（"公不见，先朝谪仙李太白，晦迹嵩山号诗客"⑤）、"诗杰"（"子美诗闳深典丽，集诸家之大成；……太白诗豪迈清逸，飘然有凌云之志，皆诗杰也"⑥）、"诗翁"（"东坡太白两诗翁，诗到庐山笔更峰"⑦）、"诗豪"（"近读古乐府，始知后作者皆有所本。李谪仙绝出众作，真诗豪也"⑧）等等，都是可以接受的，也是与实际情况大体相合的。

（2）虚称。李白别称之中，相当一部分具有过度夸饰或异化的特征。李阳冰是李白生命最后阶段的见证人，不仅安排了李白的葬事，还负责整理其诗文著述，并且专门撰写了《草堂集序》。文中记述了李白的家世情况，并且说明李白的"名"与"字"的确定，是因为其母临产前梦见了天上的"长庚"（金星、太白）："惊姜之夕，长庚入梦，故生而名白，以太白字之。"这种说法（其母夜梦金星）虽然不免令人生疑，但类似的例子（母梦某人或某物而生子）历代皆有，大体上是合乎情理的。接着李阳冰又写道："世称太白之精，得之矣。"⑨以"太白之精"称呼李白，强调了李白生而神异的特征，带有明显的虚构夸饰成分。

---

① 〔唐〕窦牟《奉酬杨侍郎十兄见赠之作》：《全唐诗》第3038页，中华书局，1960年。
② 〔宋〕赵公豫《暮云亭谒青莲先生祠》：《文渊阁四库全书》第1142册第198页，台湾商务印书馆，1986年。
③ 〔唐〕温庭筠《秘书省有贺监知章草题诗笔力遒健风尚高远拂尘寻玩因有此作》：《全唐诗》第6726页，中华书局，1960年。
④ 〔明〕邱濬《重编琼台稿》（卷2）《丁卯舟中望鞋山因忆解学士吊李白诗戏作》：《文渊阁四库全书》第1248册第22页，台湾商务印书馆，1986年。
⑤ 〔宋〕欧阳澈《欧阳修撰集》（卷4）《送吴教授古诗》：《文渊阁四库全书》第1136册第390页，台湾商务印书馆，1986年。
⑥ 〔宋〕李纲《梁溪集》（卷9）《读四家诗选四首·序》：《文渊阁四库全书》第1125册第575页，台湾商务印书馆，1986年。
⑦ 〔宋〕杨万里《诚斋集》（卷35）《又跋东坡太白瀑布诗示开先序禅师》：《文渊阁四库全书》第1160册第382页，台湾商务印书馆，1986年。
⑧ 〔宋〕陈傅良《陈傅良诗话·书种德堂因记陈仲孚问诗语》：《宋诗话全编》第6298页，凤凰出版社，1998年。
⑨ 〔唐〕李阳冰《草堂集序》：《李白全集编年笺注》第1949页，中华书局，2015年。

在李白"虚称"的别称中，大多受到道教的影响。除了论者最常用的"谪仙"，还有"仙才"（"庆历间，宋景文诸公在馆。尝评唐人之诗，云太白仙才，长吉鬼才"①）、"星精"（"虽称李太白，知是那星精"②）、"水仙"〔"只应风骨蛾眉妒（妒），不作天仙作水仙"③〕、"神人"（"神人岂久谪，旋复御气回"④）、"金星"（"梦得惠连春草句，虚传李白是金星"⑤）、"仙翁"（"仙翁谪堕岷山下，逸气如虹耿林罅"⑥）、"长庚之星"（"公之之亡余三百祀，意其长庚之精，与天地而终始"⑦）、"天上飞仙"（"风流往事凭谁问，天上飞仙醉不醒"⑧）、"五通仙人"（"太白是五通仙人"⑨）等。这些称呼，以"神""仙""星"为标志，与道教有着直接关系。

佛教化的别称，在李白身上比较少见。具有佛教色彩的别称，典型的例子来自明代的屠隆："以禅喻诗：三百篇是如来祖师，《十九首》是大乘菩萨，曹、刘、三谢是大阿罗汉，颜、鲍、沈、宋、高、岑是有道高僧，陶、韦、王、孟是深山野衲，杜少陵是如来总持弟子，李太白是散圣，李长吉是幻师，郊、岛是苦行头陀，《玉台》《香奁》是绮语破戒僧，温、李二罗是野狐禅。"⑩这段"以禅喻诗"的文字，将李白称为佛界"散圣"，约略相当于《西游记》中的孙悟空，与李白的个性仿佛近之。此外，称李白为"诗魂"（"野人烧残竹数枝，诗魂飘荡定何之"⑪，也可

---

① 〔宋〕王得臣《麈史》（卷中）：《宋元笔记小说大观》第1347页，上海古籍出版社，2001年。
② 〔唐〕贯休《观李翰林真二首》（其一）：《全唐诗》（卷829）第9338页，中华书局，1960年。
③ 〔元〕萨都剌《雁门集》（卷2）《采石怀李白》：《文渊阁四库全书》第1212册第617页，台湾商务印书馆，1986年。
④ 〔宋〕黎廷瑞《鄱阳五家集》（卷2）《过太白墓》：《文渊阁四库全书》第1476册287页，台湾商务印书馆，1986年。
⑤ 〔宋〕傅察《忠肃集》（卷上）《和鲍守次韵林德祖十四首》（其四）：《文渊阁四库全书》第1124册第706页，台湾商务印书馆，1986年。
⑥ 〔宋〕罗与之《题采石李太白祠》：〔宋〕陈起《江湖小集》（卷62），《文渊阁四库全书》第1357册第498页，台湾商务印书馆，1986年。
⑦ 〔宋〕梅灏《祭李白文》：《李白资料汇编》（唐宋之部）第278页，中华书局，2007年。
⑧ 〔元〕王沂《伊滨集》（卷11）《登李太白捉月之亭访温峤燃犀之所览草庐吴先生蛾眉亭记宋漕使韩南涧及学士欧阳圭斋乐府李溉之长歌慨然有赋二首》（其一）：《文渊阁四库全书》第1208册第481页，台湾商务印书馆，1986年。
⑨ 〔清〕方东树《昭昧詹言》（卷11）第240页，人民文学出版社，1961年。
⑩ 〔明〕屠隆《论诗文》：《李白资料汇编》（金元明清之部）第432页，中华书局，1994年。
⑪ 〔宋〕薛师石《李白墓》，见〔宋〕陈起《江湖小集》（卷73）：《文渊阁四库全书》第1357册第569页，台湾商务印书馆，1986年。

归入佛教化的别称,因为佛教讲究"六道轮回","魂魄"是要进入"阴曹地府"的。就此视角而言,"诗魂"之称的档次,不及"散圣""谪仙"之类的称名。

(3) 虚实共称。李白别称中的"虚实共称",包括在一篇作品中出现虚实不同的多个称呼,或者同一名称含有虚实二义。一篇作品中出现虚实不同的多个称呼,如范传正《唐左拾遗翰林学士李公新墓碑》(并序)说李白:"其生也,圣朝之高士;其往也,当涂之旅人。……铭曰:嵩岳降神,是生辅臣;蓬莱谴真,斯为逸人。晋有七贤,唐称八仙,应彼星象,唯公一焉。"①此中分别包括"高士""旅人""逸人""八仙"等称呼,其中前三个名称属于世俗的"实称","八仙"则属于"虚称"。元代周权《谪仙楼》:"大罗仙人李太白,秋水疏莲浮玉色。一来金马玉堂中,诗酒猖狂天子客。"②称李白是"大罗仙人",为"虚";说他是"天子客",为"实"。明代沈周《题李太白像》:"风骨神仙品,文章浩宕人。世间金鸂鶒,天上玉麒麟。"③此中的"世间金鸂鶒"与"天上玉麒麟",也有"实"与"虚"的不同。清代沈德潜称其是"诗、酒、仙人"的复合体,也是"虚实共称"的典型例证:"金銮殿如蓬门里,视高将军如鼠子。眼中早识郭汾阳,寻常狂士那有此。诗人酒人复仙人,三公之位糠秕耳。"④李白的别称之中,还有同一名称含有虚实二义的例子。与李白同时且为好友的崔成甫,所作《赠李十二白》写道:"我是潇湘放逐臣,君辞明主汉江滨。天外常求太白老,金陵捉得酒仙人。"⑤其中的"太白老"偏于实(字号为"太白"的老人),"酒仙人"则偏于虚幻的天界上仙(喜好饮"酒"为实而"仙人"为虚)。另如:"翰林仙"("琢句工如贾岛佛,引杯豪似翰林仙"⑥)可以解为"翰林"中的"仙人";"人中龙"("岱宗郁郁天下

---

① 〔唐〕范传正《唐左拾遗翰林学士李公新墓碑》(并序):《李白全集编年笺注》第1954页,中华书局,2015年。
② 〔元〕周权《此山诗集》(卷4)《谪仙楼》:《文渊阁四库全书》第1204册第23页,台湾商务印书馆,1986年。
③ 〔明〕沈周《石田诗选》(卷8)《题李太白像》:《文渊阁四库全书》第1249册第680页,台湾商务印书馆,1986年。
④ 〔清〕沈德潜《为椒园题李太白像》:《李白资料汇编》(金元明清之部)第796页,中华书局,1994年。
⑤ 〔唐〕崔成甫《赠李十二白》:《全唐诗》第2905页,中华书局,1960年。
⑥ 〔宋〕林希逸《和'鞾'字谢后村和篇》:《宋诗话全编·林希逸诗话》第8646页,凤凰出版社,1998年。

雄，谪仙落落人中龙"①）可以解为"人世间"的"蛟龙"（俊才）。这两个称呼，都带有"虚、实"色彩。

简而言之，李白的别称，源起于其自身且涉及"三教"（儒：翰林学士；释：青莲居士；道：谪仙人）；与其思想观念之复杂、人生经验之丰富、创作成就之巨大、传播影响之深远密切相关。因此，使得其别称在数量、内容、形式等方面，都形成了独具的特色。

（二）李白"别称"的作用价值

在前文中，我们列举了若干例证，对李白别称的基本情况进行了大致梳理。现在，拟就李白别称所发挥的作用、具有的价值，进行一些说明阐析。

1. 概括特征

李白的别称，多数是对李白的人物性格、个人爱好、文学成就等方面的特征，进行概括说明。

（1）人物性格。在描述李白其人形象及性格的别称之中，"士"的特征得到了彰显。唐人李华称其为"高士"："姑熟东南，青山北址，有唐高士李白之墓。"同时对"高士"的含义进行了解释："夫仁以安物，公其懋焉；义以济难，公其志焉；识以辩理，公其博焉；文以宣志，公其懿焉。宜其上为王师，下为伯友。"②在他看来，李白是一位具备"仁爱、正义、识见、文采"素养，胜任"帝王之师、文坛挚友"的非凡"高士"。明代王守仁称其为"狂士"："李太白，狂士也。其谪夜郎，放情诗酒，不戚戚于困穷。盖其性本自豪放，非若有道之士，真能无入而不自得也。"③是出于对李白不因挫抑而折、不为困穷所屈的豪放性格的敬佩。好友崔宗之视李白为"雄俊士"："思见雄俊士，共话今古情。李侯忽来仪，把袂苦不早。清论既抵掌，玄谈又绝倒。"④是对李白才思敏捷、辩口超群的赞赏。明代方孝孺称李白为"特达士"："君不见唐朝李白特达

---

① 〔元〕张养浩《题李太白登泰山观日出图》：《辽金元诗话全编》第 1964 页，凤凰出版社，2006 年。

② 〔唐〕李华《故翰林学士李君墓志》（并序）：《李白全集编年笺注》第 1952 页，中华书局，2015 年。

③ 〔明〕王守仁《王阳明全集》第 1128 页，上海古籍出版社，2011 年。

④ 〔唐〕崔成甫《赠李十二白》：《全唐诗》第 2905 页，中华书局，1960 年。

士,其人虽亡神不死。声名流落天地闲,千载高风有谁似?"①主要是对李白千古流传之声名风范,发出的由衷感叹。

除了以"士"称名之外,表现李白性格的别称还有不少。有的从为人处世角度入手,称其为"天地臣、平地仙",以表现其不畏权贵、平交王侯的性格。如宋人李吕形容李白:"奴视高力士,风期鲁仲连。青蝇工点玉,锦袍棹回船。自谓天地臣,浪称平地仙。"②明代江盈科称李白是情绪化极强的"快活人":"李青莲是快活人,当其得意斗酒百篇,无一语一字不是高华气象;及流窜夜郎后,作诗甚少,当由兴趣消索。"③这种被"得失、喜忧"影响的表现,展示出李白凡夫俗子的人格界面。反映李白性格的别称,还有"真放"("负逸气者,必有真放,以李翰林为真放焉"④)、"放旷士"("先生放旷士,浩气吞洪濛"⑤)、"高旷人"("太白高旷人,其诗如大圭不琢,而自有夺虹之色"⑥)、"淡荡人"("濯锦沧浪客,青莲澹荡人"⑦),等等。

此外,有些别称是从李白衣着形貌入手的。陆游在泛舟经过采石李白墓附近时写道:"尚想锦袍客,醉眼隘八荒。坡陁青山冢,断碣卧道旁。"⑧另一位宋人赵公豫也曾到过此地,所作《采石矶怀古》有言:"姑孰江头暂置邮,凉风萧飒胜三秋。燃犀韵事归何处,披锦诗人迹尚留。"⑨他们二人所称"锦袍客""披锦诗人",都是由李白身披锦袍、饮酒邀月的故事生发而成。

(2)自我好尚。论及李白的个人生活习惯爱好,排在首位的当是饮酒。"酒星""酒仙""酒仙翁""酒中仙""酒家仙"等,已在前文有述。

---

① 〔明〕方孝孺《吊李白》:《明诗话全编》第390页,凤凰出版社,1997年。
② 〔宋〕李吕《澹轩集》(卷1)《读太白集》:《文渊阁四库全书》第1152册第203页,台湾商务印书馆,1986年。
③ 〔清〕王琦《李太白全集》(卷34)引《雪涛诗评》语:《李太白全集》第1805页,中华书局,2015年。
④ 〔唐〕皮日休《七爱诗序》:《全唐诗》第7016页,中华书局,1960年。
⑤ 〔宋〕吴龙翰《古梅遗稿》(卷5)《拜李谪仙墓》:《文渊阁四库全书》第1188册第861页,台湾商务印书馆,1986年。
⑥ 〔清〕贺裳《载酒园诗话》(卷1):《清诗话续编》第278页,上海古籍出版社,1983年。
⑦ 《陆放翁全集》(下)第975页,中国书店,1986年。
⑧ 《陆放翁全集》(中)第168页,中国书店,1986年。
⑨ 〔宋〕赵公豫《采石矶怀古》:《文渊阁四库全书》第1142册第197页,台湾商务印书馆,1986年。

对于李白嗜酒,晚唐诗人皮日休在《七爱诗·李翰林(白)》中,称李白为"酒星魄",用以表达自己的喜爱之情:"吾爱李太白,身是酒星魄。口吐天上文,迹作人间客。磊砢千丈林,澄澈万寻碧。醉中草乐府,十幅笔一息。召见承明庐,天子亲赐食。醉曾吐御床,傲几触天泽。"①在他看来,李白的口才、文思、傲然之气,全部与饮酒醉酒密切关联。皮日休的观点,代表了不少关注"李白与酒"论者的意见。对于酒之于李白的作用,唐人沈光在其《李白酒楼记》中曾有专论:"(酒)视其强者弱之,险者夷之,毒者甘之,猛者柔之。信乎,酒之作于人也如是。噫!翰林李公太白,聪明才韵,至今为天下唱者,业术匡救,天必付之矣。……太白触文之强,乘文之险,溃文之毒,搏文之猛而作。狎弄杯觞,沉溺麹(曲)蘖,是真筑其聪,医其明,醒则移于赋咏,宜乎醉而生,醉而死。"②可见,酒之于李白的作用,是常人难以企及的;李白是为醉酒而生、因醉酒而死,堪称醉酒人生。

观览祖国的大好河山、登临古迹名胜,也是李白的一大爱好。魏颢《李翰林集序》称他为"李东山":"间携昭阳、金陵之妓,迹类谢康乐,世号为李东山"③;张祜《梦李白》诗中说他是"李峨嵋":"我爱李峨嵋,梦寻寻不见。"④这两个别称,与李白的游历活动有着直接的关系。前文言及的"匡山读书客""锦袍客""披锦诗人""方外十友"诸称,均与李白的游踪有所关联。

(3)文学成就。李白的身份是天才文士、著名诗人,其文学成就、特别是诗歌创作成就,历来是关注的重点。这一情形,在其别称中得到了反映。"诗仙""诗杰""诗豪""诗客"等,都是对他诗歌创作成就与特色的概括。值得注意的是,论者时常将李白与其他诗坛名家进行对比。例如,明代著名学者杨慎称"陈子昂海内文宗,李太白为古今诗圣"⑤,南宋刘克庄称李白与苏轼为"翰林两仙人"⑥。

---

① 〔唐〕皮日休《七爱诗·李翰林(白)》:《全唐诗》第7018页,中华书局,1960年。
② 〔唐〕沈光《李白酒楼记》:《全唐文》(卷802)第3734页,上海古籍出版社,1990年。
③ 〔唐〕魏颢《李翰林集序》:《李白全集编年笺注》第1877页,中华书局,2015年。
④ 〔唐〕张祜《梦李白》:《全唐诗补编》第221页,中华书局1992年。
⑤ 〔明〕杨慎《周受庵诗选序》:《明诗话全编》第2740页,凤凰出版社,1997年。
⑥ 〔宋〕刘克庄《后村集》(卷16)《十一月二日至紫极宫诵李白诗及坡谷和篇因念苏李听竹时各年四十九予今五十九矣遂次其韵》:《文渊阁四库全书》第1180册第159页,台湾商务印书馆,1986年。

在李白与名家的对比中，关涉最多、最重要的诗人是杜甫。有人将李杜并称"诗圣"："李杜得诗圣，迥出诸家前。寂寞千载后，身死名流传。"① 有人将两人称为"大宗"（大，一作"太"。大宗，即大宗师）："唐以来诗人，唯李杜为大宗。"② 不过，在众多李白与杜甫比较之别称中，影响最大的是"李杜"。"李杜"之称，最初主要是针对二人创作成就而言。韩愈多次论及"李杜"，盛赞二人的文学特色及贡献，所持观点为"李杜并尊"："勃兴得李杜，万类困陵暴。"③ "近怜李杜无检束，烂漫长醉多文辞"④。与韩愈同时的皇甫湜，也认为李杜二人难分高下："李杜才海翻，高下非可概。"⑤ 元稹对很多人将李白与杜甫并称（"时人谓之李杜"），很是不以为然。他坚持"尊杜抑李"观点，认为李白的乐府歌行与杜甫的水平接近，而其近体诗（格律诗）远远不及杜甫："尚不能历其藩翰，况堂奥乎！"⑥ 元稹此言一出，引发了"李杜优劣"的论争，迄今仍未完全平息。当然这种争论，大多是从二人的文学成就及人物性格特征等方面进行的，能够增进深入体察与领悟。

2. 评价方式

李白别称，也是对李白进行评价的重要方式。在此，我们略去李白的自我评价（自己认定的别称），重点列举他人对李白的评价。这些评价包括正面评价（赞赏、同情），也包括负面的评价。

（1）赞颂。此类名称，在李白别称中数量不少，其中"诗仙""诗杰"之类，是直接赞誉李白诗作文才的。有的别称字面并非关涉诗文，但观其前后文字，则知意在称颂李白文才。皮日休《郢州孟亭记》所谓"明皇世，章句之风，大得建安体。论者推李翰林、杜工部为尤"⑦，意在表彰李白与杜甫继承发扬"建安风骨"的贡献。至于杜甫《寄李十二白二十韵》虽然列出李白"狂客""谪仙人"两个别称，而重点则在"笔落惊

---

① 〔明〕杭淮《挽李献吉四首用曹太守韵》（其二）：《明诗话全编》第1820页，凤凰出版社，1997年。
② 〔明〕陈谟《鲍参军集序》：《明诗话全编》第35页，凤凰出版社，1997年。
③ 〔唐〕韩愈《荐士（荐孟郊于郑余庆也）》：《全唐诗》第3780页，中华书局，1960年。
④ 〔唐〕韩愈《感春四首》（其二）：《全唐诗》第3792页，中华书局，1960年。
⑤ 〔唐〕皇甫湜《题浯溪石》：《全唐诗》第4150页，中华书局，1960年。
⑥ 〔唐〕元稹《唐故工部员外郎杜君墓系铭》（并序）：《全唐文》（卷654）第2946页，上海古籍出版社，1990年。
⑦ 〔唐〕皮日休《郢州孟亭记》：《全唐文》（卷797）第3703页，上海古籍出版社，1990年。

风雨,诗成泣鬼神"二句①。杜甫此言一出,成为公认的李白诗歌风格特色之定评。宋人徐铉称李白为"圣代词臣"②,包含着对李白职司翰林学士的看重,可视之为对李白文才兼功业的肯定。有些别称使用戏谑之语,表面贬抑而实为赞赏。贯休《书陈处士屋壁二首》(其二)说:"新诗不将出,往往僧乞得。唯云李太白,亦是偷桃贼。吟狂鬼神走,酒酽天地黑。"③自己新写的诗歌被别人拿走,作者反而自我解嘲说李白也是个"偷桃贼"(喻指借鉴前人他人),表现出对李白诗歌神奇卓异特色的欣赏。宋人孔平仲说李白是"诗家徒"(指其作诗极为投入与痴迷,近似常人所谓贪杯的"酒徒"),也是为了赞誉其才:"卓哉太白诗家徒,天然俊逸不可拘。豪文脱去刻削巧,远意得自浑沌初。酒醒落笔洒风雨,当时所就皆须臾。"④

有些论者在利用别称赞誉李白的同时,也兼顾到自己。他们将自己与李白比作同类人物:"君抱碧海珠,我怀蓝田玉。各称希代宝,万里遥相烛。……雪上天台山,春逢翰林伯。宣父敬项橐,林宗重黄生。一长复一少,相看如弟兄。"⑤另有一些论者,在赞誉李白的同时兼赞他人。晚唐诗僧齐己认为李贺的"狂"与李白的"颠",都非常有特色、极具威慑力(感染力):"长吉才狂太白颠,二公文阵势横前。谁言后代无高手,夺得秦皇鞭鬼鞭。"⑥宋代大诗人黄庭坚,则极为钦佩李白和苏轼:"不见两谪仙,长怀倚修竹。行绕紫极宫,明珠得盈掬。……我病二十年,大斗久不覆。因之酹苏李,蟹肥社醅熟。"⑦清代的俞廷举,将李白、苏轼和杨慎三人称为天下的"真大才子":"余尝与天下士论古今真大才子得三人:一曰唐太白,一曰宋东坡,一曰明升庵(杨慎);才皆天纵,殆

---

① 〔唐〕杜甫《寄李十二白二十韵》:《全唐诗》第2430页,中华书局,1960年。
② 〔宋〕徐铉《骑省集》(卷21)《奉和武功学士舍人纪赠文懿太师放慵》:《文渊阁四库全书》第1085册第168页,台湾商务印书馆,1986年。
③ 〔唐〕贯休《书陈处士屋壁二首》(其二):《全唐诗》第9318页,中华书局,1960年。
④ 〔宋〕孔平仲《清江三孔集》(卷22)《李太白》:《文渊阁四库全书》第1345册第445页,台湾商务印书馆,1986年。
⑤ 〔唐〕魏万《金陵酬李翰林谪仙子》:《全唐诗》第2905页,中华书局,1960年。
⑥ 〔唐〕齐己《谢荆幕孙郎中见示〈乐府歌集〉二十八字》:《全唐诗》第9593页,中华书局,1960年。
⑦ 〔宋〕黄庭坚《次苏子瞻和李太白浔阳紫极宫感秋诗韵追怀太白子瞻》:《宋诗话全编·黄庭坚诗话》第936页,凤凰出版社,1998年。

文苑中之生知安行者，是以天骨开张，横纵自如，冠绝当代。"① 杨慎与李、苏二人并列，可能仍有异议，但将李白与苏轼称作真正的"大才子"，肯定是可获公认的。

（2）同情。李白文才超群、立志高远、心怀天下、热衷建功立业，但其命运不偶，功成身退的人生目标不仅无法实现，反而招致各种无端的非议与责难。对于李白一生的遭遇，不少人表达了深切的同情。白居易在《江楼夜吟元九律诗成三十韵》中写道："每叹陈夫子，常嗟李谪仙。名高折人爵，思苦减天年。不得当时遇，空令后代怜。"② 他还具体说明李白、杜甫等著名文人遭遇不幸的原因："予历览古今歌诗，自风骚之后，苏李以还，次及鲍谢徒，迄于李杜辈，其间词人闻知者累百，诗章流传者钜万。观其报自，多因逸冤、谴逐、征戍、行旅、冻馁、病老、存殁、别离，情发于中，文形于外，故愤忧怨伤之作，通今古，十八九焉。世所谓文士多数奇，诗人尤命薄，于斯见矣。"③ 白居易的解说，融入了自己真切的人生感受，是中肯的肺腑之言。李白在"安史之乱"初起时，入幕永王李璘及被流放夜郎的经历，人们十分关注。有些论者对李白的"从璘"给予否定性的评价。不过，也有人对此较为宽容："士负其才词彩足以惊众者，岂尽济世之人也哉？李太白，天人也，而失节于永王璘，况余子乎？"④ 虽然仍将李白"从璘"视为"失节"行为，同时也表现出相当的理解与同情。李白生前文声隆盛、名满天下，而身后之事却极为萧索。五代殷文圭所作《经李翰林墓》描述了这种状况："诗中日月酒中仙，平地雄飞上九天。身谪蓬莱金籍外，宝装方丈玉堂前。虎靴醉索将军脱，鸿笔悲无令子传。十字遗碑三尺墓，只应吟客吊秋烟。"⑤ "鸿笔悲无令子传"，与李白生前的耀眼光芒形成鲜明对比，其中传达出的不仅仅是同情，还是巨大的悲哀。

（3）贬责。李白是一位才华志向超越凡俗的人物，必然令人"侧目"。李白的人生遭遇，正应验了所谓"木秀于林，风必摧之；堆出于岸，流

---

① 〔清〕俞廷举《全蜀艺文志序》；《李白资料汇编》（金元明清之部）第1031页，中华书局，1994年。
② 〔唐〕白居易《江楼夜吟元九律诗成三十韵》；《全唐诗》第4896页，中华书局，1960年。
③ 〔唐〕白居易《序洛诗序》；《全唐文》（卷675）第3056页，上海古籍出版社，1990年。
④ 〔宋〕王庭珪《跋颜持约诗》；《宋诗话全编·王庭珪诗话》第2779页，凤凰出版社，1998年。
⑤ 〔五代〕殷文圭《经李翰林墓》；《全唐诗》第8134页，中华书局，1960年。

必湍之;行高于人,众必非之"的名言①。李白自己曾说:"一州笑我为狂客,少年往往来相讥。"②可知对他持否定态度、加以贬责的人士,当时不在少数。文坛上对其不满者,也是时时皆有。中唐时期位至宰相的元稹,坚持"扬杜抑李"的立场,对文人士子评价李白具有负面的影响。李白任职翰林期间,曾受命写过几首应制适景之作,也有人进行了讥讽:"花底杯盘藉翠茵,折花围坐当歌人。谪仙自是开元客,玉帐熏香揖太真。"③我们认为,在与贬责相关的李白别称中,并非全无合理之处,但其中也不乏意气用事、不切实际之点。一旦需要引用此类材料,需要认真加以甄别。

当然,无论赞誉、同情与贬责性的别称,都属于评价李白的方式。这些方式,对提高李白的声誉、引发对李白的关注与深入研究,发挥着应有的作用。

3. 传播载体

传播,指对信息的发布与传送;是利用具有意义的符号(文字、声音)进行信息传递、信息接受或信息反馈活动的总称。别称,源自对相关信息的概括提炼,构成形象简洁的文字符号,以利于传播。在传播过程中,别称又可以稀释化解、添枝加叶,形成新型的信息(故事)。李白的别称,完全具备这些传播的特征与功能。

(1)文人着意推出。李白别称的形成,主要来自包括李白本人在内的文人之手。特别是历代著名的诗人文士,在李白别称的命名及推广过程中发挥着重要作用。例如:唐代贺知章、杜甫、韩愈、白居易、元稹、杜牧、李商隐,宋代王禹偁、欧阳修、苏轼、黄庭坚、郭祥正、陆游、杨万里、刘克庄,元代萨都剌、张养浩、王恽,明代方孝孺、王世贞、杨慎、屠隆、王守仁,清代陈维崧、方东树、沈德潜、贺裳等。他们或者提出(命名)李白的别称,如:贺知章的"谪仙"、郭祥正的"金銮客""诗中元帅""酒中豪"、王世贞的"千秋才"、陈维崧的"开元供奉";或者表达对李白的仰慕之情,如韩愈《石鼓歌》:"张生手持石鼓文,劝我

---

① 〔三国·魏〕李康《运命论》:《文选》第 1584 页,岳麓书社,2002 年。
② 《醉后答丁十八以诗讥余捶碎黄鹤楼》:《全唐诗》第 1818 页,中华书局,1960 年。
③ 〔宋〕王安中《初寮集》(卷 2)《清明后一日出寻梨花……作诗凡得三首绝句》(其三):《文渊阁四库全书》第 1127 册第 37 页,台湾商务印书馆,1986 年。

试作石鼓歌。少陵无人谪仙死,才薄将奈石鼓何"①;或者将李白置于文学发展史之中,以之为范,如杜牧《冬至日寄小侄阿宜诗》:"经书括根本,史书阅兴亡。高摘屈宋艳,浓薰班马香。李杜泛浩浩,韩柳摩苍苍。近者四君子,与古争强梁。"②作者将"李杜"与"韩柳"并列,向晚辈介绍当代"诗"与"文"创作的榜样。更有的将其推崇到至高无上的地步,说李白是"诗中天子酒中圣",表示"千秋万世诗人酒客群奉先生为至尊"③。但是,整体上讲,文人们推出李白的别称(特别是唐宋时期),其过程是对李白相关信息的选择、精炼及形象化,目的在于以醒目的词语,快速地加以传播。

(2)文学(文艺)创作素材。李白的别称,自其出现的盛唐时代起,就与文学创作密切相关,特别是大多进入了诗歌创作。到了晚唐五代时期,距离李白在世的时间渐远,李白的别称与文学创作之关系愈益紧密,其标志是加工收录于笔记小说之中。有的增加了情节,例如贺知章与李白相遇、赠其"别称"的事实,多数人认为是"谪仙"(或"谪仙人")。此时孟棨《本事诗》沿袭了"谪仙"的说法,同时增加了《乌栖曲》的内容:"贺又见其《乌栖曲》,叹尝苦吟,曰:'此诗可以泣鬼神矣。'故杜子美赠诗及焉。"④而稍晚于孟棨的王定保,其《唐摭言》所载情节与称呼均有所不同:"李太白始自西蜀至京,名未甚振,因以所业贽谒贺知章。知章览《蜀道难》一篇,扬眉谓之曰:'公非人世之人,可不是太白星精耶!'"⑤将贺知章对李白的别称由"谪仙"变为"太白星精",显然是在流传过程中经过加工的结果。王仁裕对李白的关注度更高,经他之手,李白的别称出现在不同文学体式、不同名称:诗歌中是"李杜"("孟阳曾有语,刊在白云棱。李杜常挨托,孙刘亦恃凭。庸才安可守,上德始堪矜。暗指长天路,浓峦蔽几层。"⑥);小说中则是"醉圣"["李白嗜酒,不拘小节,然沈(沉)酣中所撰文章,未尝错误,而与不醉之人相对议事,皆不出太白所料,时人号为'醉圣'"⑦]。王谠《唐语林》所

---

① 〔唐〕韩愈《石鼓歌》:《全唐诗》第3811页,中华书局,1960年。
② 〔唐〕杜牧《冬至日寄小侄阿宜诗》:《全唐诗》第5941页,中华书局,1960年。
③ 〔清〕孙珮琳《谒太白墓》:《李白资料汇编》(金元明清之部)第961页,中华书局1994年。
④ 〔唐〕孟棨《本事诗·高逸第三》:《全唐五代笔记》第2385页,三秦出版社,2012年。
⑤ 〔五代〕王定保《唐摭言》(卷7):《全唐五代笔记》第2859页,三秦出版社,2012年。
⑥ 〔五代〕王仁裕《和蜀后主题剑门》:《全唐诗》第8401页,中华书局,1960年。
⑦ 〔五代〕王仁裕《开元天宝遗事》(卷下):《全唐五代笔记》第3174页,三秦出版社,2012年。

录"李白谒宰相"故事,彰显出李白的超凡气势:"李白开元中谒宰相,封一板,上题曰:'海上钓鳌客李白。'宰相问曰:'先生临沧海、钓巨鳌,以何物为钩线?'白曰:'风波逸其情,乾坤纵其志。以虹霓为线,明月为钩。'又曰:'何物为饵?'白曰:'以天下无义气丈夫为饵。'宰相竦然。"①王简的《负琴生》则将李白提高至与神仙直接交往的地步:"负琴生者,游长安数年,日在酒肆乞酒饮之,常负一琴。人不问即不语,人亦以为狂。或临水,或月下,即援琴抚弄,必凄切感人。李太白闻焉,就酒肆携手同出埛野。临水竹籍草,命之对饮,因请抚琴。生乃作一调弄,太白不觉怆然。……与太白同醉而回。明日,太白复欲引之于酒肆共饮,不复见。后数日,太白于长安南大树下见之,方欣喜欲就问之,忽然而灭。"②至此,李白实现了由文人(与贺知章交往)、高人(与宰相对话)到仙人(与神仙饮酒)的故事化过程。李白的别称参与到李白事迹故事化之中,属于"传播"的二次具象化、丰盈化。

(3)文化建设平台。李白本人既是著名诗人,而其思想品格、政治追求、人生经历又极为独特卓异。因此,他不仅仅属于文学范围,而且属于文化领域。李白的文化价值、作用与影响力,随着时代的推移愈益明显。他的别称在这一过程中,也发挥着一定的作用。这些别称,有的直接成为李白纪念建筑的名称。例如宣州的"二仙亭"③,宋代杜范《二仙亭祝文》有言:"维昔谢公尝为郡牧,'净练''晴绮'之句,迨今为此城绝唱。后数百年间,谪仙来游,凡所赋诗于公亦多称道。……二仙并祠,才自近岁。某切睹遗迹,企仰清风,莅职之初,一酹致敬。"④此处的"二仙"指南朝谢朓和李白。谢朓在其《晚登三山还望京邑》诗中有"余霞散成绮,澄江静如练"之句,李白对谢朓十分仰慕,多有咏谢朓之诗作,"二仙亭"因其二人而建。与"二仙亭(堂)"相关的是同样坐落于宣州的"五贤堂"。宋人王遂《五贤堂记》曰:"二仙堂者,祠齐尚书谢公朓、唐供奉翰林李公白也;五贤者,增唐宣州观察使颜公

---

① 〔宋〕王谠《唐语林》(卷5)第179页,上海古籍出版社,1978年。
② 〔宋〕王简《疑仙传》(卷上)《负琴生》:《全唐五代小说》第2245页,陕西人民出版社,1998年。
③ 此处"二仙亭",或为"二仙堂"之误。见下文《五贤堂记》所云。
④ 〔宋〕杜范《清献集》(卷18)《二仙亭祝文》:《文渊阁四库全书》第1175册第753页,台湾商务印书馆,1986年。

真卿、太子宾客白公居易、吏部侍郎韩公愈也。祠事二仙而增三贤为五者，所以追仰高风，景行行哲，非徒设也。"[1] 这里"二仙""五贤"之称，均包括李白，可视为别称进入建筑物名称的例证。李白一生游历大江南北，其经行之处多有遗迹存在。比如晚年离世归葬的当涂，就有名为"骑鲸处""捉月台"之类的所在。这些遗迹的命名，当与李白"骑鲸仙子"（"骑鲸仙子千年恨，万石佳人万古情。牛渚矶前浪好屋，区区名利与生轻"[2]）、"捉月仙"（"采石矶头捉月仙，脱靴意气尚飘然。沈香亭北惊尘世，且惜闲身棹酒船"[3]）等别称有所关联。与此同时，李白遗迹又会激发作家的创作热情，进而形成新的李白别称，"捉月仙人"（"舣舟来访宝云寺，快上山头寻五松。捉月仙人呼不醒，一间老屋战西风"[4]）、"天上仙人"（"天上仙人谪世间，醉中偏爱五松山。锦袍已跨鲸鱼去，惟有山僧自往还"[5]）之称，就是宋代两位学者游览五松山时形成的。至于"太白酒楼""谪仙居""读书处"之类的称呼，在与李白相关的地区，可谓比比皆是。凡此，都为李白其人其作其事的弘扬、李白文化的传播，提供了助力。

晚唐诗人曹松认为："李白虽然成异物，逸名犹与万方传。"[6] 能够使李白千古不朽、万方流传的原因，包括他创作的优秀诗歌作品、正史稗说的实录记闻。同时，历代累积的"别称"，也因文词简洁、形象鲜明、概括力强、易于记诵、便于联想、有助发挥等优势，在李白其人其诗传播过程中，发挥着重要作用。

---

[1] 〔宋〕王遂《五贤堂记》：《李白资料汇编》（唐宋之部）第733页，中华书局，2007年。

[2] 《当涂县志稿》：《李白资料汇编》（唐宋之部）第133页，中华书局，2007年。

[3] 〔宋〕韩淲《涧泉集》（卷18）《李白泛舟图》：《文渊阁四库全书》第1180册第819页，台湾商务印书馆，1986年。

[4] 〔宋〕戴昺《东野农歌集》（卷5）《五松山太白祠堂》：《文渊阁四库全书》第1178册第702页，台湾商务印书馆，1986年。

[5] 〔宋〕郑獬《郧溪集》（卷28）《五松山》：《文渊阁四库全书》第1097册第370页，台湾商务印书馆，1986年。

[6] 〔唐〕曹松《吊李翰林》：《全唐诗》第8245页，中华书局，1960年。

三、确立人生志愿：李白的"功成身退"

在社会生活中，每个人都有自己的奋斗目标。知识分子作为维护国家利益、传承民族文化的重要阶层，其人生定位更加明确。中国历代的文人士子，大多以入仕从政、治国平天下为人生的最大追求。例如屈原的企盼"政治清明"、陆游的热望"收复中原"，而李白一生的定位与追求，则可以概括为"功成身退"。

（一）"功成身退"理念的确立

李白"功成身退"人生理念的确立，并非一时的心血来潮，而是有着历史与现实、主观与客观诸多方面的因素。其中，接受传统文化中"治国平天下"的思想观念以及"见贤思齐"、学习相关成功者经验的人生定位，发挥着主要作用。

1. 思想渊源：传统文士的基本追求

自古以来，中国知识分子主要受儒家思想的影响。儒家思想的基本理念是积极入世、建功立业、成就不朽。儒家倡导的"学而优则仕"[①]、"达则兼善天下"[②]，成为历代众多文人士子的人生宗旨。李白的政治思想、人生追求之渊源，亦在于此。当然，李白还受到道家思想的较大影响，但道家思想（特别是老子的思想），也是以治国理政为主要追求的。具体而言，李白"功成身退"思想，鲜明地表现在两个方面。

第一，时不我待、渴望功业。李白对时光的迅速流逝、生命的短暂促迫，具有十分敏锐的感受。在他的诗作之中，经常出现感慨时光的语词："君不见黄河之水天上来，奔流到海不复回。君不见高堂明镜悲白发，

---

① 杨伯峻《论语译注》第 202 页，中华书局，1980 年。
② 杨伯峻《孟子译注》第 304 页，中华书局，1960 年。

朝如青丝暮成雪。"① "白日何短短，百年苦易满。"② "容颜若飞电，时景如飘风。草绿霜已白，日西月复东。华鬓不耐秋，飒然成衰蓬。"③ 正是基于对"时不我待"的切身感受，使他特别渴望建功立业，并且要及早成功："光景不可留，生世如转蓬。早达胜晚遇，羞比垂钓翁。"④ 可见，他希望"早达"，而不愿像姜太公那样"晚遇"。至于建立功业的动因，他也作了说明："当年意气不肯平，白发如丝叹何益。"⑤ 这种"不留人生遗憾"的表述，与传统知识分子的"立功"思想是完全相同的。

第二，功成之后，立即身退。取得"成功"是人人所渴望的，也是无可厚非的。至于"成功"之后如何抉择人生，则表现出明显的不同，大多数人选择"安享富贵"，而李白则选择"立即身退"的道路。这条道路，在他的早年就已确定，并且终生未曾改变。李白在年满30岁时，分别创作了《玉真公主别馆苦雨赠卫尉张卿二首》（其二）（"功成拂衣去，摇曳沧洲傍"⑥ 作于开元十八年，即730年）、《侠客行》（"事了拂衣去，深藏身与名"⑦ 作于开元十九年，即731年）。这些作品之中，明确表达了"功成身退"的思想。这一思想的确立，可以视为李白"三十而立"的重要标志。唐玄宗天宝元年（742），时年42岁的李白奉诏入京，"成功"的理想终于具有了实现的可能。不过，在京任职翰林期间，他仍然秉持着"方希佐明主，长揖辞成功"的信念⑧。与此同时，随着对上层统治集团认识的深入，李白切身体验到官场的险恶，强化了自己"退身"的思想："青蝇易相点，白雪难同调。本是疏散人，屡贻褊促诮。……功成谢人间，从此一投钓。"⑨ 在这期间，他还进一步认识到，如果"功成"而不及时"身退"，可能招致杀身之祸："吾观自古贤达人，功成不退皆殒身。"⑩ 到了唐玄宗当政的晚年，政治更加黑暗，李白早已远离朝廷且年逾半百，但他并未放弃"成功"的愿望，只是更多增添了"身

---

① 《将进酒》：《全唐诗》第169页，中华书局，1960年。
② 《短歌行》：《全唐诗》第216页，中华书局，1960年。
③ 《古风五十九首》（其二十八）：《全唐诗》第1675页，中华书局，1960年。
④ 《效古二首》（其一）：《全唐诗》第1861页，中华书局，1960年。
⑤ 《前有一樽酒行二首》（其一）：《全唐诗》第1685页，中华书局，1960年。
⑥ 《玉真公主别馆苦雨赠卫尉张卿二首》（其二）：《全唐诗》第1733页，中华书局，1960年。
⑦ 《侠客行》：《全唐诗》第332页，中华书局，1960年。
⑧ 《东武吟》：《全唐诗》第250页，中华书局，1960年。
⑨ 《翰林读书言怀呈集贤诸学士》：《全唐诗》第1865页，中华书局，1960年。
⑩ 《行路难三首》（其三）：《全唐诗》第343页，中华书局，1960年。

退"的色彩:"入门上高堂,列鼎错珍馐。香风引赵舞,清管随齐讴。七十紫鸳鸯,双双戏庭幽。行乐争昼夜,自言度千秋。功成身不退,自古多愆尤。黄犬空叹息,绿珠成衅仇。何如鸱夷子,散发棹扁舟。"①(作于天宝十二年,即753年,时年53岁)。通过这些诗句可知,李白"功成身退"的理念是在其早年确立,并且贯穿一生的。

2. 具体榜样:前代成功人士

在李白看来,入世立功之后实现全身而退,并非虚幻的空想,而是多有成功例证的。为此,他在诗歌中列举了若干历史人物,作为自己实现"功成身退"目标的佐证,同时也作为自己学习的榜样。

这些历史人物之中,有大功告成的吕尚,"朝歌鼓刀叟,虎变磻溪中。一举钓六合,遂荒营丘东"②"君不见朝歌屠叟辞棘津,八十西来钓渭滨。宁羞白发照渌水,逢时吐气思经纶。广张三千六百钓,风雅暗与文王亲"③;有功成不居的鲁仲连,"鲁连逃千金,珪组岂可酬"④"齐心戴朝恩,不惜微躯捐。所冀旄头灭,功成追鲁连"⑤"岧峣广成子,倜傥鲁仲连。卓绝二公外,丹心无间然"⑥"意在斩巨鳌,何论鲙长鲸!恨无左车略,多愧鲁连生"⑦"十三弄文史,挥笔如振绮。辩折田巴生,心齐鲁连子"⑧"鲁连不得不蹈于东海。则桃源之避世者,可谓超升先觉"⑨;有显功而退的陶渊明,"陶令去彭泽,茫然太古心。大音自成曲,但奏无弦琴"⑩"陶令辞彭泽,梁鸿入会稽。我寻高士传,君与古人齐"⑪"陶令日日醉,不知五柳春。素琴本无弦,漉酒用葛巾。清风北窗下,自谓羲皇人"⑫"吾爱崔秋浦,宛然陶令风。门前五杨柳,井上二梧

---

① 《古风五十九首》(其十八):《全唐诗》第1673页,中华书局,1960年。
② 《鞠歌行》(其一):《全唐诗》第233页,中华书局,1960年。
③ 《梁甫吟》:《全唐诗》第250页,中华书局,1960年。
④ 《赠崔郎中宗之金陵》:《全唐诗》第1742页,中华书局,1960年。
⑤ 《在水军宴赠幕府诸侍御》:《全唐诗》第1749页,中华书局,1960年。
⑥ 《赠宣城宇文太守兼呈崔侍御》:《全唐诗》第1759页,中华书局,1960年。
⑦ 《闻李太尉大举秦兵百万出征东南懦夫请缨冀申一割之用半道病还留别金陵崔侍御十九韵》:《全唐诗》第1786页,中华书局,1960年。
⑧ 《送王屋山人魏万还王屋》:《全唐诗》第1788页,中华书局,1960年。
⑨ 《奉饯十七翁二十四翁寻桃花源序》:《李白全集编年笺注》第1794页,中华书局2015年。
⑩ 《赠临洺县令皓弟(时被讼停官)》:《全唐诗》第1738页,中华书局,1960年。
⑪ 《口号赠征君鸿(此公时被征)》:《全唐诗》第1740页,中华书局,1960年。
⑫ 《戏赠郑溧阳》:《全唐诗》第1746页,中华书局,1960年。

桐"①"梦见五柳枝,已堪挂马鞭。何日到彭泽,长歌陶令前"②"陶令八十日,长歌归去来"③;有功成身退的范蠡,"范子何曾爱五湖,功成名遂身自退"④"陶朱虽相越,本有五湖心"⑤"此地多英豪,邈然不可攀。陶朱与五羖,名播天壤间"⑥。

  上述"功成"人物中,李白最佩服的是鲁仲连。因为,只有鲁仲连在建立勋功之后,拒绝封赏、洒脱而去。范蠡虽然也是功成不居、全身而退,却是为了避祸选择不告而别,不够潇洒。陶渊明虽是辞官归隐,但县令之职成就的功业,毕竟十分有限。至于吕尚,主要是在"功成"特别是"大器晚成"方面,对李白多有启发。这些成功人士,在李白的人生道路上,发挥着重要的引领作用。

(二)追求"功成"的具体举措

  "功成身退"中的"功成"与"身退",构成一种因果关系。"功成"作为"身退"的前提条件,在双方关系中的地位极其重要。为了实现"身退"的终极目标,李白采用多种举措以求"成功"。

  1. 捷径求名:以便入仕

  李白生活的盛唐时期,朝廷实施科举取士的制度,通过科举入仕为官,是文人士子的"正途"。不过,参加科举考中进士不仅周期较长,而且录取的机会很小(录取名额太少)。以李白的性格,他既不愿忍受"十年寒窗"(甚至时间更长)孤独寂寞之苦,更无法接受考官、座主、权贵们的训教折辱。于是,他选择了弃置科考、寻找捷径即求名入仕的方式。通观李白的一生,可知其青少年时代喜仙好道、击剑任侠、轻财乐施,意在传扬声名;而其"超世之心",也并非归隐山林,而是以超越尘俗、与众不同的心志引领行动,用来赢得世人关注。出游交友,占据着李白生活的重要位置,他的大半生是在外出游历、结交各类朋友之中度过的。这种游历与交友,主要目的也是获取佳名、以求上位。李白在

---

① 《赠崔秋浦三首》(其一):《全唐诗》第1747页,中华书局,1960年。
② 《寄韦南陵冰,余江上乘兴访之遇寻颜尚书笑有此赠》:《全唐诗》第1771页,中华书局,1960年。
③ 《对酒醉题屈突明府厅》:《全唐诗》第1853页,中华书局,1960年。
④ 《悲歌行》:《全唐诗》第1722页,中华书局,1960年。
⑤ 《留别王司马嵩》:《全唐诗》第1781页,中华书局,1960年。
⑥ 《南都行》:《全唐诗》第1715页,中华书局,1960年。

自己的诗歌中也曾写道:"荆人泣美玉,鲁叟悲匏瓜。……穷溟出宝贝,大泽饶龙蛇。明主倘见收,烟霞路非赊。"①"我有结绿珍,久藏浊水泥。时人弃此物,乃与燕珉齐。摭拭欲赠之,申眉路无梯。"②其中表达的正是希望献宝上位的思想。李白利用"捷径",的确获取了一定的声名,并且通过友人(道士吴筠)的介绍,得以入京面君,实现了进入官场的愿望。

2. 列位翰林:以望相位

天宝元年(742),42岁的李白入京面见玄宗后,表现出强烈的事业心。他在《驾去温泉后赠杨山人》诗中写道:"少年落魄楚汉间,风尘萧瑟多苦颜。自言管葛竟谁许,长吁莫错还闭关。一朝君王垂拂拭,剖心输丹雪胸臆,忽蒙白日回景光,直上青云生羽翼,幸陪鸾辇出鸿都,身骑飞龙天马驹。王公大人借颜色,金璋紫绶来相趋。当时结交何纷纷,片言道合惟有君。待吾尽节报明主,然后相携卧白云。"③为了实现自己的政治理想,他甚至不惜以谀词奉承玄宗皇帝和贵妃娘娘:"三千双蛾献歌笑,挝钟考鼓宫殿倾,万姓聚舞歌太平。"④"跪双膝,立两肘。散花指天举素手。拜龙颜,献圣寿。北斗戾,南山摧。天子九九八十一万岁,长倾万岁杯。"⑤对于"待诏翰林"的身份,李白显然是不满意的,因为他的政治理想是位居权要、治理天下。要实现这样的愿望,只有身居一人之下、万人之上的宰相之位,才是有可能的。但是,唐玄宗只是将他视为"待诏"的文词之士,不可能委以重任。而他本人的个性,也不适合于官场。在京三年期间,李白未曾实现出将入相、建立不世之功业的理想,而是以"赐金还山"的方式离开国家权力中枢。这番经历,虽然使他更加真切地认知了最高统治集团的腐朽与丑恶,却并未完全消除内心建功立业的思想。

3. 参与平叛:以成夙愿

唐玄宗天宝十四载(755),标志着大唐帝国由盛转衰、社会矛盾全面激化的"安史之乱"爆发。李白极其同情饱受安史乱兵杀戮的中原百

---

① 《早秋赠裴十七仲堪》:《全唐诗》第1732页,中华书局,1960年。
② 《赠范金卿二首》(其一):《全唐诗》第1732页,中华书局,1960年。
③ 《驾去温泉后赠杨山人》:《全唐诗》第1735页,中华书局,1960年。
④ 《春日行》:《全唐诗》第320页,中华书局,1960年。
⑤ 《上云乐》:《全唐诗》第1687页,中华书局,1960年。

姓:"洛阳三月飞胡沙,洛阳城中人怨嗟。天津流水波赤血,白骨相撑如乱麻。"①他十分关心国家的前途命运:"沙尘接幽州,烽火连朔方。杀气毒剑戟,严风裂衣裳。……何日王道平,开颜睹天光。"②为了报国出力,他加入永王李璘幕府,为平定叛乱出谋划策。在《永王东巡歌十一首》中,他充分展示了永王统领大军的声威,表达了平定叛乱、安定国家的决心:"永王正月东出师,天子遥分龙虎旗。楼船一举风波静,江汉翻为雁鹜池。"(其一)"王出三山按五湖,楼船跨海次扬都。战舰森森罗虎士,征帆一一引龙驹。"(其七)"试借君王玉马鞭,指挥戎虏坐琼筵。南风一扫胡尘静,西入长安到日边。"(其十一)③与此同时,他念念不忘的仍是"功成身退":"徒为风尘苦,一官已白须。气同万里合,访我来琼都。披云睹青天,扪虱话良图。留侯将绮里,出处未云殊。终与安社稷,功成去五湖。"④可惜的是,李白一生中最后的重大政治抉择,以随从反叛的罪名而流放夜郎的悲剧结束。虽然李白在参加平定"安史之乱"的过程中,成为最高统治集团之间政治斗争的牺牲品,但他那种期盼为国尽忠的勇气,以及始终不忘"功成"、坚持实现人生理想的作为,是令人敬佩的。

(三)未能"身退"的自我因素

李白的一生,虽然未能位至宰相、权倾朝野,至少曾经待诏翰林、近侍君王,可以称得上成功人士。同时,由于仕途遭遇诸多不顺,他也时常表达退避远离社会政治之意。然而,他从未真正地"身退",其中有着多方面的因缘。

1. 坚守政治理想:功成身退

李白是以积极入世为人生定位、以建立功业为政治理想的。他曾列举诸葛亮等成功人士,对自己的治国才能非常自信。但是,当他满怀热情地投身政治时,得到的结果完全出乎意料:"抱玉入楚国,见疑古所闻。

---

① 《扶风豪士歌》:《全唐诗》第1717页,中华书局,1960年。
② 《北上行》:《全唐诗》第1705页,中华书局,1960年。
③ 《永王东巡歌十一首》(其一)(其七)(其十一):《李太白全集》第507、511、515页,中华书局,2015年。
④ 《赠韦秘书子春二首》(其二):《全唐诗》第1734页,中华书局,1960年。

良宝终见弃,徒劳三献君。"①随着对统治集团的深入了解,李白真正体会到黑暗现实的残酷。尽管遭遇诸多不幸,李白并未退缩,因为他的政治理想是为国立功,设定的人生目标是"功成身退"。只要尚未真正"功成",就绝对不会"身退"。李白这种坚守"功业未成,决不身退"的信念,矢志不渝追求政治理想的精神,是难能可贵的。

2. 坚信个人能力:治国干才

李白是一位极其自信的人,从不怀疑自己的政治才干,总是以治国平天下为己任。他曾经假借他人之口列举上古贤哲,对自己的才干品格大加赞赏:"昔太公大贤,傅说明德,栖渭川之水,藏虞虢之岩,卒能形诸兆朕,感乎梦想。此则天道暗合,岂劳乎搜访哉?果投竿诣麾,舍筑作相,佐周文,赞武丁。……近者逸人李白自峨眉而来,尔其天为容,道为貌,不屈己,不干人,巢由以来,一人而已。"②他从未将自己定位为文士书生,而是殷切期盼建功立业:"儒生不及游侠人,白首下帷复何益"③;"白日当天心,照之可以事明主。壮士愤,雄风生,安得倚天剑,跨海斩长鲸。"④当然,李白是否具备力挽狂澜、解民倒悬之治国大才,曾被不少人怀疑。再加上他那嗜酒放诞、不肯"摧眉折腰事权贵"的孤傲个性,致使其治国才干、政治理想难以实现。但是,这种对自我才能的自信,的确是支撑李白积极进取的重要动力与因缘。

3. 坚韧人格品质:遇挫不折

由于李白的政治理想、人生定位乃至日常表现,与凡俗大众多有不同,因而经常处于不被理解、遭受排挤的境地。他也有时流露出失望的情绪:"报国有壮心,龙颜不回眷。"⑤"独酌聊自勉,谁贵经纶才。"⑥但是,他从未真正地气馁或退缩。在他看来,人的一生中遇到困难是十分正常的:"猛虎落陷阱,壮夫时屈厄。"⑦"张良未遇韩信贫,刘项存亡在两臣。暂到下邳受兵略,来投漂母作主人。贤哲栖栖古如此,今时

---

① 《古风五十九首》(其三十七):《全唐诗》第1676页,中华书局,1960年。
② 《代寿山答孟少府移文书》:《李白全集编年笺注》第1744页,中华书局2015年。
③ 《行行游且猎篇》:《全唐诗》第333页,中华书局,1960年。
④ 《临江王节士歌》:《全唐诗》第420页,中华书局,1960年。
⑤ 《江夏寄汉阳辅录事》:《全唐诗》第1775页,中华书局,1960年。
⑥ 《玉真公主别馆苦雨赠卫尉张卿二首》(其一):《全唐诗》第1733页,中华书局,1960年。
⑦ 《君马黄》:《全唐诗》第170页,中华书局,1960年。

亦弃青云士。"① 因此，他坚持"白若白鹭鲜，清如清唳蝉。受气有本性，不为外物迁"②，始终不改变自己的品格与立场。

能够始终坚守远大政治理想、坚信个人的强大能力、具备坚韧的人格品质，李白这种积极入世进取、遇挫决不退缩、渴望建功立业的表现，既有其个人素质为基础，更得益于其"功成身退"人生目标定位的坚定、坚持不懈地予以践行。

（四）李白"功成身退"定位之评价

李白的"功成身退"之定位，不但对其本人具有规范、激励之作用，对当时及后世的文人士子确定人生目标、践行人生规划等，也产生了不小的影响。

1. 激励自我：终生前行

李白"功成身退"的定位是十分明确的，而实现这一目标的困难，也是难以克服的。李白久居民间、结交各色人等，对下层社会所知甚广；他又曾亲仕于朝廷，与皇帝、权臣等有过较长时间的近距离接触，因而对上层统治阶级的认知十分真切。基于此，他对政治斗争、仕途险恶非常清醒，甚至十分恐惧。他也特别羡慕那些隐居山林、享受自然风光的高士："昭昭严子陵，垂钓沧波间。身将客星隐，心与浮云闲。长揖万乘君，还归富春山。清风洒六合，邈然不可攀。使我长叹息，冥栖岩石间。"③ 他也曾因滚滚红尘中"伯乐难遇"而愤愤不平："清歌遏流云，艳舞有余闲。遨游盛宛洛，冠盖随风还。走马红阳城，呼鹰白河湾。谁识卧龙客，长吟愁鬓斑。"④ 他也懂得远离是非之地会十分安全："游莫逐炎洲翠，栖莫近吴宫燕。吴宫火起焚巢窠，炎洲逐翠遭网罗。萧条两翅蓬蒿下，纵有鹰鹯奈若何。"⑤ 但是，为了实现自己"功成身退"的人生理想与抱负，他克服了畏惧、逃避的心理，以"功不成而决不退"作为自己的底线，不断地用豪言壮语激励自己，坚持信念、砥砺前行。

2. 教育后人：守志不移

每个人都会有自己的人生理想、目标志向，而人的一生又是在

---

① 《猛虎行》：《全唐诗》第 223 页，中华书局，1960 年。
② 《赠宣城宇文太守兼呈崔侍御》：《全唐诗》第 1759 页，中华书局，1960 年。
③ 《古风五十九首》（其十二）：《全唐诗》第 1672 页，中华书局，1960 年。
④ 《南都行》：《全唐诗》第 1715 页，中华书局，1960 年。
⑤ 《野田黄雀行》：《全唐诗》第 243 页，中华书局，1960 年。

"顺"与"逆"中不断转换的。在顺境中坚持理想、守志不移,并不困难;处于逆境,特别是不断遭遇磨难或年已老大之后,仍然有理想、守志向,并非一般人所能做到。李白在人生困境之中始终坚持进取精神,尤其值得后人学习。他的这一精神即使到了晚年,也未曾改变。他在50岁(天宝九载,即750年)时,表达了对遭陷获罪的"无视":"坦荡君子,无悦簧言。擢发续罪,罪乃孔多。倾海流恶,恶无以过。人生实难,逢此织罗。积毁销金,沉忧作歌。天未丧文,其如余何!"①53岁(天宝十二载,即753年)时,展示了誓为君子、永不服老的决心:"愿君学长松,慎勿作桃李。受屈不改心,然后知君子""我如丰年玉,弃置秋田草。但勖冰壶心,无为叹衰老。"②56岁(至德元年,即756年)时,仍然坚持入世济民的意志:"苟无济代心,独善亦何益。"③裴斐先生曾说,李白和屈原、杜甫等人,之所以"比历史上所有隐逸诗人、田园诗人、山水诗人都要伟大得多,重要原因之一,便在于他们虽然屡经坎坷沦落,身世非常不幸,对于现实人生却始终抱积极态度,忧心国事,关怀人民,顽强执着,锲而不舍,因而从他们的作品中能够感觉到时代和社会生活的脉搏。对现实人生抱积极态度还是抱消极态度,应是我们衡量古代作家的一个重要标准。正是用这个标准衡量,李白无愧于文学史上最伟大的诗人之列"④。如此评价李白,是十分贴切的,也是发人深思的。可以肯定的是,后世许多人推许、崇拜、学习李白,不仅在于李白的乐观向上、积极进取,更在于他坚持理想、守志不移的品格。

总之,李白始终追求"功成身退",他一生的荣辱悲喜、人们对其的评价,大多与此相关。追求"功成",即是"入世";希望"身退",则是"出世"。"出世与入世,在李白思想中既不是对立的,也不是并立的,而是前者从属于后者,由后者派生。"⑤不少人对李白"功未成而身不退"的定位与人生经历,予以质疑甚至刻薄嘲笑。其实这种追求理想、积极进取、遇挫不折、矢志不渝的精神,正是李白最为可贵之处,也是最值得我们学习和借鉴的。

---

① 《雪谗诗赠友人》:《全唐诗》第1736页,中华书局,1960年。
② 《赠韦侍御黄裳二首》(其一)(其二):《全唐诗》第1734页,中华书局,1960年。
③ 《赠韦秘书子春二首》(其一):《全唐诗》第1734页,中华书局,1960年。
④ 裴斐《裴斐文集》(第二卷)第59页,人民文学出版社,2013年。
⑤ 裴斐《裴斐文集》(第二卷)第59页,人民文学出版社,2013年。

四、理念统领创作：李白诗歌创作的思理格范

李白是唐代最著名的积极浪漫主义诗人。同时，他也是承继陈子昂推动唐代诗歌革新的重要人物，实现了清除齐梁至初唐颓靡诗风的愿望："陈拾遗横制颓波，天下质文，翕然一变。至今朝诗体，尚有梁、陈宫掖之风，至公（李白）大变，扫地并尽。"[①] 李白能够取得如此辉煌的成就，除了拥有众多脍炙人口的诗歌名篇，也与其诗学思想、创作理论的指导密切相关。李白虽无系统的诗歌创作理论专著，但通过其诗文创作，亦可较为清晰地展示其诗学思想理论之大况，并从另一层面（内在）展现出其本人形象。

（一）李白诗学思想的主要指向

1. 明确创作目标定位

李白进行诗歌创作，十分强调继承"风雅"传统。他对"玄风变太古，道丧无时还"的诗坛状况非常担忧[②]，表示要继承《诗经》"风雅"传统，对诗歌进行创新。在《古风五十九首》（其一）中，李白全面说明了自己对诗坛的体认及目标定位。首先指出"大雅久不作"的诗坛现状，接着回顾了先秦以来的诗歌创作情形，批评了战国以降"正声"（《诗经》）消退、情感"哀怨"、风格"绮丽"的状况，表达了"志在删述"的志向。《御选唐宋诗醇》称此诗"括风雅之源流，明著作之意旨。……指归大雅，志在删述，上溯风骚，俯观六代，以绮丽为贱，清真为贵，论诗之义，昭然明矣"[③]。因此，该诗堪称李白革新诗坛、从事诗歌创作的纲领，是

[①]〔唐〕李阳冰《草堂集序》：《李白全集编年笺注》第1949页，中华书局，2015年。
[②]《古风五十九首》（其三十）：《全唐诗》第1675页，中华书局，1960年。
[③]〔清〕爱新觉罗·弘历《御选唐宋诗醇》（卷1）《古风·大雅久不作》（评语）：《文渊阁四库全书》第1448册第89页，台湾商务印书馆，1986年。

其遵循的基本原则。

对于创作的社会作用，李白极为重视。他在《送戴十五归衡岳序》中说自己"上探玄古，中观人世，下察交道。……精微可以入神，懿重可以崇德，谟猷可以尊主，文藻可以成化"①。类似的表述还有"文以述大雅，道以通至精"②"能文变风俗，好客留轩盖"③。这里的"文藻可以成化""文以述大雅""能文变风俗"诸语，都是强调文学创作意在教化，以及发挥引领社会风气的作用。要实现自己的目标定位，使作品能够发挥良好的社会作用，就必须充分展现诗人的创作才华："翰林客卿，挥辞锋以战胜。名教乐地，无非得俊之场也。千载一时，言诗纪志。"④同时，还要具有立足当下、着眼未来的"精品"意识："还倾四五酌，自咏猛虎词。近作十日欢，远为千载期。"⑤"近作十日欢"是为现实服务，"远为千载期"，则是追求不朽。李白的诗歌，的确在很大程度上达到了这一目标。

2. 用心把握创作过程

文学创作（特别是诗歌创作）具有鲜明的"不平则鸣"特征。这里的"不平"，主要是指受到客观因素引发与刺激的表现（包括情感或行为）⑥。换言之，创作需要"媒介"的引发。李白对这种"媒介"极为重视，认为在诗歌创作中不可或缺。在他看来，秀丽的山水（"泾川三百里，若耶羞见之。锦石照碧山，两边白鹭鸶。佳境千万曲，客行无歇时。上有琴高水，下有陵阳祠。……蓬山振雄笔，绣服挥清词"⑦；"周子横山隐，开门临城隅。连峰入户牖，胜概凌方壶。时作白纻词，放歌丹阳湖"⑧）、著名的遗迹（"朔雪落吴天，从风渡溟渤。海树成阳春，江沙浩明月。兴

---

① 《送戴十五归衡岳序》：《李白全集编年笺注》第1773页，中华书局，2015年。
② 《奉饯十七翁二十四翁寻桃花源序》：《李白全集编年笺注》第1794页，中华书局，2015年。
③ 《赠从孙义兴宰铭》：《全唐诗》第1744页，中华书局，1960年。
④ 《夏日奉陪司马武公与群贤宴姑孰亭序》：《李白全集编年笺注》第1866页，中华书局，2015年。
⑤ 《寻鲁城北范居士失道落苍耳中见范置酒摘苍耳作》：《全唐诗》第1822页，中华书局，1960年。
⑥ （唐）韩愈《送孟东野序》："大凡物不得其平则鸣。草木之无声，风挠之鸣。水之无声，风荡之鸣。……人之于言也亦然。有不得已者而后言，其歌也有思，其哭也有怀。凡出乎口而为声者，其皆有弗平者乎！"
⑦ 《泾川送族弟錞》：《全唐诗》第1810页，中华书局，1960年。
⑧ 《赠丹阳横山周处士惟长》：《全唐诗》第1733页，中华书局，1960年。

从剡溪起,思绕梁园发。寄君郢中歌,曲罢心断绝"①)、挚友的聚会("因思万夫子,解渴同琼树。何日睹清光,相欢咏佳句"②)、欢乐的歌舞("摇曳帆在空,清流顺归风。诗因鼓吹发,酒为剑歌雄"③)、亲人的别离("孤负夙愿,惭归名山,终期后来,携手五岳。情以送远,诗宁阙乎"④),全都可以引发诗思,成为创作的直接媒介。面对这些场景,人们身心轻松、物我两忘、志同道合、心畅意遂,自然就会见景生情、诵诗咏歌。

身为"主观诗人",李白深知"情感"在诗歌创作中的意义,"悲愤出诗人"是其切身的体会:"白璧何辜,青蝇屡前。……人生实难,逢此织罗。积毁销金,沉忧作歌。"⑤特别可贵的是,他将个人的不幸与国家危亡及百姓苦难相结合:"中原走豺虎,烈火焚宗庙。太白昼经天,颓阳掩余照。王城皆荡覆,世路成奔峭。四海望长安,颦眉寡西笑。苍生疑落叶,白骨空相吊。连兵似雪山,破敌谁能料。……闷为洛生咏,醉发吴越调。"⑥从而超越仅仅抒写个人不平的狭小格局,成为具有深沉家国情怀的伟大诗人。同时,对情感的关注,有助于理解他人创作诗歌的情感体验:"张衡殊不乐,应有四愁诗。惭君锦绣段,赠我慰相思。"⑦李白对"情感"的深入体悟与把握,不仅使"抒情"成为其诗歌的鲜明特征,而且是其创作诗歌的重要"法门"。

3. 形成鲜明风格特征

风格,指作家或艺术家在自己的创作成果中,表现出相对稳定之思想情感、审美倾向、表达方式等风貌特征。关于李白诗歌的基本风格,古今论者极夥,如"雄奇奔放、俊逸清新、豪迈奔放、清新飘逸、境奇语妙"等。这些表述各有其道理在,如果结合李白之个性、思想及其作品中的描述,将其风格概之为"清真天然"则更为贴切。"心和得天真,风俗犹太古"⑧"粉为造化,笔写天真"⑨"化心养精魄,隐

---

① 《淮海对雪赠傅霭》:《全唐诗》第1731页,中华书局,1960年。
② 《早过漆林渡寄万巨》:《全唐诗》第1777页,中华书局,1960年。
③ 《在水军宴韦司马楼船观妓》:《全唐诗》第1829页,中华书局,1960年。
④ 《秋于敬亭送从侄耑游庐山序》:《李白全集编年笺注》第1856页,中华书局,2015年。
⑤ 《雪谗诗赠友人》:《全唐诗》第1736页,中华书局,1960年。
⑥ 《经乱后将避地剡中留赠崔宣城》:《全唐诗》第1764页,中华书局,1960年。
⑦ 《张相公出镇荆州寻除太子詹事余时流夜郎行至江夏与张公相去千里公因太府丞王昔使车寄罗衣二事及五月五日赠余诗余答以此诗》:《全唐诗》第1818页,中华书局,1960年。
⑧ 《赠清漳明府侄聿》:《全唐诗》第1737页,中华书局,1960年。
⑨ 《金陵名僧頵公粉图慈亲赞》:《李白全集编年笺注》第1939页,中华书局,2015年。

几窅天真"①"所愿得此道,终然保清真"②"扬音大千,所以清真心,警俗虑;协响广乐,所以达元气,彰天声"③"造化合元符,交媾腾精魄。自然成妙用,孰知其指的"④"三杯通大道,一斗合自然"⑤"江嶂若画,赏盈前途,自然屏间坐游,镜里行到,霞月千里,足供文章之用哉"等⑥,都是对"清真天然"风格的直接注释说明。当然,对其风格描述最为形象也是流传最广的诗句,则是"清水出芙蓉,天然去雕饰"⑦。在清澈的水面上刚刚开放的芙蓉花,清新秀丽、本真天然、无须任何雕饰而形神俱佳。李白所追求的,正是这样的诗歌风格。

为了达到清新本真的程度,他对创作过程中的遣词用语、行文笔法、观点结论等,都提出了明确要求:"吐言贵珠玉,落笔回风霜"⑧"志气塞乎天地,德音发乎声容。缟乎若寒崖之霜,湛乎若清川之月。弹恶雪善,速若箭飞。尤能笔工新文,口吐雅论"⑨。与此同时,对于一味摹仿抄袭的行为,给予辛辣的讽刺:"丑女来效颦,还家惊四邻。寿陵失本步,笑杀邯郸人。一曲斐然子,雕虫丧天真。棘刺造沐猴,三年费精神。"⑩李白创作诗歌取得非凡的成就,与其坚持全方位地精心思考与力行、形成以"清真"为特征的独特风格,有着直接的关系。

4. 认真学习借鉴他人

任何渴望取得非凡成就的文人(也包括其他领域的人士),都必须认真做好两个方面的工作:一是"继承",亦即虚心向前人(他人)学习;二是"创新",亦即在总结前人经验教训之上的出奇生新。"继承"是"创新"的基础,缺失了这个基础,创新就无从谈起。即使天才超群的李白,对此也有着深刻的体认。

---

① 《送李青归南叶阳川》:《全唐诗》第 1805 页,中华书局,1960 年。
② 《避地司空原言怀》:《全唐诗》第 1866 页,中华书局,1960 年。
③ 《化成寺大钟铭》(并序):《李白全集编年笺注》第 1824 页,中华书局,2015 年。
④ 《草创大还赠柳官迪》:《全唐诗》第 1745 页,中华书局,1960 年。
⑤ 《月下独酌四首》(其二):《全唐诗》第 1853 页,中华书局,1960 年。
⑥ 《早夏于江将军叔宅与诸昆季送傅八之江南序》:《李白全集编年笺注》第 1817 页,中华书局,2015 年。
⑦ 《经乱离后天恩流夜郎忆旧游书怀赠江夏韦太守良宰》:《全唐诗》第 1751 页,中华书局,1960 年。
⑧ 《赠刘都使》:《全唐诗》第 1751 页,中华书局,1960 年。
⑨ 《虞城县令李公去思颂碑》(并序):《李白全集编年笺注》第 1847 页,中华书局,2015 年。
⑩ 《古风五十九首》(其三十五):《全唐诗》第 1676 页,中华书局,1960 年。

李白对《诗经》以降的诗歌（包括其他文学体式）的发展状况，进行了深入分析研究。对历代的著名诗人，真诚地学习与借鉴。他喜爱谢灵运其人其诗，不时吟诵品味："谢公之彭蠡，因此游松门。余方窥石镜，兼得穷江源。将欲继风雅，岂徒清心魂"①"昨梦见惠连，朝吟谢公诗。东风引碧草，不觉生华池"②；他认真揣摩谢灵运的诗作，进行仿作继作："我家敬亭下，辄继谢公作。相去数百年，风期宛如昨"③；他用谢灵运的诗歌，作为评价自己诗歌的标准："群季俊秀，皆为惠连；吾人咏歌，独惭康乐"④。相对于谢灵运，李白更加关注谢朓。他将谢朓引为同道："闻道金陵龙虎盘，还同谢朓望长安"⑤；时常诵读谢朓的诗句："我吟谢朓诗上语，朔风飒飒吹飞雨"⑥、"纷纷江上雪，草草客中悲。明发新林浦，空吟谢朓诗"⑦；他特别欣赏谢朓以"清"为特征的风格："诺为楚人重，诗传谢朓清。沧浪吾有曲，寄入棹歌声"⑧；认为谢朓的"清发"，完全可与"建安风骨"相媲美："蓬莱文章建安骨，中间小谢又清发。俱怀逸兴壮思飞，欲上青天览日月。"⑨可见，谢朓在李白心目中位置的非同一般。除了"大小谢"，李白对屈原（见《江上吟》）、曹植[见《感兴六首》（其二）]、陶渊明（见《赠崔秋浦三首》《别中都明府兄》）、刘桢（见《宣城送刘副使入秦》）、鲍照（见《赠僧行融》）等诗人，均给予充分的肯定。甚至身份并非诗人文士之人，只要其作品确有价值，他也对其由衷称赏："君王歌大风，如乐丰沛都。延年献佳作，邈与诗人俱。"⑩汉高祖和李延年分别作有《大风歌》《佳人歌》⑪，且各具特色、流传于世。在李白看来，这两首作品堪称诗歌"佳作"，两位作者亦可"与

---

① 《入彭蠡经松门观石镜缅怀谢康乐题诗书游览之志》：《全唐诗》第1848页，中华书局，1960年。
② 《书情寄从弟邠州长史昭》：《全唐诗》第1774页，中华书局，1960年。
③ 《游敬亭寄崔侍御》：《全唐诗》第1777页，中华书局，1960年。
④ 《春夜宴从弟桃花园序》：《李白全集编年笺注》第1797页，中华书局2015年。
⑤ 《答杜秀才五松见赠》：《全唐诗》第1819页，中华书局，1960年。
⑥ 《酬殷明佐见赠五云裘歌》：《全唐诗》第1728页，中华书局，1960年。
⑦ 《新林浦阻风寄友人》：《全唐诗》第1770页，中华书局，1960年。
⑧ 《送储邕之武昌》：《全唐诗》第1811页，中华书局，1960年。
⑨ 《宣州谢朓楼饯别校书叔云》：《全唐诗》第1809页，中华书局，1960年。
⑩ 《春日陪杨江宁及诸官宴北湖感古作》：《全唐诗》第1826页，中华书局，1960年。
⑪ 《大风歌》："大风起兮云飞扬，威加海内兮归故乡，安得猛士兮守四方。"《佳人歌》（亦称《李延年歌》《延年歌》）："北方有佳人，绝世而独立。一顾倾人城，再顾倾人国。宁不知倾城与倾国？佳人难再得。"

诗人俱"（称之为诗人）。

　　同时代的诗人之中，对李白影响最大的是陈子昂。陈子昂提倡"风雅""兴寄""风骨"，反对齐梁时期"彩丽竞繁"诗风的观点，得到李白的由衷赞许与承接。在创作实践中，李白也直接获益于陈子昂的诗作："《古风》两卷多效陈子昂（《感遇诗》），亦有全用其句处。太白去子昂不远，其尊慕之如此。"①而在与孟浩然、高适、杜甫及其他诗人的交往过程中，更是互相切磋、诗文赠答，对创作具有直接的帮助。即使公众评价不太高的人物，只要确有独到之处，他也心悦诚服："崔颢人品非雅驯，太白见其《黄鹤》之篇，自以为不可及，至金陵而后仿佛焉；其高怀慕尚如此，谁谓其恃才傲物者乎？"②

　　针对李白对前人的学习借鉴，论者多有专评："李白诗祖《风》《骚》，宗汉魏，下至鲍照、徐、庾，亦时用之。善掉弄，造出奇怪，惊动心目，忽然撒出，妙入无声。其诗家之仙乎？"③"（乐府）上格如《焦仲卿》、《木兰词》、《羽林郎》、《霍家奴》、《三妇词》、《大垂手》、《小垂手》等篇，皆为绝唱。李太白乐府，气语皆自此中来。"④依此比照李白的诗歌作品，信然。

（二）李白诗学思想的基本特征

1. 着眼诗坛发展大势

　　李白的诗歌创作理念，并非仅限于个人好尚、字词句法之类的狭小境域；而是站在诗歌发展全局的高度，在全面回顾前代诗歌创作过程的同时，对当代诗坛进行严肃认真的观照评估，进而确定诗坛改革及诗歌创作的路径与方向。

　　对前代诗歌发展过程回顾的代表作品，是《古风五十九首》（其一）"大雅久不作"（前文已引），其中特别指出汉末六朝追求"绮丽"的诗坛弊病。他立志在陈子昂变革诗风思想的基础上，承担起继续革新的重任。

---

① 〔宋〕黄士毅编、徐时仪汇校《朱子语类汇校》（卷138）第3245页，上海古籍出版社，2014年。
② 〔元〕虞集《傅与砺诗文集·序》：《文渊阁四库全书》第1213册第183页，台湾商务印书馆，1986年。
③ 〔明〕胡震亨《唐音癸签》（卷6）第44页，古典文学出版社，1957年。
④ 〔清〕何文焕《历代诗话》第746页，中华书局，1981年。

需要指出的是，李白的改革与陈子昂是有区别的："陈子昂要使诗有比兴的功用，李白则要使诗不失元古的清真；陈子昂是为社会政治而改革诗，李白则为诗而改革诗。所以陈子昂不必提出诗的作法，而李白则为矫正讲求格律的斫丧天真，提倡'一挥成风斤'的自由抒写法。"李白诗坛革新，与中唐韩愈的文坛革新（古文运动）具有相似之处："都是以复古为革新。李白的复古在矫正'约句准篇'的律诗，韩愈的复古在矫正'枝对叶比'的骈文。所以李白提倡复古，却力主自由抒写；韩愈提倡复古，却力主'戛戛独造'。"①

李白生活的时期，格律诗创作的规则已经确定（初唐沈佺期、宋之问实现律诗定型），诗坛上关注格律诗、创作格律诗者大量出现。格律诗在字词、平仄、押韵、对仗、篇章、用典等方面限制颇多，稍有不慎，就会走上内容空虚、形式华丽的齐梁诗老路（初唐"上官体"及沈、宋的创作，亦是如此）。基于这种情势，李白大力提倡复古、强调自然天真，具有鲜明的现实针对性（警示性）。

2. 紧密结合自身实际

首先，结合本人品性思想的实际。李白天姿聪慧、主观自信、个性坚强、勇于担承，这些人格特点，既是其诗学思想形成的重要因素，又在其诗学思想中得到了体现。他对自己的个性才情，丝毫不加掩饰："颇尝览千载，观百家，至于圣贤，相似厥众。则有若似其仲尼，纪信似于高祖，牢之似于无忌，宋玉似于屈原。"②这样的直接告白，显示出李白非凡的自信。这种自信，也在行动上得到了全方位的展示："昔在长安醉花柳，五侯七贵同杯酒。气岸遥凌豪士前，风流肯落他人后。夫子红颜我少年，章台走马著金鞭。文章献纳麒麟殿，歌舞淹留玳瑁筵。"③平交王侯权贵、气势凌驾豪强、长街走马奔行、金殿献诗观舞，丰富的经历（特别是与上层社会的交往）使其眼界视域更加开阔，目标定位更加高远。

就诗学思想而言，李白不但提倡"大雅""风骨"、主张"清真""天然"，而且还提出一些颇有"争议"的观点。例如，他对宋玉、扬雄的评价如是："李斯未相秦，且逐东门兔。宋玉事襄王，能为高唐赋"④"宋

---

① 引文均见罗根泽《中国文学批评史》（二）第51页，古典文学出版社，1957年。
② 《上安州李长史书》：《李白全集编年笺注》第1752页，中华书局，2015年。
③ 《流夜郎赠辛判官》：《全唐诗》第1750页，中华书局，1960年。
④ 《赠溧阳宋少府陟》：《全唐诗》第1746页，中华书局，1960年。

玉事楚王，立身本高洁。巫山赋彩云，郢路歌白雪。举国莫能和，巴人皆卷舌。一感登徒言，恩情遂中绝。"①"昔献长杨赋，天开云雨欢。当时待诏承明里，皆道扬雄才可观。敕赐飞龙二天马，黄金络头白玉鞍"②"汉帝长杨苑，夸胡羽猎归。子云叨侍从，献赋有光辉。激赏摇天笔，承恩赐御衣。"③不难看出，李白对宋玉和扬雄的文才（创作辞赋）及其献赋君王的行为，是赞赏和认同的。对宋、扬二人的肯定，涉及两个重要问题：一是如何评价作家，二是如何评价创作中的"歌颂"。李白的观点是：对作家不能"因言废人"，对"歌颂"（包括向君王呈献作品）不能一概否定。他的这种观点，结合了自身的感受（为玄宗作诗），具有合理性，值得认真思考。

其次，结合自己创作的实际。李白的诗学思想，很大程度上源于自己创作中的体会。他有着极为丰富的人生阅历，观览壮丽山河、登临名胜古迹、参加诗酒聚会、迎送亲朋好友，构成其生活的重要成分，也是其创作素材、创作灵感的主要来源。这一特征，从其大量诗歌的命名即可得知，如《对雨》《登峨眉山》《望庐山瀑布》《静夜思》《赠孟浩然》《夜泊牛渚怀古》《早发白帝城》《宿五松山下荀媪家》等。这些作品中，记述了李白的经行足迹、人事交往及情感状况，传达出创作"素材""灵感"与"作品"之间的承接关系。还有一些作品，则在记事抒情的同时，直接表达了自己的创作理念。例如，《宣州谢朓楼饯别校书叔云》之于"建安风骨"及"小谢（谢朓）清发"的肯定，就是很好地与创作经历结合之例证。在创作过程中，李白十分重视观察及表现客观外物："览云测变化，弄水穷清幽。叠嶂隔遥海，当轩写归流。诗成傲云月，佳趣满吴洲"④；强调创作要乘兴而起、富于声势、一气呵成："书秃千兔毫，诗裁两牛腰。笔踪起龙虎，舞袖拂云霄。"⑤他以自己的经历告诫人们，创作的作品要注意接受对象："我有吴越曲，无人知此音。姑苏成蔓草，麋鹿空悲吟。未夸观涛作，空郁钓鳌心。"⑥李白这些体会，全部来自其创作的具体感

---

① 《感遇四首》（其四）：《全唐诗》第 1865 页，中华书局，1960 年。
② 《答杜秀才五松见赠》：《全唐诗》第 1819 页，中华书局，1960 年。
③ 《温泉侍从归逢故人》：《全唐诗》第 1736 页，中华书局，1960 年。
④ 《与从侄杭州刺史良游天竺寺》：《全唐诗》第 1824 页，中华书局，1960 年。
⑤ 《醉后赠王历阳》：《全唐诗》第 1758 页，中华书局，1960 年。
⑥ 《赠薛校书》：《全唐诗》第 1735 页，中华书局，1960 年。

受,是真正可供借鉴的经验之谈。

3. 融合相关文艺形式

李白是当时公认的"奇才"。这种才能不仅表现在文学创作、艺术知识的掌握,还表现在对各种艺术形式品鉴及互相关系的界定。大致而言,李白主张各种门类相互"融合"。

在文学领域,李白力主"诗赋为一"。他在《大猎赋》(并序)的篇首,明确提出了"诗赋为一"的观点:"白以为:赋者,古诗之流。辞欲壮丽,义归博远。不然,何以光赞盛美,感天动神?"对于司马相如和扬雄的"大赋"作品,他虽对其内容意旨有所不满,仍然给予了相当的肯定:"相如子云竞夸辞赋,历代以为文雄,莫敢诋评。……而臣以为不能以大道匡君,示物周博,平文论苑之小,窃为微臣之不取也。今圣朝园池遐荒,殚穷六合,以孟冬十月大猎于秦,亦将曜威讲武,扫天荡野,岂淫荒侈靡,非三驱之意耶?臣白作颂,折中厥美。"①李白对于辞赋的爱好,最初来自于家庭教育:"余小时,大人令诵《子虚赋》,私心慕之。"②成年之后,则成为自觉的意识。对于祢衡《鹦鹉赋》之类的优秀赋体文,他不吝称赏:"魏帝营八极,蚁观一祢衡。黄祖斗筲人,杀之受恶名。吴江赋鹦鹉,落笔超群英。锵锵振金玉,句句欲飞鸣。"③与此同时,他在创作中进行了"诗赋合一"的尝试。至德元年(756)所作《为吴王谢责赴行在迟滞表》属于赋体文,其中写道:"臣闻胡马矫首,嘶北风以局顾;越禽归飞,恋南枝而刷羽。所以流波思其旧铺,落叶坠于本根。"④直接运用了《古诗十九首》(行行重行行)中"胡马依北风,越鸟巢南枝"之句。宋人林希逸在认同"诗骚合一"的同时,更将李白诗与楚辞相提并论:"不知《诗》之旨趣,无以知《骚》之风骨;不知《诗》之蹊径,无以知《骚》之门户。《诗》者,《骚》之宗;而《骚》者,《诗》之异名也。……二十五篇逸放之辞,当与李太白论,不当与班固、刘勰论。……'仰天揽明月,散发弄扁舟',此李翰林之诗也,非《骚》之放逸乎!由此观之,则信乎诗家之风骨蹊径,与《骚》为同出也。"⑤可以说,李白在理论及

---

① 《大猎赋》(并序):《李白全集编年笺注》第1708页,中华书局,2015年。
② 《秋于敬亭送从侄耑游庐山序》:《李白全集编年笺注》第1856页,中华书局,2015年。
③ 《望鹦鹉洲怀祢衡》:《全唐诗》第1848页,中华书局,1960年。
④ 《为吴王谢责赴行在迟滞表》:《李白全集编年笺注》第1884页,中华书局,2015年。
⑤ 〔宋〕林希逸《林希逸诗话》:《宋诗话全编》第8643-8645页,凤凰出版社,1998年。

创作实践上，都在践行着"诗赋为一"的主张。

在艺术领域，李白关注文学创作与各种艺术形式的互通共融之处。在他看来，王羲之的书法"精妙入神"，其本质在于"清真"："右军本清真，潇洒出风尘。山阴过羽客，爱此好鹅宾。扫素写道经，笔精妙入神。"① 优美的自然山水，与绘画近似："越水绕碧山，周回数千里。乃是天镜中，分明画相似。爱此从冥搜，永怀临湍游。"② 可堪流传的著名画作，应当表现出本真（元化）的"自然"状态："太华高岳，三峰倚天。洪波经海，百代生贤。为夔为龙，廊土济川。赵城开国，玉树凌烟。笔鼓元化，形分自然。……德合窈冥，声播兰荃。鸿渐麟阁，英图可传。"③ 诗歌唱词与音乐舞蹈可以密切合作："南湖秋月白，王宰夜相邀。锦帐郎官醉，罗衣舞女娇。笛声喧沔鄂，歌曲上云霄。"④ "歌鼓燕赵儿，魏姝弄鸣丝。粉色艳日彩，舞袖拂花枝。把酒顾美人，请歌邯郸词。清筝何缭绕，度曲绿云垂。"⑤ 李白特别欣赏怀素的草书，在《草书歌行》中描摹了怀素书写的情景："少年上人号怀素，草书天下称独步。墨池飞出北溟鱼，笔锋杀尽中山兔。八月九月天气凉，酒徒词客满高堂。笺麻素绢排数厢，宣州石砚墨色光。吾师醉后倚绳床，须臾扫尽数千张。飘风骤雨惊飒飒，落花飞雪何茫茫。起来向壁不停手，一行数字大如斗。恍恍如闻神鬼惊，时时只见龙蛇走。左盘右蹙如惊电，状同楚汉相攻战。"⑥ 怀素这种浓笔重墨、行云流水、变化多端、神闻鬼惊、气蕴通贯的特征，正是李白喜爱且具备的创作风格。他与另一位擅长"狂草"的名家张旭，是心气相投的"酒友"（李白、贺知章、张旭等八人合称"酒八仙人"），双方交往过程中，必定互有影响。李白也是晓音知乐之人，除了参加相关活动之外，亦曾借此自娱自乐、自解忧愁："独酌劝孤影，闲歌面芳林。长松尔何知，萧瑟为谁吟。手舞石上月，膝横花间琴。过此一壶外，悠悠非我心。"⑦ "吁咄哉！仆书室坐愁，亦已久矣。……至于清谈皓歌，雄笔丽

---

① 《王右军》：《全唐诗》第1845页，中华书局，1960年。
② 《越中秋怀》：《全唐诗》第1861页，中华书局，1960年。
③ 《江宁杨利物画赞》：《李白全集编年笺注》第1858页，中华书局，2015年。
④ 《寄王汉阳》：《全唐诗》第1774页，中华书局，1960年。
⑤ 《邯郸南亭观妓》：《全唐诗》第1825页，中华书局，1960年。
⑥ 《草书歌行》：《全唐诗》第1729页，中华书局，1960年。
⑦ 《独酌》：《全唐诗》第1855页，中华书局，1960年。

藻，笑饮醨酒，醉挥素琴，余实不愧于古人也。"① 这些表述，包含着李白爱好艺术、借鉴艺术、文学创作与各类艺术融合的信息。

（三）李白诗学思想的切实功用

1. 指导自身创作实践

指导自身的创作活动，是李白诗学思想最为基本、直接的意义所在。他所主张的"清真""天然"的创作理念，在作品中得到了充分的展现。比如，"自我"的形象塑造，李白诗歌的形象高度个性化，具有强烈的主观色彩，无论抒情、叙事，还是写景，其中大都浮现着作者的影像（《将进酒》《宣州谢朓楼饯别校书叔云》《南陵别儿童入京》《梦游天姥吟留别》等）；又如，"自由"的表现手法，李白能够纯熟地运用各种表现方式抒发激情，善用夸张、比喻、想象、对比、象征等手法，构成多彩多姿的理想境界。李白承担着恢复古代"风雅""正声"的职责，他在诗歌创作中专注于古诗及乐府歌行体式、大量引入散文化句法，正是其"复古"思想的体现。《蜀道难》《将进酒》《丁都护歌》《峨眉山月歌》《闻王昌龄左迁龙标遥有此寄》《梦游天姥吟留别》《宣州谢朓楼饯别校书叔云》《望庐山瀑布》《宿五松山下荀媪家》《望天门山》《早发白帝城》等，更是因其独具的"李白特色"，成为历代传颂的不朽名篇。

《礼记·中庸》有言："凡事豫则立，不豫则废。言前定则不跲，事前定则不困，行前定则不疚，道前定则不穷。"② 透过李白诗歌创作实况可知，其诗歌作品决非凭借偶然间的灵光一现，也不是信马由缰的肆意挥洒，更不是竭精殚虑的拼词凑句。李白是一位有准备的人，自少年之时便大量阅读，诸子百家无所不通，数十年间创作不辍；他认真分析汉魏六朝以来诗歌创作的整体状况，特别是近世诗坛的弊病，并且明确表明改变诗风的坚定立场。可见，他的作品来自深厚的知识积累、丰富的人生阅历、勇于改变诗坛风气的担当意识，当然也来自已经确立之创作思想理念的指导。

2. 纠正认知李白的偏颇

李白是最为著名的浪漫主义诗人，具有积极进取的精神、不畏权贵

---

① 《暮春江夏送张祖监丞之东都序》；《李白全集编年笺注》第1780页，中华书局，2015年。
② 王文锦《礼记译解》第788页，中华书局，2001年。

的品质、遇挫不折的意志、适意自信的个性。在创作上，他不为格律所拘，大量创作古体歌行；多用散文句法，以"天然去雕饰"为尚。凡此，均构成李白其人其作的鲜明特色。不过，由于种种原因，也引发了不少争议及认知偏颇。在此，拟列举二例，略作辨析。

第一，关于李白创作的"率然而成"。李白年少才高、秉赋超群，其创作诗文以快捷著称："李白有天才俊逸之誉，每与人谈论，皆成句读，如春葩丽藻，粲于齿牙之下，时人号曰'李白粲花之论'。"①类似的评价，在有关李白的材料中常常遇到，基本是以赞赏口吻出现的。但有的评价并不尽然，如说李白："志不拘检，常林栖十数载，故其为文章，率皆纵逸。"②此中的"率皆纵逸"，有人理解为整体上草率放纵（并非精心创作）。这种对李白诗歌形成方式、诗歌质量存疑者，在古今研学李白的专家读者中并非个例。其实，前人对于李白创作"纵逸"的记述，不少出自"小说家言"，不可全信（所谓"大醉"之后"索笔一挥，文不加点"云云，不合于情理）。李白自己虽有"醉后"之作（如《醉后赠从甥高镇》《对雪醉后赠王历阳》），但应是"微醺"而绝非"烂醉"，对创作诗歌的影响不会太大。相反，"微醺"的"醉后"，可以为大胆抒情表意提供担当与掩饰（人们的"醉言""醉作"大略如此）。另外，有的人认为李白喜欢创作古体诗，也是其率然随意的表现。明代学者高棅就此曾说："太白天仙之词，语多率然而成者，故乐府歌辞咸善。或谓其始以《蜀道难》一篇见赏于知音，为明主所爱重。此岂浅才者徼幸际其时而驰骋哉？不然也。白之所蕴非止是。今观其《远别离》《长相思》《乌栖曲》《鸣皋歌》《梁园吟》《天姥吟》《庐山谣》等作，长篇短韵，驱驾气势，殆与南山秋色争高可也。虽少陵犹有让焉，余子琐琐矣！揭为正宗，不亦宜乎。"③如此正面评价李白的古体诗，才是令人信服的。

我们认为，李白才思敏捷、成诗快速，确是事实，但不可视之为"草率"。李白之所以能够做到创作的敏捷快速，一方面是李白具有非常扎实的书本知识功底，并不是仅仅依靠"天赋"。宋人张嵲"匡山太白书淫久，

---

① 〔五代〕王定保《唐摭言》（卷13）：《唐五代笔记小说大观》第1741页，上海古籍出版社，2000年。
② 〔唐〕殷璠《河岳英灵集》（卷上）：《唐人选唐诗新编》第120页，陕西人民教育出版社，1996年。
③ 〔明〕高棅《唐诗品汇·七言古诗叙目》：《明诗话全编》第355-356页，凤凰出版社，1997年。

不但天才盖一时"的说法①，正是抓住了李白能够作诗、快速成诗的关键。另一方面，李白真正掌握了作诗的方法。元代吴澄曾结合唐代诗人的创作，得出李白诗法严谨的结论："自河梁之后，诗之变至于唐而止也。于一家之中则有诗法，于一诗之中则有句法，于一句之中则有字法。谪仙号为雄拔，而法度最为森严。"②明代郑鼐也说："太白天才纵逸，若不可羁，然观其乐府诸篇、《古风五十九首》之作，未尝不从容于法度中也。孟氏曰：大匠诲人以规矩，不能使人巧。若太白者可谓兼之矣。"③加上李白丰富的阅历、感受人情事态的敏感等因素，出口成章、快速完篇，则变得轻而易举。不过，这绝不等同于草率。李白很多"急就章"诗歌被公认为名作，就是最好的证明。

第二，关于李白诗歌内容的"华"与"实"。李白通常被称为主观诗人、浪漫主义诗人，个中原因在于，其诗多以"我"为视角观世照人，多用夸张、想象、比兴等表现手法，多借豪语大言表意抒情。李白的此类诗歌，极易被认为浮华虚空。苏辙就曾经说过，李白其人与其诗歌都"华而不实"（《诗病五事》）。不过，更多的论者不同意这种看法，认为李白诗歌的意旨观点、遣词行文等，皆有法可循、可以落实。李白以创作乐府歌行见长，研究者对此类作品的意旨情致多有评说："太白于乐府最深，古题无一弗拟，或用其本意，或翻案另出新意，合而若离，离而实合，曲尽拟古之妙。"④有人专门就其《古风五十九首》作过分析："古风者，效古风人之体而为之辞者也。夫十三国之诗为《国风》，谓之风者，如物因风之动而有声，而其声又足以动物也。删后无诗，风变为骚，汉有五言继骚而作，以其近古，故曰古风。……李诗所谓古风者止五十九章，美刺褒贬，感发惩创，得古风人之意。章皆五言，从古体也。""白为古风之诗，以叙古今之治乱，文辞之变态，及天时人事之不齐，讽刺臧否之意，寓于咏歌之间。"⑤可见，李白的诗歌情意深沉、批判有力、观点鲜明、契合义理。以我们现代的视角来讲，李白诗歌展示出的强烈

---

① 〔宋〕张嵲《紫微集》（卷7）《送赵郎二首》（其一）：《文渊阁四库全书》第1131册第397页，台湾商务印书馆，1986年。
② 〔元〕吴澄《唐诗三体家法序》：《辽金元诗话全编》第1589页，凤凰出版社，2006年。
③ 〔明〕郑鼐《范德机批选李翰林诗跋》：《李白资料汇编》（金元明清之部）第165页，1994年。
④ 〔明〕胡震亨《唐音癸签》（卷9）第73页，古典文学出版社，1957年。
⑤ 〔明〕朱谏《李诗选注》（卷1）：《李白资料汇编》（金元明清之部）第221页，1994年。

建功立业思想（《古风·齐有倜傥生》《侠客行》）、个人理想抱负无法实现的极端矛盾、愤懑的情绪（《行路难》《将进酒》），不畏权贵、粪土王侯、追求自由的反抗斗争精神（《古风·大车扬飞尘》《梦游天姥吟留别》《宣州谢朓楼饯别校书叔云》），关心国家前途命运、同情百姓疾苦的意愿（《永王东巡歌》《宿五松山下荀媪家》《丁都护歌》），歌颂祖国的壮丽河山，抒发热爱生活、热爱大自然的情操（《望庐山瀑布》《望天门山》）等方面，构成了李白诗歌主要且厚重的内容，是李白其人其诗价值的重要体现。

对李白其人其作认知的偏颇，当然不止此处所列。解决此类问题，需要认真解读李白的作品，精细理解李白创作指导思想、原则及具体方式方法。轻易地否定李白的做法，是不可取的。真正认识李白、评价李白，需要尽心竭力，方可得出正确切实的结论。

3. 为他人提供借鉴

李白诗歌特色独具，多有名篇佳制，人们大都对其欣赏有加："太白乐府接西汉之体制，掩六代之才华，自傅玄以下，未睹其偶。至赠答歌行，如风卷云舒，惟意所向，气韵风华，种种振绝。五言乐府，摹古绝佳，……读李太白诗，当得其气韵之美，不求其字句之奇。"[①]至于切实地学习借鉴，多数人认为学杜甫较易、学李白尤难："李杜二家，其才气本无优劣，但工部体裁明密，有法可寻；青莲兴会标举，非学可至。又唐人特长近体，青莲缺焉，故诗流习杜者众也。"[②]诚然，杜甫正值格律诗兴起之时，适合于学诗者的关注之点；其诗作体式多样、各体皆工，并且结构整饬、起承转合赅备，为学人提供了便利。但是，李白之诗并非无处着手。学习李白诗歌，首先要解决思想认识问题："古人虽气极逸，才极雄，未有不具深心幽致而可入诗者。读太白诗，当于雄快中察其静远精出处，有斤两，有脉理。今人把太白只作一粗人看矣。"[③]学者自己不肯深入理解李白诗歌、将其视为"粗人"，就会得出"不必学""不值得学"之结论（相反的情况是，认为李白诗歌乃是"天才之作"，自己无缘达其高度、无法进行学习）。简而言之，这些人认为李白诗歌无章可循，于是也就只能敬而远之、弃之不学。

[①]〔明〕陆时雍《陆时雍诗话·唐诗镜》：《明诗话全编》第10736页，凤凰出版社，1997年。
[②]〔明〕《胡应麟诗话·诗薮外编》：《明诗话全编》第5595页，凤凰出版社，1997年。
[③]〔明〕钟惺《唐诗归》：《唐诗汇评》第553页，浙江教育出版社，1995年。

初学诗歌,当从规格法度入手。对李白诗歌"法度"的体认,我们同意朱熹的观点:"李太白诗非无法度,乃从容于法度之中,盖圣于诗者也。"①此处的"法度",包含着多方面的意义。就诗歌"结构"而言,李白诗歌有的以时空转换为序,如《早发白帝城》《黄鹤楼送孟浩然之广陵》;有的以重言反复强调,如《蜀道难》(篇首、中、尾三次出现"蜀道之难,难于上青天");有的以情感变化为线索,如《行路难》(其一)、《梁甫吟》(内心痛苦—遭遇困境—充满希望)。有的作品具有较大"跳跃性",《宣州谢朓楼饯别校书叔云》的"跳跃性"体现为"情"与"事"的转换,"情(多烦忧)—事(话题:建安骨、小谢)—情(愁复愁)";《将进酒》的"跳跃"体现为"悲愁"与"欢乐"的情感转换。可见,表面似乎费解的作品,其实也有其章法可循。真正了解李白诗歌的"法度"之后,对于阐析李白诗歌、进行模仿创作,都会大有帮助。

  李白的诗学思想理念,也可为后学提供借鉴、指导创作活动。需要注意的是,李白的诗论主张,大多并非明确指向诗歌创作,因此要在阅读其诗歌作品过程中,进行选择与提炼。例如,"清水出芙蓉,天然去雕饰"出自《经乱离后天恩流夜郎忆旧游书怀赠江夏韦太守良宰》,原意是赞美韦太守的作品自然清新、本色真纯。将此二句命之曰"李白诗歌的基本风格",则是评论家认定的(这种认定是有道理的)。因此,我们在阅读李白诗歌时,也要认真细致地揣摩体会,从中学习借鉴其特色优长,用以指导自己的创作实践。

  综上可知,李白作为著名诗人,不仅创作了大量传世名作,也在其中阐述了自己的文学思想、创作理念与经验。真正领会这些思想理念,有助于正确认识李白其人其诗,有助于提高自我的欣赏与创作水平。

---

① 〔宋〕黄士毅编、徐时仪汇校《朱子语类汇校》(卷138)第3245页,上海古籍出版社,2014年。

五、载体烘托性情：酒和月与李白人格形象塑造之关联

在欣赏古代名家诗作的时候，经常可以发现这样的现象：他们大都对某一种或数种由客观外物构成的意象较为偏爱。此类意象在其作品中出现频率较高，透过这些意象，往往可以映照出诗作的独特风格，显露出作者的个性特征。比如，陶渊明诗中的秋菊、陆游诗中的蜡梅，就是十分典型的例证。至于唐代伟大的浪漫主义诗人李白，其诗中出现次数最多、能够鲜明地表现其个性特征的意象，乃是酒与月。

（一）酒与李白性格

李白饮酒的名气，与他作诗的名气一样大。他的酒名助推了诗名，在一些人看来甚至超过了诗名（他被称为"诗仙"，亦被称为"酒仙""醉圣"）。自唐以降，凡涉及李白的正史、稗钞、小说、戏曲、绘画、诗文等，多数与酒有关，有的干脆以酒为题。时至今日，以"太白"命名的酒和酒店仍然存在，以李白饮酒为题的传说、故事仍很流行，这在古代诗人乃至所有文人之中，可谓独一无二（尽管古人中兼擅诗、酒者不在少数）。对于个中原因，裴斐先生曾经作过研究。他在《李白十论》一书中写到，人们对李白的酒特别感兴趣，"关键既不在他的酒喝得多，也不在他的诗写得好，而在他的饮酒诗表现出一种受人喜爱的性格"[1]。裴先生此言，堪称有见。李白的酒诗，的确从不同的角度、不同的层面表现了他的性情。具体而言，其中有"三杯吐然诺，五岳倒为轻"的潇洒；有"重阳不相知，载酒任所适"的放诞；有"白发对绿酒，强歌心已摧"的悲思[2]。这些个性色彩极浓的内在情感的大胆表露，在其他诗人

---

[1] 裴斐《裴斐文集》（第2卷）第90页，人民文学出版社，2013年。
[2] 此处引用诗句，见《侠客行》、《宣城九日闻崔四侍御与宇文太守游敬亭余时响山不同此赏醉后寄崔侍御二首》（其一）、《携妓登梁王栖霞山孟氏桃园中》：《李太白全集》第259、810、1083页，中华书局，2015年。

的饮酒诗中是极少的，甚或不具备。可见，酒在抒发李白的情感、显露其品性方面，是颇显功绩的。

那么，酒之于李白，最主要的用途是什么呢？

有人认为，酒在李白身上主要起一种"消释忧患"的作用。因为在"蝘蜓嘲龙，鱼目混珍；嫫母衣锦，西施负薪"的黑白颠倒社会里①，他的政治理想根本无法实现，所以只得借酒浇愁。其饮酒诗多以人生若梦、及时行乐为主题，反映出消极颓放的人生取向、性格特征。

提到消释忧患，有必要在此稍作解说。可以这样讲，忧患意识作为人类一种极为普遍而深广的心理现象，在每一个正常人身上都是存在的。诸如生离死别、羁旅行役、伤世忧时、壮志难酬等，均属这一范畴。人无论属于何种阶层、处于何种境地，"忧患"总是与之相伴的，只不过处于逆境中表现得更为强烈而已。我们中华民族堪称忧患意识敏感而强烈的民族，同时也是一个善于消释忧患的民族。其中，饮酒也被认为是消释忧患的基本方法之一。李白忧患颇多且又好饮，他的某些诗句，如"涤荡千古愁，留连百壶饮""愁来饮酒二千石，寒灰重暖生阳春""五花马，千金裘，呼儿将出换美酒，与尔同销万古愁"等②，便理所当然地被视为借酒释忧解愁的范例。但是，对于这种方法的效果，许多人（包括善饮之人），大都是持怀疑、否定态度的。原因是只有饮至烂醉如泥，当事人才可能在短暂的时间内忘却一切；一旦酒醒，首先充塞大脑的仍是世情忧思。李白对此也是深有体会的，他认为，"举杯消愁"如同"抽刀断水水更流"一样，只能落个"愁更（复）愁"的结局③。可见，李白并不真正认为酒可以消释忧愁。既然如此，我们也没有理由将"消释"作为酒对其发挥的主要作用来看待。另外需要申明的一点是，李白酒诗中流露出的忧思及某些消极情绪，与其真正的人生理想并不相符。纵观李白的一生可以看出，他的人生态度是积极的，关心世事、热望建功立业、实现政治抱负，乃是其人生的主导方面，其诗作（包括酒诗）也主要体现了这种思想。即使是抒发忧思、带有某些消极颓废色彩的诗作，其深层的蕴含也多是对黑暗现实的不满、否定与背离，不应视为纯粹的

---

① 《鸣皋歌送岑征君》：《李太白全集》第 471 页，中华书局，2015 年。
② 《友人会宿》《江夏赠韦南陵冰》《将进酒》：《李太白全集》第 1245、687、216 页，中华书局，2015 年。
③ 《宣州谢朓楼饯别校书叔云》：《李太白全集》第 1008 页，中华书局，2015 年。

消极颓废之作。因此，以"消极颓放"概括酒诗，将"消释忧愁"作为酒的主要作用，与李白的情况不太相符。

依笔者之见，触动情愫、发掘潜能、启智开慧、增志助勇，乃是酒在李白身上所发挥的主要作用。从生理、心理学上讲，酒是一种能够刺激人的神经和引起大幅度情绪震动的饮料。它能使人的心灵，进入一种平日很难达到的既激动亢奋又有悠远兴致的精神状态。在这种状态下，人们可以不必谨守常礼、循规蹈矩，从而达到一种无拘无束、任性而为的境地。这在日常情况下，是难以得到公众认可甚至会遭到谴责、制裁的。以李白而论，虽说他性格外向、不拘小节，但也只有在饮至"眼花耳热后"①，才能够"归来使酒气，未肯拜萧曹"②；只有在"北窗醉如泥"的情况下③，他才敢于"跨驴入县"，指使"贵妃捧砚""力士脱靴"④；也只有在"不知狂与羞"的状态中，他才会做出"半道逢吴姬，卷帘出揶揄"⑤"日暮岸帻归，传呼隘阡陌"之类的出格之举⑥。人们常说，"醉中见真面""酒后吐真言"，这在李白身上体现得特别明显。在醉酒的情况下，他把自己内心底处的情绪，毫无保留地发泄出来，将自己的真实面目毫不掩饰地和盘托出，奉献给人们的是一个"真我"。他在酒后醉中的所感所思、所作所为，与平日的情形是大不相同的。因此，有人认为醉后的李白是真的李白，是伟人、奇人，而清醒的李白则是庸人、俗人，是有几分道理的。

此外，酒对李白的创作也产生了直接的影响。古希腊著名美学家柏拉图认为："凡是高明的诗人，无论在史诗或抒情诗方面，都不是凭技艺来做成他们的优美的诗歌，而是因为他们得到灵感，……诗人是一种轻飘的长着羽翼的神明的东西，不得到灵感，不失去平常理智而陷入迷狂，就没有能力创造，就不能做诗或代神说话。"⑦柏拉图此言，特别

---

① 《侠客行》：《李太白全集》第259页，中华书局，2015年。
② 《白马篇》：《李太白全集》第333页，中华书局，2015年。
③ 《夜泛洞庭寻裴侍御清酌》：《李太白全集》第1112页，中华书局，2015年。
④ 〔元〕辛文房《唐才子传》：《唐才子传校笺》（一）第389页，中华书局，1995年。
⑤ 《玩月金陵城西孙楚酒楼达曙歌吹日晚乘醉著紫绮裘乌纱巾与酒客数人棹歌秦淮往石头访崔四侍御》：《李太白全集》第1046页，中华书局，2015年。
⑥ 《宣城九日闻崔四侍御与宇文太守游敬亭余时登响山不同此赏醉后寄崔侍御二首》（其一）：《李太白全集》第810页，中华书局，2015年。
⑦ 朱光潜译《柏拉图文艺对话录》第8、9页，人民文学出版社，1963年。

强调了艺术创作对于理性的背离。饮酒，正是实现"背离"、获得灵感、产生艺术创造力的途径之一。李白在酒后的创作实践，也验证了上述观点的合理性。他在"沉酣中所撰文章，未尝错误，而与不醉之人相对议事，皆不出太白所见，时人号为醉圣"①。他的最优秀的诗文，有相当一部分出自酣饮之时。对于饮酒在李白创作中所发挥的作用，论者曾经一再言及，"李白一斗诗百篇"②、"何事文星与酒星，一时钟在李先生。高吟大醉三千首，留著人间伴月明"③。李白自己也认为："兴酣落笔摇五岳，诗成笑傲凌沧洲。"④这都说明，饮酒对诗歌创作尤其是浪漫主义的诗歌创作，是大有裨益的。从某种意义上甚至可以说，李白是首先成为"酒仙"，然后才成为"诗仙"的。酒，为他飞升诗国仙界，插上了劲健的翅膀。

根据上述理由，我们可以作出如下表述：酒之于李白，犹如引燃之火种、推波之烈风，它使其内心的火种得以熊熊燃烧，放射出眩人眼目的光华和灼人肌肤的热量；使其心海的涟漪掀起冲天的巨浪，形成一种排山倒海的雄伟气势、发出震天动地的巨大声响，进而为李白的诗格、人格，打上鲜明的印记。

（二）月与李白形象

我们说李白与酒的关系十分密切，大概不会有人反对，但若说他与月的关系特别紧密，可能有人不以为然。事实上，李白的写月诗，在数量上超过了写酒诗。有关李白与月的故事传说、遗踪旧迹，也是非常之多。李白固然爱酒，但似乎更钟情于月。他对月的美好感情，在很小的时候就已经产生了。因为"不识月"而将其"呼作白玉盘"的诗句（《古朗月行》），活画出儿时李白天真无邪的情态。从此以后，柔美皎洁的明月，就在李白幼小的心灵深深地扎下了根。随着年龄的增长，他对明月了解更多，感情也更加深厚，双方成为心心相印的知音。得意之时，他与明月同乐："横笛弄秋月，琵琶弹《陌桑》"；悲伤的时候，他向明

---

① 〔五代〕王仁裕《开元天宝遗事·醉圣》：《开元天宝遗事十种》第103页，上海古籍出版社，1985年。
② 〔唐〕杜甫《饮中八仙歌》：《杜诗详注》第83页，中华书局，1979年。
③ 〔唐〕郑谷《读李白集》：《全唐诗》第7736页，中华书局，1960年。
④ 《在水军宴韦司马楼船观妓》《江上吟》：《李太白全集》第1107、445页，中华书局，2015年。

月诉说:"三杯拂剑舞秋月,忽然高咏涕泗涟";送别友人,他以月寄情:"吴州如见月,千里幸相思""若到天涯思故人,浣纱石上窥明月"①。这里的明月,简直就是作者的化身,真可谓——月亮代表我的心。在作者的笔下,明月善解人意、温柔多情。她乐意跟随人们游玩:"晚来移彩仗,行乐好光辉";喜欢陪伴女子采菱:"绿水净素月,月明白露飞。郎听采菱女,一道夜歌归";殷勤地为夜班工人照明:"炉火照天地,红星乱紫烟。赧郎明月夜,歌曲动寒川";柔柔地抚慰独居的少妇:"萤飞秋窗满,月度霜闺迟";谆谆地唤起游子的乡思:"床前看(明)月光,疑是地上霜。举头望山(明)月,低头思故乡。"②总之,凡是在需要的时候,明月都能够热心地向人们提供帮助。

那么,明月在李白身上发挥的主要作用是什么呢?我们以为,是一种镇定情绪、安抚心神的作用。

李白是一个性格狂放、感情外露的人,再加上他嗜酒任性,所以在很多情况下,其感情如同脱缰奔马、决堤洪峰,很难把持与驾驭。但是纵观李白的一生,其情绪在任何情况下都没有完全失控。可见,有一种令其心理达到平衡的机制发挥着作用。这种机制,由主客观方面的诸多构件合成。明月,当是此中最重要的构件之一。在作者心目中,月是光明、纯洁的象征:"众星罗青天,明者独有月";是善与美的化身:"溪傍饶明花,石上有好月""月色醉远客,山花开欲燃"。她可以引导人远离尘嚣、内省反思,实现心理平衡:"中夜卧山月,拂衣逃人群""洗心句溪月,清耳敬亭猿。筑室在人境,闭关无世喧"。她甚至能够帮助人悟禅明道:"观心同水月,解领得明珠""戒得长天秋月明,心如世上青莲色"③。明月就这样用自己宁静柔和、博爱无私、清雅幽玄、朦胧绰约的品性姿容,迎接、容纳、感染、融化李白,使他得以摒除尘念、梳理心绪、稳定精神、体味真性。因之,明月对于李白来说是至关重要的:当他"病魔"缠身、疼痛难忍的时候,月是去痛之方;当他情绪狂

---

① 《夜别张五》《玉壶吟》《送张舍人之江东》《送祝八之江东赋得浣纱石》:《李太白全集》第835、449、876、958页,中华书局,2015年。
② 《宫中行乐词》(其七)、《秋浦歌十七首》(其十三)、《秋浦歌十七首》(其十四)、《塞下曲六首》(其四)、《静夜思》:《李太白全集》第360、501、502、342、412页,中华书局,2015年。
③ 《登梅岗望金陵赠族侄高座寺僧中孚》《春陪商州裴使君游石娥溪》《寄韦南陵冰余江上乘兴访之遇寻颜尚书笑有此赠》《赠僧崖公》《别韦少府》《赠宣州灵源寺仲濬公》《僧伽歌》:《李太白全集》第1149、1092、786、640、869、741、483页,中华书局,2015年。

躁、不可自持的时候，月是镇定之剂；当他心火升腾、热灼难耐的时候，月是熄火之器；当他操舟出海、突遇风暴的时候，月是避风之港。面对团团圆月，李白不仅使自己的情绪渐渐平复、灵魂得到净化与升华，而且鲜明地展示出渴望宁静与安详的心理层面。这，是他性格之中很重要的组成部分。

（三）酒、月与李白人格的融合

李白除了偏重描写酒或月的诗歌而外，还有不少诗作是以酒、月相兼的方式表情达意的。比如，他经常乘着月色与友人畅饮："时来引山月，纵酒酣清辉""耐可乘明月，看花上酒船"。他也时常对月独酌："坐月观宝书，拂霜弄瑶轸。倾壶事幽酌，顾影还独尽。"他认为美酒清月是最可信赖的朋友："手舞石上月，膝横花下琴。过此一壶外，悠悠非我心。"在他看来，饮酒赏月可以全身远害："咸阳市中叹黄犬，何如月下倾金罍"，比功名利禄重要得多："昔日绣衣何足荣？今宵贳酒与君倾。暂就东山赊月色，酣歌一夜送泉明。"他有时边饮酒边向月问话："青天有月来几时？我今停杯一问之。……但见宵从海上不，宁知晓向云间没。"甚至邀月饮酒："花间一壶酒，独酌无相亲。举杯邀明月，对影成三人。"明月似也有知，真的应邀而至："流莺啼碧树，明月窥金罍。"他希望一年到头都与酒、月相伴："清琴弄云月，美酒娱冬春。"①请看，李白是多么地眷恋酒与月！酒、月在他这里是何等的和谐统一！

行文至此，有人不禁要问：既然酒的作用主要是推波助澜，月的作用是平息风浪，二者势同水火，怎能融合如一呢？

辩证唯物主义认为，世间万物都是矛盾的统一体。人作为万物之灵长，虽因民族归属、地域区划、先天遗传、后天接受等区别，形成了不同的生活方式、思维模式，从而划分为若干性格类群（如外向性格、内向性格等）。但是，这种划分多是从表象出发，或多或少地带有片面性。事实上，每个人的性格世界，都有多种状态且不断运动变化、处于矛盾斗争之中。性格中所显示出的刚与柔、动与静、喜与悲、洁与浊……之间的矛盾斗争，是带有普遍性的，只是有人表现得较为显露激烈，有人

---

① 《赠秋浦柳少府》、《秋浦歌十七首》（其十二）、《北山独酌寄韦六》、《独酌》、《襄阳歌》、《送韩侍御之广德》、《把酒问月》、《月下独酌四首》（其一）、《对酒》、《陈情赠友人》：《李太白全集》第647、501、787、1244、440、977、1098、1237、1254、734页，中华书局，2015年。

较为隐蔽和缓而已。就文人来说，则常常是将自己作品中的形象、意象组成对立的双极构式，借以演示自己性格中矛盾变化的过程。比如李白诗中酒与月的意象，所展示的主要是其性格中刚与柔的矛盾过程。从表面上看，这两种意象的确是对立的，但二者又具有内在的联系，它们"各以和它对立着的方面为自己存在的前提，双方共处于一个统一体中"[①]。

方便起见，我们索性把酒譬如火、将月喻如水，用来说明二者之间的关系：水可以扑灭火，而火又可以煮沸甚至蒸干水，这是二者的对立。但是，若仅有水而无火则失之清冷，仅有火而无水则过于灼热。因此，水过冷则应火之使温，火过盛则应水之使弱，这就是二者相互依存的条件。联系到李白来说，饮酒确能使他情绪激动、心潮汹涌，但若不加控制，必然会导致心火过猛、自残自误。因之，他需要宁静柔和的月光为自己釜底抽薪、冷却降温，使心潮由剧动渐趋宁静。然而，若一味眷恋月色，也会使人变得碌碌寡合、冷漠消沉。所以，必得有酒在适当时候添火升温，让心绪重新振作、飞升起来。这种矛盾运动的情况，反映在其诗作之中，就表现为有时写酒，有时写月，有时二者兼写。此类诗作从不同的侧面，展示了作者的刚、柔、动、静、悲、喜等个性特征，勾画出其情绪由激动到平静、由柔婉而刚烈的变化曲线。老子有言："胜人者有力，自胜者强。"[②]李白作为一位性情外向、嗜酒如命的浪漫诗人，能够借柔月控制、平复自己情感，可谓"自胜"的强者。过去有些人，只是看到他性格中任性自负、放旷外在的一面，就认为他缺乏甚至没有自持的能力，实在是一种皮相之见。

酒与月之所以为李白所深爱，除了上面所述理由，还有一些不可忽视的原因：它们为作者缓解心理压力、解除世俗羁绊带来了诸多便利；它们为作者遐思冥想、启迪灵性制造了巨大空间，它们也为作者回归"童真"、再现"真我"提供了良好的场所。这些可以说是酒与月之间、酒月与作者之间的契合点。所不同的是，酒与作者之间的结合是相辅相成，而月与作者之间的结合则是相反相成（如果如通常所说，李白属于外向性格）。李白离不开浓酒的刺激，但更离不开柔月的抚慰，二者之于李白，都是不可或缺的。

[①] 毛泽东《矛盾论》：《毛泽东选集》（一卷本）第301页，人民出版社，1967年。
[②] 〔三国·魏〕王弼《老子道德经注》第19页，《诸子集成》本，上海书店，1986年。

要之，酒与月作为李白诗中出现最多的意象，体现出其性格中鲜明对立的两个极点。酒显示出作者勇于进取、一往无前、创新开拓的个性特征；月则代表着作者天真纯洁、柔婉平和的个性特征。正是由于它们之间（包括李白诗中其他表现作者个性的意象）不断相克相合、运动变化，方才构成作者完整的形象。过去，我们对李白性格的评价，多着眼于与酒相关的外在方面（如视其为"大鹏""天马""谪仙"等），对以月为主要表征的内在方面的个性特征，缺乏必要的发掘与研究。这显然是不够的，也难以从总体上完整地把握李白这一形象。

五、载体烘托性情：酒和月与李白人格形象塑造之关联

中篇

李白人格形象的传播状况 ▶▶▶

一、诗歌名篇：认知李白的重要载体

诗歌作品的传播，是其可否称为名篇佳作的重要标志（散文、小说等亦然）。大致而言，流传空间广大、时间久长者，皆可称之为名作。严格说来，任何一位诗人的诗作，不可能皆为广泛流传的名篇（有些诗人只存留少数传世名篇，并不意味着他的创作总量仅此而已）。从某种意义上讲，作品流传数量的多寡，决定着该诗人的影响力、生命力，时代越久远，表现得越为鲜明。李白之所以成为影响巨大的诗人，重要原因亦在于其较多数量诗歌的广泛流播。此处讨论的基本对象，是李白最为知名的诗歌作品，意在通过"量"（选录、评论的次数）的排列而确定其"性"（可否称为名篇）的属类，进而描述其传播情状、分析其缘由及价值意义。

（一）李白诗歌名篇的界定依据

根据上文对名篇的界定，可以依据下述收录传播载体，择取、划定李白诗歌的名篇：历代诗歌选本、诗评诗话、正史杂传、笔记小说、赏析文章等。

区分是否可称为名篇的依据首推历代诗歌选本。通过对《河岳英灵集》、《又玄集》、《才调集》、《唐诗纪事》、《唐诗品汇》、《唐诗镜》、《御选唐诗》、《唐诗别裁集》、《唐诗三百首》、《唐宋诗举要》、《唐诗鉴赏辞典》、《唐诗选注》（中国社科院）和《唐诗三百首新编》（马茂元主编）等古今13种代表性唐诗选本的统计[①]，可知李白流传广泛的诗歌名篇百首左右（102首）。其中，有近40首被上述三分之一的选本选录，可称之为比较知名的作品；又有40首左右的诗歌被一半左右的选本选录，可

[①] 符合标准的唐诗选本不止此数，但有的未收录李白诗歌，如：王安石《唐百家诗选》、周弼《三体唐诗》、赵师秀《众妙集》、元好问《唐诗鼓吹》、杨士弘《唐音》等；有的则大同小异，如当代为数不少的"唐诗选注""唐诗三百首新选"之类，故未予一一罗列。

称之为流传广泛的名作；另有 20 首左右的诗作被三分之二以上的选本选录，可称为十分著名的作品。这些十分著名的作品排位最靠前的依次是：《蜀道难》、《梦游天姥吟留别》、《渡荆门送别》、《静夜思》、《黄鹤楼送孟浩然之广陵》、《送友人》、《早发白帝城》、《峨眉山月歌》、《长干行二首》（其一）、《将进酒》、《宣州谢朓楼饯别校书叔云》、《乌栖曲》等。在 13 部录入李白诗歌的唐诗选本中，《蜀道难》被 11 部选录，成为居于首位的李白诗歌名篇。

历代数量众多的诗评诗话、史传笔记，拥有十分丰富的品评李白诗歌作品的资料，其中大多是针对被选本反复录入的名篇。它们从本事、作意、主旨、结构、章法、韵律、语句、用典等方面，对著名诗篇进行全方位的分析索解，极大地强化了这些诗歌的"名篇"地位，同时也为人们认识理解作品提供了便利。

诗歌赏析文章，是当代流行的品评作品方式。笔者曾做过粗略统计：自 20 世纪 50 年代以来，对李白诗歌名篇进行赏析品评的文章 200 余篇，关涉诗歌 50 余首，绝大多数是名篇。《梦游天姥吟留别》《渡荆门送别》《静夜思》《早发白帝城》《峨眉山月歌》《将进酒》《宣州谢朓楼饯别校书叔云》《登金陵凤凰台》《玉阶怨》《清平调》《望天门山》《望庐山瀑布》等被历代选本公认的著名诗作，都有若干专文评述。当然，居于首位的仍是《蜀道难》，分析赏评文章40余篇，约占当代全部相关文章的五分之一，可见其受重视的程度。在数十篇评述《蜀道难》的文章中，有的是概而述之，如王运熙《谈李白的〈蜀道难〉》（载《光明日报》，1957-02-17）、中国台湾学者杨文雄《李白〈蜀道难〉阐释史研究》（载《第四届唐代文化学术研讨会论文集》，1999）；有的针对其主题，如罗焕章《对〈蜀道难〉寓意的理解》（载《四川日报》，1962-11-22）、梁超然《综论李白〈蜀道难〉的作意问题》（载《广西民族学院学报》，1979-02）、柯昌贵《说〈蜀道难〉的主题》（载《光明日报》，1983-05-31），有的探讨其本事，如朱德慈《〈蜀道难〉非作于蜀地辨》（载《社会科学研究》，1984-05）；有的分析其音义，如蒋向东《〈蜀道难〉开篇叹词音义句读解》（载《文史杂志》，2000-03）；有的则是相互争鸣，如聂石樵《〈蜀道难〉本事新考》（载《北京师范大学学报》，1980-03）、傅如一《"〈蜀道难〉本事新考"质疑》载《山西大学学报》，1980-04）；有的进行延伸性研究，如魏传宪《李白〈忆秦娥〉〈蜀道难〉的文化发生学阐释》（载《绵阳师专学报》，2002-01）；等等。由于《蜀道难》内含与外延的丰富性，自古迄今为其"作郑笺"者多多，使此诗成为诗坛上数量不多的、真正被每一时代都密切关注的名篇。

此外，从20世纪50年代始，至少有20部李白诗歌选集问世，其中有的出自名家之手，如舒芜《李白诗选》（人民文学出版社，1954）、安旗《李诗咀华》（北京十月文艺出版社，1984）、裴斐《李白诗歌赏析集》（巴蜀书社，1988）、詹锳《李白诗选译》（巴蜀书社，1991）、薛天纬《李白诗选》（人民文学出版社，2017）；也有集体合作的成果，如复旦大学中文系选注的《李白诗选》（人民文学出版社，1961）。这些选本，从不同的视角选取李白的诗歌名作，有益于李白诗的普及传播[①]。

（二）李白诗歌名篇的主要标识

名篇的确定是有标准的。虽然迄今未有公认的标准，但通过观察公认的名篇，不难看出这些名篇所具有的特征（亦可视之为"标准"或"标识"）。当然，不同诗人诗作的特征是有所不同的。至于李白，我们认为其诗歌名篇具有下述特征。

一是情感直露纯真。严格说来，抒情性是诗歌最为本质的特征，这就是为什么杜甫号为"诗史"的"三吏""三别"诸作（叙事诗），反而不及其《望岳》《春望》《登高》等更为大众所喜的原因所在。不过，由于深受"乐而不淫，哀而不伤""文质彬彬"等儒家诗教等传统观念影响，我国历代诗歌的抒情多以深沉婉转为特征，如李商隐《无题》诗；或以忧国忧民为底色，如杜甫《自京赴奉先县咏怀五百字》《蜀相》。如此这般地表情达意，总是让人感觉与作者真实的性情品格有所隔膜。李白的诗歌，恰恰在情感表达上与此明显不同，突出地体现在"直露强烈"与"纯真质朴"两个方面，前者如《将进酒》《行路难》，后者如《静夜思》《古朗月行》《早发白帝城》等。试想，谁人在年少垂髫时期没有"小时不识月，呼作白玉盘。又疑瑶台镜，飞在白云端"的幻思遐想，在远离故土的他乡异域没有"举头望明月，低头思故乡"的家亲之念，在失意郁闷状态下没有"大道如青天，我独不得出"的悲愤情绪，在心愿得遂

[①] 在确定李白诗歌名篇时，并未将这些选本列入。因为确定李白诗歌名篇应从"全唐"的角度入手，若将仅限李白个人诗作的选本列入，则有损确定"唐诗名篇"的公正性。

之时没有"仰天大笑出门去，我辈岂是蓬蒿人"的张狂之状？但是，只有李白这样做人、这样写诗，他才称得上是古来第一的、勇于且善于表达自我真实情感的"真"人，从而也就形成其诗独有的抒情方式与情感特征。人们作不出李白此类的诗歌，但大都十分喜爱这些诗歌，因此就成为李白流传最广的诗歌类型。

二是张扬自我个性。唐代（乃至整个古代）诗人中，描述自我境况、抒发自我感怀者并不少见，如孟郊、李贺、李商隐等人。这些诗人之作，固然表达了对社会弊端的不满、对自己遭受不公正待遇的愤懑，但这种表达多是自怨自艾、委婉含蓄的，亦即偏于内敛型的。只有李白的诗，鲜明强烈、直言不讳地抒发表达不畏权贵、爱憎分明、肯定张扬自我等情绪态度。这样底气十足、充满自信、傲视群伦、痛快淋漓的自我展示，是其他诗人（文人乃至所有中国人）极为缺乏的，因此极易引起读者叹赏与共鸣。清人叶燮在论及李白时所谓"大凡无才则心思不出，无胆则笔墨畏缩，无识则不能取舍，无力则不能自成一家"，正是为了说明李白并非"四无"，而是"四有"。在此基础上，叶氏还特意举例说明了李白之"气"："李白天才自然，出类拔萃，然千古与杜甫齐名，则犹有间。盖白之得此者，非以才得之，乃以气得之也。……如白《清平调》三首，亦平平宫艳体耳；然贵妃捧砚，力士脱靴，无论懦夫于此战慄（粟）趑趄万状，秦舞阳壮士不能不色变于秦皇殿上，则气未有不先馁者，宁暇见其才乎？观白挥洒万乘之前，无异长安市上醉眠时，此何如气也？"[①]而"才""胆""识""力""气"归结到一点，就是卓尔特立的人格个性。

三是多用古体，手法多样、言浅意深。就诗歌体式而言，在李白百余首著名作品中，五古（23首）和七古（30首）占了五十余首，五律及五言、七言绝句各占二十余首（五律25首、五绝3首、七绝18首），七律只有《登金陵凤凰台》和《鹦鹉洲》两首。考虑到历来对五律诗与五古诗体式认定标准的不同[如李白《秋浦歌》（其十五）"白发三千丈"，多数选本认为是五古，但《唐诗镜》（明·陆时雍）和《御选唐诗》（清·玄烨）却定为五绝；《玉阶怨》亦被分别视为"乐府"或"五绝"]，所以入选的作品中古体诗占了大多数，这一状况是符合李白诗歌创作实际的。李白诗多用古体，与其洒脱个性契合，同时也与其崇尚自然的美学思想

---

① 以上两节引文载《原诗》（卷1）、（卷4）：《清诗话》第571、603页，上海古籍出版社，1978年。

密切相关。古体有不受格律限制、便于抒情表意之便，但也容易流于浅俗。为防止这一情况出现，李白在两个方面下了功夫：一方面是大量运用各种修辞手法（夸张、比喻、象征、拟人等），使诗歌多姿多彩、平中见奇，在"感官"上给读者以新奇之感。另一方面则是将强烈情感、深刻意蕴融入诗内，构成语言虽浅易但含意深刻且冲击力极强的特征。当我们读过《蜀道难》之后，肯定不难得出上述结论。

四是构思独特。李白是建构诗歌的高手，主要表现为三种方式：一曰奇特意象的叠加，最典型者是《蜀道难》。二曰仙凡时空的贯通，如《梦游天姥吟留别》。三曰情节结构的跳跃，如《宣州谢朓楼饯别校书叔云》，此诗大致可分为三小节：先用"弃我去者，昨日之日不可留；乱我心者，今日之日多烦忧"来说明"我"之旧恨新愁；接下来写"蓬莱文章建安骨，中间小谢又清发"云云；最后又说"抽刀断水水更流，举杯消愁愁复愁。人生在世不称意，明朝散发弄扁舟"。中间"蓬莱文章"数句打断了诗首与诗末的因果联系，让不少人感到费解。其实这几句诗，是二人在谢朓楼饮酒过程中谈论的内容（话题），在结构上照应了诗题"宣州谢朓楼饯别"，同时含有以"建安""小谢"诸名家自比之义，从而更加突出了自己才高不偶之命运，与全诗的主题是完全一致的。李白此类以构思见长的诗作，构成了其名作中最为耐人索解的部分。

五是拥有诸多名句。名句是成就名作最鲜明的标志，相当多的名诗是由名句支撑而成。李白诗的名句，有的与人们通常择录名句标准相同，即以对仗工整、韵律协谐为基本依据。最典型的例子当是《渡荆门送别》，现引录全诗如下。

> 渡远荆门外，来从楚国游。山随平野尽，江入大荒流。
> 月下飞天镜，云生结海楼。仍怜故乡水，万里送行舟。①

这首送别诗，胜在境界阔大，而此境主要由"山随平野尽，江入大荒流"一联构成。由此我们不难理解，此诗因何成为李白仅次于《蜀道难》而与《梦游天姥吟留别》《静夜思》《黄鹤楼送孟浩然之广陵》并列为历代选录最多诗作。评家对此诗的关注亦多在此联，如胡震亨将其与

---

① 《渡荆门送别》：《李太白全集》第864页，中华书局，2015年。

杜甫的诗句进行比较："'山随平野尽，江入大荒流'，太白壮语也；杜'星垂平野阔，月涌大江流'，骨力过之。"①翁方纲则认为二者"皆适与手会，无意相合，固不必谓相为倚傍，亦不容区分优劣也"②。至于李白此联创作地点，陆游认为"太白诗'山随平野尽，江入大荒流'，盖荆渚所作也"③。另如"浮云游子意，落日故人情"（《送友人》）、"总为浮云能蔽日，长安不见使人愁"（《登金陵凤凰台》）等，亦属按通常标准入选的名句。

但是，李白诗中更多的名句与上述例子（也与很多诗人之作）是不一样的，它们不是以工整凝练著称，而是以浓情豪气、夸张奇崛取胜。如"人生得意须尽欢，莫使金樽空对月""燕山雪花大如席，片片吹落轩辕台"等。借用清人贺裳之言："李长吉费尽心力，不能不借险句见奇，孰若太白用寻常语自奇。"④可见李白此类名句，既不是贾岛般的"苦吟""推敲"，也不是李贺样的"借险出奇"，而是将超卓才气贯注其中形成的"常语自奇"。因此，贾岛易学、李贺可学，而李白难学。

以上五个方面，大致可视为李白诗歌名作的基本特征，也是选录李白名诗的主要标准。

（三）李白诗歌名篇的传播状况

诗歌作品是否名篇、是否能够最大限度地穿越时空，传播发挥着绝大的作用。现从三个方面简要讨论李白名诗传播的状况。

第一，历时性描述。为了便于说明，此处按人们通常的做法，将李白与杜甫加以对比。如此，似可用三句话概述：一曰生前杜不如李；二曰身后（中唐迄清末）李不如杜；三曰当代李杜并重。

李白生前声名极为煊赫，标志性的表征是贺知章褒扬《蜀道难》及其奉诏面君之经历。孟棨《本事诗·高逸第三》对此有载："李太白初自蜀至京师，舍于逆旅。贺监知章闻其名，首访之。既奇其姿，复请所文。出《蜀道难》以示之。读未竟，称叹者数四，号为'谪仙'，解金龟换酒，与倾尽醉。期不间日。由是称誉光赫。贺又见其《乌棲曲》，叹尝苦吟曰：'此诗可以泣鬼神矣。'故杜子美赠诗及焉。曲曰：'姑苏台上乌棲时，吴王宫里

---

① 〔明〕胡震亨《唐音癸签》第77页，古典文学出版社，1957年。
② 〔清〕翁方纲《石洲诗话》（卷1）：《清诗话续编》第1372页，上海古籍出版社，1983年。
③ 〔宋〕陆游《入蜀记》（卷5）：《陆放翁全集·渭南文集》第290页，中国书店，1986年。
④ 《载酒园诗话又编》：《清诗话续编》第316页，上海古籍出版社，1983年。

醉西施。吴歌楚舞欢未毕，西山欲衔半边日。金壶丁丁漏水多，起看秋月堕江波，东方渐高奈乐何！'或言是《乌夜啼》二篇，未知孰是，故两录之。《乌夜啼》曰：'黄云城边乌欲栖，归飞哑哑枝上啼。机中织锦秦川女，碧纱如烟隔窗语。停梭向人问故夫，欲说辽西泪如雨。'白才逸气高，与陈拾遗齐名，……尝言'兴寄深微，五言不如四言，七言又其靡也，况使束于声调俳优哉。'故戏杜曰：'饭颗山头逢杜甫，头戴笠子日卓午。借问何来太瘦生，总为从前作诗苦。'盖讥其拘束也。玄宗闻之，召入翰林。以其才藻绝人，器识兼茂，欲以上位处之，故未命以官。尝因宫人行乐，谓高力士曰：'对此良辰美景，岂可独以声伎为娱，倘时得逸才词人吟咏之，可以夸耀于后。'遂命召白。时宁王邀白饮酒，已醉。既至，拜舞颓然。上知其薄声律，谓非所长，命为宫中行乐五言律诗十首，……白取笔抒思，略不停缀，十篇立就，更无加点。笔迹遒利，凤跱龙拏。律度对属，无不精绝。其首篇曰：'柳色黄金嫩，梨花白雪香。玉楼巢翡翠，金殿宿鸳鸯。选妓随雕辇，徵歌出洞房。宫中谁第一？飞燕在昭阳。'文不尽录。常出入宫中，恩礼殊厚。"这一段文字中涉及《蜀道难》《乌栖曲》《乌夜啼》《戏赠杜甫》《宫中行乐词》等诗歌，说明这些诗作创作或出名的相关"本事"。我们认为上述孟氏所言不全是无稽的"小说家言"，恰恰相反，它们反映的是这些诗歌当时就已十分流行、广泛传播，已然成为"名作"。这方面的证据，可在李白同代人的评述中找到。例如，殷璠就在其选编的《河岳英灵集》中评价李白"为文章率皆纵逸，至如《蜀道难》等篇，可谓奇之又奇，然自骚人以还，鲜有此体调"[1]。此外，《旧唐书·李白传》和《新唐书·李白传》之中，都载有李白入京得到贺知章称赞、为玄宗作诗等情节，也可与上述记述互证。李白才情卓异、际遇非凡、诗风奇特，表现出真正的"盛唐气象"。杜甫出生晚于李白十余年，其气质才情、人生境遇皆不及李白，特别是其"虽成名于诗歌的盛唐时代，但杜诗的美学特征却不是十分符合盛唐的美学风尚。盛唐诗歌精神以奋发张扬的个性精神和精致奇妙的意象为核心，无论是山水田园诗，还是边塞诗，无不如此。而李白可以看作盛唐精神的集中体现，其立意取境都具有浓厚的主观色彩。从这一点来看，杜甫的沉郁顿挫不属于盛唐时代"[2]。

---

[1] 傅璇琮《唐人选唐诗新编》第120页，陕西人民教育出版社，1996年。
[2] 尚学锋《中国古典文学接受史》第225页，山东教育出版社，2000年。

从现存唐五代的唐诗选本来看，最早录入李白诗歌的是其同代人殷璠选辑的《河岳英灵集》，此书共选录盛唐24位诗人的234首诗。殷氏崇尚"神来、气来、情来"，入选之诗"既闲新声，复晓古体，文质取半，风骚两挟，言气骨则建安为传，论宫商则太康不逮"（均见殷氏"自叙"）。通观全集，可以看出殷璠对"风骨""兴象"的重视；就诗体而言，则显示出对古体诗的偏好（所选古体诗歌为近体诗的三倍以上）。《河岳英灵集》选入李白诗歌13首，稍高于平均数，与高适、崔国辅等同，比入选作品最多的王昌龄少了3首，也少于常建、王维及李颀等人。虽说殷氏在选录作品的数量上并未表现出对李诗特殊的重视，但李白比之杜甫还是十分幸运的，因为其中未曾录入杜甫诗作。至于未录杜诗的原因，究系与殷氏所设定的选录标准（殷氏"自叙"）不合，抑或认为杜甫不堪与李白、王维等人并称同代（盛唐）诗人，尚须专门探讨。但从中也传达出这样的信息：在李白生前，杜甫的声名不如李白。

"安史之乱"爆发于李白的晚年（755），直到他去世（762）尚未平息。此后的大唐帝国，繁华逝去、风光不再，战乱频仍、纲常毁坏，生存艰难成为人们面对的现实。盛唐的自信与奇幻，转为中晚唐的愁苦与沉痛。诗坛诗人的审美观、创作观大大改变，李白虽仍为人称道，而声名渐不及杜。且看元稹是如何称颂杜甫、贬抑李白的："至于子美，盖所谓上薄风、骚，下该沈、宋，古傍苏、李，气夺曹、刘，掩颜、谢之孤高，杂徐、庾之流丽，尽得古今之体势，而兼昔人之所独专矣。……苟以为能所不能，无可无不可，则诗人以来未有如子美者。山东人李白，亦以奇文取称，时人谓之李、杜。予观其壮浪纵恣，摆去拘束，模写物象，及乐府歌诗，诚亦差肩于子美矣。至若铺陈终始，排比声韵，大或千言，次犹数百，词气豪迈而风调清深，属对律切而脱弃凡近，则李尚不能历其藩翰，况堂奥乎！"①元稹此论，既是他本人真实思想的展现，也是以他和白居易为首的"新乐府诗派"的文学观点，同时也是中唐时代社会现实的必然反映，代表了中唐时期评价李、杜的基

---

① 〔唐〕元稹《唐故工部员外郎杜君墓系铭》：《全唐文》（卷654）第2946页，上海古籍出版社，1990年。

本倾向①。中唐诗一则直接关注社会问题，二则形式多为律体；晚唐诗唯美主义大昌、律诗成为主要诗体。这些都与李白之诗格调相悖，所以李白在中晚唐时期声名趋于下降。

宋代初期诗人多学晚唐李商隐、贾岛与姚合，江西派标榜杜诗作为法度，南宋四灵、江湖派又复归晚唐。其间虽有欧阳修、苏轼及陆游等人有意称颂、仿效李白，但通观宋代，声势最大者是以杜甫为"祖"的江西诗派，李白未占据优势②。元明清三代，程朱理学、经世致用的思想观念影响日重，以诗文为代表的正统文坛趋于沉闷（当然也刺激了戏剧、小说的发展），李白式富于幻想的浪漫情怀、张扬个性的主观意识，几乎完全没有了生存条件与展示的场所。元明时代虽曾高扬唐诗旗帜以反拨宋诗，明代的"前七子"（李梦阳、何景明为首）甚至提出"诗必盛唐"的响亮口号，但这里的盛唐不独指李白与杜甫，而且还包括王、孟等人。清代则有"尊唐"与"崇宋"之争，即使"尊唐"派，也更多地表现为对杜甫的认同。

在古代传播史上的"李不如杜"，还可以通过选本、注本加以验证。现存唯一一部同时收录李白与杜甫诗作的"唐人选唐诗"——韦庄的《又玄集》中，除初唐仅收宋之问《题梧州司马山斋》一诗外，盛、中、晚唐时期的诗人多有入选。韦氏在"自叙"中言明总共选录"清词丽句"之诗三百首、诗人一百五十家（今传世本实则为146人、诗299首）③。其中录入杜甫诗歌七首，居于首位，李白诗只有四首，尚不及杜牧、温庭筠、贾岛、姚合、李商隐及武元衡、李远（皆录入五首）诸人。明代高棅《唐诗品汇》崇尚盛唐且对李白青眼有加，录入李白诗353首、杜诗276首；陆时雍《唐诗镜》录入李诗303首、杜诗363首。清代沈德潜力主"温柔敦厚"，最看重杜甫，故录入李诗141首、杜诗253首；孙洙的《唐诗三百首》较为公允，选录李诗35首、杜诗38首。总的说来，

---

① 中唐著名文学家韩愈，所持观点大体为李杜并重，他曾在多首诗作中表达这一观念，如"昔年因读李白杜甫诗，常恨二人不相从"（《荐士》）、"李杜文章在，光焰万丈和"（《调张籍》）等，但人们更加看重杜甫诗对民生疾苦、社会责任的反映与表达。具体阐析，请见尚学锋《中国古典文学接受史》第225-233页，山东教育出版社，2000年。

② 宋代亦有持"李杜并重"观点者，如著名诗评家严羽认为："李杜二公，正不当优劣。太白有一二妙处，子美不能道；子美有一二妙处，太白不能作。子美不能为太白之飘逸，太白不能为子美之沉郁。"《沧浪诗话·诗法》：《历代诗话》第697页，中华书局，1981年。

③〔五代〕韦庄《又玄集·前记》：《唐人选唐诗新编》第578页，陕西人民教育出版社，1996年。

选本中的李诗数量少于杜诗。如果参照注本，李白更是无法与杜甫相比。"千家注杜"之说虽有夸张，但杜诗注本的确历代不乏、比比皆是，而李白的注本则寥寥无几。因此，所谓自中唐而迄清末"李不如杜"，并非虚言。

近代以降，志士仁人急欲开启民智、救国图存，于是反思、批判、吸收传统文化，成为近一百多年来中国文化人士的重要工作。李白与杜甫作为古代最有影响的著名诗人，对其如何评价自然成为不可回避的问题。李白的注重自我、张扬个性，被当代社会所认同；杜甫的"每饭不忘君"已然不合潮流，但其爱国忧民的真挚情感，又是不可或缺的宝贵财富。因此，除了个别特殊时期（如"文化大革命"期间曾一度肯定李白而明显贬抑杜甫），大体上可以"李杜并重"概之。他们两位都是研究者及普通读者最为关注、最为喜欢的古代诗人，他们的诗歌（特别是名作）流传最为广泛。

第二，公信度考察。就具体作品而言，李白诗歌被历代公认的名篇比例相对较大；也就是说，人们对其名篇认定的标准较为一致，名篇的"公信度"较高。根据笔者的统计，在13种历代重要唐诗选本中，被半数以上选本录入的李白诗歌共41首，根据入选比例依次为：《蜀道难》《梦游天姥吟留别》《渡荆门送别》《静夜思》《黄鹤楼送孟浩然之广陵》《送友人》《早发白帝城》《峨眉山月歌》《长干行》（其一：妾发初覆额）、《将进酒》《宣州谢朓楼饯别校书叔云》《乌栖曲》《宫中行乐词》（其一：小小生金屋）、《宫中行乐词》（其二：柳色黄金嫩）、《送友人入蜀》《访戴天山道士不遇》《登金陵凤凰台》《玉阶怨》《行路难》（其一：金樽清酒斗十千）、《听蜀僧濬弹琴》《清平调》（其一：云想衣裳花想容）、《清平调》（其二：一枝红艳露凝香）、《清平调》（其三：名花倾国两相欢）、《塞下曲》（其一：五月天山雪）、《古风五十九首》（其一：大雅久不作）、《经下邳圯桥怀（悲）张子房》《关山月》《金陵酒肆留别》《远别离》《乌夜啼》《江上吟》《南陵别儿童入京》《闻王昌龄左迁龙标遥有此寄》《宫中行乐词》[其三：卢桥（橘）为秦树]、《秋登宣城谢朓北楼》《春夜洛阳闻曲（笛）》《客中作》《望天门山》《赠汪伦》《与史郎中钦听黄鹤楼上吹笛》《子夜歌》（其三：长安一片月）。这些作品几乎皆为公认的名篇。另有一些名篇，如《月下独酌》《赠孟浩然》《独坐敬亭山》《望庐山瀑布》《古朗月行》《宿五松山下荀媪家》，入选的比例也都比较高。当然，由于选编者的视角、立场不同，造成了对名篇认定上的不同。如当代人较关注的《秋浦歌》（其十四：炉火照天地）、《丁都护歌》，在笔者经眼的古代选本中并无选录者。《嘲鲁儒》一诗，曾在20世纪70年代的一段时间内特别受重视，很多人专门发表过不少文章①，而在古代选本中，只有高棅的《唐诗品汇》曾予选录。我们认为李白名篇"公信度"高，更重要的是须有"他证"。为此，笔者也对晚唐著名诗人李商隐的诗歌名篇作了统计：在十三部古今唐诗选本中，半数以上录入的名篇共十三首，其中包括《锦瑟》《马嵬》《夜雨寄北》《登乐游原》等名作，但《无题》（相见时难别亦难）、《无题》（昨夜星辰昨夜风）、《安定城楼》等作品不在此中。可见李商隐诗歌中真正被历代公认的名篇不多，我们现在（当代）认为其最具代表性的作品，在漫长的历史时空并不特别流行（知名）。可见，诗歌"公信度"的高低，是判定名篇及传播状况的重要标志。

第三，传播方式述要。就传播方式而言，李白诗歌名篇传播的基本载体，是上文述及的历代诗歌选本、诗评诗话、赏析文章，这也是一般诗歌流传与成名的主要途径，绝大多数的诗作由此而为读者所知。李白诗歌传播还包括正史杂传、笔记小说、戏曲、绘画、建筑（如"太白楼"之类）、经行遗迹（如"采石矶"）等。大致说来，进入正史，须经官方慎重考核方可；成为小说、戏曲等文艺形式的演绎对象，则须在民间具有广泛的影响。至于绘画、建筑、遗迹之类，则更有实录与虚饰双向扩张、传扬声名与获取实利（如"太白楼"多为酒楼，有借李白之名而谋利之意）结合之特征。不过，它们都是李白其人其诗的载体，对李白诗的流传大有益处。此外，李白诗歌的传播，也与李白其人密切相关。古来即有"因诗存人""因人存诗"之说。就唐代而言，《春江花月夜》之于张若虚、《登鹳雀楼》之于王之涣，可视为"因诗存人"者。至于"因人存诗"者，可以坚守睢阳城、不屈而死的张巡为例。张巡的五言律诗《闻笛》②，被《唐诗纪事》《唐音》《唐诗品汇》《古今诗删》《唐诗别裁集》《历代诗话》《诗话总龟》《刘宾客嘉话录》《唐语林》《类说》《说郛》《古今说海》等各类典籍收录或解说，很大程度上是因为作者是忠贞节义、

---

① 例如费秉勋《向儒家的挑战书——读李白〈嘲鲁儒〉》（载《陕西文艺》，1974-06）、何大章《从〈嘲鲁儒〉看李白的反儒立场》（载《北京日报》，1974-08-02）、衣殿臣《尊法批儒反潮流——读李白〈嘲鲁儒〉》（载《黑龙江文艺》，1974-09）等。

② 〔唐〕张巡《闻笛》："岧峣试一临，虏骑附城阴。不辨风尘色，安知天地心！营开边月近，战苦阵云深。旦夕更楼上，遥闻横笛音。"载《全唐诗》第1611页，中华书局，1960年。

英勇不屈之人。清代沈德潜解析其诗："一片忠义之气滚出，闻笛意一点自足。……宋贤谓伯夷、叔齐欲与天意违拗，正复相合。"① 吴乔更进一步说："张睢阳《闻笛》诗及《守睢阳》排律，当置六经中，敬礼之，勿作诗读。"② 都是肯定了张巡的人格影响力③。不过，真正具有广泛影响力的诗人诗作，则是"以诗存人"与"以人存诗"相辅相成。杜甫始终如一的"爱国忧民"的圣人情怀、白居易"达则兼济天下，穷则独善其身"的人生定位、李商隐"一生襟抱未曾开"的不幸遭遇，都使人们因爱（敬服、认同、叹惋）其人而爱其诗，或由其诗而知其人。李白当然也不例外，他是以超卓的人格力量，征服了几乎所有时代的读者（持反对意见者，从某种意义上讲亦属被征服者）。李白创作了诗歌，诗歌象征着李白，李白与其诗共同感动了万千读者。对于我们这些无缘与李白谋面的后人而言，认识李白最基本、最主要的方式，就是阅读李白的诗歌名篇。

　　上文对李白诗歌名篇形成与传播情况的梳理，显然是十分简略的。但这对于把握李白诗歌创作概况及主要成就、探知其诗传播流变之行程轨迹，对于了解名篇的选录标准、时代差异、显示不同时代的审美趋向，乃至强化认知李白人格形象、拓展李白研究视域，当是有所帮助的。

---

① 〔清〕沈德潜《唐诗别裁集》第156页，中华书局，1975年。
② 〔清〕吴乔《围炉诗话》（卷2）：《清诗话续编》第540页，上海古籍出版社，1983年。
③ 更加典型的例子是宋代的岳飞与文天祥，其《满江江》与《过零丁洋》广泛流传、深入人心，二人的人生遭遇、人格魅力发挥着极大的作用。

二、正史记录：两《唐书·李白传》本事考索

李白的事迹，在《旧唐书》《新唐书》均有《李白传》记载。两《唐书》属于官修的正史，其中所记资料，应是与传主关系最为切要者。同时，正史的"真实"特征，也要求所录之事有据可依、于案可稽。准此，我们对两《唐书·李白传》中的本事出处试做探求。

（一）《李白传》所录本事

两《唐书·李白传》所录李白的相关情况，大致可分为五个方面的问题。

第一，生平家世。《旧唐书·李白传》（以下简称《旧传》）称"李白，字太白，山东人。……父为任城尉，因家焉"。《新唐书·李白传》（以下简称《新传》）则说"李白，字太白，兴圣皇帝九世孙。其先隋末以罪徙西域，神龙初，遁还，客巴西。白之生，母梦长庚星，因以命之"[①]。两者相比，《新传》的内容详于《旧传》且互有补充。

第二，品性好尚。《新传》说李白"十岁通诗书，既长，隐岷山。州举有道，不应。……然喜纵横术，击剑，为任侠，轻财重施"，对其年少聪慧、喜仙好道、击剑任侠、轻财乐施的特征进行了描述。《旧传》则以"少有逸才，志气宏放，飘然有超世之心"诸语，对李白的性格予以概括。并且记录了他离京之后"乃浪迹江湖，终日沉饮。时侍御史崔宗之谪官金陵，与白诗酒唱和。尝月夜乘舟，自采石达金陵，白衣宫锦袍，于舟中顾瞻笑傲，傍若无人"的情况。说明李白"宏放""超世"、崇尚"诗酒"的品性，是贯穿一生的。

第三，出游交友。李白的一生，大半是在外出游历之中度过的。《旧

[①] 引文见上海古籍出版社1986年版《旧唐书·文苑传》（卷190下）第4083页、《新唐书·文艺传》（卷202）第4741页。以下引录正史中有关李白的文字，皆出于此处，不再出注。

传》记载了他与孔巢父等人结为"竹溪六逸",以及与吴筠、贺知章交往的情形:"少与鲁中诸生孔巢父、韩准、裴政、张叔明、陶沔等隐于徂徕山,酣歌纵酒,时号'竹溪六逸'";"天宝初,客游会稽,与道士吴筠隐于剡中";"贺知章见白,赏之曰:'此天上谪仙人也'"。《新传》则在记述"竹溪六逸"的同时,又叙写了"酒中八仙"的情况:"白自知不为亲近所容,益骜放不自修,与知章、李适之、汝阳王琎、崔宗之、苏晋、张旭、焦遂为'酒八仙人'。"

第四,政治经历。李白热衷于政治,他一生"政治性"最强的经历是"入京""从璘"二事。关于"入京",《旧传》云:"玄宗诏筠赴京师,筠荐之于朝,遣使召之,与筠俱待诏翰林。白既嗜酒,日与饮徒醉于酒肆。玄宗度曲,欲造乐府新词,亟召白,白已卧于酒肆矣。召入,以水洒面,即令秉笔,顷之成十余章,帝颇嘉之。尝沉醉殿上,引足令高力士脱靴,由是斥去。"将李白由于道士吴筠的推荐入京、得到玄宗召见、被任命为翰林学士及离开京城等情况,做了交代。与《旧传》相比,《新传》的相关记录更加详细,增加了贺知章向玄宗举荐李白的情节:"天宝初,南入会稽,与吴筠善,筠被召,故白亦至长安。往见贺知章,知章见其文,叹曰:'子,谪仙人也!'言于玄宗,召见金銮殿,论当世事,奏颂一篇。帝赐食,亲为调羹,有诏供奉翰林。"

李白在"安史之乱"爆发后加入永王李璘幕府,是他与政治相关的第二件大事。对此,《旧传》所记极为简略:"禄山之乱,玄宗幸蜀,在途以永王璘为江淮兵马都督、扬州节度大使,白在宣州谒见,遂辟为从事。永王谋乱,兵败,白坐长流夜郎。"《新传》不仅详于《旧传》,而且加入了郭子仪救援李白的片段:"安禄山反,转侧宿松、匡庐间,永王璘辟为府僚佐。璘起兵,逃还彭泽,败,当诛。初,白游并州,见郭子仪,奇之。子仪尝犯法,白为救免。至是子仪请解官以赎,有诏长流夜郎。会赦,还寻阳,坐事下狱。时宋若思将吴兵三千赴河南,道寻阳,释囚辟为参谋,未几辞职。"

第五,晚景与影响。对于李白遇赦东归之后的情况,《旧传》只是说他"遇赦得还,竟以饮酒过度,醉死于宣城。有文集二十卷,行于时"。比之《旧传》,《新传》所述则要详细得多:"李阳冰为当涂令,白依之。代宗立,以左拾遗召,而白已卒,年六十余。白晚好黄老,度牛渚矶至姑孰,悦谢家青山,欲终焉。及卒,葬东麓。……元和末,宣歙观察使范传正祭其冢，禁樵采。访后裔，惟二孙女嫁为民妻，进止仍有风范，因泣曰：'先祖志在青山，顷葬东麓，非本意。'传正为改葬，立二碑焉。告二女，将改妻士族，辞以孤穷失身，命也，不愿更嫁。传正嘉叹，复其夫徭役。文宗时，诏以白歌诗、裴旻剑舞、张旭草书为'三绝'。"这些文字不但叙写了他晚年归依李阳冰、死后葬于青山之事，而且将其死后改葬、诗歌得以高度肯定等，作了具体的说明。

（二）李白本事的来源

两《唐书·李白传》所录内容，概括了李白一生的主要经历，勾勒出较为完整的李白形象。传文中所列事实，大都有所依凭，其本事主要来源于三个方面。

一是李白自述。李白是著名的"主观诗人"，这既表现在毫不掩饰的个性张扬，也表现在对自己爱好与经历的记录。因此，我们从李白的作品中，大致可以了解到他一生的基本情况。例如，"五岁诵六甲，十岁观百家，常横经枕籍，制作不倦，迄于今三十春矣。以为士生则桑弧蓬矢，射乎四方，故知大丈夫必有四方之志，乃杖剑去国，辞亲远游，南穷苍梧，东涉溟海，见乡人相如大夸云梦之事，云楚有七泽，遂来观焉"（《上安州裴长史书》）、"十五观奇书，作赋凌相如"［《赠张相镐二首》（其二）］、"十五好剑术，遍干诸侯"（《与韩荆州书》）[1]，等等，表现了自己的性格爱好。《送韩准裴政孔巢父还山》《天台晓望》《越中览古》诸诗，记述了与孔巢父、裴政、张叔明等会于徂徕山，以及携妻子入会稽与道士吴筠隐于剡中的情景。《南陵别儿童入京》与《别内赴征三首》表现了辞亲入京的状况。在京中的活动情况，则有《对酒忆贺监》（诗并序）、《玉真公主别馆苦雨赠卫尉张卿二首》、《玉真公主词》、《侍从游宿温泉宫作》、《驾去温泉宫后赠杨山人》、《温泉侍从后归逢故人》、《宫中行乐词》（八首）等诸多作品可证。与"从璘"相关的作品，包括《永王东巡歌》（十一首）、《经乱离后天恩流夜郎忆旧游书怀赠江夏韦太守良宰》、《流夜郎赠辛判官》、《流夜郎永华寺寄寻阳群官》、《流夜郎至西塞驿寄裴隐》、《流夜郎至江夏，陪长史叔及薛明府宴兴德寺南阁》、《流夜郎题葵叶》、《流夜郎闻酺不预》、《南流夜郎寄内》等。遇赦东归后的作

---

[1] 此处引录李白作品，出自《李太白全集》第 1452、704、1448 页，中华书局，2015 年。

品，有《早发白帝城》、《流夜郎半道承恩放还兼欣克复之美书怀示息秀才》、《江夏使君叔席上赠史郎中》、《赠王汉阳》、《春滞沅湘有怀山中》、《赠汉阳辅录事二首》、《与诸公送陈郎将归阳》（并序）、《下寻阳城泛彭蠡寄黄判官》、《献从叔当涂宰阳冰》、《当涂李宰君画赞》、《临路歌》等。

　　李白还有一篇《为宋中丞自荐表》，文中借宋中丞之口吻写道："臣伏见前翰林供奉李白，年五十有七。天宝初，五府交辟，不求闻达，亦由子真谷口，名动京师。上皇闻而悦之，召入禁掖。既润色于鸿业，或间草于王言，雍容揄扬，特见褒赏。为贱臣诈诡，遂放归山。闲居制作，言盈数万。属逆胡暴乱，避地庐山，遇永王东巡胁行，中道奔走，却至彭泽。具已陈首。前后经宣慰大使崔涣及臣推复清雪，寻经奏闻。……臣所荐李白，实审无辜。怀经济之才，抗巢、由之节。文可以变风俗，学可以究天人，一命不沾，四海称屈。伏惟陛下大明广运，至道无偏，收其希世之英，以为清朝之宝。"①这篇表章，对自己一生大节大事予以解说剖白，很可以反映李白其人的基本特征。

　　二是同道记录。与李白生活于同一时期及稍晚的文人士子，不乏关注或崇敬李白者。他们在自己的作品中，记录了与李白相关的若干事实。如李白的朋友崔宗之所作《赠李十二白》中有"担囊无俗物，访古千里余。袖有匕首剑，怀中茂陵书。双眸光照人，词赋凌子虚。酌酒弦素琴，霜气正凝洁"之语②，对李白品性文才极为推崇。杜甫对李白怀有深厚的情谊，他视李白如弟兄，二人曾有一段"醉眠秋共被，携手日同行"的诗酒同游的快乐经历③。杜甫对李白的文才非常推崇，认为"白也诗无敌，飘然思不群。清新庾开府，俊逸鲍参军"④。对于李白诗酒风流的人生取向，更是十分叹服（《饮中八仙歌》）。当李白被迫离京、从璘流放之时，杜甫都给予了极大的关心与信任，《寄李十二白二十韵》《梦李白二首》《天末怀李白》《不见》等诗，都十分明确地表达了这样的情感。另外，从杜甫《送孔巢父谢病归游江东兼呈李白》及《饮中八仙歌》中，还可印证李白与时人交往的事实。与李白同时的任华所作《杂言寄李白》，以及稍后的白居易《读李杜诗集因题卷后》、郑谷《读李白集》、释贯休

---

① 《为宋中丞自荐表》：《李太白全集》第1422-1424页，中华书局，2015年。
② 《全唐诗》第2906页，中华书局，1960年。
③ 《与李十二白同寻范十隐居》：《杜诗详注》第45页，中华书局，1979年。
④ 《春日忆李白》：《杜诗详注》第52页，中华书局，1979年。

《古意》、徐夤《李翰林》等诗，都涉及李白生平事实。其中特别值得一提的是晚唐诗人皮日休《七爱诗·李翰林》，不仅记录了李白被玄宗召见、获得恩遇厚爱的情景，而且说其致死乃是缘于"腐胁疾"，这为李白的死因提供了又一说法。

不过，对李白之事记述详尽者，当推同代人（唐五代）所作的几篇墓志序文。如"郭子仪救李白"，最早见于裴敬《翰林学士李公墓碑》（作于会昌三年，即843年）；"李白被荐入京"，则见于乐史《李翰林别集序》；而李阳冰《草堂集序》、魏颢《李翰林集序》和范传正《唐左拾遗翰林学士李公新墓碑》（并序），更是全面记述了李白的籍贯家世及一生经历。这些文献，直接成为两《唐书》素材的重要来源。

三是唐五代笔记小说。此类著述中，以李白为主人公或涉及李白的故事，有三十则左右。除《太平广记》录入八则之外，李肇《唐国史补》、柳宗元《龙城录》、段成式《酉阳杂俎》、王仁裕《开元天宝遗事》、王简《疑仙传》、韦绚《刘宾客嘉话录》、郑处诲《明皇杂录》、孙光宪《北梦琐言》、范摅《云溪友议》等笔记小说集，以及单篇传奇（如柳宗元《李赤传》），都有记述李白事迹的作品。这些小说有多种体例：袁郊《甘泽谣》属于"传奇"体；王定保《唐摭言》、李绰《尚书故实》、孙光宪《北梦琐言》属于"杂事"体；沈汾《续仙传》、王简《疑仙传》属于"传奇志怪"体；孟棨《本事诗》属于"传奇杂事"体；柳宗元《龙城录》属于"志怪杂事"体；段成式《酉阳杂俎》属于"志怪传奇杂事"体。可见，李白的故事，在唐代流行的各类小说中都有所记述。这些作品多侧面、多角度地讲述了有关李白的故事，塑造了李白的形象，而主要的关注点则是李白的"生平经历""才艺诗情""酣饮醉酒""结交友朋""声名影响"等①。其中特别重要的是孟棨《本事诗》（高逸第三）的《李白》一文，它将李白入京受知于贺知章直至身死及葬埋的一生大事尽括，颇具参考价值。

"小说"的要义，在于通过事件情节塑造人物形象；而"笔记"从某种意义上讲，则是对现实生活中人物事件的记录。这两者组合起来描述现实社会之人物，无疑增强了真实性，更易于为人采信。

---

① 与此相关的具体情况，见本书"唐代小说中的李白故事"部分。

（三）李白本事的"真实性"考察

通过上面的文字可知，《新唐书·李白传》《旧唐书·李白传》所列事实皆有所本，有案可稽。但是，若以正史应具的基本特征——"真实"而论，则两《唐书》所录的李白之事，尚需予以区别对待。

有的属于公认事实，无须怀疑。如李白好酒任侠的品性，与高适、杜甫等人的交游，入京后得贺知章赞赏并被玄宗召见任用，因"从璘"遭流放，等等。因为这些方面的情况不仅正史稗说均无异议，而且在李白自己的诗文及其同代人作品中亦可得到大量证明。

有的未必真实，可姑存其说。如《新唐书·李白传》中的"母梦长庚星而生李白"之事。此类"母梦命名"的例子，在各类史传典籍中十分普遍，如《国语·周语下》录有晋成公之事，"单襄公曰：'吾闻成公之生也，其母梦神规其臀以墨，曰：'使有晋国，三而畀骥之孙。'故名之曰'黑臀'"①。《南史》中说林国王范阳迈"初在孕，其母梦生儿，有人以金席藉之，其色光丽。夷人谓金之精者为阳迈，若中国云紫磨者，因以为名"②。这种情况，很难确定其真实性。不过，因无关宏旨，"与其信其无，不如信其有"也是可以的。

有的虽然众口一词，其实甚为可疑。如"力士脱靴"的故事流传极广，唐人笔记小说中有多种版本记录此事。李肇《唐国史补》（卷上）云："李白在翰林多沈（沉）饮。玄宗令撰乐辞，醉不可待，以水沃之，白稍能动，索笔一挥十数章，文不加点。后对御引足令高力士脱靴，上命小阉排出之。"③由此可知，"脱靴"是在李白醉酒的情况下出现的，似可理解与原谅。段成式《酉阳杂俎》（前集卷12）的说法则大为不同："李白名播海内，玄宗于便殿召见，神气高朗，轩轩然若霞举，上不觉亡万乘之尊，因命纳履。白遂展足与高力士，曰：'去靴。'力士失势，遽为脱之。及出，上指白谓力士曰：'此人固穷相'。"④这段文字讲得非常明确，李白故意让高力士脱靴，对后者显然是一种莫大的羞辱，于情于理

---

① 陈桐生译注《国语》第108页，中华书局，2013年。
②〔唐〕李延寿《南史·夷貊上》（卷78）第2880页，上海古籍出版社，1986年。又《南齐书》（卷58）有相似记录。
③ 丁如明等点校《唐五代笔记小说大观》第163页，上海古籍出版社，2000年。
④ 丁如明等点校《唐五代笔记小说大观》第644页，上海古籍出版社，2000年。

都难以容忍。于是,李濬《松窗杂录》中的《李龟年》一则,便重点说明了"力士脱靴"造成的后果:"会高力士终以脱靴为深耻。异日,太真妃重吟隧词,力士戏曰:'此为妃子怨李白,深入骨髓,何反拳拳如是?'太真因惊曰:'何翰林学士能辱人如斯?'力士曰:'以飞燕指妃子,是贱之甚矣。'太真颇深然之。上尝三欲命李白官,卒为宫中所捍而止。"①乐史《李翰林别集序》对此事的记述,与上引李濬《松窗杂录》的文字完全一致,可见是照抄的产物。两《唐书》的编者,将上述有关"力士脱靴"的内容略作取舍,分别录入,成为正史中的"实录"。但这一故事的真实性,很值得怀疑。无论如何,"力士脱靴"都带有浓重的传奇色彩,不免虚构成分。

有的绝无其事,纯属臆造。如"李白与郭子仪互救"之事,最早的记载见于裴敬《翰林学士李公墓碑》:"又尝有知鉴,客并州,识郭汾阳于行伍间,为免脱其刑而奖重之。后汾阳以功成官爵,请赎翰林,上许之,因免诛,其报也。"②到了宋代,乐史《李翰林别集序》《新唐书·李白传》均将其列入。但此事难以信实。清人赵翼曾辨其诬:"青莲集中无一字与子仪往来者。当其系狱时,以诗上崔涣、宋若思求雪。如果有德于子仪,岂无一字乞援?或即道远不相及,而子仪救释之后,何又无一字述其恩,记其事?则此事之有无,未可信也。"③今人詹锳《李白诗文系年》征引《金石萃编》(卷92)《郭氏家庙碑》所载子仪仕历后认为:所谓李白救郭之时,郭之官位已高,并非居于行伍间,可知太白解救汾阳之说,纯属伪托④。詹先生的论证理充据实,足可定案。

造成李白生事迹难以尽实的原因是多方面的。首先,其家世状况难详。关于李白的家世,论者历来多征引李阳冰《草堂集序》、范传正《李白新墓碑》为据,但细按二文及李白有关诗文,皆多词语闪烁、矛盾之处。例如,身为凉武昭王之后、先世窜居西域、李白之父李客"逃归于蜀"诸问题,皆存不确因素⑤。关于李白的生卒年,李阳冰《草堂集序》、李华《故翰林学士李君墓志》、《新唐书·李白传》、曾巩《李太白文集后

---

① 〔宋〕李昉等编、汪绍楹点校《太平广记》(卷204)第1549-1550页,中华书局,1961年。
② 马鞍山李白研究所整理《李翰林集》第39页,黄山书社,2004年。
③ 郭绍虞编选《清诗话续编》(二)第1146页,上海古籍出版社,1983年。
④ 《李白诗文系年》第16-18页,人民文学出版社,1984年。
⑤ 参见安旗、薛天纬《李白年谱》第1-5页,齐鲁书社,1982年。

序》等,也是各有抵牾,其因在于李白家世及本人情况不够准确透明。其次,缘于其生平经历的与众不同。综合包括李白自作诗文在内的各种文献,我们不难认定李白曾有如下经历:青少年时代读书与击剑任侠、出蜀游历、中年奉召入京、待诏翰林、赐金还山、晚年从璘入幕、得罪遇赦、身死当涂等。在这丰富的人生经历之中,不乏难知真面者,其中相当多的事实已经无从据实考证。最后,由于世人"好奇"的心理。传奇,就其字面意义来说,当指传播奇闻异事,"其目的在唤起我们的好奇心"[①]。这种心理,不仅在读者如此,在作家甚至正史的编撰者也难以避免。因为作者的写作目的,无一例外地是要"传"(传播、流传),而"奇"人"奇"事最易于流传。对此,史家也是心知肚明甚至有意而为的。我们且看司马迁《史记》则可知之(《项羽本纪》之"鸿门宴"一节,具有浓厚的小说特色)。李白本来就是奇特之人,人们对他投入了极大的关注,其中见仁见智处不一而足。于是,相关事实的不能同一,也就不难理解了。

综上所述,《旧唐书》与《新唐书》对李白其人其事的记录,都是有据可依的。形成二者所录事实有别的原因,除了编者的立场不同之外,主要是因为资料来源有异。同时,两《唐书》虽为可信度高的正史,但其中所录之事也并非尽可皆信。造成这一情况的原因,则是"历史的传说化"与"传说的历史化"所致。这种情况,几乎存在于所有历史人物传记之中。此般情形,从塑造传主本人形象、传播其生平业绩而言,当然是十分有益的。不过,若要准确认知历史人物真面与事实,在引用相关资料之时,应当注意仔细区分辨析。

[①] [英]爱·缪尔《小说结构》:中国社会科学院外国文学研究所、外国文学研究院资料丛书编辑委员会编,方土人、罗婉华译《小说美学经典三种》第350页,上海文艺出版社,1990年。

三、全相形容：唐代小说中的李白故事

唐代，作为"始有意为小说"（鲁迅语）的时代，小说内在质性、外在形式及类型诸方面，都有了巨大的发展变化与提高。就人物事件而言，不独"因事成人"，即从事实出发虚构人物；而且"因人成事"，即从人物出发记述或虚构事实。唐代文学发达，尤以诗歌为盛。诗人为世所崇，于是诗人便成为唐人小说中经常出现的人物。李白作为声名显著的诗人，更是频现于小说之中。

（一）李白故事之概况

唐人小说中以李白为主人公或涉及李白的故事，据笔者不完全统计，有三十则左右。比较集中收录李白故事的是《太平广记》。《太平广记》是宋前小说总集，尤以唐人小说为多，其中与李白相关者共有八则：1.《许宣平》（卷24，出沈汾《续仙传》，一题《续神仙传》）；2.《李白》（卷174，出王定保《摭言》，一题《唐摭言》）；3.《李白》（卷201，出孟棨《本事诗》）；4.《李龟年》（卷204，出李濬《松窗录》）；5.《许云封》（卷204，出袁郊《甘泽谣》）；6.《薛稷》（卷211，出张怀瓘《书断》，亦称《唐书断》）；7.《薛能》（卷265，出孙光宪《北梦琐言》）；8.《陆畅》（卷496，出李绰《尚书故实》）。除《太平广记》外，录有李白故事的小说集有李肇《唐国史补》、柳宗元《龙城录》、段成式《酉阳杂俎》、王仁裕《开元天宝遗事》、王简《疑仙传》、韦绚《刘宾客嘉话录》、郑处诲《明皇杂录》、孙光宪《北梦琐言》、范摅《云溪友议》等。另外，单篇传奇中也有李白的身影，如柳宗所作《李赤传》（载《全唐文》卷592）。

唐人小说大致可分为"传奇""志怪""杂事"三类。在上述小说集中，属于"传奇"者如袁郊《甘泽谣》，属于"杂事"者如王定保《唐摭言》、李绰《尚书故实》、孙光宪《北梦琐言》，属于"传奇志怪"者如沈汾《续仙传》、王简《疑仙传》，属于"传奇杂事"者如孟棨《本事诗》，属于"志怪杂事"者如柳宗元《龙城录》，属于"志怪传奇杂事"者如段成式《酉阳杂俎》。可见，李白的故事，在唐代流行的各类小说中都有所记述。

　　唐人小说多侧面、多角度地讲述有关李白的故事，塑造了李白的形象。若就所涉内容将这些故事略作梳理，可以发现它们对主人公李白的主要关注点如是。

　　其一，生平经历。《太平广记》中的《李白》（出孟棨《本事诗》高逸第三），重点记述了李白的如下经历：一是受知于贺知章。李白自蜀到京之初，贺知章"闻其名，首访之"，深为其风度诗篇所服，呼为"谪仙人"，叹赏其诗"可以泣鬼神"，以至自解金龟换酒，极欢尽醉，使李白"期不间日，由是称誉光赫"。并且将李白与陈子昂对比：二人皆为蜀人，入京均意在求名，陈子昂入京之初"设酒摔琴"之举，不及李白被名士贺知章主动来访、"请所为文""号为谪仙人""解金龟换酒"，"由是称誉光赫"之经历。二是被玄宗召入翰林。玄宗听到李白的大名，马上召见，"以其才藻绝人，器识兼茂，便以上位处之"，成为日侍君王、身份清贵的翰林学士。三是醉中应命赋诗。玄宗某次与宫人行乐时，命召李白"为宫中行乐五言律诗十首""时宁王邀白饮酒，已醉。既至，拜舞颓然"，以至只得"遣二内臣掖扶之，命研墨濡笔以授之。又命二人张朱丝栏于其前"。然而，醉中的李白"取笔抒思，略不停缀，十篇立就，更无加点。笔迹遒利，凤跱龙拏，律度对属，无不精绝"，充分展示了李白超凡之才。四是乞归故山。虽然"玄宗恩礼极厚，"实际上"以非廊庙器"视之，不过是把李白当作侍从文士看待。"而白才行不羁，放旷坦率"，自命不凡，以治国宰辅为期许。最终的结果，只能是黯然而归。五是遇璘遭谪。安史乱起之后，李白"在浔阳，复为永王璘延接。累谪夜郎"。六是身死及葬埋情形。李白遇赦放还后，"游赏江表山水，卒于宣城之采石，葬于谢公青山。范传正为宣歙观察使，为之立碑，以旌其隧"。以上六个方面，都是李白平生最重要或为人所关注的经历。此外，本篇小说还记录了李白"自幼好酒""于兖州习业""于任城县构酒楼，日与同志荒宴其上"等早年作为①，大体上可以视之为李白"行状"。

---

① 此处引文出自《太平广记》（卷201）第1511页，中华书局，1961年。

其二，才艺诗情。反映李白的文才诗情，可以说是唐人小说中涉及最多的方面。我们且举几例："开元中，李翰林白应诏草白莲花序及宫词十首。时方大醉，中贵人以冷水沃之，稍醒。白于御前，索笔一挥，文不加点。"①这则故事的原始出处，是王定保《唐摭言》（卷13）"敏捷"类，属于直接肯定李白才思敏捷的。"开元中，禁中初重木芍药，即今牡丹也。得四本，红紫浅红通白者。上因移植于兴庆池东沈（沉）香亭前。会花方繁开，上乘照夜白，太真妃以步辇从。诏特选梨园弟子中尤者，得乐十六部。李龟年以歌擅一时之名，手捧檀板，押众乐前。将歌之，上曰：'赏名花，对妃子，焉用旧乐词为？'遂命李龟年持金笺，宣赐翰林供奉李白，立进清平调三章。白欣然承旨，犹若宿醒未解，因授笔赋之，辞曰：'云想衣裳花想容，春风拂槛露华浓。若非群玉山头见，会向瑶台月下逢。一枝红艳露凝香，云雨巫山枉断肠。借问汉宫谁得似，可怜飞燕倚新妆。名花倾国两相欢，长得君王带笑看。解释春风无限恨，沉香亭北倚栏杆。'龟年遽以辞进，上命梨园弟子，约略调抚丝竹，遂促龟年以歌。……上自是顾李翰林，尤异于他学士。"②这则故事，不独叙写了《清平调》三首创作的情形，更重要的是突出作者不俗之才情。还有的故事纯属戏笔，但其意亦在显示李白之才，如袁郊《甘泽谣》中的《许云封》，讲述许云峰外祖父李謩（天宝时期任职宫中梨园的音乐家）请求李白为其（许云峰）取名之事："某任城旧土，多年不归。天宝改元，初生一月，时东封回，驾次至任城，外祖闻某初生，相见甚喜。乃抱诣李白学士，乞撰令名。李公方坐旗亭，高声命酒。当垆贺兰氏年且九十余，邀李置饮于楼上。外祖送酒，李公握管醉书某胸前曰：'树下彼何人，不语真吾好。语若及日中，烟霏谢成宝。'外祖辞曰：'本于李氏乞名，今不解所书之语。'李公曰：'此即名在其间也。树下人是木子，木子李也。不语是莫言，莫言謩也。好是女子，女子外孙也。语及日中，是言午，言午是许也。烟霏谢成宝，是云出封中乃是云封也。即李謩外生许云封也。'后遂名之。"③王仁裕《开元天宝遗事》（卷下）《梦笔头生花》、《粲花之论》和《美人呵笔》，也都是夸赞李白才情的。有关李白的才情能力，一般著述均关注他的作文赋诗，只有个别篇目涉及政治，如："明

---

① 〔宋〕李昉等编、汪绍楹点校《太平广记》（卷174）第1289页，中华书局，1961年。
② 〔宋〕李昉等编、汪绍楹点校《太平广记》（卷204）第1549-1550页，中华书局，1961年。
③ 〔宋〕李昉等编、汪绍楹点校《太平广记》（卷204）第1554-1555页，中华书局，1961年。

皇召诸学士宴于便殿，因酒酣顾谓李白曰：'我朝与天后之朝何如？'白曰：'天后朝政出多门，国由奸幸，任人之道，如小儿市瓜，不择香味，惟拣肥大者；我朝任人如淘沙取金，剖石采玉，皆得其精粹者。'明皇笑曰：'学士过有所饰。'"①这则故事所录，乃是李白论政之语，其意除了称赞玄宗皇帝之外，当有借此说明李白政治才能之意。对李白的才情，绝大多数唐人小说都持称誉态度，只有段成式《酉阳杂俎》有所不同，说他"前后三拟《词选》（应为《文选》之误），不如意，悉焚之，唯留《恨》《别赋》"②。身为著名诗人却"前后三拟"他人著作，可以理解为创作精益求精、亦可证明其才情亦非绝佳。不过，这样的说法难以改变大众对李白的评价。而且，李白的作品也证明了李白的才情，特别是在非常状态之中（如醉酒）的不凡。

其三，酣饮醉酒。李白嗜饮好酒是极为有名的，当时即有"醉圣"之称。有人认为"力士脱靴""玉手调羹"之类的故事，表现了李白对权贵的蔑视，这种说法未必成立。因为李白此类表现，都是在醉酒状态下而为，我们很难设想在完全清醒的情况下，会发生这样的事情。退一步说，即使李白对高力士等人心存不满，也必须借助一种重要的状态：醉酒。李白的与众不同处是：醉酒之后仍保持着极佳的创作状态，甚至比平时更加优异。不过"嗜酒"而又"不拘小节"，肯定容易授人以柄，如在"力士脱靴"后，玄宗说李白"此人固穷相"，就包含着对李白醉酒后所作所为的不满。至于当事人高力士的怀恨，更是不待言明。据说，李白被玄宗疏远，终至"赐金还山"，就源于此。我们其实可以将此作为个案，它传达出来的当是李白嗜酒导致不为人喜、不受重用的信息。

其四，结交友朋。李白交游的广泛是人所共知的，唐人小说中最为乐道者，是他与当代名士贺知章相识相知的故事，王定保将其归入《唐摭言》（卷7）"知己"类，是很有眼光的③。李白也与艺术家合作，著名书画家薛稷与李白相遇同游新安郡时，"书永安寺额，兼画西方像一壁。笔力潇洒，风姿逸发，曹张之亚也。二妙之迹，李翰林题赞见在"④。由

---

① 〔五代〕王仁裕《开元天宝遗事》（卷下）：《唐五代笔记小说大观》第1743页，上海古籍出版社，2000年。
② 〔唐〕段成式《酉阳杂俎·前集》（卷12）第1616页，三秦出版社，2012年。
③ 〔唐〕王定保《唐摭言》（卷7）：《唐五代笔记小说大观》第1641页，上海古籍出版社，2000年。
④ 〔宋〕李昉等编、汪绍楹点校《太平广记》（卷211）第1618页，中华书局，1961年。

于李白好道慕仙,所以仙人也成了李白交往的对象,沈汾《续仙传》中的《许宣平》,记载了李白追寻仙人许宣平的事:"天宝中,李白自翰林出,东游经传舍,览(许宣平)诗吟之。嗟叹曰:'此仙诗也。'乃诘之于人,得宣平之实。白于是游及新安,涉溪登山,累访之不得。"①这则故事讲的是李白访仙而不得。在王简《疑仙传》之《负琴生》中,李白有幸见到了仙人"负琴生"。负琴生一眼看出李白"放旷拔俗是身也,非心之放旷拔俗也","君之为文也,轻浮若蝶舞,花飘艳冶处子佳人"。当李白问道:"我之文即轻浮艳冶不足观,我之风骨气概岂不肯仙才邪?"负琴生的回答是:"君骨凡肉异,非真仙也,止一贵人尔。复况体秽气卑,亦贵不久,但爱惜其身,无以虚名为累。"②这位神仙虽然认为李白仍不够成仙资格,但与他见了几面且有所教示,也说明了李白与仙有缘。正因为李白有过与仙人(至少是得道高人)的交往,于是便有了《李太白得仙》的故事:"元和初,有人自北海来,见太白与一道士,在高山上笑语久之。顷道士于碧雾中跨赤虬而去,太白耸身健步追及,共乘之而东去。"而向人们讲述这一故事的,是著名文学家韩愈③。

其五,声名影响。李白作为著名诗人,在唐世的影响很大,这在小说中也多有反映。有的以人比附李白:"唐大中初,绵州魏城县人王助举进士,有奇文,蜀自李白、陈子昂后,继之者乃此侯也。"④有的自比李白,如柳宗元《李赤传》的主人公江湖浪人李赤就说:"吾善为歌诗,类李白。"并参照李白之名而"自号李赤"⑤。有的贬低李白:"薛能,会昌间进士。自负过高,从事西川日,每短诸葛功业。为诗曰:'阵图谁许可,庙貌我揶揄。'又曰:'焚却蜀书宜不读,武侯无可律吾身。'讥李白曰:'我生若在开元日,争遣名为李翰林?'又曰:'李白终无取,陶潜固不刊'。"⑥还有人反李白之道而行之,唐人李绰的《尚书故实》和韦绚的《刘宾客嘉话录》都录有《陆畅》一则:"李白尝为《蜀道难》歌曰:'蜀

---

① 〔宋〕李昉等编、汪绍楹点校《太平广记》(卷24)第159页,中华书局,1961年。
② 李时人编校《全唐五代小说》第2245页,陕西人民出版社,1998年。
③ 〔唐〕柳宗元《龙城录》:《唐五代笔记小说大观》第141页,上海古籍出版社,2000年。
④ 〔五代〕孙光宪《北梦琐言》(卷5):《唐五代笔记小说大观》1840页,上海古籍出版社,2000年。
⑤ 李时人编校《全唐五代小说》第612页,陕西人民出版社,1998年。
⑥ 〔宋〕李昉等编、汪绍楹点校《太平广记》(卷265)第2079页,中华书局,1961年。《文渊阁四库全书》本及《唐五代笔记小说大观》本《北梦琐言》均无此故事。

道难，难于上青天。'白以刺严武也。后陆畅复为《蜀道易》曰：'蜀道易，易于履平地。'畅佞韦皋也。初畅受知于皋，乃为《蜀道易》献之。皋大喜，赠罗八百匹。"①"《蜀道难》，李白罪严武作也，畅感韦之遇，遂反其词焉。"②无论上述哪一种做法，无一例外地是将李白定为参照，意在提高自我身份。此外，还有对李白等人遭际感叹的："天宝中，刘希夷、王昌龄、祖咏、张若虚、孟浩然、常建、李白、杜甫，虽有文名，俱流落不偶，恃才浮诞而然也。"③其中固然指出其为"恃才浮诞"所误，而更多则是对其"流落不偶"的同情。这也从另一角度证明了李白的影响。

（二）李白故事形成因缘

唐人如此关注李白，热衷于杜撰、编辑、传播有关故事，是有多方面原因的。

首先，家世背景的晦暗不清。关于李白的生卒年有三种说法：《新唐书》本传未明确言其生年，只说他卒于代宗时，"年六十余"；北宋曾巩《李太白文集后序》说他"以病卒，年六十有四，是时宝应元年（762）也"。由此上溯六十四年，则其生年应是武则天天圣二年（699）；唐人李阳冰《草堂集序》记载李白卒于"宝应元年十一月乙酉"。唐人李华《故翰林学士李君墓志》按此年说李白当时"年六十有二"。由此推之，李白生年当是武则天长安元年（701）。关于李白的出生地，流行者有二说：一说生于蜀地，持此说者有李阳冰《草堂集序》、魏颢《李翰林集序》、范传正《李白新墓碑》、《新唐书》本传，并且认为是李白父亲"逃归蜀地"；另一说生于西域，持此说者多为近人，如陈寅恪说其"生于西域"、胡怀琛认为"生在坦逻斯城"、李长之认为"生于苏俄属的中亚细亚"、郭沫若认为是"中亚细亚的碎叶城"。关于李白的家世，张书城在《李白家世之谜》一书中推定李白为李广二十九代孙、李陵二十七代孙。这位二十七代孙是李陵与匈奴单于女"拓跋氏"婚后的苗裔。李白出自北周柱国李贤、隋朝太师李穆一系，此系是随拓跋魏"复归汧、陇"的李陵之后。明确了李白世系，又具体说明了"隋末多难，一房被窜于碎叶"的家史、李

---

① 〔宋〕李昉等编、汪绍楹点校《太平广记》（卷496）第4070页，中华书局，1961年。
② 〔唐〕韦绚《刘宾客嘉话录》：《唐五代笔记小说大观》第800页，上海古籍出版社，2000年。此则故事与前录《太平广记》（卷496），出《尚书故实》的《陆畅》条，大致相同。
③ 〔唐〕郑处诲《明皇杂录·补遗》：《唐五代笔记小说大观》第981页，上海古籍出版社，2000年。

白父亲李客"逃归于蜀"、李白为何婚于许圉师孙女等,并探讨了李白先世(李陵之后)曾改姓拓跋、贺兰、丙、独孤,而最终复姓为李的问题①。这种意见的确解决了李白家世问题,但能否为学界认同,尚待来时。

其次,生平经历的复杂不详。李白一生的经历可谓跌宕起伏、复杂曲折。但是,其中有不少似是而非、难求其真,模棱两可、难得其详者。例如,李白在天宝初年奉诏入京,究竟系吴筠推荐还是通过皇妹玉真公主的关系?两《唐书》本传均称李白天宝初年客游会稽时,与道士吴筠隐于剡中。当玄宗诏吴筠赴京后,得其推荐,李白被召入京。而魏颢在《李翰林集序》中却说:"白久居峨眉,与丹丘因持盈法师达,白亦因之入翰林。"持盈法师,就是唐玄宗的妹妹玉真公主。李阳冰《草堂集序》和刘全白《唐故翰林学士李君碣记》只是说天宝年间,玄宗诏李白任翰林。魏、李、刘三人都与李白关系密切,均未提及吴筠推荐事。李白自己也未提及受吴筠举荐,只是说自己在"天宝初,五府交辟,不求闻达。亦由子真谷口,名动京师。上皇闻而悦之,召入禁掖"(《为宋中丞自荐表》),将得到皇帝赏识归为自己"名动京师"的影响。可见,李白究竟因何入京面君,真相难以确定②。关于李白"从璘",也有"自愿"与"非自愿"两种说法。《旧唐书》本传曰:"禄山之乱,玄宗幸蜀,在途以永王璘为江淮兵马都督,扬州节度大使。白在宣州谒见,遂辟从事。"说明是李白主动参加了李璘集团。《新唐书》本传却说:"安禄山反,转侧宿松匡庐间。永王璘辟为府僚,佐璘起兵。"似非主动前去。自宋代始,人们非常关心此事。苏辙、朱熹认为李白积极参与了李璘集团,证明他只是一个"不知义理""没有头脑"的诗人;而曾巩、苏轼等人则为李白辩护,说是"当由迫胁"③。李白晚年至当涂依李阳冰直至去世,固无异议,但究竟系病死、醉死、醉后落水而死,亦有讨论的必要。至于李白在宫中令"力士脱靴"之事,更是争论不休。这一切的一切,都与他复杂的经历相关。

再次,嗜酒及好道的习性。李白饮酒的名气,与他作诗的名气可以并列,甚至酒名超过了诗名(他被称为"诗仙",亦被称为"酒仙""醉圣")。自唐以降,凡涉李白的正史、稗钞、诗文、绘画等,多有与酒相

---

① 傅璇琮、罗联添主编《唐代文学研究论著集成》(第五卷)第312-313页,三秦出版社,2004年。
② 郁贤皓《李白丛考》第65-66页,陕西人民出版社,1982年。
③ 参见陈文华《唐诗史案·李白从璘案》第92页,上海古籍出版社,2003年。

关者。李白的酒诗，的确从不同角度、不同层面表现了他轻松潇洒、豪壮放纵、傲然卓立等性格特征。可以说，这些都是在饮酒之后表现出的性情，至少是饮酒强化了他的此类品性特征。有了这样的前提，"跨驴入县""力士脱靴""贵妃捧砚"之类故事的产生，就是十分自然的了。李白与道教缘分不浅，他常说自己学道三十年："学道三十春，自言羲和人。"（《酬王补阙惠翼庄庙宋丞泚赠别》）"云卧三十年，好闲复爱仙。"（《安陆白兆山桃花岩寄刘侍御绾》）他说这种话的时候，大致四十岁左右。因为从"十五游神仙"算起，不过四十五岁，如果是从"五岁诵《六甲》"计算，则不过三十多岁。这些表述说明，李白的"好道"是贯穿一生的。他对学道非常认真，甚至形诸梦寐："余尝学道穷冥筌，梦中往往游仙山。"（《下途归石门旧居》）假若将道教视为一种宗教，古代诗人中没有谁可与李白的诚笃相比；假若将道教当作一种思想观念，李白则是最受此思想支配者。李白的"好道"还是很有回报的，他在少年时就被天台的司马子徽（名承祯，见《续仙传》）认为有"仙风道骨"（见《大鹏赋序》）；他一到长安，贺知章就称其为"谪仙人"（《对酒忆贺监》）。有关李白的仙道故事，与他的这种追求好尚是密切相关的。

最后，唐人"好奇"的风尚。唐人"好奇"、热衷"传奇"，突出地表现为对小说的爱好，这在各个阶层中都有体现。比如，唐玄宗晚年（时为太上皇）在宫中由高力士陪着欣赏转变、说话[1]，白居易同元稹一起在家中听《一枝花话》[2]，可以视作对口头讲说故事（通俗小说）的爱好。唐代文人创作的小说，也多有先口头讲说、后用文字记录加工的情形。韦绚介绍《刘宾客嘉话录》成书过程时说："丈人（即刘禹锡）剧谈卿相新语，异常梦语，若谐谑卜祝、童谣佳句，即席听之，退而默记。"[3]李德裕《次柳氏旧闻》、佚名《大唐传载》、高彦休《唐阙史》等的成书与此相类。单篇传奇小说中的《冯燕传》《异梦录》《非烟传》《长恨歌传》等，也都经历了由民间广泛流传到文人加工笔录的过程。由于唐代实行科举，士人流动性极大，官员内迁外调十分频繁。他们行路万里、经多

---

[1] 李时人编校《全唐五代小说》第2971页，陕西人民出版社，1998年。

[2]〔唐〕元稹《酬翰林白学士代书一百韵》有"翰墨题名尽，光阴听话移"之句，句下自注云"乐天每与予游从，无不书名屋壁，又尝于新昌宅说《一枝花话》，自寅至巳，犹为毕词也"。见《元稹集》第116-117页，中华书局，1982年。

[3]〔唐〕韦绚《刘宾客嘉话录·序》；《唐五代笔记小说大观》第792页，上海古籍出版社，2000年。

识广，非常有利于故事的交流和搜集，成为小说创作与传播的主力军。总体而言，唐人小说是以志异传奇为旨归的。"传奇"，是唐人小说作家创作目的之所在。为达此目的，在人物事件的选定上，要么是高贵无比的帝王（如唐玄宗），要么是行为出于常格之人（如李白）。小说作家们选择或真或幻、或真幻参半的故事，通过精心构思情节，"揭示作家所企图表现的生活必然性的内容，这就是偶然是必然的偶然，意料之外是情理之中的意料之外，亦即奇的不悖情理，巧的事所必然"①。此外，唐人小说中往往直接以"好奇""话异"诸语评人论事："我欲探海中之奇宝以耀天下，而吾子岂非好奇之士耶"②、"丞相河东公（按即裴度），尚古好奇"③、"德裕好奇，凡有游其门者，虽布素，皆引接"④、"赞皇公博物好奇，尤善语古今异事。当镇蜀时，宾佐宣吐，亹亹不知倦焉"⑤、"元和六年，（张逢）旅次淮阳，舍于公馆。馆吏宴客，坐客有为令者曰：'巡若到，各言己之奇事，事不奇者，罚'"⑥。这些记述，说明尚奇好异是广泛流行于唐世的社会风尚。毫无疑问，这是李白故事产生的客观原因与社会基础。

（三）李白故事衍生的功效

唐人小说中大量李白故事的出现，并非偶然的现象，而是体现着人们的思想倾向、价值观念，具有很强的象征意义。可以说，人们是用小说这一载体、通过李白的形象，展示自己的所想所思，表达自己的愿望。

这种展示与表达，最突出地表现为对李白的颂誉与肯定。包括李白敏捷的才思、脱俗的气质、任侠嗜酒、蔑视权贵等。我们在上文中已经列举的许多人们耳熟能详的故事，大多都属于这一范围。为了强化李白的与众不同，人们不独对他有案可稽的行为（如"受知于贺知章""宫中醉酒赋诗"等）津津乐道，而且更喜欢以夸大事实甚或捕风捉影的方式描述李白，所谓"力士脱靴""美人呵笔"之类，就属于这种情况。为了

---

① 白维国主编《古代小说百科大辞典》第20页，学苑出版社，1992年。
② 〔宋〕张读《宣室志·陆颙》：《唐五代笔记小说大观》第990页，上海古籍出版社，2000年。
③ 〔唐〕高彦休《唐阙史·裴丞相古器》：《全唐五代笔记》第2339页，三秦出版社，2012年。
④ 〔唐〕丁用晦《芝田录·李德裕》：《全唐五代笔记》第2177页，三秦出版社，2012年。
⑤ 〔唐〕韦绚《戎幕闲谈·序》：《全唐五代笔记》第926页，三秦出版社，2012年。
⑥ 〔唐〕李复言《续玄怪录·张逢》：《唐五代笔记小说大观》第451页，上海古籍出版社，2000年。

使李白更加与众不同、更加完美，还不惜使用极为俗套或极为夸张（完全超现实的虚构）的方式包装李白。俗套的，如说他的名字源于其母梦到了太白金星、李白是太白金星下凡等，因为此类说法经常出现在对帝王、名人的生平介绍之中；极为夸张的，则是"李白成仙"之类的说法。如此这般的故事，在李白的时代应当就已广泛流传，甚至不乏有人直接向李白讲说，而李白很高兴地接受的事例（见《冬日于龙门送从弟京兆参军令问之淮南觐省序》中从弟对其"心肝五脏，皆锦绣耶"的评价）。很可能李白也有自我吹嘘标榜的作为，因为从《梦游天姥吟留别》《宣州谢朓楼饯别校书叔云》等诗"升天仙游""入海浮槎"的表述中，不难看出这种端倪。我们知道，故事的传播总是越来越远离真相。比如宋人计有功《唐诗纪事》有载："元符二年（哲宗年号，1099）春正月，（杨）天惠补令于此（彰明县）。窃从学士大夫求问逸事，闻唐李太白本邑人，微时，募县小吏入令卧内，尝驱牛经堂下，令妻怒，将加诘责。太白亟以诗谢云：'素面倚栏钩，娇声出外头。若非是织女，何必问牵牛？'令惊异不问。稍亲，招引侍砚席。令一日赋山火诗云：'野火烧山后，人归火不归。'思轧不属。太白从旁缀其下句云：'焰随红日远，烟逐暮云飞。'令惭止。顷之，从令观涨，有女子溺死江上，令复苦吟云：'二八谁家女，飘来倚岸芦。鸟窥眉上翠，鱼弄口旁朱。'太白辄应声继之云：'绿发随波散，红颜逐浪无。何因逢伍相，应是怨秋胡。'令滋不悦。太白恐，弃去。"①这则故事源于北宋杨天惠的《彰明逸事》，该书是他担任李白早年生活过的彰明县令时搜集而成。这则关于李白的故事，肯定是长期流传于当地的（可能在唐代就已形成），但显然不符合李白当时的情况。如果寻根溯源的话，当是出于"力士脱靴""华阴县骑驴"系列，但其目的在于说明李白从小才思敏捷，仍然属于对李白的称誉。对于唐人的这种心理，我们借用杨栩生《李白生平研究匡补》中的一段表述：所谓"太白金星转世"（见李阳冰《草堂集序》、裴敬《翰林学士李公墓碑》等），明明是虚妄的事，在唐代非但无人指其虚妄，反倒广为流传，这就不是一个简单的传说了，它不仅是附会着李白的不同于常人，更主要的是可以借以夸大李白出类拔萃的超人才华。李白醉使"力士脱靴"一事，在中晚唐之际流传颇广，其实亦为查无实据。但唐人诗文中并不拆穿，恐怕

---

① 〔宋〕计有功《唐诗纪事》第271页，上海古籍出版社，2013年。

在心理上还是接受的。李白待诏翰林,终至被逐,本是因为宫中权贵的谗毁,不能没有高力士的中伤,"脱靴"一事,大为李白抱屈者一抒胸中不平,又使李白狂傲不羁的性格充分表现,岂不快意!而且文人对宦官历来鄙夷,对宦官专权更为痛恨,"脱靴"为天下人泄愤。唐五代以后,此事不仅盛为流传,且为诗文所盛赞,除了人们对李白的喜爱崇拜仰慕,不能说没有比较浓厚的时代政治色彩[①]。杨先生此言,是较为执平切当的。

唐人有关李白的小说另一个效用,是可以用来考订事实。本来,考订事实应当用可靠的史料,但有关李白的史料未必可靠。例如,现存所谓可靠史料的文字,首推李阳冰《草堂集序》、魏颢《李翰林集序》、范传正《唐左拾遗翰林学士李公新墓碑》(并序)、《旧唐书·李白传》、《新唐书·李白传》。其中李、魏二人与李白交厚,受命编集;范传正虽未亲见李白,但曾为李白移葬并见其孙女,属于真正意义上的知情之人;两《唐书》为国家正史,选择事实应当有可靠依据。但是,在这几项公认的可靠史料中,我们不难发现模棱两可、相互抵牾甚或与小说家言无别的文字(如吴筠推荐、入京获赞于贺知章、奉诏面君、力士脱靴、赐金还山、入幕永王璘等)。这些史料中对李白生平重要事件的记述,大都也被唐人小说敷衍为故事。就真实性而言,有的众口一词,虽未必真但可姑且承认其真,如"母梦长庚星而生李白";有的虽载于两《唐书》而甚为可疑,如"力士脱靴"。当然这一故事并非凭空捏造,范传正所谓:"(玄宗)泛白莲池,公(李白)不在宴。皇欢既洽,召公作序。时公已被酒于翰苑中,仍命高将军扶以登舟。"[②]这里的"高将军扶以登舟"或为"力士脱靴"所本。当然,也有公认的事实,如李白入京后得贺知章赞赏、被玄宗宠爱等,因为这些方面的情况不仅正史稗说均无疑义,更为重要的是在李白自己的诗文作品中亦可得到证明[③]。在此,我们打算说明的一点是:考订李白事迹的真实性,仍是很值得关注的重要问题。李、魏、范所作《集序》《碑志》,出于对李白的爱慕,不免溢美夸大之辞。两《唐

[①] 杨栩生《李白生平研究匡补》第205—207页,巴蜀书社,2000年。
[②] 〔唐〕范传正《唐左拾遗翰林学士李公新墓碑》(并序):《李太白全集》第1716页,中华书局,2015年。
[③] 参见郁贤皓《李白两入长安及有关交游考辨》:《李白丛考》第42—43页,陕西人民出版社,1982年。

书》中的若干情节片段,显系出自唐人的笔记小说。当然,唐人小说所载并非都不可靠,因为其中不乏"实录"的成分。可见,真正还原李白的本初面目,还有很多工作要做,而小说中有关李白的描绘述说,是不可弃之不顾的重要资料。

与"考订事实"密切相关,李白小说的另一价值是"推衍新说"。李白人生由于奇特不凡、文献记载混杂等因素,给后人提供了研究的空间。大量的有关李白的新说,正是由此而生。例如周勋初《诗仙李白之谜》一书(台湾商务印书馆1996年11月),从文化背景方面讨论李白生平的诸多谜点。其中从李白"剔骨葬友"(见魏颢《李翰林集序》)的行为,论证了李白受到南蛮文化及突厥文化的影响,认为"李白的血液中,当有胡人的成分"[①]。对于李白真正的死因,安旗和薛天纬先生认为,因为晚年沉疴日亟,自知无望,而所依靠的李阳冰又将归隐,李白已至无路可走境地,竟至精神失常,人以为"佯狂"。杜甫《不见》中说:"不见李生久,佯狂真可哀。"当是李白失常的消息远传的结果。此外,李白《笑歌行》《悲歌行》(一作《笑矣乎》《悲来乎》),亦传出此意。如果考虑李白当时病笃且精神失常的情况,就会得出《笑歌行》的多反语、《悲歌行》的多绝望语,正与此时之精神状态相符(苏轼、胡震亨、沈德潜等人以二诗为伪作是不对的)。《旧唐书》说李白"以饮酒过度,醉死于宣城",而王定保《唐摭言》说他"游采石江中……因醉入水中捉月而死",亦有可能[②]。再如李白入长安的次数,自《中华文史论丛》第二辑刊发稗山《李白两入长安辨》一文后,学术界对李白是否两入长安、何时入长安等问题展开了讨论。其中郁贤皓《李白两入长安及有关交游考辨》一文,就是以孟棨《本事诗·高逸第三》、王定保《唐摭言》(卷7"知己")两则"李太白自蜀至京"故事作为重要证据,说明贺知章与李白相知是在开元十八年第一次入长安之时,此后李白又于天宝元年再次入长安[③]。虽说李白究竟只有天宝初入长安,还是此前开元间也曾入长安的问题尚无定论,但这种探索是很有意义的。其中,小说中的资料为此提供了帮助。此外,唐人小说中也有直接提出观点供人参考的例子,如范摅《云溪友

---

① 参见傅璇琮、罗联添主编《唐代文学研究论著集成》(第五卷)第340-343页,三秦出版社,2004年。
② 安旗、薛天纬《李白年谱》第113-114页,齐鲁书社,1982年。
③ 郁贤皓《李白丛考》第39-64页,陕西人民出版社,1982年。

议》(卷上)《严黄门》有一段话:"李太白作《蜀道难》,乃为房杜之危也。略曰:'剑阁峥嵘而崔嵬,一夫当关,万夫莫开。所守或非人,化为狼与豺。朝避猛虎,夕避长蛇,磨牙吮血,杀人如麻。锦城虽云乐,不如早还家。蜀道之难,难于上青天。侧身西望长咨嗟。'杜初自作《阆中行》,'豺狼当路,无地游从。'或谓章仇大夫为陈拾遗雪狱,高适侍御与王江宁昌龄申冤,当时用为义士也。李翰林作此歌,朝右闻之,疑严武有刘焉之志。"① 此处所论乃是李白《蜀道难》的创作缘起与主旨,至今仍为讨论《蜀道难》主题的重要观点与参照。

唐人有关李白的小说另外一个重要价值,就是为后世诗词、散文、小说、戏剧、绘画等艺术提供了丰富的素材,这方面的例子俯拾即是,但要整备资料、梳出条理、品评分析,则需要下一番专门的功夫,这里就存而不论了。

在以上的文字中,我们大致介绍了唐人小说中的李白故事,对其形成原因、价值意义作了若干阐释分析。虽然这一工作不够深入完备,但对于进一步了解李白其人其诗、拓宽李白研究领域、开新唐代小说研究向度、推进文体间相互关系研究等,或许能够提供一些借鉴。

---

① 李时人编校《全唐五代小说》第 3306 页,陕西人民出版社,1998 年。

四、个案分析:"力士脱靴"故事的传播与接受

李白其人其诗,历来引人关注,而且产生了不少与之相关的故事。在这些故事中,"力士脱靴"是流传极广的一例。对此故事的载录、演变情况予以梳理考察,可以窥得李白故事传播与接受的大略状况。

(一)"力士脱靴"故事的文献载录

"力士脱靴"之事,被各类文献典籍所记录。粗略统计,大致包括如下类型。

第一,公私史书。中国历来重视"修史",由官方主持编修的史书,包括"国史"(某一朝代)、"方志"(某一地区)。在这些"国史"(亦称"正史")之中,载录"力士脱靴"者,包括《旧唐书》(五代晋·刘昫)、《新唐书》(宋·欧阳修)、《宋史》(元·脱脱)。其中,《旧唐书》(卷109)和《新唐书》(卷202)均载于本传(《李白传》),《宋史》(卷411)则载于他人传记(《牟子才传》)。方志在"四部"(四库)分类中属于"别史类",由中央政府或地方政府主持修撰。清康熙年间的《江南通志》(卷173《太平府》)、清乾隆年间的《钦定续通志》(卷555《李白传》),均记载了"脱靴"之事。

私人撰写史志,也是历代流行的。例如,元代辛文房《唐才子传》属于"四部"中的"史部传记类",历来为治唐代文学者所重视。其中的《李白》一篇,较为详细地记述了李白的生平经历、人品性格、创作状况(包括"力士脱靴")等,成为研究李白的重要参考资料。除了记录人物事件为主的史志著作之外,描述山川胜景的地理类著作,也有载录"脱靴"之事的,如明代田汝成《西湖游览志·西湖游览余志》(卷2)、明代曹学佺《蜀中广记》(卷42)便是如此。

第二,各种类书。唐宋以降,"力士脱靴"故事载录于多部类书之中。

这些类书的视角不同、侧重点各异。有的着眼于形态，如唐代白居易、宋代孔傅《白孔六帖》（卷 15）《酣醉》；有的隶属于肢体，如唐代白居易、宋代孔傅《白孔六帖》（卷 31）《足》；有的归之于品性，如宋代李昉《太平御览》（卷 498）《人事部》139《简傲》、宋代王钦若《册府元龟》（卷 855）"总录部"《旷达》、宋代潘自牧《记纂渊海》（卷 49）"性行部"《不屈》、明代陈耀文《天中记》（卷 29）"任诞"；有的系之于职分，如宋代孙逢吉《职官分纪》（卷 15）《翰林学士院》、元代富大用《古今事文类聚新集》（卷 20）"诸院部"《翰林院》；有的铭之于姓氏，如南宋孝宗至南宋后期《锦绣万花谷续集》（卷 28）"类姓"《李》、宋代祝穆《古今事文类聚后集》（卷 2）"人伦部"《姓名》、宋代章定《名贤氏族言行类稿》（卷 35）"李"、元代无名氏编次《氏族大全》（卷 13）"李"、明代凌迪知《万姓统谱·氏族博考》（卷 4）"氏考下"《著姓名第十一》；有的用之于韵格，如元代阴劲弦《韵府群玉》（卷 5）；有的显之于艺术，如明代彭大翼《山堂肆考》（卷 166）"技艺"；有的直录于器物，如明代陈耀文《天中记》（卷 48）"靴"、明代彭大翼《山堂肆考》（卷 190）"履"。如此之多的类书选录"力士脱靴"，足见其流传之广、关注度之高。

第三，诗文总集。宋代姚铉编《唐文粹》（卷 14 上）"诗戊"、清代彭定求《全唐诗》（卷 161），收录唐代诗僧贯休诗《古意九首》，其中第八首中有"一朝力士脱靴后，玉上青蝇生一个"之句；清代黄宗羲《明文海》（卷 424）"传 38"《杂传》，记述了明代康海借助"力士脱靴"解人之难的故事；清代康熙《御定全唐诗录》（卷 20），在李白"小传"中提及此事。

第四，个人别集。在作家创作的诗文作品中，最早提及"力士脱靴"且收入个人作品集之中者，是晚唐诗僧贯休，他的《古意九首》（之八）"常思李太白"一诗，载于《禅月集》（卷 2）。以诗歌咏诵此事的，还有宋代李正民《大隐集》（卷 10）所载《览史三首》（其二）、明代解缙《文毅集》（卷 4）所载《采石吊李太白》。宋代李之仪《姑溪居士后集》（卷 14）所载《姑溪自赞》，属于"赞"文体式。元代刘埙《水云村稿》（卷 7）所载《题李翰林像》，则是"题跋"。此外，明代王世贞《弇山堂别集》（卷 29）"史乘考误"、宋代黄希、黄鹤《补注杜诗·年谱辨疑》（天宝五载丙戌）、清代王琦《李太白全集》（卷 33）"诗文"等诗文集，也都引述了"力士脱靴"的相关情况。

第五，文艺评论。有关"力士脱靴"的评论，主要集中在"诗文评类"著作之中。如宋代阮阅《诗话总龟后集》（卷2）"忠义门"、宋代黄彻《碧溪诗话》（卷2）、宋代蔡正孙《诗林广记》（卷3）《李太白》。"艺术类"著作中，也有相关的论述，如清代乾隆年间《石渠宝笈》（卷13）对《唐李白上阳台书》的评论，就是品评书画作品时加以引述的。

第六，笔记小说。此类著作中，谈及"力士脱靴"者最多。笔记类著作，如宋代洪迈《容斋随笔》四笔（卷3）、宋代王楙《野客丛书》（卷18）、宋代吴坰《五总志》、元代陶宗仪《说郛》（卷81）、清代王士禛《池北偶谈》（卷12）。小说之中，如唐代李肇《唐国史补》、段成式《酉阳杂俎》前集（卷12）、李濬《松窗杂录》、孟棨《本事诗》"高逸第三"、明代冯梦龙《警世通言》（卷9《李谪仙醉草吓蛮书》），其中既有文言小说，也包括白话（话本）小说。笔记和小说在传播"力士脱靴"故事过程中，发挥着很大的作用。

以上记述，若从"四部（库）分类"的角度而言，涵盖了"史部"（如《旧唐书》）、"子部"（如《白孔六帖》）、"集部"（如《全唐诗》）三个部类，可见这一故事产生影响之广泛。

（二）"力士脱靴"故事的历时传播

"力士脱靴"之事，在唐代（包括五代）即有流传。其中较早的记载，当属李肇《唐国史补》（卷上）。至五代，后晋刘昫编写《旧唐书》，将此故事收入《李白传》中，说明此事的真实性得到官方的认可。

宋代载录"力士脱靴"之事的典籍极多，在正史（《新唐书》）、杂记（《容斋随笔》）、类书（《册府元龟》）、文学作品[李正民《览史三首》（其二）]、诗文评论（蔡正孙《诗林广记》）等各种文献中均有载录，可见人们对此故事的熟悉与喜好。应当指出的是，此时曾有人利用"力士脱靴"作为政治斗争的工具："（牟）子才在太平建李白祠，自为记曰：'白之斥，实由高力士激怒妃子，以报脱靴之憾也。力士方贵倨，岂甘以奴隶自处者。白非直以气陵亢而已，盖以为扫除之职固当尔，所以反其极重之势也，彼昏不知顾。为逐其所忌，力士声势益张，宦官之盛遂自是始。其后分提禁旅，蹀血宫庭，虽天子且不得奴隶之矣。'又写力士脱靴之状，为之赞而刻诸石。"① 这些文字，记述了南宋理宗时期的名臣牟子才揭露权臣丁大全、宦官董宋臣罪行的情况。

  元代记录"力士脱靴"的典籍不多，其中大都引述前代旧说。这一时期值得重视的是辛文房《唐才子传》，在该著"卷2"《李白》一篇，有"使高力士脱靴，力士耻之"诸语。辛氏的《唐才子传》参考了大量的文史典籍，多为十分珍贵的材料，比较详细地考察记述了唐代三百九十八位著名文人事迹，为其中的二百七十八人作有"专传"（李白为其中之一），因而受到学术界的普遍重视。研究李白的生平著述，也多有以《唐才子传》为依据者。另外，"力士脱靴"也进入了元杂剧之中。元前期杂剧作家王伯成著《李太白贬夜郎》，基本情节是李白长安期间的醉酒生涯，出场人物有高力士、唐明皇、杨贵妃等，其中两次提及"脱靴"②。杂剧是元代的标志性文体，也是传播最为快捷广远、士农工商最为喜闻乐见的文艺形式。元杂剧引入李白此类故事，大大扩展了传播普及的域境。

  明代典籍对"力士脱靴"的记述，除了沿袭前代之外，还须指出两点独特之处：一是付诸实践，进行具体的应用；二是对该故事予以全面整合，使之臻于完善。据称，著名文士李梦阳被陷害入狱后，曾给康海写信，请他转托宦官刘瑾求救（刘瑾十分仰慕康海）。康海为救出朋友，只好屈尊"诣瑾。瑾焚香迎海，延致上坐，海不少逊。瑾曰：'今日何好风，吹得先生来也？'命左右设席。海曰：'吾有言告公，如听吾言，当为公留。不然，吾且去矣。'瑾曰：'云何？'海曰：'昔唐明皇任高力士，宠冠群臣，且为李白脱靴，公能之乎？'瑾曰：'请即为先生脱之。'海曰：'不然，今李梦阳高于李白数倍，而海固万不及一者也。下狱，而公不为之援，奈何肯为白脱靴哉？'即奋衣起，瑾固止之，曰：'此朝廷事，今闻命，即当斡旋之。'海遂解带与痛饮，天明始别，梦阳遂得释归"③。在此，高力士为李白脱靴，不再成为讥讽的对象，而是"大度"的表现。康海以之说服刘瑾，堪称独特诠释，也是以该故事解决实际问题的范例。明代冯梦龙编纂《警世通言》（卷9）《李谪仙醉草吓蛮书》一篇，堪称整合完善"力士脱靴"乃至李白生平故事之作。这篇小说将李白生平事迹

---

① 〔元〕脱脱：《宋史·牟子才传》（卷411）第1399页，上海古籍出版社，1986年。
② 《李太白贬夜郎》：张月中主编《全元曲》第855—861页，中州古籍出版社，1996年。
③ 〔明〕王世贞《弇山堂别集》（卷29）"史乘考误"（十）：《文渊阁四库全书》第409册第384页，台湾商务印书馆，1986年。

予以编排,可以"李白传记"视之。其中,"力士脱靴"是最为重要的核心情节。作者不仅吸收了前代的相关故事,而且加入了"李白参加科举考试受到杨国忠、高力士'磨墨''脱靴'之辱"的情节。从而为李白在"醉草下蛮书"时,要求杨国忠"捧砚磨墨"、高力士"脱靴结袜"提供了依据[①]。至于李白根本没有参加过科举考试(因之不可能被杨国忠和高力士黜落与讥讽)的真实情况,由于不为人知(普通百姓)或避而不谈(读书士子),反而无人考校。冯梦龙的"三言"(《警世通言》为其中之一),是在民间流传故事(说话人的"话本")基础上加工而成的。《李谪仙醉草吓蛮书》收入其中,可见李白故事在当时民间流传之广、"力士脱靴"的深入人心。在这一过程中,"力士脱靴"的故事情节,愈益完整而动人心弦。

清代与唐代相距逾远,对"力士脱靴"之事已无所发明,录入的典籍一般是在地方所著的方志之中[如乾隆《钦定续通志》(卷555)《李白传》、康熙《江南通志》(卷173)"太平府"]。同时,清代编辑的《全唐诗》《全唐诗录》的人物小传(《李白》),提及了这则故事。

(三)"力士脱靴"故事的阐释接受

唐宋以降,对"力士脱靴"之事实,官方、民间几乎都是认同的。但是,在相关因素的认定方面,则并非完全一致。例如:高力士为李白"脱靴",究竟是在李白"醉酒状态"还是"清醒状态"下的行为?如果是"醉酒状态",那就属于无意识的行为;如果是"清醒状态",那肯定是有意识地羞辱对方。两种情况的性质,是完全不同的。在现存录有"力士脱靴"之事的文献典籍中,绝大多数认为这一事件发生在李白"醉酒状态"之中,例如《白孔六帖》《旧唐书》《新唐书》《太平御览》《册府元龟》《锦绣万花谷续集》《古今事文类聚后集》《唐才子传》《蜀中广记》《山堂肆考》《钦定续通志》《全唐诗》等。

明确指出"力士脱靴"是清醒状态下有意为之的典籍,数量较少,其中具有代表性的主要是段成式《酉阳杂俎》和冯梦龙《警世通言》:"李白名播海内,玄宗于便殿召见,神气高朗,轩轩然若霞举,上不觉亡万乘之尊,因命纳履。白遂展足与高力士,曰:'去靴。'力士失势,

---

① 〔明〕冯梦龙《警世通言》(上册)第85-89页,河北人民出版社,1993年。

遽为脱之。"①"李白紫衣纱帽,飘飘然有神仙凌云之态,……天子命设七宝床于御座之傍,取于阗白玉砚,象管兔毫笔,独草龙香墨,五色金花笺,排列停当,赐李白近御榻前,坐锦墩草诏。李白奏道:'臣靴不净,有污前席,望皇上宽恩,赐臣脱靴结袜而登。'天子准奏,命一小内侍:'与李学士脱靴。'李白又奏道:'臣有一言,乞陛下赦臣狂妄,臣方敢奏。'天子道:'任卿失言,朕亦不罪。'李白奏道:'臣前入试春闱,被杨太师批落,高太尉赶逐,今日见二人押班,臣之神气不旺。乞玉音吩咐杨国忠与臣捧砚磨墨,高力士与臣脱靴结袜,臣意气始得自豪。举笔草诏,口代天言,方可不辱君命。'天子用人之际,恐拂其意,只得传旨,教杨国忠捧砚,高力士脱靴。"②这两段文字,由于出自小说家之手,非常形象地显示了李白的才情声势。但是,在天子御前、满朝文武大臣对面,李白如此"清醒"地向大太监高力士、宰相杨国忠发令羞辱,可能性微乎其微。因此,将此事放置于"醉酒"前提下,是较为合乎情理的。

  人们在接受"力士脱靴"的过程中,也对李白如此的举措形成不同的理解,大致可分为下述几种情况。

  一是肯定。有的感叹李白的形象:"锦袍玉色,神游八极,真昆阆蓬瀛中人。落月照梁,诚非虚语。醉眼一视,殊有傲睨万物态,似是金銮洒墨,命力士脱靴时貌也"③(上文所引段成式《酉阳杂俎》和冯梦龙《警世通言》中的文字,也是对其脱俗形象的描述)。有的赞誉李白的品性:"李太白常侍帝,醉使高力士脱靴。颜师古性简峭,视辈行傲然,罕所推接。"④"李白失意,游华山。县宰方开门决事,白乘醉跨驴过门。宰怒,……白乞供状,无姓名,曰:'曾用龙巾拭吐,御手调羹,力士脱靴,贵妃捧砚。天子殿前,尚容吾走马;华阴县里,不得我骑驴!'"⑤有

---

① 〔唐〕段成式《酉阳杂俎》(前集卷12):《唐五代笔记小说大观》第644页,上海古籍出版社,2000年。
② 〔明〕冯梦龙《警世通言》(上册)第88页,河北人民出版社,1993年。
③ 〔元〕刘埙《水云村稿》(卷7)"题跋"《题李翰林像》:《文渊阁四库全书》第1195册第389页,台湾商务印书馆,1986年。
④ 〔宋〕潘自牧《记纂渊海》(卷68)"接物部"《藐视》:《文渊阁四库全书》第932册第114页,台湾商务印书馆,1986年。
⑤ 〔宋〕祝穆《古今事文类聚后集》(卷2)"人伦部"《姓名》:《文渊阁四库全书》第926册第16页,台湾商务印书馆,1986年。

的表达对李白的仰慕:"(李白)偶乘扁舟,一日千里。若遇胜境,终年不移。故能屈御手调羹而亲饷,命力士脱靴而不疑。予私淑诸人也,故欲与之同归。"①有的显示对李白的敬佩:"吾闻学士真风流,豪气直与元气侔。金銮殿上拜天子,叱呼宠幸如苍头。贵妃捧砚恬不怪,力士脱靴惭复羞。"②

二是惋惜。李白受谗于贵妃、失宠于皇帝,很大程度上源自"力士脱靴"。有人对此表示惋惜:"廷尉结袜名愈重,力士脱靴谗遽臻。君子小人所怀异,择地而行乃保身。"③说明李白因"脱靴"而得罪"小人",对自己的未来发展造成了负面影响。

三是批评。有人对李白动辄醉酒提出了尖锐的批评,也不认为高力士为李白"脱靴"是多么了不起的大事:"世俗夸太白赐床调羹为荣,力士脱靴为勇。愚观唐宗渠渠于白,岂真乐道下贤者哉?其意急得艳词媟语,以悦妇人耳!白之论撰,亦不过玉楼金殿、鸳鸯翡翠等语,社稷苍生何赖?就使滑稽傲世,然东方生不忘纳谏,况黄屋既为之屈乎!……力士闺闼腐庸,惟恐不当人主意,挟主势驱之,何所不可,脱靴乃其职也。"④"李白不容于朝,固虽因高力士之谮。然其为人疏旷不密,观(范)传正所谓'乘醉出入省中,不能不言温室树'、又观李阳冰《草堂集序》:谓'出入翰林中,问以国政,潜草诏诰,人无知者,丑正同列,害能就谤。疑其于醉中,曾泄漏禁中事机。'或者云云,明皇因是疏之。"⑤"白本进取之流,诣诀之意不忘于胸中。向来恃酒不羁,特有才无命,托此以玩世尔。"⑥如此这般地否定,不论对李白是否公允,至少也是提供了认识李白及"脱靴"之事的一种视角。

四是借用。李白指令"力士脱靴"的典故,也被人利用以实现自

---

① 〔宋〕李之仪《姑溪居士后集》(卷14)《姑溪自赞二首》(其二):《文渊阁四库全书》第1120册第690页,台湾商务印书馆,1986年。
② 〔明〕解缙《文毅集》(卷4)《采石吊李太白》:《文渊阁四库全书》第1236册第629页,台湾商务印书馆,1986年。
③ 〔宋〕李正民:《大隐集》(卷10)《览史三首》(其二):《文渊阁四库全书》第1133册第113页,台湾商务印书馆,1986年。
④ 〔宋〕黄彻《䂬溪诗话》(卷2):《宋诗话全编》第2371页,凤凰出版社,1998年。
⑤ 〔宋〕王楙《野客丛书》(卷18)《李白事说者不一》:《宋诗话全编》第7450页,凤凰出版社,1998年。
⑥ 〔宋〕吴炯《五总志》:《宋诗话全编》第2419页,凤凰出版社,1998年。

己的意愿。前文述及的"牟子才借绘画讽刺宦官董宋臣""李梦阳在狱中求康海请托宦官刘瑾获救"二事，一则录入正史（《宋史》），一则载于著名文士（王世贞）的别集，可信度都很高。其中，关于牟子才与董宋臣之事，还有人作了补充："子才又作《高力士脱靴图》，有与宋臣善者，拓本以遗之。宋臣大怒，曰：'口说尚可，乃画此死模活样乎？'持入，谓上曰：'牟某在当涂骂官家。'上视其图，笑曰：'乃骂汝，非骂我也。'宋臣曰：'彼谓陛下为明皇，阎妃为太真，臣为力士，而以太白自居。'自此，上不悦。"①从中可知，牟子才是借"力士脱靴"讽刺董宋臣，董宋臣则就此将理宗皇帝、皇帝的爱妃拉扯进来，最终达到打击牟子才的目的，二者都将"力士脱靴"作为自己解决问题、实现意愿的依据。

　　以上，我们对"力士脱靴"故事的传播、接受情况，进行了简略的梳理。从中可知，这一故事载录于多种文类，流传于自唐以降的各个时期，应用了不同的解读方式，形成了纷呈的观点，发挥了独特的功用。通过"力士脱靴"的故事，有助于进一步体认李白其人其作、认知李白生活时代的社会文化状况、把握历代承传接受李白之轨迹形态。当然，与李白相关的故事还有很多，如果将这些故事汇总整合、分类排序、考评探究，对于认识李白、研究李白、传播李白而言，定是一项颇具意义的工作。

---

① 〔明〕田汝成《西湖游览志余》（卷2）：《文渊阁四库全书》第585册第306页，台湾商务印书馆，1986年。

五、"仙""圣"对比："李杜优劣"论争平议

李白与杜甫，分别代表着中国古代浪漫主义、现实主义诗歌创作的最高成就。李白与杜甫生活于同一时期，具有大致相似的人生经历，取得旗鼓相当的诗歌创作成就，皆为名重当世且影响甚巨的著名诗人。因此，在其生活的时代，即以"李杜"并称于世[①]。在唐代具有类似关系的著名诗人之中（如王维与孟浩然、高适与岑参、元稹与白居易等），李白与杜甫二人，是最受关注、"优劣"之争最为激烈的。这种关注与争议，主要体现在诗歌作品、诗坛地位方面。

（一）"李杜优劣"论争的主要观点

李白与杜甫之诗歌作品优劣、诗坛地位高下的争论，大致可以分为"李杜并尊""崇李抑杜""崇杜抑李"三种观点。

一是李杜并尊。最早提出"李杜并尊"的是韩愈，他认为李白、杜甫是唐诗勃兴的标志："国朝盛文章，子昂始高蹈。勃兴得李杜，万类困陵暴。"[②]他对毁谤李杜的人士提出了严厉的批评，同时表达了自己对李杜的向往与敬仰之情："李杜文章在，光焰万丈长。不知群儿愚，那用故谤伤。蚍蜉撼大树，可笑不自量。伊我生其后，举颈遥相望。"[③]韩愈"李杜并尊"的观点，得到很多学者的认同。

李白与杜甫的诗歌并称并重，主要依据是其诗歌创作的诸多相似之点。在题材内容上，二人重视宣扬儒家思想、关心时事政治、真实反映

[①] 李白与杜甫并称"李杜"，当在开元、天宝年间。宋代王谠《唐语林》（卷4）有载：开元以后，二人连呼者，包括燕许、李杜、姚宋、萧李等。不过，"李杜"并非始于李白与杜甫，在此之前的东汉的李固与杜乔、李膺与杜密，均简称"李杜"，他们与李白杜甫合称"三李杜"。见宋代孔平仲《珩璜新论》（上），金涛声《李白资料汇编》（唐宋之部）第161页，中华书局，2007年。

[②]〔唐〕韩愈《荐士》（荐孟郊于郑余庆也）：《全唐诗》第3780页，中华书局，1960年。

[③]〔唐〕韩愈《调张籍》：《全唐诗》第3814页，中华书局，1960年。

社会现实,"各以其学自见,明王道,具时政,谓之诗史"①;在整体设计上,二人作品构思宏大、臻于极致,"国初(唐初),上好文章,沈宋始兴之,后杰出江宁,宏思于李杜极矣"②;在篇章结构上,二人诗歌为习作者树立了榜样,"篇章取李杜,讲贯本姬孔。古文阅韩柳,时策开晁董"③;在诗歌语言运用上,二人善于化用他人语言,如同己出(点铁成金、无一字无来处),"古善诗者用人语,浑然若己出,唯李、杜。颜延年《赭白马赋》曰:'量刷幽燕,夕秣荆越。'子美《骢马行》曰:'昼洗须腾泾渭深,夕趋可刷幽并夜。'太白《天马歌》曰:'鸡鸣刷燕晡秣越。'皆出于颜赋也"④。基于这些因素,二人的某些作品颇为相似。例如,李白《经乱离后天恩流夜郎忆旧游书怀赠江夏韦太守良宰》:"历叙交游始末,而白生平踪迹亦略见于此。'十月到幽州'一段,盖白自被放后,北游燕赵,观听形势,知禄山之必叛,尾大不掉之害,欲言不能,述之犹觉痛切。至于潼关失守,江陵煽乱,与白之为璘所胁,受累远谪,无不明如指掌。结尾一段,虑庙堂之无人,忧将帅之不一,而贼之不得速平,与前遥相照应。通篇以交情时势互为经纬,汪洋灏瀚,如百川之灌河,如长江之赴海。卓乎大篇,可与《北征》并峙。"⑤

李白、杜甫的诗歌创作,各有其特色优长。二人的创作风格不同,"太白以气为主,以自然为宗,以俊逸高畅为贵;子美以意为主,以独造为宗,以奇拔沈(沉)雄为贵。其歌行之妙,咏之使人飘扬欲仙者,太白也;使人慷慨激烈,歔欷欲绝者,子美也"⑥;二人专擅的诗体不同,"李偏工独至者绝句;杜穷变极化者律诗。言体格则绝句不若律诗之大;论结撰则律诗倍于绝句之难。然李近体足自名家;杜诸绝殊寡入彀。截长补短,盖亦相当。……李如星悬日揭,照耀太虚;杜若地负海涵,包

---

① 〔明〕刘昌《髙太史大全集序》;〔明〕钱穀《吴都文粹续集》(卷55),载《文渊阁四库全书》第1386册第656页,台湾商务印书馆,1986年。
② 〔唐〕司空图《与王驾评诗》;《全唐文》(卷807)第3761页,上海古籍出版社,1990年。
③ 〔宋〕王禹偁《小畜集》(卷3)《寄题陕府南溪兼简孙何兄弟》;《文渊阁四库全书》第1086册第20页,台湾商务印书馆,1986年。
④ 〔宋〕王得臣《麈史》(卷中)《诗话》;《宋元笔记小说大观》第1346页,上海古籍出版社,2001年。
⑤ 〔清〕爱新觉罗·弘历《御选唐宋诗醇》(卷5)《经乱离后天恩流夜郎忆旧游书怀赠江夏韦太守良宰》(评语);《文渊阁四库全书》第1448册第148-149页,台湾商务印书馆,1986年。
⑥ 〔明〕王世贞《艺苑卮言》(卷4);《明诗话全编》第4238页,凤凰出版社,1997年。

罗万汇"①；二人运笔行文不同，"李诗似放而实谨严，不失矩矱；杜诗似严而实跌宕，不拘绳尺。细读之可知也。然皆从学问中来。杜出六经、班《汉》《文选》，而能变化，不露斧痕；李出《离骚》、古乐府，而未免有依傍耳"②；二人作品的表达方式不同，"青莲妙于声，少陵妙于情。情之至者，深心之士忽然遇之而自动；至声之微渺，则又非骤遇之所可悟矣。是故，宋、元以来论诗者，往往左青莲而右少陵。……声情之难知甚于意义，而声之难知又甚于情"③；二人展现的形态不同，"李诗如飞龙，杜诗如香象。香象蹴踏莫敢当，飞龙变化难名状。李诗如坳鹤，杜诗如奇鹰。老鹤瘦羽横八表，奇鹰健翮摩千层。李诗静，杜诗动。李诗轻，杜诗重。静如云霞舒卷游虚空，动如江海波涛生顽洞。轻如落花飞絮飘回风，重如奇峰垒嶂森长陇"④，"意喻之米，文则炊而为饭，诗则酿而为酒。饭不变米形，酒则变尽。啖饭则饱，饮酒则醉。醉则忧者以乐，悲者以喜，有不知其所以然者。……李太白诗如酒，杜少陵诗如饭"⑤；二人的抒情意象多有相同之处，但意趣却大不相同，"'我歌月徘徊，我舞影凌乱。'太白所见如此。'只益丹心苦，能添白发明。'少陵所见又如彼。二子之诗，其趣况不同，相去远甚，岂其见月本异，抑月同而境异，境同而心异欤？"⑥这里的月亮，当然是相同的，而李、杜二人之所以感受不同，则在于"月同境异、境同心异"。

二是崇李抑杜。推尊李白而贬抑杜甫的学者，自宋以降，代有其人。宋初文坛盟主杨亿、诗文革新领袖欧阳修，对杜甫诗歌评价不高："杨大年（杨亿）不喜杜工部诗，谓为村夫子。……欧（欧阳修）贵韩（韩愈）而不悦子美，所不可晓；然于李白而甚赏爱，将由李白超迈飞扬为感动也。"⑦明代王穉登认为："李能兼杜，杜不能兼李。李盖天授，杜由人

---

① 〔明〕胡应麟《诗薮》（内编卷4）：《明诗话全编》第5494页，凤凰出版社，1997年。
② 〔明〕于慎行《榖山笔尘》（卷8）：《李白资料汇编》（金元明清之部）第422页，中华书局，1994年。
③ 〔清〕陈弘绪《积书岩诗序》：《李白资料汇编》（金元明清之部）第580页，中华书局，1994年。
④ 〔清〕陈文述《颐道堂诗选》（卷21）《读李杜集后》：《李白资料汇编》（金元明清之部）第1098页，中华书局，1994年。
⑤ 〔清〕阮葵生《茶余客话》（卷11）《诗如酒饭》：《李白资料汇编》（金元明清之部）第945页，中华书局，1994年。
⑥ 〔宋〕何梦桂《唐月心诗序》：《宋诗话全编》第9811页，凤凰出版社，1998年。
⑦ 〔宋〕刘攽《中山诗话》：《历代诗话》第288页，中华书局1981年。

力,轨辙合迹,鞁辔异趋。如禅宗有顿有渐,难与耳食之士言也。"① 王睦楳表示自己不同于他人的喜读杜诗,而是喜爱李白诗歌:"人皆喜读杜诗,予独喜读李诗。人皆喜读近体,予独喜读古体。夫不读李诗,不足以发隽逸之趣;不读古体,不足以发春荣之旨。故读杜诗易,读近体易,读古体难。读李诗如入天府而睹宫阙,读古体如登清廊而闻琴瑟。孰谓李诗晚学,古体易作哉?"② 清代学者俞樾更是明确表达了"学杜不如学李"的观点:"学杜不成,必至生硬枯涩,作三家村夫子面目;学李不成,则其云谲波诡之辞,凤泊鸾飘之思,犹不失为风骚门径中人。学诗者勿尊杜而卑李也"③。

对于为何"学李者少而学杜者多"的现象,有学者专门进行了分析:"诗于唐,赢五百家,独李、杜氏崒然为之冠。近代诸名人,类宗杜氏而学焉;学李者,何其甚鲜也。尝窃论杜,由学而至精义入神,故赋多于比兴,以追二《雅》;李由才而入,妙悟天出,故比兴多于赋以继《国风》。阇其藩篱者,只见其不同;而窥其阃奥,则谓其气格浑完、骨肉匀称,浩浩乎若元气块圠充两间、周万汇而厚且重者,适两相埒也。学杜者固诚未易及,而间学李者率喜于飘逸,弊于轻浮,盖知李之杰于材、高于趣,而于学之卓者犹未悉之识也。"④"李、杜诗自元稹之论出,古今谭艺之士,先杜后李者,莫不然矣。……盖由子美学博而正,其所为诗,大则有关名教,小亦曲尽事情;加以诗之法度,至杜乃大备。太白神游八表,学兼内典,见之于诗,多荒忽不适世用之语;又才为天纵,往往笔落如疾雷之破山,去来无迹,将法于何执之?后之从事于斯者,但随其分之浅深,功之小大,皆于杜有获也,诸体可兼致其力。而太白历千余年,所云问津者,率皆短制,或一二韵之飘洒,其庶几焉。至于大篇,入笔驱辞,能得其山奔海立之势而音韵自若者谁与?"⑤ 可见,杜甫诗歌法度谨严、体制完备,叙写世事人情,学者必有所得;李白诗歌天马行空、飘逸灵动,借助天赋才力而多展上界仙境,学者难以获其真谛。

---

① 〔明〕王穉登《李翰林分体全集序》:《李太白全集》第 1780 页,中华书局,2015 年。
② 〔明〕王睦楳《李太白诗题辞》:《李白资料汇编》(金元明清之部)第 312 页,中华书局,1994 年。
③ 〔清〕俞樾《春在堂杂文四编》(卷 6)《周子云三莲堂诗序》:《李白资料汇编》(金元明清之部)第 1249 页,中华书局,1994 年。
④ 〔明〕张以宁《钓鱼轩诗集序》:《明诗话全编》第 5 页,凤凰出版社,1997 年。
⑤ 〔清〕乔亿《书元稹论李杜优劣后》:《清诗话续编》第 1119 页,上海古籍出版社,1983 年。

这样的分析是有道理的，其中更多地体现出对李白的尊崇与挚爱。

三是崇杜抑李。崇杜抑李的首倡者是中唐的元稹，他对李杜的认识是有变化的。年轻的时候（十六岁），元稹认为李杜地位相当："李杜诗篇敌，苏张笔力匀。"①成年之后却坚持"扬杜抑李"的立场，在极力夸赞杜甫的同时，特别指出李白在格律诗创作方面（声韵、属对、格律），远远不及杜甫（见其《唐故工部员外郎杜君墓系铭》）。进入赵宋时代，崇杜抑李成为一种流行的社会风气。当时影响最大的"江西诗派"曾树立"一祖三宗"为楷模，"一祖"正是杜甫。有的人仅因诗歌选本中李杜诗的前后排序，就认定李劣而杜优："黄鲁直尝问王荆公：'世谓四选诗，丞相以欧、韩高于李太白邪？'荆公曰：'不然，陈和叔尝问四家之诗，乘间签示和叔，时书史适先持杜诗来，而和叔遂以其所送先后编集，初无高下也。李、杜自昔齐名者也，何可下之。'鲁直归问和叔，和叔与荆公之说同。今乃以太白下欧、韩而不可破也。"②只因为印制时杜甫的诗稿先到，然后是欧阳修、韩愈、李白诗稿随后交印，人们就认为李白不仅不及杜诗，而且不及欧阳修和韩愈的诗歌。更有甚者，认为李白诗为旁门而非正道，不可与杜诗并称："昔夫子录秦诗而不录楚诗，盖秦有周之遗俗，如玉之人在板屋，则伤之也。楚则僭周而王矣，……李则楚也，亦不得与杜并矣，况余子哉。"③此后各个时代，扬杜抑李的声音常闻多有。

针对过于扬杜抑李的现象，清代王琦以比喻方式进行了评价："唐诗人首推李、杜为大家，古今注杜者百余帙，李之注传于世者乃少。……何言诗之士，向往于太白不及向往于子美者多耶？夫二公之诗，一以天分胜，一以学力胜，同时角立，雄视于文场笔海之中，名相齐才亦相埒，无少逊也。自优劣之论出，而左右其祖者纷如。以作文喻，谓太白如《史记》，子美如《汉书》；以用兵喻，谓太白如李广，子美如孙、吴；以人物喻，谓太白仙而子美圣；以禅悟喻，谓太白顿而子美渐：此论之两持平者也。其余甲杜乙李者大约十居七八。可异者，评杜则多恕辞，多过情之誉；评李则多深文而索垢：是何意见之辟耶？宋人黄介读李杜优劣

---

① 〔唐〕元稹《代曲江老人百韵（年十六时作）》：《全唐诗》第4516页，中华书局，1960年。
② 〔宋〕胡仔《苕溪渔隐丛话》（前集卷6）：《宋诗话全编》第3555页，凤凰出版社，1998年。
③ 〔宋〕晁说之《成州同谷县杜工部祠堂记》：《宋诗话全编》第1109页，凤凰出版社，1998年。

论曰：论文正不当如此。山谷叹以为知言。"①王琦此言较为公允，令人信服。

回顾历代评家对李杜关系的意见可知：唐代韩愈、白居易等人，均持"李杜并称"观点，元稹虽持"杜优李劣"立场，但在当时并未占据上风；到了宋代，由于国力贫弱、民族矛盾尖锐、理学盛行等因素，杜甫的"每饭不忘君"（忠君爱国）得以大力弘扬，其地位逐渐超越李白；元明清时期，整体上承继了宋代"尊杜"的思潮，但"李杜并尊"的呼声亦颇强劲，"崇李抑杜"的观点也被一些学者顽强坚守。

（二）"李杜优劣"论争的形成根由

对李白与杜甫其人其诗作出优劣高下的区分，宋代已经十分普遍。蔡絛曾列举当时几位名家的相关见解："杨大年亿，国朝儒宗，言少陵村夫子。欧阳文忠公每教学者，先李不必杜。又曰：'甫于白得二节耳。天才高放，非甫所能到也。'王文公晚择四家诗以贻法，少陵居第一，欧阳公第二，韩文公次之，李太白又次之。然欧阳公祖述韩文公而说异退之，王文公返先欧公、后退之、下李白，何哉？后东坡每述作，崇李杜，尊甚，独未尝优劣之。论说殊纷纠，不同满世。呜呼！李杜著矣，一时之杰，立见如此，况屑屑余子乎！"②此处所列，除韩愈之外，皆为北宋最具影响力的大家。西昆派的首领杨亿看不起杜甫，称其为"村夫子"；诗文革新运动领袖欧阳修"扬李抑杜"，与其最敬重的韩愈"李杜并尊"的观点不同；王安石所选四家诗，将李白排在最末（杜甫、欧阳修、韩愈、李白）。针对这种情况，蔡絛发出"李杜著矣，一时之杰，立见如此，况屑屑余子乎"的感慨。可见，李白与杜甫孰优孰劣，其实不过是各抒己意而已。当然，这种各抒己意，也可以找到其依据。

首先，个人性情之好尚。每个人都有自己的兴趣爱好，爱好的对象包括人、物、事等。爱好的形成，往往要经过选择；选择过程中，必然产生好恶之分；好恶之标准，是因人而异的。古今中外、世间百业，无不如此，文坛当然也不能例外。此处可以苏轼、苏辙二人的情况加以说明：苏轼受李白影响多于杜甫，其个性与李白相近之因素发挥着重要作

---

① 〔清〕王琦《李太白集辑注序》：《李太白全集》第1947页，中华书局，2015年。
② 〔宋〕蔡絛《西清诗话》（卷下）：《宋诗话全编》第2517页，凤凰出版社，1998年。

用。苏轼不独喜欢李白诗、特别喜爱其性情："若李太白其高气盖世，千载之下，犹可叹想，则东坡居士之赞尽之矣。……东坡居士赞云：'天人几何同一沤，谪仙非谪乃其游。麾斥八极隘九州，化为两鸟鸣相酬，一鸣一止三千秋。开元有道为少留，縻之不可矧肯求。西望太白横峨岷，眼高四海空无人。'"①宋代李光说苏轼："俊逸精神追李杜，华妙雄豪配韩柳。"②此中所谓"俊逸精神""华妙雄豪"云云，皆与李白及韩愈相侔，与杜甫及柳宗元差距较大。因之，就李与杜而言，苏轼接受李白影响为巨。苏辙与其兄苏轼完全不同，他对李白其诗其人评价不高："李白诗类其为人，骏发豪放，华而不实，好事喜名，而不知义理之所在也。语用兵，则先登陷阵不以为难；语游侠，则白昼杀人不以为非；此岂其诚能也哉？白始以诗酒奉事明皇，遇谗而去，所至不改其旧。永王将窃据江、淮，白起而从之不疑，遂以放死。今观其诗固然。唐诗人李杜称首，今其诗皆在，杜甫有好义之心，白所不及也。"③苏辙批评李白"好事喜名"大致不差；认为其诗"华而不实""不知义理"，则失之过当；至于将"先登陷阵""白昼杀人"之类的"大言"认真，则显示出苏辙浓厚的"书呆子"习气（苏辙为人为文严谨质实，与其兄苏轼全然不同）。对于苏辙批评李白，清代崔预曾反驳道："栾城论事多核实平允，而于太白独不考其本末，察其心迹，而坐之以从叛，使栾城与太白同时，处宣抚大使崔涣、御史中丞宋若思之任，安能验治而薄其罪脱其囚也哉。太白素豪，有请缨灭贼之志。……当时大臣立为之昭雪，亦以其素志有足以取信于友者。不惟夜郎蒙贳，而身后犹以拾遗征。《新唐书》已备详其本末而无可疑矣。天以好义而疏之，太白能使当时之大人君子白其情愫拯于颠危，而后之论者乃复不肯原谅，则孟子知人论世之学诚难言也。"④苏轼与苏辙是嫡亲兄弟，对李杜的评价几乎完全相反，其主因当是各自性情爱好不同。金元时期的王若虚曾就此现象发言："世称李、杜，而李不如杜；称韩、柳，而柳不如韩；称苏、黄，而黄不如苏。不必辨而后

---

① 〔宋〕胡仔《苕溪渔隐丛话》（前集卷11）：《宋诗话全编》第3590页，凤凰出版社，1998年。
② 〔宋〕李光《庄简集》（卷2）《载酒堂》：《文渊阁四库全书》第1128册第451页，台湾商务印书馆，1986年。
③ 〔宋〕苏辙《诗病五事》：《唐宋八大家散文总集》第6940页，河北人民出版社，1995年。
④ 〔清〕崔预《师水斋文集》（卷3）《读苏栾城集》：《李白资料汇编》（金元明清之部）第1125页，中华书局，1994年。

知。欧阳公以为李胜杜，晏元献以为柳胜韩，江西诸子以为黄胜苏。人之好恶固有不同者，而古今之通论不可易也。"①

其次，创作定位之限制。从诗歌创作的角度而言，作者都有自己的基本创作定位。这种定位的确立，或缘自个人情怀爱好（如上文所述），或缘自家学渊源，或缘自师长影响。无论何种机缘，创作定位确立之后，向前辈名家学习借鉴则是必不可少的。在诗歌创作领域，李白与杜甫是两座高峰，是无法忽视的存在，也是所有习诗者必须选择的榜样（即使并非直接师法）。就李杜二人而言，论其成就："唐人才超一代者，李也；体兼一代者，杜也。"②论其地位："太白翩翩负凌云之气，谓之仙才；子美深造而默成，命方圆而中规矩，谓之诗圣。"③论其根基："杜甫长于学，故以字见工；李白长于才，故以篇见工。"④论其格调："杜甫则壮丽结约，如龙骧虎伏，容止有威；李白则飘扬振激，如游云转石，势不可遏。"⑤李杜诗如此不同的特点，可为作者提供借鉴，以确定自己的定位。学者如果定位于"兼学李杜"，则难度极大（特别是初学阶段），通常情况下，只能选择学李或者学杜。在确定学李（或学杜）之后，极易陷入"崇李抑杜"或"崇杜抑李"之境域。

再次，诗坛流派之依凭。自中唐为始，历代的诗歌流派及开展的诗坛运动，大多与李杜相关，以之作为重要的参照依托。中唐诗歌发展变化的时期，最重要的流派是韩愈为首的"韩孟诗派"、白居易为首的"元白诗派"。韩愈的创作较为从容洒脱，风格介于李杜之间，因而主张"李杜并尊"。白居易及元稹则推崇杜甫，特别是元稹的《杜工部墓系铭序》，堪称"尊杜抑李"最早的、标志性的作品；元白二人的"尊杜"，与其领导"新乐府运动"、倡导现实主义诗歌创作传统密不可分。宋代影响最大的诗派，是黄庭坚为首的"江西诗派"，该派师法杜甫，尊之为"一祖三宗"中的"一祖"（"三宗"为黄庭坚、陈师道和陈与义）。黄庭坚特别强调作诗方法，认为"自作语最难，老杜作诗，退之作文，无一字无来处。

---

① 〔金〕王若虚《文辨》：《辽金元诗话全编》第217页，凤凰出版社，2006年。
② 〔明〕胡应麟《诗薮》（内编卷4）：《明诗话全编》第5494页，凤凰出版社，1997年。
③ 〔明〕汪道昆《重修采石太白祠碑》：《李白资料汇编》（金元明清之部）第328页，中华书局，1994年。
④ 〔宋〕吴沆《環溪诗话》（十四）：《宋诗话全编》第4343页，凤凰出版社，1998年。
⑤ 〔宋〕吴曾《能改斋漫录》（六九九）：《宋诗话全编》第3172页，凤凰出版社，1998年。

盖后人读书少，故谓韩、杜自作此语耳。古之能为文章者，真能陶冶万物，虽取古人之陈言入于翰墨，如灵丹一粒，点铁成金也。文章最为儒者末事，然索学之，又不可不知其曲折，幸熟思之。"①黄庭坚提出的"点铁成金""夺胎换骨""无一字无来处"等，主要的参照对象就是杜甫诗歌。因之，江西诗派的"崇杜"，主要是针对其诗歌创作方法。宋后的诗派，如明代"前七子"主张"诗必盛唐"，强调"格调、法度"，更多关注杜甫的律诗，形成摹拟风气。李梦阳《秋怀八首》、何景明《秋兴八首》都是摹仿杜甫《秋兴八首》而成的组诗。公安派"不拘格套，独抒性灵"的主张，在明代具有反对前后"七子"拟古风气、学习宋代诗歌优长的用意，而其中抒写自我性情、冲破成规旧制的思想，浮现着李白诗歌的影像。清代"神韵派"受李白影响较大，其代表人物王士祯在解释"不著一字，尽得风流"（司空图语）时，专门列举李白和孟浩然的诗作："太白诗'牛渚西江夜，青天无片云；登高望秋月，空忆谢将军。余亦能高咏，斯人不可闻；明朝挂帆去，枫叶落纷纷。'襄阳诗：'挂席几千里，名山都未逢；泊舟浔阳郭，始见香炉峰。常读远公传，永怀尘外踪；东林不可见，日暮空闻钟。'诗至此，色相俱空，政如羚羊挂角，无迹可求，画家所谓逸品是也。"②这两首诗，将怀古内容与诗人眼前景、心中情（不遇之感、高远之志）交织融合，堪称以含蓄蕴藉方式表达意象神韵及作者情感之典范。以沈德潜为代表的"格调派"（格指表现思想的方式，调是诗歌语言的音调），则是继承明代"前后七子"推崇盛唐诗歌的主张，要求从格律音调上学习古人，提倡"温柔敦厚"、含蓄蕴藉的抒情表意方式。此说显然与杜甫诗歌相通，且有益于维护封建统治（劝而不讽），受到统治集团赏识（乾隆朝）。可见，所属流派的不同，也制约了对李与杜的立场与评价。

最后，社会政治之需要。相对于李白，杜甫诗歌含有更为鲜明的关心百姓疾苦、忧虑国家命运、承担社会责任、拥护君主集权等思想理念。凡此，极易引起当权的帝王将相、有志社会改革的文士们的普遍认同。清代乾隆皇帝主持编写的《御选唐宋诗醇》，说杜甫"以疏逖小臣，旋起旋踬，间郑寇乱，漂泊远游；至于负薪拾梠，餔糗不给，而忠君爱国之

---

① 〔宋〕黄庭坚《答洪驹父书》；郭绍虞《中国历代文论选》（第二册）第316页，上海古籍出版社，1979年。

② 〔清〕王士祯《分甘余话》（卷4）《诗评》，第86页，中华书局，1989年。

切，长歌当哭、情见乎词。是岂特善陈时事，足征诗史已哉！东坡信其自许稷契，或者有激而然；至谓其一饭未尝忘君，发于情止于忠孝，诗家者流断以是为称首。呜呼！此真子美之所以独有千古者矣"①。王安石以进行社会政治改革为要务，十分敬重杜甫："吾观少陵诗，谓与元气侔：力能排天斡九地，壮颜毅色不可求。……惜哉命之穷，颠倒不见收。青衫老更斥，饿走半九州岛。瘦妻僵前子仆后，攘攘盗贼森戈矛。吟哦当此时，不废朝廷忧。尝愿天子圣，大臣各伊周。宁令吾庐独破受冻死，不忍四海赤子寒飕飕。伤屯悼屈止一身，嗟时之人我所羞。所以见公像，再拜涕泗流。推公之心古亦少，愿起公死从之游。"②王叔文在推行"永贞革新"无望之时，"但吟杜甫题诸葛亮祠堂诗末句云：'出师未捷身先死，长使英雄泪满襟。'因歔欷泣下"。时隔不久，便被杀死③。北宋末年宰相李纲作诗歌《杜子美》："杜陵老布衣，饥走半天下。作诗千万篇，一一干教化。是时唐室卑，四海事戎马。爱君忧国心，愤发几悲咤。……呜呼诗人师，万世谁为亚。"④宋末爱国英雄文天祥写诗："平生踪迹只奔波，偏是文章被折磨。耳想杜鹃心事苦，眼看胡马泪痕多。千年夔峡有诗在，一夜沬江如酒何？黄土一丘随处是，故乡归骨任蹉跎。"⑤由此可知，无论治世的和谐社会、乱世的渴望太平、危亡之时的激励爱国，杜诗都可发挥其正面作用、应和社会政治的需要；这与李白更多地追求个人自由与价值、各阶层地位平等（平交王侯）、批判现实而达到政治清明等观念，显然更易于为当政的统治者所接受。

（三）"李杜优劣"论争之臆见

通过以上的文字材料，可以较为清楚地了解"李杜优劣"的相关情况。我们认为，对李白与杜甫不可轻易区分"优劣"，而应正确体认李杜之关系，充分认识其各自优长，深入品味其独具特色，学习掌握其表达技法，以求创作出形神赅备的诗歌作品。

---

① 〔清〕爱新觉罗·弘历《御选唐宋诗醇》（卷9）《襄阳杜甫诗》（卷首语）：《文渊阁四库全书》第1448册第209页，台湾商务印书馆，1986年。
② 〔宋〕王安石《杜甫画像》：《王文公文集》（卷第五十）第560页，上海人民出版社，1974年。
③ 〔后晋〕刘昫《旧唐书·王叔文传》（卷135）第451页，上海古籍出版社，1986年。
④ 〔宋〕李纲《杜子美》：《杜诗详注》第2273页，中华书局，1979年。
⑤ 〔宋〕文天祥《文山集》（卷20）《读杜诗》：《文渊阁四库全书》第1184册第756页，台湾商务印书馆，1986年。

第一，正确体认李杜双方关系。区分李杜之"优劣"，最为可靠的方法，是从第一手材料亦即二人之间往还的诗歌为始。明代学者郎瑛认为，评价李杜优劣、李杜之间的关系，"当观其彼此自言可知矣。杜言李曰'世人皆欲杀，吾意独怜才。'李白'斗酒诗百篇'，'清新庾开府，俊逸鲍参军。'似皆重其才也。李言杜曰'醉别复几日，登临遍池台。何时石门路，重有金樽开。''饭颗山头逢杜甫，头戴笠子日卓午。为问因何太瘦生，只为从来作诗苦。'似不过平答而少讥之也。意当时李豪隽而才敏，杜质朴而才钝，相会若有低昂也，然则底于成也，同归于极焉。细而论之，则有一勉然，一自然之分耳"①。诚如斯言，李白与杜甫双方相互致意的诗作俱在，其中鲜明地表现出志同道合、深情厚谊。他们之间的相互评价（包括性情及创作等），都是确切中肯的，虽然其中也带有诙谐幽默的成分，但决非恶意的人身攻击。相对而言，杜甫对李白充满仰慕之情："杜诗语及太白处，无虑十数篇；而太白未尝假借子美一语。以此，知子美倾倒太白至矣。"②"或云杜甫、李白同时，以诗名相轧，不能无毁誉。甫赠白诗云：'李侯有佳句，往往似阴铿。'此句乃所以鄙白也。某按子美《夔州咏怀寄郑监李宾客》诗曰：'郑李光时论，文章并我先；阴何尚清省，沈宋欻联翩。'盖谓阴铿、何逊、沈约、宋玉也，四人皆能诗文，为时所称者。而子美又以阴铿居四人之首，则知赠太白之诗，非鄙之也，乃深美之也。《陈书·阮卓传》曰：'武威阴铿字子坚，五岁能诵诗，日赋千言。及长，博涉史传，尤喜五言诗，为当世所重。有集三卷行于世。'以此观之，则子美赠太白诗'往往似阴铿'者，乃美太白善为五言诗似阴铿也。"③这段文字对正确解读李白何以"似阴铿"、认定杜甫此语乃是赞美李白五言诗，是很有说服力的。

有人抓住李白与杜甫之间互致诗歌"杜多李少"及诗作中的某些诗句，以证李杜不睦。对此，论者亦作出了解答："李、杜交谊之厚，杜集中可见，李集则寥寥，盖偶逸耳。'为问缘何太瘦生，总为从前作诗苦。'乃善噱非薄也。'为人性僻耽佳句，语不惊人死不休。'杜自道，固云尔。其《寄裴迪》'知君苦思缘诗瘦'，所谓同病相怜。以诗瘦，岂凡流哉。

---

① 〔明〕郎瑛《郎瑛诗话》：《明诗话全编》第2406页，凤凰出版社，1997年。
② 〔明〕杨慎《升庵集》（卷58）《评李杜韩柳》：《文渊阁四库全书》第1270册第542页，台湾商务印书馆，1986年。
③ 〔宋〕胡仔《苕溪渔隐丛话》（前集卷6）：《宋诗话全编》第3556页，凤凰出版社，1998年。

近世好相欺谩以薄为厚耳，乃妄以窥高人之度，遂有李、杜相轻重之论，陋矣。"①此处所谓李白所作关涉杜甫的诗作原本尚多，只是因亡佚（逸）而存留较少的说法，虽无实证而近于情理。若就现存"杜多李少"的情况来看，其因应当包括：李白曾为皇帝近侍、身寄翰林，社会地位明显高于杜甫（此时杜甫尚未入京求仕）；李白本有声誉，又得贺知章等人揄扬，诗坛声名满于天下；李白年长杜甫十岁有余，当得长辈之身份（有论者认为杜甫与李白是亲属关系、杜甫辈分高于李白，此说迄今未获学界认同）；李白天赋超群、才思敏捷、性格豪爽不羁之品性，杜甫十分欣赏。因此，杜甫致意李白的诗歌多于李白回赠之作，完全合情合理。

对于妄加抑扬李杜、拆解二人关系的言论，有论者毫不客气地予以批驳："永叔谓柳为韩门罪人，此语殊觉过当。昌黎生平不妄许与，而独倾倒柳州，后人顾薄之耶？正犹少陵极力推李白，后人乃盛抑李以尊杜，吾恐杜、韩皆不受此等谀言耳。"②"有佞杜而嗤李者，予不暇与辨，但口占四语以答之曰：'笔落惊风雨，诗成泣鬼神。斯言君不信，请问草堂人。'"③这种批驳是很有分量的。李白与杜甫明明一见如故，长时间同游共历。双方离别之后又相互思念，赋诗寄情，足以证明他们之间是亲密无间的好朋友，没有任何矛盾分歧。

唐代是诗歌创作成就最为丰硕的时代，盛唐是唐诗的高峰，而李白与杜甫则是并立的峰巅。李白是开元、天宝盛世的杰出代表，杜甫则在"安史之乱"后名声大振。李杜其人，才高学博："自唐以来，诗人寖盛，有得于天才之自然者，有资于学问而成之者。然才之不足，不能卓越宏大，则失之浅近而无法；学之不至，不能研深雅奥，则失之蹈袭而无功。舍李杜而降，咸有可议者矣。"④李杜其诗，多而能精："夫诗之传，非以能多也，以能精也。精者不可多，唐诗数百家精者才十数人，就十数人中选其精者，才数十篇而已。惟少陵、谪仙，能多而能精。故为唐诗人

---

① 〔明〕方弘静《千一录》（卷18）：《李白资料汇编》（金元明清之部）第337页，中华书局，1994年。
② 〔清〕徐时栋《烟屿楼笔记》（卷7）：《李白资料汇编》（金元明清之部）第1240页，中华书局，1994年。
③ 〔清〕吴镇《松花庵诗话》（卷1）：《李白资料汇编》（金元明清之部）第987页，中华书局，1994年。
④ 〔宋〕韩元吉《张安国诗集序》：《宋诗话全编》第4380页，凤凰出版社，1998年。

巨擘也。"① 因此，以李白、杜甫作为学诗榜样，融合二人优长为我所用，是后学者的正大途径。

第二，端正心态，纠正认识误区。学习李杜，务必端正心态，约束自我心神、陶冶情操，以求明确其品性志向："学李、杜非学其皮毛声调也。少陵许身稷、契，太白自谓'希圣如有立，绝笔于获麟'，此李、杜二公诗之本原也。……欲治诗者，必先自治性情始然，又非世之讲道学者抄袭前人语录，改作有韵之文，遂可言诗。甚矣诗之难也。"② "读李集者，莫视之过浅；读杜诗者，莫视之过深。盖李诗托兴未始不深远也，而以清爽之气掩之；杜诗赋景未始不自然也，而以沉郁之气掩之。故学者当体其前后呼应、开阖转接之法，则知浅深有在，李杜诗还旧观矣。"③

对待李白杜甫的诗歌，一定要站在公正的位置、给予公允的评判。例如，从作品表达思想上讲，不少人认为杜甫真心爱国忧民，而李白只流连于风花雪月、虚无仙境："李杜，号诗人之雄。而白之诗，多在于风月草木之间，神仙虚无之说，亦何补于教化哉！惟杜陵野老，负王佐之才，有意当世，而肮脏不偶，胸中所蕴，一切写之以诗。其曰：'许身一何愚，自比稷与契。'又曰：'致君尧舜上，再使风俗淳。'此其素愿也。至其出处，每与孔孟合。"④ 这种观点，显然是非常片面的。李白明确表达过自己的政治志向抱负，可惜被认为不切实际的空言；他的那些成仙悟道之类的诗句，被认为是慕仙务虚，而忽略其对现实强烈不满的情感表达。同样的话语出自杜甫之口（"致君尧舜上"云云），就成了"衷言"；出自李白之口（"使寰区大定"等语），就变成"狂语"。这样的评价，是难以服人的。又如，从内容及抒情状物而言，李诗并非皆"虚"，杜诗并非皆"实"："诗有虚有实，有虚虚，有实实，有虚而实，有实而虚，并行错出，何可端倪？乃右实而左虚，而谓李、杜优劣在虚实之辨，何与？且杜若《秋兴》诸篇，托意深远，《画马行》诸作，神情横逸，直将播弄三才，鼓铸群品，安在其万景皆实？而李如《古风》数十篇，感时托物，忧慷沉着，安在其万景皆虚？夫品格既高，风韵自远，凌空驾语，何害

---

① 〔宋〕赵汝腾《石屏诗序》；《李白资料汇编》（唐宋之部）第 566 页，中华书局，2007 年。
② 〔清〕李兆元《十二笔舫杂录》（卷 8）：《李白资料汇编》（金元明清之部）第 1026 页，中华书局，1994 年。
③ 〔清〕应时《李杜集散论》：《李白资料汇编》（金元明清之部）第 689 页，中华书局，1994 年。
④ 〔宋〕赵次公《草堂记略》：《杜诗详注》第 2248 页，中华书局，1979 年。

大雅？"① 再如，不可随意区分李杜优劣，而应关注二人各有所长、各具特色："李、杜二公，正不当优劣。太白有一二妙处，子美不能道；子美有一二妙处，太白不能作。子美不能为太白之飘逸，太白不能为子美之沉郁。太白《梦游天姥吟》《远离别》等，子美不能道；子美《北征》《兵车行》《垂老别》等，太白不能作。论诗以李杜为准，挟天子以令诸侯也。少陵诗法如孙吴，太白诗法如李广。少陵如节制之师。少陵诗宪章汉魏，而取材于六朝，至其自得之妙，则前辈所谓集大成者也。观太白诗者，要识真太白处，太白天才豪逸，语多卒然而成者；学者于每篇中，要识其安身立命处可也。太白发句，谓之开门见山。"② "白诗，风之变也；甫诗，雅之变也。白天才纵逸，神秀难踪；甫学力闳深，准绳具在：此李杜之别也。"③ 只有理性地分析、评价李杜的此类不同与特点，才能够避免落入误解与偏见的境地。

第三，深入揣摩作品，掌握创作方法。李杜诗歌，虽然众体赅备、风格各异，但其创作过程是有章可循的："学李、杜诗，当先观其命意何在，须求其诗与其意字字贴合，字字稳顺，一线穿成，无有阻碍，方为得之。然后玩其如何运局，如何造句，如何落笔，如何接笔，如何提笔，如何应笔，及用笔顺逆离合之法。"④ 优秀的诗歌作品，当是气蕴贯通、章法严密、有迹可循者，即便较难理解的作品也是如此："李、杜诗之上乘者，初读之不免有难会悟处；读之既久，虽长篇钜制，豪放沉雄，光怪陆离，实皆一笔书成，气清如水，无一剩语剩字。"⑤ 在不少人看来，杜甫诗歌章法谨严、有法可循，而李白诗则是天马行空、遗迹难求，这种观点是不对的。李白与当时（中唐之前）自成一家的诗人一样，作品的"法度"也是非常严整。若细细品读李白诗作（如《宣州谢朓楼饯别校书叔云》），就会认同这一说法。

第四，用心领会彻悟，由继承而创新。李杜显赫声名，从诗歌发展的角度而言，缘自其继承之上的创新："诗文之所以代变，有不得不变者。

---

① 〔明〕屠隆《屠隆诗话》：《明诗话全编》第4943页，凤凰出版社，1997年。
② 〔宋〕严羽《沧浪诗话·诗评》：《宋诗话全编》第8728页，凤凰出版社，1998年。
③ 〔明〕李濂《唐李白诗序》：《李白资料汇编》（金元明清之部）第303页，中华书局，1994年。
④ 〔清〕李兆元《十二笔舫杂录》（卷8）：《李白资料汇编》（金元明清之部）第1026页，中华书局，1994年。
⑤ 〔清〕李兆元《十二笔舫杂录》（卷8）：《李白资料汇编》（金元明清之部）第1027页，中华书局，1994年。

一代之文沿袭已久，不容人人皆道此语。今且千数百年矣，而犹取古人之陈言一一而摹仿之，以是为诗可乎？故不似则失其所以为诗，似则失其所以为我。李、杜之诗所以独高于唐人者，以其未尝不似而未尝似也。知此者，可与言诗也已矣。"①我们也应当学习李白、杜甫的善于变新。不过，这需要树立目标且长期努力，要认真揣摩他们的作品，然后再尝试创作："熟读之再三，读之得其意，得其法，不必袭其词、仿其调。李、杜之外有可读者，无妨兼收，其读法亦然。至欲自作诗时，当屏去一切，不唯不知有李、杜，并不知有汉魏，不知有三百篇也。冥心孤诣，恍若有得，便当直抒胸臆，一气呵成，然后吾辈亦有真诗。诗成后再自酌之，不可即以为是，久久或可稍窥古人藩篱，不然，虽倚马千言，终恐难登作者之堂。"②

与此同时，还要以李杜诗为创作标准，力争达到甚至超越李杜的程度。关于达到李杜的程度，前人多有表述："诗准李杜为，字压褚薛倒""兴来落纸成大句，势欲李杜相凌摩""文章老益壮，欲掩李杜光"③"他日略容追李杜，斯文何敢望班扬"④。至于超越李杜的思想，也是不少文士曾经表明的志向。宋人余靖《孙工部诗集序》称赞对方诗歌："有美必宣，无愤不写。虽语存声律，而意深作用，固当远敌曹、刘，高揖颜、谢，兼沈、宋之新律，跨李、杜之老词，其他靡曼之作，不足方也。"⑤此说不免过于夸饰不实，但其中表现出超越李杜等前辈名家之意念。清人赵翼"李杜诗歌万古传，如今已觉不新鲜。江山代有才人出，各领风骚数百年"一诗⑥，更是对近现代以来学诗者的直接激励。此外，还有人提出超越了李杜的人选，如苏辙认为，其兄苏轼之诗"自其斥居东坡，其学日进，沛然如川之方至，其诗比杜子美、李太白为有余，遂与渊明

---

① 〔清〕顾炎武《诗体代降》：《日知录集释》第 1073 页，中华书局，2020 年。
② 〔清〕李兆元《十二笔舫杂录》（卷 8）：《李白资料汇编》（金元明清之部）第 1026 页，中华书局，1994 年。
③ 〔宋〕韩维《南阳集》（卷 1）《寄苏子美》、（卷 3）《答曼叔见谢颖桥相过之什》、（卷 6）《奉酬乐道》：《文渊阁四库全书》第 1101 册第 507、529、564 页，台湾商务印书馆，1986 年。
④ 〔宋〕敖陶孙《臞翁诗集》（卷 2）《上闽帅范石湖五首》（其五）：《江湖小集》（卷 45），载《文渊阁四库全书》第 1357 册第 354 页，台湾商务印书馆，1986 年。
⑤ 〔宋〕余靖《孙工部诗集序》：《宋诗话全编》第 143 页，凤凰出版社，1998 年。
⑥ 〔清〕赵翼《论诗》（其二）：《中国古代文学作品选》（第六册）第 402 页，东北师范大学出版社，1998 年。

比"①。苏轼身为不世而出的大才子,称其某些诗歌超越李杜,亦不为过。要之,真正沉下心思领悟李杜诗歌,在学习继承的基础上加以创新,是诗坛后学们应当承担的重任。

　　行文至此,还要再次重申:我们必须正确理解李白与杜甫之间真挚的友谊情感(参见双方相关诗歌);正确评价李白与杜甫其人,特别是李白其人(参见清代王琦《李太白集注·跋》);正确认识李白与杜甫的诗歌成就、诗坛地位:"李白是盛唐人文精神的集中体现者,他的诗飘逸而充满激情,语言清新自然,他以特立的性情成为山林诗人的象征,感动着无数的后人;而杜甫不但代表着中国诗艺的最高准则,也是儒家人格范式的楷模,他以对庙堂、民生的衷心牵挂而被人们推为诗圣。对李白、杜甫成就和地位的认定,不仅是唐朝文学自信心的显示,也是中国传统文人诗歌理想的真正确立。"②所以,对待李白与杜甫,不应硬性区分优劣高下、只能并称共尊。这不仅关乎古代诗坛诗人,而且关乎优秀传统文化的承接、弘扬与创新发展。

---

　　①〔宋〕苏辙《子瞻和陶渊明诗集引》:《唐宋八大家散文总集》第7020页,河北人民出版社,1995年。

　　②尚学锋《中国古典文学接受史》第220页,山东教育出版社,2000年。

六、名家观点：陆游评述李白试绎

陆游是宋代著名诗人。他生当北南宋之交，经历了南宋前期外部与金国对峙、内部抗敌复国与妥协投降激烈斗争的时期。基于强烈且终生不渝的爱国主义情怀，陆游创作了大量的爱国诗篇，因而被称为与杜甫同派的现实主义、爱国主义诗人。陆游诗歌与杜甫诗歌相近，其主因当是同处国破家亡之现实境遇；而陆游与李白，则有着更多的相侔之处。陆游对李白的关注关联，可以从他的个性才情等自身条件、对李白其人其诗其形迹的评价或描述中，得到鲜明的体现。

（一）评述李白的前提条件

1. 秉赋相似

陆游天赋聪慧，对文化知识、诗文创作等学问与技能，能够快速领悟和掌握。《会稽志》对其天赋文才十分赞赏，说他"自少颖悟，学问该贯，文辞超迈，酷喜为诗；其他志铭记序之文，皆深造三昧"[1]。《宋史》称其"年十二能诗文，荫补登仕郎。锁厅荐送第一，秦桧孙埙适居其次，桧怒，至罪主司。明年，试礼部，主司复置游前列，桧显黜之，由是为所嫉"[2]。陆游能够在应试中持续占据鳌头，以至于受到权相秦桧的强力压制，除了其努力学习的因素，发挥重要作用的，当是卓异的天资秉赋。李白的天赋异秉，更是人尽皆知。这方面的情况，既流传于民间[如《能改斋漫录》（卷11）《韩子苍记李太白读诗》]，官修正史（《旧唐书》《新唐书》）也有相关的记述。李白的天赋特出，在他生活的时代已然为世人所公认。陆游亦具"天才"，与之相似。

陆游嗜酒擅诗的狂放习性，与李白十分近似，时人称其"酒狂须一

---

[1] 〔宋〕张淏《会稽志》（卷5）：《陆游资料汇编》第51页，中华书局，1962年。
[2] 《宋史·陆游传》（卷395）第1363页，上海古籍出版社，1986年。

石,文好自三冬"①、"诗酒江南剑外身,眼惊幻墨逼天真。是谁不道君无对,世上元来更有人"②。他的"放翁"称号,与这种习性密切相关:"范成大帅蜀,游为参议官,以文字交,不拘礼法,人讥其颓放,因自号'放翁'。"③陆游"诗酒人生"的好尚,甚至为皇帝所知,并且为其提供了便利:"起知严州,过阙,陛辞,上(宋孝宗赵昚)谕曰:'严陵山水胜处,职事之暇,可以赋咏自适。'"④此外,他还认真学剑,"学剑四十年,虏血未染锷"⑤;精研兵书(诗作多次言及"夜读兵书"),进而发出"切勿轻书生,上马能击贼"的自负之语⑥。狂放自任的诗酒人生,固然可以展示自我品性才华,同时也会被社会俗众视为异类。朱熹曾经评价陆游:"其能太高,迹太近,恐为有力者所牵挽,不得全其晚节。"⑦只要稍加回顾李白的一生,不难看出双方的共同之处。

2. 才力相侔

陆游多才多艺:"陆子家风有自来,胸中所患却多才。学如大令仓盛笔,文似若耶溪转雷。襟抱极知非世俗,簿书那解作氛埃!"⑧他与李白一样,才学主要表现为诗歌创作:"游(陆游)才气超逸,尤长于诗。"⑨他的诗歌数量多、名声大,被誉为"中兴之冠":"游才其高,幼为曾吉父所赏识,诗为中兴之冠,他文亦佳,而诗最富,至万余首,古今未有。"⑩陆游的诗作诗风,多与李白诗歌相近。其友人周必大在一封信中对他说:"《剑南诗稿》,连日快读,其高处不减曹思王、李太白,其下处犹伯仲岑参、刘禹锡。"⑪自视极高、评人甚严的姜夔,也对陆游诗的"天赋俊逸"予以充分肯定:"俊逸如陆务观。"⑫"俊逸",正是杜甫对李白诗歌的评

---

① 〔宋〕韩元吉《过松江寄务观五首》(其一):《陆游资料汇编》第3页,中华书局,1962年。
② 〔宋〕史弥宁《陆放翁画像》:《宋诗话全编》第7055页,凤凰出版社,1998年。
③ 《宋史·陆游传》(卷395)第1363页,上海古籍出版社,1986年。
④ 《宋史·陆游传》(卷395)第1363页,上海古籍出版社,1986年。
⑤ 〔宋〕陆游《醉歌》:《陆游集》第612页,中华书局,1976年。
⑥ 〔宋〕陆游《太息二首》(其一):《陆游集》第77页,中华书局,1976年。
⑦ 《宋史·陆游传》(卷395)第1363页,上海古籍出版社,1986年。
⑧ 〔宋〕曾几《陆务观效孔方四舅氏体倒用二舅氏题云门草堂韵某》:《陆游资料汇编》第2页,中华书局,1962年。
⑨ 《宋史·陆游传》(卷395)第1363页,上海古籍出版社,1986年。
⑩ 〔宋〕陈振孙《陈振孙诗话》(二十二):《宋诗话全编》第8183页,凤凰出版社,1998年。
⑪ 〔宋〕周必大《与陆务观书》:《陆游资料汇编》第15页,中华书局,1962年。
⑫ 〔宋〕魏庆之《诗人玉屑》(卷之十九)第417页,上海古籍出版社,1978年。

价（见《春日忆李白》），也是人所公认的李诗特色。可见，李白与陆游，均以超俗的文心诗才、大量且具示范性的优秀诗作、俊逸飘然的风格特色，成为各自时代（唐与宋）诗坛的领袖人物。

李白虽以诗著称，但其真正的人生定位却是跻身政界，实现远大的政治抱负和人生理想。李白奉召入京、接受翰林之职事，正是其追求"立功"的举措。他在入朝任职期间，也表现出一定的处理政务之才能。陆游最大的人生追求，在于"收复中原"。其从政经历，比之李白更为复杂。他在科场虽成绩优异而被黜落，直到秦桧死后，"始赴福州宁德簿，以荐者除敕令所删定官。……迁大理寺司直兼宗正簿。……孝宗即位，迁枢密院编修官兼编类圣政所检讨官。史浩、黄祖舜荐游善词章，谙典故，召见，上曰：'游力学有闻，言论剀切。'遂赐进士出身。……再召入见，上曰：'卿笔力回斡甚善，非他人可及。'除军器少监。绍熙元年，迁礼部郎中兼实录院检讨官。嘉泰二年，以孝宗、光宗两朝实录及三朝史未就，诏游权同修国史、实录院同修撰，免奉朝请，寻兼秘书监。三年，书成，遂升宝章阁待制"①。通过上述任职履历可知，陆游从事的皆为"编修""检讨""礼部郎中""秘书监"之类的文学侍从、文化管理方面的职务。他的这些才能，为当时士林所共知，韩元吉《送陆务观序》有言："夫以务观之才，与其文章议论，颉颃于论思侍从之选，必有知其先后者。既未获逞，下得一郡而施，亦庶几焉。岂士之进退必有时哉！"②孝宗十分欣赏与陆游同为南宋"中兴四大诗人"之一的尤袤："一日论事久，上（孝宗）曰：'如卿才识，近世罕有。'次日语宰执曰：'尤袤甚好，前此无一人言之，何也？'兼权中书舍人，复诏兼直学士院，力辞，且荐陆游自代，上不许。"③韩元吉认为陆游不但胜任朝廷的侍从之臣，而且具备担任地方官的能力（可惜没有机会）；尤袤推荐陆游代替自己，负责起草诏令制策的"文字之职"，都表现出对陆游文才的肯定。陆游在相关职位的任职表现，也证明其完全胜任职责。不过，归根结底，他的职务职能，与李白职司翰林是极为相似的。二人的从政经历、政治才干，均限于文学侍从之范围。

---

① 《宋史·陆游传》（卷395）第1363页，上海古籍出版社，1986年。
② 〔宋〕韩元吉《送陆务观序》：《陆游资料汇编》第5页，中华书局，1962年。
③ 《宋史·尤袤传》（卷389）第1347页，上海古籍出版社，1986年。

3. 声名相近

陆游的诗歌创作，得李杜之真谛，兼具现实主义与浪漫主义特征。与其关系密切的周必大曾充满羡慕地写道："吾友陆务观，得李、杜之文章，居严、徐之侍从。子孙众多如王、谢，寿考康宁如松乔。"① 陆游以自己独特的诗歌特色，赢得与李、杜相当的诗坛地位："不蹑江西篱下迹，远追李杜与翱翔。流传何止三千首，开阖无疑万丈光。"② 时人将他与李白作比，称其为"谪仙"："碧云欲合带红霞，知是秦人洞里花。俗眼只应窥燕麦，不如送与谪仙家。"③ 宋孝宗问起当世是否还有李白那样的诗人时，周必大就指名陆游："寿皇（宋孝宗赵眘）尝谓周益公（周必大）曰：'今世诗人亦有如李太白者乎？'益公因荐务观，由是擢用，赐出身为南宫舍人。尝从范石湖辟入蜀，故其诗号《剑南集》，多豪丽语，言征伐恢复事。其《题侠客图》云：'赵魏胡尘十丈黄，遗民膏血饱豺狼。功名不遣斯人了，无奈和戎白面郎。'寿皇读之，为之太息。台评劾其恃酒颓放，因自号'放翁'。作词云：'桥如虹，水如空，一叶飘然烟雨中，天教称放翁。'"④ 这则故事说明，从皇帝到士大夫文人，均认同陆游"当世李白"的称号。

陆游的人格与诗作之声名，不只限于朝堂士林，而是声震九州、名扬四海。"四海诗名老放翁，遣编俱在迹成空。……江山为助多佳句，莫惜南来寄断鸿。"⑤ "高文不试紫云楼，犹得声名动九州。……烧城赤口知何事，许国丹心惜未酬。"⑥ 都是对其诗歌影响力的真切描述。至于其贯穿一生的强烈爱国主义情感，更是为当代后世敬佩感念。陆游在其生活时代的影响，比之李白在唐世的影响力，犹有过之（特别表现在其爱国主义诗篇上）。即使从古代诗歌发展史视角而言，陆游的地位及影响亦与李白相近。

正是由于陆游拥有上述几方面的条件，使他具备评价李白的资质。

---

① 〔宋〕周必大《跋陆务观送其子龙赴吉州司理诗》：《宋诗话全编》第5924页，凤凰出版社，1998年。

② 〔宋〕姜特立《陆严州剑外集》：《陆游资料汇编》第6页，中华书局，1962年。

③ 〔宋〕周必大《以红碧二色桃花送务观》：《陆游资料汇编》第12页，中华书局，1962年。

④ 〔宋〕罗大经《鹤林玉露》（陆放翁）：《宋人诗话外编》第1293页，国际文化出版公司，1996年。

⑤ 〔宋〕楼钥《谢陆伯业通判示淮西小稿》：《陆游资料汇编》第23页，中华书局，1962年。

⑥ 〔宋〕韩元吉《送陆务观得倅镇江还越》：《陆游资料汇编》第4页，中华书局，1962年。

（二）评述李白的基本特征

1. 涉及诸多方面

其一，描述李白的样貌形态。陆游在乾道六年（1170）七月十七日，参观了青山（位于今安徽省马鞍山市）脚下的太白祠堂，对相关情况进行了记述："祠在青山之西北，距山尚十五里。墓在祠后，有小冈阜起伏，盖亦青山之别支也。祠莫知其始，有唐刘全白所作墓碣及近岁张真甫舍人所作重修祠碑。太白乌巾，白衣锦袍，又有道帽氅裘。侑食于侧者，郭功甫也。早饭罢，游青山。山南小市有谢玄晖做宅基，今为汤氏所居。南望平野极目，而环宅皆流泉、奇石、青林、文筱，真佳处也。"[①]其中"太白乌巾，白衣锦袍，又有道帽氅裘"云云，是对祠堂中李白塑像的描述。这一形象，成为后世李白塑像、画像的标准制式，或许与陆游的描述有关。同时，文中对谢玄晖（谢朓字玄晖）的记述，也展现了李白与谢朓之间的关联。"李白骑驴"，是民间传说故事，陆游将其情节入诗："晚境那禁岁月催，幽花又见涧边开。莫辞剩买旗亭酒，恐有骑驴李白来。"[②]他在给一位谭姓友人的诗中写道："坐中谭侯天下士，龙马毛骨矜超遥。乌犀白纻谪仙样，但可邂逅不可招。"[③]以"乌犀白纻"的李白形象样貌，作为对谭氏的溢美之词。

其二，赞誉李白的文艺诗才。陆游对李白的文学才能十分叹服，评价极高。他认为李白与曹植、李贺一样，出身高贵（均为帝王之胄）、文笔超卓，堪称世代楷模："魏陈思王，唐李太白、长吉，则又以帝子及诸王孙，落笔妙古今，冠冕百世。"[④]在他看来，李白诗歌的突出特征是"奇"："执简曾闻侍玉螭，谪仙才调尽推奇。"[⑤]对李白文才诗作的赏识习鉴，日思继之以夜梦："夜梦有客短褐袍，示我文章杂诗骚。措辞磊落格力高，浩如怒风驾秋涛。起伏奔蹷何其豪，势尽东注浮千艘。李白杜甫生不遭，英气死岂埋蓬蒿。……肃然起敬竖发毛，伏读百过声嘈嘈。惜未终卷鸡

---

① 〔宋〕陆游《入蜀记》（第三）：《陆放翁全集》第275页，中国书店，1986年。
② 〔宋〕陆游《题道傍壁二首》（其一）：《陆游集》第1700页，中华书局，1976年。
③ 〔宋〕陆游《临别成都帐饮万里桥赠谭德称》：《陆游集》第156页，中华书局，1976年。
④ 〔宋〕陆游《赵秘阁文集序》：《陆放翁全集·渭南文集》第81页，中国书店，1986年。
⑤ 〔宋〕陆游《送李舍人赴阙》：《陆放翁全集·放翁逸稿》（卷下）第7页，中国书店，1986年。

己号，追写尚足惊儿曹。"①这首"记梦"诗，记述了李白形貌衣着、传授诗作、概括诗风的情形，表达了自己满怀敬畏、认真学习以及梦醒后向孩子们讲述等情节，信息量是很大的。陆游入蜀就职途经九华山，特意记录李白为九华山定名之事："九华本名九子，李太白为易名。"②九华山因此声名日隆，这也可视为李白才华及影响力展示的一种表现。

其三，肯定李白的生活爱好。李白的最大爱好是饮酒，陆游对此多有描述。其中，有的写其豪饮状态："饮似长鲸快吸川，思如渴骥勇奔泉。客从县令初何有，醉忤将军亦偶然。"③有的写其醉酒赋诗："翰林偶脱夜郎谪，大醉赋诗黄鹤楼。"④有的将李白诗中"言酒"多多的特征，与自己的诗酒生涯比较："太白十诗九言酒，醉翁无诗不说山。若耶老农识几字，也与二事日相关。"⑤有的将醉酒中的自己与李白相互联系："峨嵋月入平羌水，叹息吾行俄至此。谪仙一去五百年，至今醉魂呼不起。玻璃春满琉璃钟，宦情苦薄酒兴浓。饮如长鲸渴赴海，诗成放笔千觞空。十年看尽人间事，更觉曲生偏有味。"⑥喜好饮酒，也是陆游与李白融通共鸣的一种途径。

其四，同情李白的不幸遭遇。陆游与李白都具有远大的政治抱负，而冷酷的现实使其理想根本无法实现。因此，"同病相怜"便成为陆游向李白表达情感、缓解自己痛苦的方式。他用李白获罪未至夜郎的所谓"遗恨"，衬托自己的孤独落寞："笑唤枯筇蹋夕阳，探春聊作静中忙。高枝鹊语如相命，幽径梅开只自香。苔蚀断碑惊世换，钟来废寺觉城荒。谪仙未必无遗恨，老欠题诗到夜郎。"⑦用李白一生未曾正式获得官职，表达对其深切同情："臣闻明主恩深，书生命薄。唐帝之知李白，一官不及于生前；汉皇之念相如，遗稿徒求于身后。"⑧用李白的历经坎坷，宽解自己的内心痛苦与不平："李白嵚崎历落，嵇康潦倒粗疏。生世当行所乐，

---

① 〔宋〕陆游《记梦》:《陆游集》第442页，中华书局，1976年。
② 〔宋〕陆游《入蜀记》（第三）:《陆放翁全集》第277页，中国书店，1986年。
③ 〔宋〕陆游《吊李翰林墓》:《陆游集》第41页，中华书局，1976年。
④ 〔宋〕陆游《与青城道人饮酒作》:《陆游集》第200页，中华书局，1976年。
⑤ 〔宋〕陆游《饮酒望西山戏咏》:《陆游集》第618页，中华书局，1976年。
⑥ 〔宋〕陆游《凌云醉归作》:《陆游集》第98页，中华书局，1976年。
⑦ 〔宋〕陆游《昭德堂晚步》:《陆游集》第166页，中华书局，1976年。
⑧ 〔宋〕陆游《严州到任谢表》:《陆放翁全集·渭南文集》第4页，中国书店，1986年。

巢山喜遂吾初。"①自古以来，壮志未酬者往往引为同道，李白在陆游的心中，是真正的知音。

其五，描述李白的经行遗迹。陆游十分关注李白的经行之处、遗存之迹，入蜀途中所作《入蜀记》有大量关于李白的记述。试看其中到访黄鹤楼一节：乾道六年八月"二十八日。同章冠之秀才甫，登石镜亭，访黄鹤楼故址。石镜亭者，石城山一隅，正枕大江，其西与汉阳相对，止隔一水，人物草木可数。唐沔州治汉阳县，故李太白《沔州泛城南郎官湖诗》序云：'白迁于夜郎，遇故人尚书郎张谓出使夏口，沔州牧杜公、汉阳令王公觞于江城之南湖。'其后沔州废，汉阳以县隶鄂州。周世宗平淮南，得其地，复以为军。太白诗云：'谁道此水广，狭如一匹练。江夏黄鹤楼，青山汉阳县。大语犹可闻，故人难可见。'形容最妙。……黄鹤楼，旧传费祎飞升于此，后忽乘黄鹤来归，故以名楼，号为天下绝景。崔颢诗最传，而太白奇句，得于此者尤多。今楼已废，故址亦不复存。问老吏云，在石镜亭、南楼之间，正对鹦鹉洲，犹可想见其地。楼榜李监篆，石刻独存。太白登此楼，《送孟浩然》诗云：'孤帆远映碧山尽，惟见长江天际流。'盖帆樯映远山，尤可观，非江行久，不能知也"②。这段文字，对李白当年到达黄鹤楼的原因、创作《送孟浩然》等诗歌、与崔颢诗作比较、黄鹤楼存废过程以及自己至此的具体时间等，都做了详细交代。《入蜀记》中有关记述，有助于人们了解李白的经行状况（其中的相关例证，留待下文继续列举）。除了《入蜀记》的大量记述，陆游的诗歌，也对李白相关的遗迹有所记录，如前引《吊李翰林墓》一诗，就是他亲临李白墓地所作，"骏马名姬如昨日，断碑乔木不知年。浮生今古同归此，回首桓公（桓温）亦故阡"诸语，就是他在李白墓前的所见所感。

由上可知，陆游对李白的描述品评，是多视角、多方面的，表现出他对李白全方位的关注与重视。

2. 评价力求公允

对于人物的评价，常见的情形是：好之者，则视为无瑕白璧而赞不

---

① 〔宋〕陆游《感事六言八首》（其七）：《陆游集》第1785页，中华书局，1976年。
② 〔宋〕陆游《入蜀记》（第五）：《陆放翁全集》第287-288页，中国书店，1986年。又：此处诗题《送孟浩然》，即《黄鹤楼送孟浩然之广陵》。所引二句诗，通行本为"孤帆远影碧空尽，唯见长江天际流"。

绝口；恶之者，则目为一无是处而弃置不顾。陆游之于李白，主要表现为敬重钦佩，对其评价整体上是非常正面的。

　　身为诗人，陆游十分关注李白的诗歌创作，尤其重视亲临其境的真切体会。在《入蜀记》中，陆游有多处类似记述：乾道六年七月"二十七日。五鼓，大风自东北来，……至暮不止，登岸，行至夹口，观江中惊涛骇浪，虽钱塘八月之潮不过也。有一舟掀簸浪中，欲入夹者再三，不可得，几覆溺矣，号呼求救，久方能入。北望正见皖山。太白《江上望皖公山》诗云：'巉绝称人意。''巉绝'二字，不刊之妙也"①。乾道六年八月"二日。早，行未二十里，忽风云腾涌，急系缆。俄复开霁，遂行。泛彭蠡口，四望无际，乃知太白'开帆入天镜'之句为妙。"②乾道六年十月"三日。舟人分胙，行差晚。与儿辈登堤观蜀江，乃知李太白《荆门望蜀江》诗'江色绿且明'为善状物也"③。在称赞李白诗歌用语"妙""善状物"的同时，陆游还时常将李白诗与其他诗人之作相比较：乾道六年十月"十一日。过达洞滩。滩恶，与骨肉皆乘轿陆行过滩。滩际多奇石，五色粲然可爱，亦或有文成物象及符书者。犹见黄牛峡庙后山。太白诗云：'三朝上黄牛，三暮行太迟。三朝又三暮，不觉鬓成丝。'欧阳公云：'朝朝暮暮见黄牛，徒使行人过此愁。山高更远望犹见，不是黄牛滞客舟。'盖谚谓：'朝见黄牛，暮见黄牛。三朝三暮，黄牛如故。'故二公皆及之"④。这段文字不仅将李白与欧阳修的诗歌作对比，还引出相关的民间谚语，不失为颇具价值的一则"诗案"。对于李白的人格性情、生平遭逢，陆游也寄予了浓厚的感情。在乘舟途经李白墓旁时，他曾深情地写道："尚想锦袍公，醉眼隘八荒。坡陀青山冢，断碣卧道旁。怅望不可逢，乘云游帝乡。"⑤可见其与李白相知之深。

　　对于论者对李白的评价，以及李白其诗其人的不足，陆游直白地表达了自己的看法。请看其《老学庵笔记》中的这段文字："世言荆公《四家诗》，后李白，以其十首九首说酒及妇人，恐非荆公之言。白诗乐府外，及妇人者实少，言酒固多，比之陶渊明辈，亦未为过。此乃读白诗不熟

---

① 〔宋〕陆游《入蜀记》（第三）：《陆放翁全集》第279页，中国书店，1986年。
② 〔宋〕陆游《入蜀记》（第三）：《陆放翁全集》第280页，中国书店，1986年。
③ 〔宋〕陆游《入蜀记》（第五）：《陆放翁全集》第292页，中国书店，1986年。
④ 〔宋〕陆游《入蜀记》（第六）：《陆放翁全集》第295页，中国书店，1986年。
⑤ 〔宋〕陆游《泛小舟姑熟溪口》：《陆游集》第281页，中华书局，1976年。

者,妄立此论耳。《四家诗》未必有次序,使诚不喜白,当自有故。盖白识度甚浅,观其诗中如'中宵出饮三百杯,明朝归博二千石'、'揄扬九重万乘主,谑浪赤墀金锁贤'、'王公大人借颜色,金章紫绶来相趋'、'一别蹉跎朝市间,青云之交不可攀'、'归来入咸阳,谈笑皆王公'、'高冠佩雄剑,长揖韩荆州'之类,浅陋有索客之风。集中此等语至多,世俱以其词豪俊动人,故不深考耳。又如以布衣得一翰林供奉,此何足道,遂云:'当时笑我微贱者,却来请谒为交亲。'宜其终身坎壈也。"①此中包含着三个观点:一是所谓李白诗多"及妇人"的说法不合实际,这种说法未必出自王安石之口;二是李白诗的明显不足是"识度浅"、用语"浅陋";三是李白过于自信自傲、出语不逊。陆游的这些评论,有证据、合情理,表现出对自主公正批评原则的持守,因而是令人信服的。

(三)评述李白的作用意义

1. 引为同道,提升自我

就个人品性才情而言,陆游与李白相似度颇高。这一特征,在其诗歌创作中得到了真实显现。他的诗歌作品,有的直接点化李白的诗句,例如《楼上醉歌》中"划却君山湘水平"②一句,化用李白《陪侍郎叔游洞庭醉后三首》(其三)"划却君山好,平铺湘水流"③二句。有的是在引用借鉴李白诗作之处,加以注明,例如他在《妾薄命》诗的篇首专门作注曰:"太白作此篇,言长门宫事,予反之。"④虽是"反之",也表明是受到李白同题诗的影响。他对《春行》诗中"猩红带露海棠湿,鸭绿平堤湖水明"一联,专门进行注释:"杜子美'晓看红湿处,花重锦官城'、李太白'蜀日红且明',用'湿'字、'明'字,可谓夺造化之功,世未有拈出者。"⑤对于陆游的这一作法,宋末大学问家方回予以高度评价:"引少陵太白谓夺造化之功,却是世未有拈出者,前辈用功如此!"⑥

---

① 〔宋〕陆游《老学庵笔记》(卷第六):《宋元笔记小说大观》第3507页,上海古籍出版社,2001年。
② 〔宋〕陆游《楼上醉歌》:《陆游集》第172页,中华书局,1976年。
③ 《陪侍郎叔游洞庭醉后三首》(其三):《李白全集校注汇释集评》第2890页,百花文艺出版社,1996年。
④ 〔宋〕陆游《妾薄命》:《陆游集》第569页,中华书局,1976年。
⑤ 〔宋〕陆游《春行》:《陆游集》第922页,中华书局,1976年。
⑥ 〔清〕爱新觉罗·弘历《御选唐宋诗醇》(卷46),《文渊阁四库全书》第1448册第914页,台湾商务印书馆,1986年。

陆游在学习借鉴李白诗歌的同时，还注意了解他人的相关情况。他的《老学庵笔记》中，就记录了一则王安石与郑毅夫对话的片段："（荆公：王安石）尝见郑毅夫《梦仙诗》曰：'授我碧简书，奇篆蟠丹砂。读之不可识，翻身凌紫霞。'大笑曰：'此人不识字，不勘自承。'毅夫曰：'不然，吾乃用太白诗语也。'公又笑曰：'自首减等。'"①记录的是郑毅夫利用李白诗句的情形，表明了对这种做法的认同。陆游在诗歌创作方面取得杰出的成就，与虚心学习前辈是密不可分的。当然，他的学习不仅限于李白，对此，晚宋时期戴复古的《读放翁先生剑南诗草》诗，所言极为切当："茶山衣钵放翁诗，南渡百年无此奇。人妙文章本平澹，等闲言语变瑰琦。三春花柳天裁剪，历代兴衰世转移。李杜陈黄题不尽，先生模写一无遗。"②正是如此转益多师，方才成就了陆游。在这一过程中，李白发挥着格外重要的作用。陆游是在认真学习借鉴李白、引其为良师同道的基础上，提升了自己的诗名与声名。

2. 借题发挥，抒写感怀

从社会人生视角而论，陆游与李白具有鲜明的相似之处。

首先，双方皆经历了国家的巨变。李白经历了"安史之乱"，陆游经历了"中原沦陷"。相较而言，"安史之乱"虽对大唐王朝造成巨大破坏，毕竟表面上能够将其消灭，实现了中唐的"中兴"；陆游生活的时代是北宋彻底灭亡、徽钦二帝被掳、金兵不断南侵、南宋仅凭长江天险自保，当时所谓的"中兴"，不过是与金国对峙局面稍稍稳定而已。因此，陆游的兴亡之感、家国之痛，远远超过李白。李白曾创作《永王东巡歌》等歼敌爱国的诗歌，发出"中夜四五叹，常为大国忧"的感叹③。陆游更是创作了大量力主抗敌、收复中原的诗作：有的表现以身许国、恢复中原的志向和愿望，例如早年的《夜读兵书》、中年的《金错刀行》、晚年的《十一月四日风雨大作》《示儿》；有的揭露谴责统治集团妥协投降的行径，坚决反对同金国签订丧权辱国的条约，尖锐嘲讽投降派的胸无大志与鼠

---

① 〔宋〕陆游《老学庵笔记》（卷第一）：《宋元笔记小说大观》第3453页，上海古籍出版社，2001年。
② 〔宋〕戴复古《石屏诗集》（卷5）：《文渊阁四库全书》第1165册第628页，台湾商务印书馆，1986年。
③ 《经乱离后天恩流夜郎忆旧游书怀赠江夏韦太守良宰》：《李白全集编年笺注》第1406页，中华书局，2015年。

目寸光,愤怒控诉权奸陷害忠良,大胆曝光皇帝等人的卑鄙自私的内心世界,如《关山月》;有的抒发壮志难酬的悲愤情绪,如《夜泊水村》《书愤》;有的描写沦陷区人民的生活与愿望,如《题海首座侠客像》《秋夜将晓出篱门迎凉有感》等。当然,也有直接引录李白入诗者:"中原回首涕沾裳,谁是当时柱石强。会唤谪仙天上去,扶将日毂出扶桑。"① 此中表达的乃是家国之痛、兴亡之感。

其次,双方皆为壮志难酬之人。与李白终生追求"功成"有所不同,陆游较早确知自己根本无法"成功"。但是,功业难成的痛苦是无时不在的。李白成为陆游"同为沦落人"的知音、疏解苦痛的对象。他引述李白等前辈文士为同道:"竹声风雨交,松声波涛翻。我坐白鹤馆,灯青无晤言。……袖手哦新诗,清寒魄雄浑。屈宋死千载,谁能起九原?中间李与杜,独招湘水魂。自此竞摹写,几人望其藩?兰苕看翡翠,烟雨啼青猿。岂知云海中,九万击鹏鲲。更阑灯欲死,此意与谁论!"② 感叹李白的被黜离京:"晓传尺一到江村,拜起朝衣渍泪痕。敢恨帝城如日远,喜闻天语似春温。翰林惟奉还山诏,湘水空招去国魂。圣主恩深何力报,时从天末望修门。"③ 惋惜李白的有才无功:"濯锦沧浪客,青莲淡荡人。才名塞天地,身世老风尘。"④ 表达与李白一起摆脱俗世、浪迹天涯的愿望:"明朝艇子溯平羌,却伴谪仙游汗漫。"⑤ 陆游曾列举李白等人为例,说明诗因悲愤之情而发:"盖人之情,悲愤积于中而无言,始发为诗。不然,无诗矣。苏武、李陵、谢灵运、杜甫、李白,激于不能自已,故其诗为百代法。"⑥ 实际上,他本人亦复如此。

3. 比照勘验,鉴真证实

陆游列举李白事例进行评述的作用,还在于以之证明实相、辨别真伪。主要表现为三种情况。

---

① 〔宋〕陆游《寄邓志宏五首》(其五):《陆放翁全集·放翁逸稿》(卷下)第 7 页,中国书店,1986 年。
② 〔宋〕陆游《白鹤馆夜坐》:《陆游集》第 230 页,中华书局,1976 年。
③ 〔宋〕陆游《行至严州寿昌县界得请许免9奏仍除外官感恩述怀》:《陆游集》第 364 页,中华书局,1976 年。
④ 〔宋〕陆游《读李杜诗》:《陆游集》第 1660 页,中华书局,1976 年。
⑤ 〔宋〕陆游《嘉州守宅旧无后圃因农事之隙为种花筑亭观甫成而归戏作长句》:《陆游集》第 113 页,中华书局,1976 年。
⑥ 〔宋〕陆游《澹斋居士诗序》:《陆放翁全集·渭南文集》第 86 页,中国书店,1986 年。

一是验证诗作真伪。陆游在《入蜀记》中有载:"李太白集有《姑熟十咏》,予族伯父彦远尝言,东坡自黄州还,过当涂,读之抚手大笑曰:'赝物败矣,岂有李白作此语者!'郭功父争以为不然,东坡又笑曰:'但恐是太白后身所作耳!'功父甚愠。盖功父少时,诗句俊逸,前辈或许之,以为太白后身,功父亦遂以自负,故东坡因是戏之。或曰《十咏》及《归来乎》《笑矣乎》《僧伽歌》《怀素草书歌》,太白旧集本无之,宋次道再编时,贪多务得之过也。"①这段文字所述,关涉《姑熟十咏》《归来乎》《笑矣乎》是否为李白所作的公案。此中举出苏轼视之为伪作的观点,陆游并未表明自己的意见。他在到达池州进行实地考察后,以李白在池州所作的《秋浦歌》及杜牧的相关诗歌为例,确认《姑熟十咏》决非李白所作:"《秋浦歌》云:'秋浦长似秋,萧条使人愁。'又曰:'两鬓入秋浦,一朝飒已衰。猿声催白鬓,长短尽成丝。'则池州之风物可见矣。然观太白此歌,高妙乃尔,则知《姑熟十咏》决为赝作也。杜牧之池州诸诗正尔,观之亦清婉可爱,若与太白诗并读,醇醨异味矣。"②陆游这一结论虽然未成共识,但确是其亲身验证持据而得出,也是求实精神的体现。

二是验证物品景观。陆游于乾道六年六月十六日"过新丰,小憩。李太白诗云:'南国新丰酒,东山小妓歌。'又唐人诗云:'再入新丰市,犹闻旧酒香。'皆谓此,非长安之新丰也。然长安之新丰,亦有名酒,见王摩诘诗。至今居民市肆颇盛。"③乾道六年七月四日"入夹行数里,沿岸田畴衍沃,庐舍竹树极盛,大抵多长芦寺庄。出夹望长芦,楼塔重复。……江面渺弥无际,殊可畏。李太白诗云'维舟至长芦,目送烟云高'是也"④。都是以自己的亲历闻见,印证李白诗句描写的景观及事物。

三是验证地址遗存。陆游在前往蜀地途中,有意识地考察了李白所历所述的区域或遗址遗迹。这些地方,或题有李白诗句:"保宁(寺)有凤凰台、揽辉亭,台有李太白诗云:'三山半落青天外,二水中分白鹭洲。'今已废为大军甲仗库,惟亭因旧址重筑,亦颇宏壮。"⑤或曾是李白经行

---

① 〔宋〕陆游《入蜀记》(第二):《陆放翁全集》第274页,中国书店,1986年。
② 〔宋〕陆游《入蜀记》(第三):《陆放翁全集》第278页,中国书店,1986年。
③ 〔宋〕陆游《入蜀记》(第一):《陆放翁全集》第268页,中国书店,1986年。
④ 〔宋〕陆游《入蜀记》(第二):《陆放翁全集》第271页,中国书店,1986年。
⑤ 〔宋〕陆游《入蜀记》(第二):《陆放翁全集》第272页,中国书店,1986年。

处：乾道六年七月"十一日。早，出夹，行大江，过三山矶、烈洲、慈姥矶、采石镇，泊太平州江口。谢玄晖登三山还望京邑，李太白登三山望金陵，皆有诗。凡山临江，皆曰矶。水湍急，篙工并力撑之，乃能上。"①或以李白诗验看实地："过繁昌县，……远山崭然，临大江者，即铜官山。太白所谓'我爱铜官乐，千年未拟还'是也，恨不一到。"②或借李白诗进行比照考证："赤壁矶，亦茆冈尔，略无草木。故韩子苍待制诗云：'岂有危巢与栖鹘，亦无陈迹但飞鸥。'此矶，图经及传者皆以为周公瑾败曹操之地，然江上多此名，不可考质。李太白《赤壁歌》云：'烈火张天照云海，周瑜于此败曹公。'不指言在黄州。苏公尤疑之，赋云：'此非曹孟德之困于周郎者乎？'乐府云：'故垒西边，人道是，当日周郎赤壁。'盖一字不轻下如此。至韩子苍云：'此地能令阿瞒走。'则真指为公瑾之赤壁矣。又，黄人实谓赤壁曰赤鼻，尤可疑也。"③或记录李白作诗量多之处："（池州）唐置，南唐尝为康化军节度，……李太白往来江东，此州所赋尤多，如《秋浦歌》十七首及《九华山》《青溪》《白笴陂》《玉镜潭》诸诗是也。"④诸如此类的记述，在陆游的《入蜀记》中比比皆是。引录并解读这些文字，对于了解李白的相关情况，可以发挥不小的作用。

综上所述，陆游与李白在个人品格、日常习性、生存定位、理想追求、政治遭遇，以及创作选择（皆以诗歌创作为主）、作品风格、情感抒发等等方面，均具相似之处。这些相似之处，使得陆游与李白极易相互联系、形成通感，同时也构成陆游描述、评价李白的先决条件。陆游凭借自己的坎坷人生经历与丰富创作经验，对李白其人其诗给予了中肯、独到的品评。这些品评，不仅有助于进深认识陆游，而且有惠于后世学人。

---

① 〔宋〕陆游《入蜀记》（第二）：《陆放翁全集》第273页，中国书店，1986年。
② 〔宋〕陆游《入蜀记》（第三）：《陆放翁全集》第277页，中国书店，1986年。
③ 〔宋〕陆游《入蜀记》（第四）：《陆放翁全集》第285页，中国书店，1986年。
④ 〔宋〕陆游《入蜀记》（第三）：《陆放翁全集》第278页，中国书店，1986年。

下篇

李白人格形象的价值评析 ▶▶▶

一、奇异与庸常：李白具备的多面人格形象特征

人的性情、气质、能力等特征构成人格，这种人格特征通过外向的展示，则成为人格形象（简称形象）。每个人的形象都要经受社会的认定（接受），其中绝大多数人的形象较为单一、固定、笼统（如老实人、聪明人）。当然，对于某些人物（名人）而言，情况并非如此简单，他们多面的形象，在生前身后发挥着影响。就唐代诗人而言，最具代表性者首推李白。

（一）多面的李白形象

李白一向被称为"诗仙"，其实此称不足以包容其人。大致而言，李白形象可分为"仙人""奇人"和"常人"三个层面，若欲强化其诗歌作者的身份特征，亦可称之为"诗仙""诗侠""诗人"。

对"仙人"之称，李白是很喜欢的。他曾自比仙家："自是客星辞帝座，元非太白醉扬州。"（《酬崔侍御成甫》）别人称他为"仙"，他也乐于接受："四明有狂客，风流贺季真。长安一相见，呼我谪仙人。"[《对酒忆贺监二首》（其一）]他表达过学仙之愿："吾将学仙去，冀与琴高言。"（《入彭蠡经松门观石镜缅怀谢康乐题诗书游览之志》）"待吾还丹成，投迹归此地。"（《江上望皖公山》）同时，"仙"与"道"有着紧密的联系，李白受道家影响较大，其作品中的例子不少。具体表现为，对人生短促易逝的感知："浮生速流电，倏忽变光彩。天地无凋换，容颜有迁改。"（《对酒行》）对道法自然的认同："谁挥鞭策驱四运，万物兴歇皆自然。"（《日出入行》）对齐物等生、世事无常、听天由命观念的领悟："庄周梦胡蝶，胡蝶为庄周。一体更变易，万事良悠悠。"[《古风五十九首》（其九）]对成仙永生的渴望："安得不死药，高飞向蓬瀛。"

[《游泰山六首》（其四）]①"仙"与"道"如此这般地叠加共存，为李白打上了鲜明的"仙人"标记。

李白的"奇"，突出表现在为人处世的与众不同。例如他年少之时入山学道、击剑任侠，成年后尚酒使气、不应科举而借力于"终南捷径"入朝面君，特别是曾经历过所谓"玉手调羹""贵妃捧砚""力士脱靴"的非凡际遇。在他的诗中，"愿将腰下剑，直为斩楼兰"[《塞下曲六首》（其一）]之类的豪壮之言很多。同时，他的诗中还有大量的新奇之语，如"燕山雪花大如席"（《北风行》）、"白发三千丈"等[《秋浦歌十七首》（其十五）]②。这些奇行奇言，为李白成为"奇人"提供了素材，并且产生了相当的社会影响。人们对其"狂客""殊调"的言行虽持否定态度（见《上李邕》），但仍可视之为"奇人"的注脚。

李白虽然追求仙道、好奇尚异，但归根结底也不能弃绝红尘俗世，因而也就无法摆脱"常人"之生存境遇。他曾自言："余亦草间人，颇怀拯物情。……托意在经济。"（《读诸葛武侯传书怀赠长安崔少府叔封昆季》）李白十分关心现实社会，除《丁都护歌》《宿五松山下荀媪家》等表达对下层百姓的深切同情之外，对统治者的荒淫奢侈生活及腐败政治状况，也进行了深刻揭露批判。但是，李白最为重视和渴望的乃是建功立业。"功名不早著，竹帛将何宣"的青史留名观念（《长歌行》），是他追求功业的思想基础。为达此目的，他甚至不惜降低人格以取悦于皇帝："小臣拜献南山寿，陛下万古垂鸿名。"（《春日行》）之所以写出这样的颂圣之语，是出于对自己"早怀经济策"的自信与"特受龙颜顾"的高度期待《赠溧阳宋少府陟》），从而更加激发了"一生欲报主，百代期荣亲"的人生理想[《赠张相镐二首》（其一）]。此外，对于民间的人情世故，他也是十分熟知的。"食君糠秕余，常恐乌鸢逐。耻涉太行险，羞营覆车粟。天命有定端，守分绝所欲"（《空城雀》），是以雀为喻，表现生计窘困、小心避祸、安于命定之意念；"处世忌太洁，志人贵藏辉"（《沐浴子》），则是聪明人常用的"从众""守拙"处世方法；身为文人，他也曾有通过"立言"以求"不朽"的想法："我志在删述，垂辉映千春。"[《古风五

---

① 此处引录诗句，见《李太白全集》第1045、1264、1215、1157、420、253、121、1079页，中华书局，2015年。

② 此处引录诗句，见《李太白全集》第339、258、503页，中华书局，2015年。

十九首》（其一）]① 凡此种种待人处世、立功立言、光宗耀祖的思想与行为，体现出李白与普通人毫无二致的"常人"面貌。可见，仅仅以"仙人""奇人"来描述李白，显然是不合实际的，至少是很不完备的。

（二）李白其人"奇异化"过程

李白本系俗世间人，何以成为"仙人""奇人"了呢？这可从下述方面找到原因。

一是自命奇异。李白对自己的与众不同十分自信，不仅在诗歌中有多方面的表述，在其他著述中也大事宣扬、从不隐晦："天台司马子微，谓余有仙风道骨，可与神游八极之表"（《大鹏赋序》）、"即四明逸老贺知章，呼余为谪仙人，盖实录耳"（《金陵与诸贤送权十一序》）、"（从弟）常醉目吾曰：兄心肝五藏，皆锦绣耶。不然何开口成文，挥翰雾散。吾因抚掌大笑，扬眉当之"（《冬日于龙门送从弟京兆参军令问之淮南觐省序》）、"十五好剑术，遍干诸侯，三十成文章，历抵卿相。虽长不满七尺，而心雄万夫，王公大臣，许与气义，……必若接之以高宴，纵之以清谈，请日试万言，倚马可待"（《与韩荆州书》）、"前此郡督马公，朝野豪彦，一见尽礼，许为奇才。"（《上安州裴长史书》）② 上述这些出自李白之手的文字，虽然有的带有戏言性质，有的是为了达到某种目的（如获得引荐）而刻意为之，但仍无法掩饰其自命奇异、不同凡俗之用意。

二是正史所志。在通常情况下，人们对正史的信任度是最高的，因为其中的材料皆为实录（其实未必尽然）。《旧唐书》和《新唐书》都有李白的传记，且看《旧唐书》是如何记述他的："（李白）少有逸才，志气宏放，飘然有超世之心。……尝沉醉殿上，引足令高力士脱靴，由是斥去。乃浪迹江湖，终日沉饮。……尝月夜乘舟，自采石达金陵，白衣宫锦袍，于舟中顾瞻笑傲，傍若无人。"③《新唐书》在《旧唐书》所述基础上，增加了下面的材料："母梦长庚星，因以命之。十岁通诗书，既长，隐岷山。州举有道，不应。苏颋为益州长史，见白异之，曰：'是子天才英特，少益以学，可比相如。'然喜纵横术，击剑，为任侠，轻财重

---

① 此处引录诗句，见《李太白全集》第 572、426、237、638、703、382、410、105 页，中华书局，2015 年。
② 此处引文，见《李太白全集》第 2、1476、1494、1448、1452 页，中华书局，2015 年。
③ 《旧唐书》（卷 190）第 4083 页，上海古籍出版社，1986 年。

施。"同时加进了"帝赐食,亲为调羹"及因诗"以激杨贵妃"的情节①。通观两《唐书》之《李白传》,其中虽有李白长于诗、志于功业的记述,但用笔更多者则是"击剑任侠""谪仙下凡""力士脱靴"之类引人注目的奇闻逸事。

三是民间稗说。李白或许是民间流传故事叙及最多的唐代诗人,时至今日,在李白出生、经行、亡故之地,仍流传不少与其相关的故事。民间究竟有多少李白故事,很难做出准确的统计,但唐人小说中以李白为主人公或涉及李白的故事,根据笔者粗略统计,有三十则左右。在这些小说中,诸如李白生平经历、才艺诗情、结交友朋乃至声名影响等内容无所不有。民间盛传的"笔头生花""金龟换酒""玉手调羹"之类故事,在小说中得到了更加详尽生动的描绘,至于"力士脱靴""贵妃捧砚"等故事,则有多种不同的版本②。小说是流传最广、最易传播的文学载体,所录故事亦以"猎奇"为主,这对于强化李白的"奇异"形象,发挥了绝大的作用。

除了上述三个方面,历代文士评家对李白之"奇"的关注,也在一定程度上影响了人们的视听。例如"李唐群英,惟韩文公之文,李太白之诗,务去陈言,多出新意"③,"今人但知召见金銮殿,奏颂一篇,帝赐食,亲为调羹,及常侍帝,醉,使高力士脱靴两事,而未知更有宫人呵笔事也"④。

综上可知,"仙人"与"奇人"的形象特征,分别源于其本人的刻意营求或时人的品评,以及其推尊道教、诗含仙风,兼之与民间、后世对其传闻逸事的追忆伸展。由于其本人、官方(正史)、民间和士林,全都十分关注李白其人所具有的非现实或非普遍性的特征,因而使之在很多人心目中,成为游离于现实生活之外的形象。这种"仙"或"奇"形象的形成,本质上是李白被妖魔化(神仙化亦即妖魔化)、传奇化、片面化(选其诗句仅限于抒情表意极端者)或统称之曰"异化"的结果。之所以形成这种"异化"李白形象的现象,除其个人有意为之的因素,唐世的社会风气也起到了推波助澜作用。唐人标榜个性、尚奇好异的社会风气,

---

① 《新唐书》(卷202)第4741页,上海古籍出版社,1986年。
② 关于唐人小说中李白故事的具体情况,请见本书"全相形容:唐代小说中的李白故事"部分。
③ 〔宋〕张表臣《珊瑚钩诗话》:《历代诗话》第450页,中华书局,1981年。
④ 〔清〕余成教《石园诗话》:《清诗话续编》第1746页,上海古籍出版社,1983年。

为李白之类人物展示自我提供了舞台。当时及后世的人们或出于对其真心喜爱，或出于猎奇心理、或出于刻意贬斥①，使之逐渐脱离现世真实，趋于奇异化、妖魔（神仙）化。

（三）李白人格形象的评定

李白被"异化"造成的直接后果是：很多人先入为主地认定李白是"非常"之人，是"单纯幼稚""理想主义""脱离现实"的人。这样的结论虽然十分流行，但并不正确。我们认为，李白与他人并无二致，其本质特征乃是"常人"。

在前文中，我们已经列举了若干李白属于"常人"的材料，从中不难得出李白属于凡俗之人的结论。如果运用"定量分析"的方法予以统计，李白宣扬入世有为的作品，远远超过其出世为仙之作。当然，仅仅凭借作品数量的多少对其人做出评判，可能失之偏颇，要想得出令人信服的结论，须从重要、关键的问题（视角）入手。就某一个人而言，最重要的莫过于其人生定位与追求。

李白的人生定位是"功成身退"，对此是可以取得共识的。可惜的是，很多人在评价李白时，往往更多地着眼于他对"身退"的表述，其实"身退"的前提乃是"功成"。"功"尚未"成"，其"身"怎"退"？因此，建立功业才是李白的矢志追求。他特别仰慕那些有大功的人。比如统一天下的秦始皇："秦皇扫六合，虎视何雄哉"[《古风五十九首》（其三）]、稳定东晋政局的谢安："但用东山谢安石，为君谈笑静胡沙"[《永王东巡歌十一首》（其二）]，直至当时威名远扬的哥舒翰："丈夫立身有如此，一呼三军皆披靡"（《述德兼陈情上哥舒大夫》）。为了成就功业，他也进行过多种尝试："遭逢圣明主，敢进兴亡言"（《书情题蔡舍人雄》），"试涉霸王略，将期轩冕荣"（《经乱离后天恩流夜郎忆旧游书怀赠江夏韦太守良宰》）②。人们对其诟病最多的"入幕李璘"，其实是成就功业的奋力一搏，也是他实现理想的合情举措。因此，借李璘的被定性为"谋逆"而过于苛责李白，并非公允之论。李白直至谢世之前不久，仍在寻找为国尽力的机会，其动力也是源于未能实现的人生理想。对于自己"功成

---

① 近年有称李白为唐世"古惑仔"者，其真意虽未尽知，至少有求"奇"之因素在焉。
② 此处引录诗句，见《李太白全集》第 111、507、580、610、668 页，中华书局，2015 年。

身退"的人生追求，李白作过具体描述：希望保持"天为容，道为貌，不屈己，不干人"的个性，奉行儒家"达则兼济天下，穷则独善一身"的原则，实现"事君之道成，荣亲之义毕，……浮五湖，戏沧洲"之愿望①。

李白终其一生未能"功成"，但他一生都在追求"功成"。这与及早"身退""独善其身"的白居易、避入空门化解"伤心事"的王维等人很不相同。李白虽然不时讲出"我从此去钓东海"（《猛虎行》）之类的出世之语，但从未付诸实施。因为在其人生第一目标（功成）未曾实现时，他是不肯前往第二目标（身退）的。李白是一位对人生十分认真的人，他的"本质是生命与生活"②。他的全部快乐来自于树立并执着追求理想，他的最大痛苦则来自理想无法实现。说到理想，有人总是认为李白"愿为辅弼，使寰区大定，海县清一"（《代寿山答孟少府移文书》）之说太过自不量力，认为他的所谓理想抱负纯属空谈、大言欺人。以这样的看法对待李白，肯定是不公正的。因为李白所追求的人生目标，与任何一位有社会责任感的文人士子并无二致。其实，人们设定人生理想的意义，很大程度上并非在于其能否真正实现，而在于点亮一盏引领人生、催人奋进的明灯。试问，中华古今的文人士子，哪个不是以"治国平天下"为己任、为目标的？又有多少人能够真正实现这种目标呢？有人不信服李白的原因之一，就是始终不能将李白以"常人"待之。

我们之所以强调李白是"常人"，是因为非如此则难以真正用现实、平等的态度将李白视为有血有肉的、活生生的人。如果始终认定李白为仙、为侠，则会人为造成隔膜，令人感觉可望不可及或不屑与之为伍，李白的作用就难以得到真正的发挥。

如果从文化的视角观照李白，就会发现李白其人其诗完全源于传统文化。如果定要指出其特殊之处，便是他代表了传统文化中最为鲜活、最有生命力、最具感召力影响力的部分，成为一种特征极为突出的文化形态、文化象征。李白的树立坚定信念、追求远大理想，积极入世参政、热衷服务社会，关心国运民生、严厉批判现实，保有独立人格、勇于张扬个性等，都具有借鉴参考价值。这一切，也是国人历来所十分欠缺的。

---

① 《代寿山答孟少府移文书》：《李白全集编年笺注》第1744页，中华书局，2015年。
② 李长之《道教徒的李白及其痛苦》第3页，辽宁教育出版社，1998年。

而要真正将李白的诸多优点"拿来"以为己用,则须将其还原为"常人"。只有这样,才能正确体认李白其人、继承发扬李白之精神。

当然,李白身为自唐迄今最受关注的著名诗人之一,人们对其认识见仁见智是十分正常的,对其人格形象的多样化描述也都具有合理性。过分强调某一方面的特征,可能会对李白形象的丰富性、完整性造成伤害。因此,此处对李白"常人"一面的肯定,只是试图引起大家对此方面的关注,并非否定其所具奇异之处的合理性。我们看待李白的真正观点其实是这样的:存留"奇异"以引人兴趣,弃除"妖魔"以防偏差,回归"平常"以真正获益。

一、奇异与庸常:李白具备的多面人格形象特征

二、持道而不苟：李白与王维关系疏离缘由探赜

盛唐时期，是诗歌创作的盛世。当时的诗坛群星璀璨、争奇斗艳，其中最为著名的诗人，首推李白、杜甫、王维、孟浩然、高适、岑参。李与杜，分别是浪漫主义与现实主义诗歌创作的高峰；王与孟，是盛唐山水田园诗派的代表；高与岑，是盛唐边塞诗派的代表。李白与杜甫、孟浩然、高适等人有较多交往或深厚情感，唯独与年龄相同（出生于701年）且多次有机会相识的王维却并无往来①。他们二人这种关系疏离的情况，初想令人诧异，细思则确有其缘由。

（一）自身秉赋不同

一个人自身所拥有的秉赋，首先是先天赋予的品性才情。李白的天赋，在少年时代就明显与众不同。他的才情，鲜明地表现在思维敏捷、快速成篇："曹子建七步成诗，李太白自言倚马可待。世称敏捷者，无如二子。"②曹植是公认的"才高八斗"之人，李白与之并列合称，可见其天资聪颖之程度。李白性格直率、感情外露，个性特征非常明显。根据与其以诗相交的高适和杜甫、为其编辑作品的李阳冰和魏颢、为其撰写墓志碑文的李华和范传正等人的记述，以及《旧唐书》《新唐书》与多种

---

① 李白曾三次入长安：第一次是开元十八年（730）春夏间，自安陆取道安阳，西入长安；第二次，天宝元年（742）秋天，奉诏自东鲁南陵启程入长安，至天宝三载（744）春季离京，经商州至洛阳与杜甫相会，秋天与杜甫、高适同游于梁宋；第三次，天宝十二载（753），53岁的李白再入长安，欲陈济世之策而未果，因预感祸乱将起，不久离去，秋天到达宣城。这三个时段，王维均在长安任职或闲居，然而双方并无交往的任何可靠记录。见：安旗《李白全集编年笺注》第1973、1982、1993页，中华书局，2015年；陈铁民《王维集校注》第1335、1349、1359页，中华书局，1997年。又：李白与岑参年龄相差较大（李：701年出生、岑：约715年前后出生），二人有可能的交集机会是在天宝三年（744）的长安。但此年春季李白离京，岑参则专注于科举（同年中进士），未能相互交往情有可原。

② 〔明〕周祈《名义考》；《李白资料汇编》（金元明清之部）第338页，中华书局，1994年。

笔记小说的载录,可知击剑任侠、轻财重施、喜好交游、醉酒狂歌等放纵张扬的作为,乃是李白的生活常态,也贯穿其一生。

王维的天赋不亚于李白:"与弟缙俱有俊才,博学多艺亦齐名。"但是,王维的性格却表现为静穆内敛,为人处世更是以守制循礼著称,他"事母崔氏以孝闻。……闺门友悌,多士推之"。王维非常热爱宁静的田园生活:"得宋之问蓝田别墅,在辋口;辋水周于舍下,别涨竹洲花坞,与道友裴迪浮舟往来,弹琴赋诗,啸咏终日。尝聚其田园所为诗,号《辋川集》。"他的活动,大多限于自己的"辋川别墅"之内,所谓"浮舟往来,弹琴赋诗,啸咏终日",也是小幅度、低频率、封闭式的。这与李白外向开放、刻意装饰(醉酒狂呼)、带有表演性的行为是完全不同的。王维的性格较为软弱,这从他在"安史之乱"中被俘之后的表现可以看出:"禄山陷两都,玄宗出幸,维扈从不及,为贼所得。维服药取痢,伪称喑病。禄山素怜之,遣人迎置洛阳,拘于普施寺,迫以伪署。禄山宴其徒于凝碧宫,其乐工皆梨园弟子、教坊工人。维闻之悲恻,潜为诗曰:'万户伤心生野烟,百官何日再朝天?秋槐花落空宫里,凝碧池头奏管弦。'"[①]我们无法预测李白面对同样情况的表现,但从后来王维因被俘而降职、李白因"李璘之祸"而被流放的态度,可知二人性格的区别:王维终生以被俘事件为耻;李白则在流放夜郎途中遇赦后,马上就变得兴致如常(《早发白帝城》诗可证)。这种不同的秉赋性格,成为李白、王维各自人生的基础底色。

(二)生活环境不同

生活环境,主要指出生的家庭环境、与他人交往的社会环境。家庭对人格形成的影响是很大的,特别是在人的未成年阶段。关于李白的家庭情况,史料记载并不清晰。李阳冰《草堂集序》说他的先辈因罪"谪居条支"、范传正《唐左拾遗翰林学士李公新墓碑》说其祖上"被窜于碎叶"(碎叶位于现在吉尔吉斯斯坦境内),而且被迫隐姓埋名生活。大概在李白幼儿时期(唐中宗神龙年间,705—707年),全家秘密(潜还)逃到蜀地,以侨居者的身份居住下来。由此看来,即便李家原本门第显赫(并无这方面的确切证据),但经过获罪流放远地,社会地位与家族声誉

---

① 此节文字中的引文,皆见《旧唐书·王维传》(卷190下)第607页,上海古籍出版社,1986年。

也已荡然无存；经过颠沛流离的迁徙侨居蜀地，使其家庭很难在短期内扎下根基、形成社会影响力。其长辈的商人身份（至少其父李客为商人），虽可使得家庭物质条件较为丰裕，而社会地位则居于"士农工商"四个阶层之末。因此，李白的家庭就是平民，属于"布衣"阶层。父辈这样的职业与家庭氛围，必然会对李白有所影响，使其未曾陷入读经书、应科举的刻板路途。青年时期的李白，热衷于读书（多非儒家经典）任侠、访道求仙；出蜀之后，则是观览名山大川，结交酒朋诗友；到了京城，他仍然以诗酒为尚，无论面对皇帝还是文士。李白是渴望建功立业的，但他不愿通过科举考试，而是利用"终南捷径"，企图一举成名。李白的确成就了名声，但不是他心念的"功名"，而是他不大看重的"文名"（诗名）。平心而论，李白的经历与其生活的环境，也只能让他获得"文名"。

王维的生活环境与李白大有不同，他的家庭出身、个人履历及社会生活状况都是清楚的："王维，字摩诘，太原祁人。父处廉，终汾州司马，徙家于蒲，遂为河东人。维开元九年（721）进士擢第。……历右拾遗、监察御史、左补阙、库部郎中。居母丧，柴毁骨立，殆不胜丧。服阕，拜吏部郎中。天宝末，为给事中。……贼平，陷贼官三等定罪。维以《凝碧诗》闻于行在，肃宗嘉之。会缙请削己刑部侍郎以赎兄罪，特宥之，责授太子中允。乾元中，迁太子中庶子、中书舍人，复拜给事中，转尚书右丞。维以诗名盛于开元、天宝间，昆仲宦游两都，凡诸王驸马豪右贵势之门，无不拂席迎之，宁王、薛王待之如师友。"① 王维出身于中原地区的知名世族，父亲任职州郡。这种官宦之家的子弟，必然自幼读经书、应科举，循礼法、守规范。王维正是依照这条道路，在20岁时便高中进士，顺理成章地进入官场。王维的社会活动，是以京城为中心、以皇亲国戚及达官贵人为重要对象的。

当然，李白与王维也有共同的友人，其中最著名的是孟浩然。史称孟浩然"少好节义，喜振人患难，隐鹿门山。年四十，乃游京师。尝于太学赋诗，一座嗟伏，无敢抗。张九龄、王维雅称道之"，以至于出现王维私邀孟浩然入内署而被玄宗发现的事件②。但二人对孟浩然的好感并

---

① 引文皆见《旧唐书·王维传》（卷190下）第607页，上海古籍出版社，1986年。
② 《新唐书·孟浩然传》（卷203）第617页，上海古籍出版社，1986年。

不相同：王与孟更多的是诗友，共同的爱好是山水田园诗歌；而李白对孟浩然的好感，更多的是其崇尚"节义"的人品。李白与王维的这些不同，与他们各自所处生活环境有着密切的关系。

（三）思想意识不同

在中国封建时代，占据政治思想统治地位的是儒家学说，李白和王维身为文人士子，毫无疑问受到儒家思想的影响。作为比较开明的王朝，唐代实行"三教并重"政策：儒家学说是直接为统治者服务的，重视儒教是最高统治者必然的选择；道教在唐代获得崇高地位且被定为"国教"，与李唐统治者以道家的老子（李耳）为祖宗有关，也与道家崇尚"自然无为"的理念有关；唐代延续南北朝崇奉佛教之风习，历任皇帝（包括女皇武则天）基本上都信奉佛教，由于宪宗皇帝带头佞佛，大文豪韩愈专门撰写《谏迎佛骨表》表示强烈反对。唐代还是佛教实现"中国化"（本土化）的时期，佛教已不再是上流社会的专利，而是惠及天下大众、从心理上释困救难的法门。当时的文士在以儒为本的同时，不免或偏于道，或偏于佛，李白和王维正是这方面的代表。

李白的好"道"，是颇为有名的。他年轻时隐居于徂徕山，中年与道士吴筠结交并得其引荐而入京面君，都表现出与道教的不解之缘。这种缘分延续到他的晚年，是贯穿一生的。李白深受道教的影响在其诗歌中得到了体现：《古朗月行》《春日行》《怀仙歌》《赠嵩山焦炼师》《访道安陵遇盖还为余造真箓临别留赠》《梦游天姥吟留别》《送王屋山人魏万还王屋》等，均属于表达其仙道思想的"游仙体"诗歌。

王维受佛教思想的影响之深，是远远超过李白所接受道教思想的。如果说李白接受道教，很大程度是为了展示自己的"谪仙"形象；那么王维接受佛教，则是真正身体力行且深契于内心的。他自幼受到笃信佛教的母亲影响，奉佛甚谨且始终如一："居常蔬食，不茹荤血；晚年长斋，不衣文彩。……在京师日饭十数名僧，以玄谈为乐。斋中无所有，唯茶铛、药臼、经案、绳床而已。退朝之后，焚香独坐，以禅诵为事。妻亡不再娶，三十年孤居一室，屏绝尘累。……临终之际，以缙在凤翔，忽索笔作别缙书，又与平生亲故作别书数幅，多敦励朋友奉佛修心之旨，

二、持道而不苟：李白与王维关系疏离缘由探赜

舍笔而绝。"① 从中可知，王维一生都笃信佛教，是虔诚的佛教徒，也是"在家出家"的典范。在他的诗歌中，禅思佛理更是比比皆是，不仅表现在《夏日过青龙寺谒操禅师》《山中示弟》等专论"空无"的作品，也蕴含于《鹿柴》《辛夷坞》等诸多山水田园诗歌之中。他将佛教作为自己生命的依托与归宿："宿昔朱颜成暮齿，须臾白发变垂髫。一生几许伤心事，不向空门何处销。"②因此，在思想意识上，王维与李白是很不相同的。

（四）人生定位不同

每个人在成年之后、走向社会之时，都要确立自己的名分地位，设计并争取实现自己的人生目标。李白的人生定位是治国平天下的政治家，其目标是"功成身退"之后归隐山林。为了实现这种目标，他也确实非常努力。他四处漫游结交友朋，是为了扩大声名、以达天听；他应召入京后创作《清平调词三首》之类的颂誉诗歌，是为了赢得君王的好感。这些行为，全都是为了能够实现自己的政治理想。即使遭到朝廷的弃逐之后，也未曾磨灭进取之心。他嘴巴上整天讲着"人生且行乐，何必组与珪"（《夜泛洞庭寻裴侍御清酌》），内心却时刻不忘东山再起、行权成事。"安史之乱"爆发后，李白怀着"为君谈笑静胡沙"[《永王东巡歌十一首》（其二）]的自信，加入永王李璘的幕府。与其说李白此举缺乏政治头脑，不如说李白是朝廷政治斗争的间接牺牲品，他的"从璘"归根结底也是为了实现政治抱负。即使到了生命的最后阶段，他仍然"中夜四五叹，常为大国忧"（《经乱离后天恩流夜郎忆旧游书怀赠江夏韦太守良宰》）③，保持着高度的政治热情。可以说，李白的一生，就是矢志追求理想的一生。为了实现理想，他屡遭挫败而始终不肯退缩。这种积极进取的人生定位与行动，是值得肯定的。

王维的人生目标，应当是成为艺术家。史称其"尤长五言诗。书画特臻其妙，笔踪措思，参于造化；而创意经图，即有所缺，如山水平远，云峰石色，绝迹天机，非绘者之所及也。人有得《奏乐图》，不知其名，维视之曰：'《霓裳》第三叠第一拍也。'好事者集乐工按之，一无差，咸

---

① 《旧唐书·王维传》（卷190下）第607页，上海古籍出版社，1986年。
② 〔唐〕王维《叹白发》：《王维集校注》第390页，中华书局，1997年。
③ 此处引录诗句，见《李太白全集》第1112、507、678页，中华书局，2015年。

服其精思。……（在辋川别墅）弹琴赋诗，啸咏终日"①，显然是一位精通诗、画、乐的艺术家。身为杰出艺术家，他能够将不同的艺术门类融会贯通。赏读"大漠孤烟直，长河落日圆""明月松间，清泉石上流"等诗句②，可以感知其"诗中有画"且有"乐"（音乐）的特征。通过现存《雪溪图》等绘画作品，可以领略王维作为"文人山水画"创始人的风采，而他自称"宿世谬词客，前身应画师"③亦非虚言。崇尚艺术的王维，虽然年少成名、高中进士并进入官场，但他对加官晋爵、成就丰功伟业，似乎并不十分执着。当他因故被贬之后，很快过起了"半官半隐"的生活；遭受"被俘"的屈辱之后，更是万念俱灰、一心向佛了。大致说来，王维的处世态度是随遇而安、遇挫则退。形成这种状况，除了其本人性格较为软弱，与其人生定位也有着绝大的关系。

（五）创作风格不同

李白和王维均为盛唐著名诗人，但二人的创作风格是明显不同的。

从诗歌体式上讲，李白使用频次高、取得成就最大的是七言古诗，《蜀道难》《梦游天姥吟留别》《将进酒》《宣州谢朓楼饯别校书叔云》等脍炙人口的名作，皆属此类。对于李白七言诗的成就，前人多有赞誉："太白七古不独取法汉魏，上而楚骚，下而六朝，俱归镕冶，而一种飘逸之气，高迈之神，自超然于六合之表，非浅学所能问津也。"（《诗法易简录》）"太白歌行曰神、曰化，天仙口语，不可思议。其意气豪迈，固是本调，而转折顿挫，极抑扬起伏之妙。"（《唐音审体》）④如此评价李白的七言古诗，是切合实际的。

王维固然不乏七言体的诗歌佳作，但其用功最深、成就最高的是五言诗。他的五言古近体诗歌多有上佳之作，例如：五律《山居秋暝》《过香积寺》《终南山》、五古《渭川田家》《青溪》《西施咏》、五绝《竹时馆》《鹿柴》《相思》等。历代论者对其诗多有好评："摩诘才力虽不逮高、岑，而五七言律风体不一。五言律有一种整栗雄丽者，有一种一气浑成者，

---

① 《旧唐书·王维传》（卷190下）第607页，上海古籍出版社，1986年。
② 〔唐〕《使至塞上》《山居秋暝》：《王维集校注》第133、451页，中华书局，1997年。
③ 〔唐〕王维《题辋川图》〔原题：《偶然作六首》（其六）〕：《王维集校注》第477页，中华书局，1997年。
④ 以上引文，见陈伯海《唐诗汇评》第554页，浙江教育出版社，1996年。

有一种澄淡精致者,有一种闲远自在者。……若高、岑才力虽大,终不免一律耳。"(《诗源辩体》)"摩诘五言绝,意趣幽玄,妙在文字之外。摩诘《与裴迪书》略云:'夜登华子冈,辋水沦涟,与月上下;……每思曩昔携手赋诗,倘能从我游乎?'摩诘胸中滓秽净尽,而境与趣合,故其诗妙至此耳。"(《诗源辩体》)"摩诘五言古,雅淡之中,别饶华气,故其人清贵;盖山泽间仪态,非山泽间性情也。"(《岘傭说诗》)还有的论者将李白与王维诗歌进行对比:"太白七言独步,五言其稍次也。味淡声希,言近指远,乍观不觉其奇,按之非复人间笔墨,唯右丞也。"(《唐音审体》)"太白五言绝是天仙口语,右丞却入禅宗。如'人闲桂花落,夜静深山空。月出惊山鸟,时鸣春涧中。'……读之身世两忘,万念皆寂,不谓声律之中,有此妙诠。"(《唐音癸签》)① 以五言诗创作见长的王维,的确堪称盛唐诗坛之翘楚。

　　此外,李白性格外向洒脱,其诗风以豪放飘逸为主、以动态为尚;王维个性相对内向沉稳,诗风则表现为清淡自然、以静态见长。他们都有不少描写山水田园的诗歌,但李白喜爱奇险、开阔、动感强烈的山水风景,如"飞流直下三千尺,疑是银河落九天"(《望庐山瀑布》)、"两岸青山相对出,孤帆一片日边来"(《望天门山》)。而王维则钟情于安详宁静的环境,他写的"动",都是常态自然甚至是需要细心体察的,如"松风吹解带,山月照弹琴"(《酬张少府》)、"竹喧归浣女,莲动下渔舟"(《山居秋暝》)。凡此,都反映出二人诗歌创作形式及内容等方面的不同。

　　李白与王维之间形成"相望""相闻"而"老死不相往来"的主因②,可借孔子所言"道不同,不相为谋"而概之③。这里的"道",包括先天秉性、后天生存环境、接受思想教育、自我人生坐标定位、创作风格特征等。对于极其维护个性、强调自尊的人而言,在上述任何点位上存异,就很难成为同道,更何况李白、王维之间有着如此多的不同之处。他们如此疏离弃绝,对盛唐诗坛堪称遗憾,但这种疏离对其诗歌独特风格的形成,或许不无裨益。即使仅仅考虑上述双方的不同之处,他们的之间的淡漠疏离,也是合乎常情的。

---

① 以上引文,见陈伯海《唐诗汇评》第278、279页,浙江教育出版社,1996年。
② 《老子》(80章):黄朴民《道德经讲解》第167页,岳麓书社,2005年。
③ 《论语·卫灵公》:杨伯峻《论语译注》第170页,中华书局,1980年。

三、承接及递变：李白在传统文化流程中的作用

李白与传统文化有着极为密切的关系。在他的身上，既鲜明地显现出传统文化的印记，又以其独特品格，形成影响后世、为人关注的文化现象。因此，无论在文化传统的承接抑或传递上，李白都发挥着重要的作用。

（一）李白对传统文化的接受

李白是一位具有鲜明文化特征的诗人。他的文化个性，很大程度上来源于对传统文化的接受，突出地表现在思想观念与诗歌创作形式方面。

就思想观念而言，人们普遍认为李白受道家影响较大。这种看法当然是不错的，因为很容易在李白作品中找出众多相关例子："吾将囊括大块，浩然与溟涬同科。"（《日出行》）是传达道法自然的思想；"青门种瓜人，旧日东陵侯。富贵故如此，营营何所求。"[《古风五十九首》（其九）]是《庄子》齐物等生、世事无常、听天由命观念的再现；"神鹰梦泽，不顾鸱鸢。为君一击，鹏抟九天。"（《独漉篇》）[1]是以《逍遥游》之大鹏自比，表达对绝对自由及成仙永生的渴望。

不过，李白对道家的认同向往是有前提的，这就是建立功业。他认为自己具有杰出的治世立功才能，目的在于达到"功成献凯见明主，丹青画像麒麟台"（《司马将军歌》）的愿望。可见，儒家倡导的积极入世、成就功业是他的人生首选，也是成就其"功成身退"人生理想的第一步。然而，"立功"与"退身"或曰儒家"入世"与道家"出世"之间是有矛盾的。为解决这一矛盾，他选定了一位榜样——鲁仲连，"鲁连善谈笑，季布折公卿"（《献从叔当涂宰阳冰》）、"谁道泰山高，下却鲁连节。谁云

---

[1] 此处引录诗句，见《李太白全集》第253、121、266页，中华书局，2015年。

秦军众，摧却鲁连舌"（《别鲁颂》）、"鲁连卖谈笑，岂是顾千金"（《留别王司马嵩》）。他说自己"吾亦澹荡人，拂衣可同调"［《古风五十九首》（其十）］①。从中不难看出李白对鲁仲连的仰慕、敬重、叹服与向往的浓厚感情，因为鲁仲连是真正将"功成身退"作为人生原则并身体力行的人。可见，李白思想中包含着儒、道、法等多种观念，显示出其思想的多样与融合特征。

　　需要强调的是，我们引录上述材料，用意不在于展示李白思想的复杂性，而在于说明一点：他的这些思想观念及由此形成的人生追求与定位，全部来自前代、来自传统文化。其中对李白影响最大的是当时占据主流位置的儒家"入世立功"，对文人阶层（特别是不得志者）颇具吸引力的道家"逍遥自在"，以及先秦"士"的杰出代表鲁仲连的"功成身退"。这三者构成了李白思想的主体，也是他接受传统文化的重点所在。

　　在诗歌创作上，李白继承传统的特征也极为鲜明，主要体现在对前代诗歌传统的体认、对诗歌体式的选择方面。他有感于六朝以来形式华丽而内容空虚的状况，决心承担起拨乱反正的责任。他敬佩屈原："屈平词赋悬日月"（《江上吟》）；认同谢灵运："顿惊谢康乐，诗兴生我衣"（《酬殷明佐见赠五云裘歌》）；欣赏谢朓："解道澄江净如练，令人长忆谢玄晖"（《金陵城西楼月下吟》）②。可以说是将《诗经》的质朴写实、楚辞的奇崛不平、大小谢的以本色语绘景状物等优秀风格传统，全部聚于一身、为己所用。在诗歌体式的运用方面，李白对古体诗情有独钟，其中包括汉魏六朝时代流行的五言古诗、七言歌行，也有《诗经》的主导体式——四言体。这样的选择，也证明了他反对梁、陈以来一味讲求形式（刻意套用格律）而忽视内容的坚定立场。人们在评价李白诗多用古体的时候，大都着眼于所谓"古体诗形制束缚较少，便于自由抒情表意"，而忽略了其中含有的李白对传统的爱恋与体认。之所以造成这种对李白继承传统的认识不足，在于"李白出入诸子百家，但不以任何一家思想为终极的皈依，李白的性格是由驳杂的思想积淀而成的一种精神。……李白的形象是盛唐新时代'大人先生'的形象，包涵丰富的历史积累和现实的时代精神，继承阮籍又上溯庄孟，在弘扬庄孟恢宏的主体精神的同时，淡

---

① 此处引录诗句，见《李太白全集》第 297、751、824、833、122 页，中华书局，2015 年。
② 此处引录诗句，见《李太白全集》第 445、536、480 页，中华书局，2015 年。

化了前辈的哲理内涵而趋向世俗化。这导致李白诗歌的主旋律是明亮与宏大的混响"①。虽然李白的观念及具体表现有着"杂糅古今"的特点,但也不难看出李白的内在心灵及外在表现,都是非常传统的,具有明确的文化渊源,表现出浓厚的传统文化色彩。

(二)李白在现实文化环境中的际遇

李白生活的时代,是大唐帝国最为兴盛的时期,政治清明、经济繁荣、军事强大、社会安定、疆域辽阔、中外交流频繁。如此之多的有利条件,共同构成了中国封建时代少见的国力强盛而又开放宽容的社会氛围,这对社会文化的发展是极为有利的。李白生逢其时,成为这一文化环境的最大受益者与弘扬者②。他追求自由:"乍向草中耿介死,不求黄金笼下生"(《雉子斑》);潇洒从容:"大笑同一醉,取乐平生年"(《叙旧赠江阳宰陆调》);渴望立功:"还须黑头取方伯,莫谩白首为儒生"(《悲歌行》);嗜酒任性:"人生达命岂暇愁,且饮美酒登高楼"(《梁园吟》);充满爱国情怀:"出门不顾后,报国死何难"(《幽州胡马客歌》);勇于批判现实:"珠玉买歌笑,糟糠养贤才"[《古风五十九首》(其十五)]③;无一不是以现实文化境域为舞台的。强大的国力、辽阔的版图,为人们实现理想创造了实际可能;富裕的物质条件,为物欲的满足提供了便利;宽松的政治氛围,激发了自信进取的事功主义情感。生活在这种积极进取、建功立业情绪高涨,英雄主义、理想主义精神弥漫的时代,很难不被其强大的感染与激励力量所影响。孟浩然是公认的崇尚平淡生活的人,连他都"端居耻圣明"(《临洞庭》),试图出山入世,更何况李白这等个性张扬、追求功名之人!

当然,李白在受惠于所处社会文化环境的同时,也给予了时代丰厚的回报。正是由于拥有上文所列种种品性特征的李白出现,才使得盛唐诗风如此超凡入圣、高不可攀,使得"盛唐气象"呈现出真正的"气象"而令人叹为观止。李白之后,诗人文士中再也没有"安能摧眉折腰事权贵,使我不得开心颜"(《梦游天姥吟留别》)的强力剖白,更没有指使"力

---

① 赵昌平《李白性格及其历史文化内涵——李白新探之一》,载《文学遗产》1999年2期。
② 与其相近者是王昌龄、高适、岑参及王维、孟浩然等人。杜甫出生较晚,诗作多写个人及社会苦痛且多为安史乱后的作品,严格说来不能与李白等人并论。
③ 此处引录诗句,见《李太白全集》第286、627、493、465、321、129页,中华书局,2015年。

士脱靴,贵妃捧砚"的气势胆略。细究其因,并非后来者没有李白式的人物出现,主要是再也没有李白生活的那种社会文化环境。是特定的时代成就了李白,同时也可说是李白最大限度地诠释、代表、成就了那个时代。

从另一视角而言,李白也是一位悲剧人物。这种悲剧,表面上是他入世立功、功成身退理想的不能实现,本质上则是随着"安史之乱"的爆发,适合李白生存之社会文化格局完全改变。"安史之乱"使得大唐的物质与精神实力锐减、元气大伤,李白的个性精神,无论在理念上还是背景基础及现实需求等方面,都已变得不合时宜。李白的身份由一位唐代精神(盛唐气象)的代表者,变成被冷落甚至攻击的对象,是与现实政治文化形势密切相关的。李白对自身的悲剧命运,在其奉诏入京的"长安三年"期间已然觉知。只是"赐金还山"的说法遮掩了无法"功成"的尴尬,并且表面还算太平的现实尚可允许其发发牢骚。但是,"安史之乱"将盛唐文化舞台推倒,使得李白等人无法如同往日般任意指点江山、展示风华。此外,李白入幕李璘受到牵连,不只是由于李璘被定性为叛乱,更重要的是李白所承载的名士文化的终结。可以说,李白的晚年,伴随着"安史之乱"的爆发,不仅盛唐气象画上了句号,名士风流也成为绝响。

(三)后世之于李白的文化审视

自中唐开始,李白事实上受到官方与正统士林的冷遇,至少是被"两分"的:一方面承认其诗歌的超卓无匹,另一方面对其为人多有贬责(如入李璘之幕、为人嗜酒不羁)。例如,元稹的《唐故工部员外郎杜君墓系铭》将李白与杜甫作了对比,认为李白远远不及杜甫。元稹的观点在当时(中唐)是很有代表性的,同时也成为后世执"扬杜抑李"观点者经常引用的名言。与元稹生活在同一时期的韩愈,则认为李白与杜甫地位相当,对那些毁谤李杜的行为予以严厉斥责(见《调张籍》)。不过,根据当时社会及诗坛的实际情况来看,韩愈表达的观点更多的是为李白鸣不平。

宋代从总体上而言是崇尚杜甫的。由于杜甫与李白在为人及诗格等方面的差异,对杜甫的推崇,很大程度上就表现为对李白疏远。宋代诗坛影响最大的是江西诗派,杜甫是该派"一祖三宗"中的"一祖",足见其地位之尊崇。公开严厉批评李白的是苏辙，他对李白其人其诗全盘否定，认为远远不及杜甫①。据说王安石对李白诗歌的选材也有微词："李白诗词迅快无疏脱处，然其识污下，十句九句言妇人酒耳。"②王安石身为政治改革家，关注的是社会现实，强调的是脚踏实地，他对李白不满意是合乎情理的。当然，宋代对李白表示好感、学习摹仿者也不乏其人，欧阳修是典型代表。他的《赠王介甫》有云："翰林风月三千首，吏部文章二百年。"③将李、韩并列尊崇。从总体上讲，欧阳修对李白的喜爱是超过杜甫的。此中原因，可能受到韩愈的影响（古文运动前辈），同时他所倡导的"平易自然"的文风，也与李白具有一致性，这是欧阳修赏爱李白的主因。南宋的朱熹对李白也多所嘉许，认为李白的诗歌水平很高，是因为他认真学习了《文选》；李白的作品"法度"谨严而显得极为从容，属于"圣于诗"的人。朱熹身为著名理学家，如此宽容赏识李白，令人颇感意外。南宋诗评家严羽将李、杜进行对比，指出李杜二人各有所长，并且列举二人作品加以说明（《沧浪诗话·诗评》），其持论是较为持平稳妥的。

金元时期，文坛士林多以苏轼为尚。金代著名文学家赵秉文认为："东坡先生，人中麟凤也。其文似《战国策》，间之以谈道如庄周。其诗似李太白。"④这种由苏轼进而与李白相连，主张"苏似李"的观点，得到当时人们的认同。由于李白在此时声望较高，不少人致力于学习李白。刘祁《归潜志》录有一批此类文士：李经被誉为"今世太白"，李汾"专学唐人，其妙处不减太白、崔颢"，王郁"歌诗飘逸，有太白气象"⑤。著名文人赵孟頫，也被元朝仁宗皇帝并列于李白苏轼之间："尝诏侍臣曰：'文学之士，世所难得，如唐李太白、宋苏子瞻，姓名彰彰然，常在人耳目。今朕有赵子昂，与士人何异？'"⑥这段文字出自元代杨载所作《大

① 参见〔宋〕苏辙《诗病五事》；《唐宋八大家散文总集》第 6940 页，河北人民出版社，1995 年。
② 〔宋〕释惠洪《冷斋夜话》（卷 5）；《宋元笔记小说大观》第 2194 页，上海古籍出版社，2001 年。
③ 〔宋〕欧阳修《文忠集》（卷 57）《赠王介甫》；《文渊阁四库全书》第 1102 册第 433 页，台湾商务印书馆，1986 年。
④ 〔金〕赵秉文《滏水集》（卷 20）《跋东坡四达斋铭》；《辽金元诗话全编》，凤凰出版社，2006 年。
⑤ 〔金〕刘祁《归潜志》；《宋元笔记小说大观》第 5917、5922、5926 页，上海古籍出版社，2001 年。
⑥ 〔元〕杨载《大元故翰林学士承旨荣禄大夫知制诰兼修国史赵公行状》；《李白资料汇编》（金元明清之部）第 60 页，中华书局，1994 年。

元故翰林学士承旨荣禄大夫知制诰兼修国史赵公行状》，可知绝非虚言。李白在金元时期受到较多关注与重视，究竟系少数民族入主中原对才子文士的特殊喜爱，抑或儒学正统削弱而思想较为开放使然，可作专题讨论。但金元社会文化需要李白或曰李白与金元文化相契合，则是不争的事实。

明代文坛斗争激烈、派别林立，对李白的评价也是各不相同。姜南将李白、李贺与白居易进行对比，结论是："予以为居易乐府诸诗，有爱国忧君之意，虽其造语不及白、贺，而或者目为浅近，然犹有得于《风》《骚》之旨。白、贺格调虽高古，使于成周之世，太师不录也。"①也就是说，李白李贺之诗，疏离于现实，不会被执政者所喜。王慎中虽对李白有些看法，但认为不可轻易否定："李太白犹不免轻浮而失伦次也，但天才胜人，超绝千古，不得而肆讥弹耳。"②胡应麟是站在李白一边的，针对有人指责李白"无行""从璘"，他辩解道："文人无行，信乎？太史雪李陵，少陵救房琯，戛戛乎难哉！陈思之忧国，韩愈之格君，无论。白从永王疏矣！而非逆也。"③明代关注李白诗歌创作成就的人也很多，如陈沂认为，"太白五言律，如《塞下曲》《宫中行乐词》，极佳者""五言绝句……唐以李白为祖""七言绝亦以太白为祖，王昌龄次之""七言长歌必宗太白，七言律必宗少陵，绝句必以太白为师"④。在他眼中，李白诗可谓无体不佳。明代也不乏将时人誉为李白者，如王世贞就把李攀龙（字于鳞）比作李白，在《答赠于鳞》诗中说他"身应李白后，书是伏生遗"⑤。

清代关于李白的争论仍在继续。由于政治高压、文祸迭起，"避席畏闻文字狱，著书都为稻粱谋"（龚自珍《咏史》）成为文人的基本取向。论诗则以"温柔敦厚"为准，论人则以儒家正统为则。再加上清初黄宗

---

① 〔明〕姜南《姜南诗话》（亦称《蓉塘诗话》）：《明诗话全编》第3455页，凤凰出版社，1997年。

② 〔明〕王慎中《遵岩集》（卷24）《寄道原弟书七》：《明诗话全编》第3729页，凤凰出版社，1997年。

③ 〔明〕胡应麟《少室山房笔丛正集》（卷6）《史书占毕》：《文渊阁四库全书》第886册第241页，台湾商务印书馆，1986年。

④ 〔明〕陈沂《拘虚集·诗谈》：《李白资料汇编》（金元明清之部）第215页，中华书局，1994年。

⑤ 〔明〕王世贞《弇州四部稿》（卷23）《答赠于鳞》：《文渊阁四库全书》第12179册第288页，台湾商务印书馆，1986年。

羲等人大力提倡宋诗，使得"崇宋"之风兴盛于清代。凡此种种，都决定了李白所得评价不可能很高。清人对李白的批评，主要指向其为人品格，而"从璘"成了焦点："鲁仲连能以其风节摧抑秦王，独伸大义，太白竟为永王璘所屈辱。一则磊落轩天地，一则奄奄如泉下人，其相去如此，而后世犹并称之何耶？"① "诗人不可无品，至大节所在，更不可亏。杜工部、韩吏部、白少傅、司空工部、韩兵部，上矣。李太白之于永王璘，已难为讳。"② 可见，他们把李白晚年的入幕李璘，看成了致其名节有亏的重大问题。李白的入世态度也受到批评："太白'我本不弃世，世人自弃我'，意庸语率，中似含怨怼。观子美'圣朝无弃物，老病已成翁'，何等忠厚委婉。乐天仿之曰：'老自退闲非世弃，贫蒙强健是天怜'，亦款曲可喜。"③ 这里将李白与杜甫、白居易对比，意在说明李白怨世之语太多，不够温良厚朴。对李白的肯定性评价，大多是关于诗歌的："太白歌行祖述《骚》《雅》，下迄齐、梁七言，无所不包，奇中又奇，而字字有本，讽刺沉切，自古未有也。后人宜以为法。"④ "七古以长短句为最难，其伸缩长短，参差错综，本无一定之法。及其成篇，一归自然，不啻天造地设，又若有定法焉。非天才神力，不能入妙。太白最长于此。"⑤ 相对于元明，清代大力标榜学李、似李者不多，只有黄景仁可堪一提，袁枚认为他的"七古绝似太白"⑥。整体说来，李白在清代的境遇欠佳。

概而言之，整个中国古代的官方与正统文人，总体上沿袭了"崇杜抑李"的路向，对李白的热情与重视程度不够，这从"千家注杜"而注李者极少的事实即可证明。不过就民间而言，自李白生前至其死后，对其热情从未减少。从唐人著述对其事迹形形色色的记述，《太平广记》对多种李白故事的载录，历代流传于民间的大量故事传说、诗文戏曲，乃至以其人其作命名的众多楼台亭阁、山水景物等，都不难看出人们对他

---

① 〔清〕王文治《后村杂著》（卷下）《李白》：《李白资料汇编》（金元明清之部）第950页，中华书局，1994年。
② 〔清〕洪亮吉《北江诗话》（卷4）：《李白资料汇编》（金元明清之部）第996页，中华书局，1994年。
③ 〔清〕胡寿之《东目馆诗见》（卷1）：《李白资料汇编》（金元明清之部）第1076页，中华书局，1994年。
④ 〔清〕吴乔《围炉诗话》（卷之二）：《清诗话续编》第512页，上海古籍出版社，1983年。
⑤ 〔清〕朱庭珍《筱园诗话》（卷3）：《清诗话续编》第2387页，上海古籍出版社，1983年。
⑥ 〔清〕袁枚《小仓山房文集》（卷29）：《李白资料汇编》（金元明清之部）第884页，中华书局，1994年。

的关注与喜爱。李白是自唐以降最受关注的诗人。这种关注有对其诗歌的喜爱、对其为人品格的钦佩、对其独特风貌的怀想、对其文化表征的认同。从文化视角而言，李白决非中华传统文化的叛逆另类，而是承继传统文化精髓且结合本人及现实社会实际予以新变、注入活力的有功之人。李白及其作品，来源于传统文化，丰富了传统文化，成为传统文化中最为鲜活、最有生命力、最具感召力影响力的组成部分。

四、形上兼形下：李白产生的主要效应

李白以其独特的诗风人格，卓立于唐代乃至中国古代诗坛，在当时及后世形成巨大影响和多方面的效应。

身为著名诗人，李白对于此后的文学创作产生明显效应；作为个性独特鲜明之人，李白的人格形象、人生表现，受到人们格外关注、赞赏与品评，形成极大的影响；由于经历丰富、爱好多样、诗酒狂歌，李白的经行之地、宴饮之所等，被历代保护或开发，发挥了重要的实用功能。如此多样的深远效应与影响力，在中国古代文人才士之中，是无可比拟的。

（一）文学效应

唐代是诗歌的时代，盛唐是诗歌创作的全盛期，李白是本期诗坛最为杰出的代表[1]。基于超卓的诗歌创作才能，李白在生前便赢得极高的声誉和强大的影响力。王昌龄是盛唐著名诗人、李白的好友，所作《巴陵送李十二》诗云："摇桅巴陵洲渚分，清江传语便风闻。"[2] 此中的"传语""风闻"，是指李白当时已然声名远播。李白离世之后，其诗坛声名地位愈益隆盛。人们欣赏其作品、赞誉其诗风、编辑其诗集、学习其章法，历千年而不衰。

1. 欣赏诗篇

诗歌作品（此指传世佳作），是证实其作者可否称为诗人、是否优秀诗人的主要标志[3]。李白被称为唐代及中国古代最著名的诗人，主要基于

---

[1] 盛唐诗人，论者皆以李白与杜甫为代表。李白创作的诗歌，多在唐玄宗当政的"盛唐"；而杜甫的诗歌名篇，多成于"安史之乱"爆发之后的"中唐"。
[2]〔唐〕王昌龄《巴陵送李十二》：《全唐诗》第1449页，中华书局，1960年。
[3] 清代乾隆皇帝作诗数万首，而无真正的传世之作，因而不能称其为诗人。古今有诗作而无诗名者甚夥。

拥有大量的诗歌佳作。自其生活的时代始，人们对其诗的赞赏之声未曾断绝。

李白长于古体诗，他的此类体式诗歌时常得到热评。例如，杜甫特别推介李白的歌行体作品："近来海内为长句，汝与山东李白好。何刘沈谢力未工，才兼鲍昭（照）愁绝倒。"① 高棅认为，李白乐府诗堪称古今第一："李翰林天才纵逸，轶荡人群，上薄曹、刘，下凌沈、鲍，其乐府古调，能使储光羲、王昌龄失步，高适、岑参绝倒，况其下乎？"② 宋代释契嵩《书李翰林集后》对其乐府诗从整体给予非常正面的评价，并且列举作品为证："其乐府诗百余首，其意尊国家，正人伦，卓然有周诗之风，非徒吟咏情性、呕呕苟自适而已。白当唐有天下第五世时，天子意甚声色，庶政稍解，奸邪辈得入，窃弄大柄。会禄山贼兵犯阙，而明皇幸蜀，白闵天子失守，轻弃宗庙，故作《远别离》以刺之。至于作《蜀道难》，以刺诸侯之强横；作《梁甫吟》，伤怀忠而不见用；作《天马歌》，哀弃贤才而不录其功；作《行路难》，恶逸而不得尽其臣节；作《猛虎行》，愤胡虏乱夏而思安王室；作《阳春歌》，以诫淫乐不节；作《乌栖曲》，以刺好色不好德；作《战城南》，以刺穷兵不休，如此者不可悉说。及放去，犹作《秋浦吟》，冀悟人主。"③ 北宋钱公辅也说李白："《远别离》《蜀道难》《胡无人》《战城南》之比，皆辞气抑扬，始怪骇而终絜（洁）；语虽放荡逸伟，如骐骥勇怒、怒龙奋水之可畏，其不也必造乎理，然后折而正之。非材雄性挺，包括仁义者，畴能若是？"④ 他的诗歌，具有警世醒人的现实作用："《蜀道难》，可以戒为政之人矣；《梁甫吟》，可以励有志之士矣；《猛虎行》，可以勖立节之子矣；《上云曲》，可以化愚夫之懵矣；《怀古》，可以革浇风之俗矣。其余所作，虽以感物因事而发，终以补世匡君为意。"⑤ 李白所作律诗不多，但其绝句极具特色。有人认为他与杜甫的同类作品各具优长："子美五言绝句，皆平韵，律体景多而情少。太白五言绝句平韵，律体兼仄韵，古体景少而情多。二公各尽其妙。"⑥

---

① 〔唐〕杜甫《苏端薛复筵简薛华醉歌》：《全唐诗》第2270页，中华书局，1960年。
② 〔明〕高棅《唐诗品汇》：《明诗话全编》（第一册）第352页，凤凰出版社，1997年。
③ 〔宋〕释契嵩《镡津文集》（卷13）：《李白资料汇编》（唐宋之部）第115页，中华书局，2007年。
④ 〔宋〕钱公辅《读李白文》：《李白资料汇编》（唐宋之部）第142页，中华书局，2007年。
⑤ 〔宋〕杨遂《李太白故宅记》：《李白资料汇编》（唐宋之部）第89页，中华书局，2007年。
⑥ 〔明〕谢榛《四溟诗话》（卷2）：《历代诗话续编》第1170页，中华书局，1983年。

另有人将李白的绝句诗推举为唐代第一："（太白）五七言绝句，实唐三百年一人。盖以不用意得之，即太白亦不自知其所至；而工者顾失焉。"①李白的绝句，获得了一致好评。

对于李诗中的名篇，更是受到论者的特殊对待，其中最为典型者当属《蜀道难》。人们对《蜀道难》多有关注，涉及对其主旨的理解、结构的分析、情感的发抒、词语的使用乃至创作的时间等。仅就《蜀道难》的主题意旨而言，传统的观点至少包括"罪严武、讽玄宗幸蜀、讽章仇兼琼、即事成篇别无寓意"四种看法（参见詹锳《李白诗论丛-李白〈蜀道难〉本事说》），而且迄今仍无公认的定论。除了对此诗本身的分析评赏，还有发表阅读体会者，例如北宋石介："李白诗中蜀道难，把诗试读泪汍澜。江形诘曲千回折，岑路崚嶒万屈盘。登陟去年腰欲折，追思今日鼻犹酸。"②欧阳修："太白之精下人间，李白高歌蜀道难。蜀道之难难于上青天，李白落笔生云烟。千奇万险不可攀，却视蜀道犹平川。"③此外，更有对《蜀道难》的摹仿拟作（见下文）。李白的各体诗歌都有流传甚广的名篇，古体中的《将进酒》《宣州谢朓楼饯别校书叔云》《梦游天姥吟留别》《梁甫吟》《侠客行》《行路难》（三首）、近体中的《登金陵凤凰台》《赠孟浩然》《闻王昌龄左迁龙标遥有此寄》《望庐山瀑布》《望天门山》等，皆为人们耳熟能详、过目不忘、激赏不尽的名篇。

除了诗歌作品，李白其他体式的作品也多为人称道。任华的杂言诗《寄李白》写道："古来文章有能奔逸气，耸高格，清人心神，惊人魂魄。我闻当今有李白，大猎赋，鸿猷文；嗤长卿，笑子云。班张所作琐细不入耳，未知卿云得在嗤笑限。登庐山，观瀑布：'海风吹不断，江月照还空'，余爱此两句；登天台，望渤海：'云垂大鹏飞，山压巨鳌背'，斯言亦好在。至于他作多不拘常律，振拢超腾，既俊且逸。"④对李白所有作品（包括散文及赋体）予以很高的评价。在他看来，李白的诗与文各体作品都具有相似的特点、达到极高的水平。

---

① 〔明〕李攀龙《选唐诗序》：《明诗话全编》（第四册）第3824页，凤凰出版社，1997年。
② 〔宋〕石介《送冯司理之任彭州》：《李白资料汇编》（唐宋之部）第111页，中华书局，2007年。
③ 〔宋〕欧阳修《太白戏圣俞》（一作《读李集效其体》）：《李太白全集》第1758页，中华书局，2015年。
④ 〔唐〕任华《寄李白》：《全唐诗》第2902页，中华书局，1960年。

清代学者吴乔在回答"诗文之界如何"之问时,做出这样的表述:"意岂有二?意同而所以用之者不同,是以诗文体制有异耳。文之词达,诗之词婉。书以道政事,故宜词达;诗以道性情,故宜词婉。意喻之米,饭与酒所同出。文喻之炊而为饭,诗喻之酿而为酒。文之措词必副乎意,犹饭之不变米形,啖之则饱也。诗之措词不必副乎意,犹酒之变尽米形,饮之则醉也。……李、杜之文,终是诗人之文,非文人之文。"① 在他看来,李白与杜甫的散体文也包含着浓重的"诗味"。这一特征,在李白的作品中表现得特别突出,从而也成为人们真诚喜爱的重要原因。

2. 赞誉诗风

李白诗歌的风格具备独特的个性,论者对此多有关注、予以由衷赞誉。杜甫对李白诗才诗风十分佩服,在多首诗作中抒发赞叹之情,认为李白诗歌"文彩承殊渥,流传必绝伦"②。与李白情谊深厚且受托为其编辑作品的李阳冰,说他"耻为《郑》《卫》之作,故其言多似天仙之辞"③。裴敬在为李白撰写的碑文中,说他"为诗格高旨远,若在天上物外,神仙会集,云行鹤驾,想见飘然之状"④。中唐文坛领袖韩愈坚持"李杜并称",他的《荐士》诗回顾了自《诗经》以来的诗歌创作概况,认为唐代诗歌创作超越前代,而李杜的成就最大,是唐诗"勃兴"的标志,后来者皆受其影响而形成特色独具之风格。晚唐吴融为诗僧贯休的《禅月集》作序时写道:"国朝能为歌诗者不少,独李太白为称首,盖气骨高举,不失《颂》咏《风》刺之道。"⑤ 诗僧齐己对李白诗歌的特征予以概括,认为神奇的物象意境、脍炙人口的语言、充满阳刚的丈夫气,是其主要表现:"竭云涛,刳巨鳌,搜括造化空牢牢。冥心入海海神怖,骊龙不敢为珠主。人间物象不供取,饱饮游神向悬圃。锵金铿玉千余篇,脍吞炙嚼人口传。须知一一丈夫气,不是绮罗儿女言。"⑥ 宋代僧人释智圆认为,李白继承了《诗经》"正群臣、明父子、辨得丧、示邪正"的传统,"其

---

① 〔清〕吴乔《围炉诗话》(卷之一):《清诗话续编》第479页,上海古籍出版社,1983年。
② 此处所引杜甫诗句,见《寄李十二白二十韵》:《杜诗镜铨》第282页,上海古籍出版社,1980年。
③ 〔唐〕李阳冰《草堂集序》:《李白全集编年笺注》第1949页,中华书局,2015年。
④ 〔唐〕裴敬《翰林学士李公墓碑》:《李太白全集》第1723页,中华书局,2015年。
⑤ 〔清〕王琦《李太白全集》第1787页,中华书局,2015年。
⑥ 〔唐〕齐己《读李白集》:《全唐诗》第9585页,中华书局,1960年。

为诗,气高而语淡,志苦而情远,其辞与古弥异,其道与古弥同"①。欧阳修不太喜欢杜甫诗,"然于李白而甚赏爱,将由李白超卓飞扬为感动也"②。王安石对李白诗歌有所批评,但也承认"李白歌诗豪放飘逸,人固莫及"③。陆时雍盛赞"太白雄姿逸气纵横无方,所谓天马行空,一息千里。……读太白诗当得其气韵之美,不求其字句之奇"。并且以李白七古为例,谓其"想落意外,局自变生,真所谓'驱走风云,鞭挞海岳'。其殆天授,非人力也"。他认为诗人应当"绝去故常,铲除涂辙,得意一往,乃佳。依傍前人,改成新法,非其善也。豪杰命世,肝胆自行,断不依人眉目"④。李白的诗歌创作,显然与此说相契。

在对李白诗歌的体认中,"豪放劲健、飘逸舒展、奇特变幻、清新自然"等鲜明特征,为论者所公认。这些特征的形成,既是李白着力创新的结果,同时也符合诗歌创作的规律:"子瞻云:'诗以奇趣为宗,反常合道为趣。'此语最善。无奇趣何以为诗?反常而不合道,是谓乱弹;不反常而合道,则文章也。"⑤李白诗歌追求"奇趣"且"反常合道"的风格特征,并非轻易所能企及,因而获得一致的好评。

3. 摹拟创作

在众多热爱李白的学人之中,有的不仅仅满足于欣赏其名篇佳作,还认真学习借鉴、付诸创作实践。这种创作,可以分为不同的方式。

学习借鉴李白的常用方式,是仿拟赓和。李白诗歌创作,以古体最为擅长。中唐诗人张籍被认为与之最为接近者:"公(张籍)为古风最善。自李杜之后,风雅道丧,继其美者,惟公一人。"⑥他的古体诗创作成就较高,显然受到李白的影响。有人评价晚唐诗人杜荀鹤之诗:"其雅丽清苦激越之句,能使贪吏廉、邪臣正、父慈子孝、兄良弟顺,人伦纪纲备矣。其壮语大言,则决起逸发,可以左揽工部袂,右拍翰林肩。"⑦杜荀

---

① 〔宋〕释智圆《松江重祐和李白姑熟十咏诗序》:《李白资料汇编》(唐宋之部)第98页,中华书局,2007年。

② 〔宋〕刘攽《中山诗话》:《宋诗话全编》(第一册)第444页,凤凰出版社,1998年。

③ 〔宋〕何汶《竹庄诗话》(卷5):《宋诗话全编》(第十册)第10093页,凤凰出版社,1998年。

④ 〔明〕陆时雍《陆时雍诗话》:《明诗话全编》(第十册)第10736、10658、10656页,凤凰出版社,1997年。

⑤ 〔清〕吴乔《围炉诗话》(卷之一):《清诗话续编》475页,上海古籍出版社,1983年。

⑥ 〔唐〕张洎《张司业诗集序》:《李白资料汇编》(唐宋之部)第74页,中华书局,2007年。

⑦ 〔唐〕顾云《唐风集序》:《李白资料汇编》(唐宋之部)第50页,中华书局,2007年。

鹤之于李白，更多的是诗歌内容选择及情感抒发的接受影响。宋代晁迥，将李白与潘佑诗进行对比："予似记忆李白有诗句云：'野禽啼杜宇，山蝶舞庄周。'后又见潘佑有《感怀》诗句云：'幽禽唤杜宇，宿蝶梦庄周。席地一樽酒，思与元化浮。但莫辜明月，何必秉烛游。'予谓才思暗合，古今无殊，不可怪也。""李白《庐山东林寺夜怀》诗有句云：'宴坐寂不动，大千入毫发。'潘佑《独坐》诗有句云：'凝神入混沌，万法成虚空。'予爱二才子吐辞精敏之力等，入道深密之状同，合而书之，聊资己用。"①潘佑生活在五代至宋初，晁迥虽将潘与李的诗句相近称为双方"才思暗合"，也难以掩饰潘佑作诗与李白之间的关联。宋代胡瑗在其《石壁》（并序）中写道："余尝览李翰林题《泾川汪伦别业》二章，其词俊逸，欲属和之。今十月，自新安历旌德，而仙尉曾公望同游石壁，盖胜境也。……辄成一首，题于汪公屋壁。虽不及藻饰佳境，比肩英流，庶俾谪仙之诗，不独专美矣：李白好溪山，浩荡旌川游。题诗汪氏壁，声动桃花洲。英辞逸无继，尔来三百秋。……我来至石壁，赏之不能休。……庶与谪仙诗，千古同风流。"②这些文字表达出作者向李诗学习、借李白而扬名的愿望。

　　针对李白某一作品进行点化套用，与李诗的关系更加直接。北宋范仲淹《送蔡挺代父之蜀》："朔风岂不寒，蜀道岂不难。之子代亲行，万里心自安。剑阁雪犹明，锦江春未阑。到日必诗战，重登李杜坛。"③明显受到李白《蜀道难》的影响，诗中"蜀道岂不难、剑阁、锦江（城）"诸语，更是直接本自李诗。《宣州谢朓楼饯别校书叔云》是李白诗歌名篇，北宋毛滂因其作诗《李白于宣州谢朓楼饯别校书叔云一首十二月初六日夜独坐松斋怀抱良不佳饮少辄醉庭下梅两株月色皎然倚树微吟偶诵李白此诗有会予意者次其韵追和一首》。这首"次韵和诗"照搬李白原诗格式，且每句之末的"留、忧、楼、发、月、愁、舟"字，与李诗全同④。次韵

---

①〔宋〕晁迥《法藏碎金录》（卷6、卷7）；《李白资料汇编》（唐宋之部）第92页，中华书局，2007年。

②〔宋〕胡瑗《石壁》（并序）；《李白资料汇编》（唐宋之部）第99页，中华书局，2007年。

③〔宋〕范仲淹《文正集》（卷2）；《李白资料汇编》（唐宋之部）第106页，中华书局，2007年。

④毛滂原诗为："弃我去者，昨日之日不可留。醉我心者，今日之日多烦忧。秋风吹雁渡汾水，斜阳随客下西楼。苑边麒麟守白骨，半夜安能保明发，小蛮为酌流霞春，醉倚梅花满怀月。暗香吹远月欲流，松声百尺唤清愁。早挂铜章老槐下，短蓑独速上渔舟。"载《文渊阁四库全书》第1123册第708页，台湾商务印书馆，1986年。

和诗,在严格讲究格律的近体诗较为常见,毛滂此诗与李白原诗的句式及韵脚文字皆合,可见其颇为用心。

人们学习李白进行诗歌创作,最显著的标志是形成"李白体"(亦称"李太白体"或"青莲体")。最早以"李白体"为名的诗歌,是宋初徐铉《寄饶州王郎中效李白体》:"珍重王光嗣,交情尚在不。芜城连宅住,楚塞并车游。别后官三改,年来岁六周。银钩无一字,何以缓离愁。"① 明代邵宝《新泉效李白体》:"闲人有幽赏,乃在山下泉。水声六月冷,白石净娟娟。倚杖对青壁,上有瑶柯悬。海天三百里,一勺方流涓。仙人陆鸿渐,遗世已千年。芳骨如可起,裹茗谈烹煎。"② 此二诗皆为五言古体诗。宋代秦观的《拟李白》(芙蓉露浓红压枝)属于七言诗,南宋范浚《拟李太白笑矣乎》则是杂言体。明代著名文学团体"前七子",提倡"文必秦汉,诗必盛唐",其领袖李梦阳身体力行,创作了数十首仿效"李白体"的诗歌。据称同为"前七子"之一的康海曾说"献吉(李梦阳),今之李白也"③。康海的举措,既是践行"前七子"的文学主张,也表现出自身对李白的真诚钦敬之情。明代贝琼在为丘浚《琼台集》所作序中说:"其五言、七言、近体,必拟杜甫;其歌谣、乐府,必拟李白。"④ 由此可知,在复古风气浓郁的明代,仿作李白诗歌的情形常见。

关于如何界定"李白体",古今皆有论之者。南宋杨万里说:"'问余何意栖碧山,笑而不答心自闲。桃花流水杳然去,别有天地非人间'。又:'相随遥遥访赤城,三十六曲水回萦。一溪初入千花明,万壑度尽松风声'。此李太白诗体也。"⑤ 这是列举李白的诗句以证"李白体"。严羽《沧浪诗话·诗体》列举了从汉代到南宋时期,包括"陶体(陶渊明)、谢体(谢灵运)、少陵体(杜甫)、太白体(李白)、孟浩然体、王右丞体(王维)、韩昌黎体(韩愈)、李长吉体(李贺)、李商隐体(即西昆体)、东坡体(苏轼)、山谷体(黄庭坚)、王荆公体(王安石)、杨诚斋体(杨万里)"在

---

① 〔宋〕徐铉《寄饶州王郎中效李白体》,《全唐诗》第8560页,中华书局,1960年。
② 〔明〕邵宝《容春堂续集》(卷1)《新泉效李白体》:《文渊阁四库全书》第1258册第410页,台湾商务印书馆,1986年。
③ 〔明〕王世贞《弇山堂别集》(卷29)《史乘考误》:《文渊阁四库全书》第409册第384页,台湾商务印书馆,1986年。
④ 〔明〕贝琼《清江文集》(卷28)《琼台集序》:《明诗话全编》第125页,凤凰出版社,1997年。
⑤ 〔宋〕杨万里《诚斋诗话》:《宋诗话全编》(第六册)第5933页,凤凰出版社,1998年。

内数十种"以人而论"的"诗体",但并未对这些归属个人的"诗体"进行具体解析。还有用诗酒风流的"王孙公子"(清·费经虞《雅伦》)喻指"李白体",亦非确当之说。有论者将"李白体"的特点概括为:体式以五言古体或歌行体为主,偶有律体;语言简洁凝练,浅近淳朴,不事雕琢,句式灵活,接近汉魏;内容题材以叙写成仙、饮酒、游侠以及男女爱情、朋友友情为主;风格洒脱纵逸,豪放不羁,淳朴率性,天真自然。①若以此说为标的,则李白的绝大多数诗歌符合"李白体"的特点,从而扩大了"李白体"的范围,助推了人们创作"李白体"诗歌的热情与信心。

还有一些人,将学习李白诗歌与修持其人格相互融合。北宋诗人郭祥正,据称乃其母梦李白而生。他年少而有诗声,被大诗人梅尧臣赞叹为:"天才如此,真太白后身也!"②郭祥正性格倜傥不羁,诗作颇具飘逸之气,且多有摹拟赓和李白之作。有的是追和应韵之作,如《追和李白姑孰十咏》《追和李白秋浦歌十七首》《追和李白宣州清溪》《追和李白郎官湖寄汉阳太守刘宜父》《追和李白登金陵凤凰台二首》《题化城寺新公清风亭用李白原韵》《舟次新林先寄府尹安中尚书用李白寄杨江宁韵二首》《将游宣城先寄贾太守侍御用李白寄崔侍御韵》等;有的是直接引用李白诗句,如"信道相看两不厌,古来只有敬亭山""长吟李白蜀道难,蜀道之难难于上青天。长蛇并猛虎,杀人吮血毒气何腥膻。锦城虽乐不可到,侧身西望泣涕空涟涟"③。明末清初的屈大均,直言自己热爱李白,以之为师:"仆平生好嗜太白,以太白为师,薰以水沈之香,浣以荼蘼之露,而后取开卷帙。三十年来,非太白不存乎耳目,非太白不留于心思,见于羹墙,形诸梦寐。故所为诗,多有似太白。声音笑貌,具体而微。得其精者于神明,得其粗才旦字句。全用之不嫌其全,半用之不嫌其半。……仆之心亦甚光明,天下之人皆见不以为非。即使太白复生,亦当掀髯大笑,以仆为肖子肖孙。"他还特意将自己的诗作与李白诗相对照:"如太白云:'吾心似秋月,碧潭光皎洁。'仆则云'吾心皎皎如秋月,光映澄潭无可说。'太白云:'愁随一片月,挂在九华松。'仆则云:'我

---

① 郝润华《从"效李白体四十七首"看李梦阳对李白的接受》,《首都师范大学学报》,2016年第5期。

② 《宋史·郭祥正传》(卷444)第1488页,上海古籍出版社,1986年。

③ 〔宋〕郭祥正《忆敬亭山作》《蜀道难篇送别府尹吴龙图》;《文渊阁四库全书》第1116册第654、657页,台湾商务印书馆,1986年。

有罗浮月,长悬四百峰'之类,使天下之人皆知仆之诗本是太白,以与太白并称,斯人之力也,仆之幸也。"①如此直白地表明自己与李白的密切关系,可见其对李白情感之深厚。另如南宋潘紫岩,被人们称为"太白、子瞻后身"(南宋·牟巘《潘善甫诗序》);金代李经,被称为"今世太白"(〔金〕刘祁《归潜志》卷1);清代的黄景仁,"七古绝似李白"(清·袁枚《哭黄仲则》)。这些人都是仰慕李白其人、学习李白之诗的典型代表。

借鉴李白诗歌,还有一种方式,可称为异态借鉴,典型的例子是针对李白《蜀道难》而作的《蜀道易》。《蜀道易》的作者是中唐时期的陆畅(活动于宪宗朝前后),与陆畅同时的韦绚(801—866年?)在其《刘宾客嘉话录》中记述如是:"陆畅尝谒韦皋,作《蜀道易》一首,句曰:'蜀道易,易于履平地。'皋大喜,赠罗八百匹。……《蜀道难》,李白罪严武作也,畅感韦之遇,遂反其词焉。"②晚唐李绰《尚书故实》所录,与这段文字几乎全同(一说《刘宾客嘉话录》所录为伪托)。《新唐书·韦皋传》亦载录此事:"(陆)畅字达夫,皋雅所厚礼。始,天宝时,李白为《蜀道难》篇以斥严武,畅更为《蜀道易》以美皋焉。"③可见此事非虚。记述陆畅作《蜀道易》之事的典籍,自唐至明清不绝如缕(如宋代《太平广记》《唐诗纪事》、明代《蜀中广记》、清代《日知录》《钦定续通志》等),并且引发相关作品的出现。明代方孝孺《蜀道易有序》云:"唐李白作《蜀道难》,以讥刺帅之酷虐。厥后韦皋治蜀,陆畅反其名作《蜀道易》以美之,今其词不传。伏惟今天子以大圣御极,殿下以睿哲之姿为蜀神明主,临国以来施惠政、崇文教,中外同声称颂。西方万里之外,水浮陆走,无有寇盗;商贾骈集,如赴乡闾。蜀道之易,于斯为至矣。臣才虽不敢望白,而所遇之时,白不敢望臣也。因奉教作《蜀道易》一篇,以述圣上及贤王之德名,虽袭畅而词无溢美,颇谓过之。美矣哉!西蜀之难,何今易而昔难?陆有重岩峻岭万仞镜天之险阁,水有砯雷掣电悬流怒吼之江关。……今逢天子圣贤王之德,世所钦。文教洽飞动,风俗无邪淫;屠夫弱妇怀千金,悍吏熟视不敢侵。蜀道之易谅在此,咄

---

① 〔清〕屈大均《复石濂书》:《屈大均全集》(第三册)第486页,人民文学出版社,1996年。
② 〔唐〕韦绚《刘宾客嘉话录》:《唐五代笔记小说大观》第800页,上海古籍出版社,2000年。
③ 《新唐书》(卷158)第520页,上海古籍出版社,1986年。

尔四方来者,不惮山高江水深!"① 通过方孝孺的"序",可知这首《蜀道易》是奉命之作,用以歌颂圣君贤王治理蜀地的功绩,诗中的文字也确为溢美之词,与陆畅《蜀道易》赞美韦绚的创作意旨是一致的。元代耶律铸《蜀道有难易》(并序)云:"李白作《蜀道难》以罪严武,后陆畅感韦皋之遇,作《蜀道易》云:'蜀道易,易于践平地。'戊午秋余入蜀,漫天岭阻雨。次秋回至此岭带雨。因二公之作,为赋《蜀道有难易》云:'有言蜀道难,有说蜀道易。难于上青天,易于践平地。说易有所媚,说难有所激。……行路之难,难于上青天。蜀道之难,若比行路是平地。出处虽然全在人,世路不能无险易。长途岂可比青天,誓铲漫天作平地。'"② 耶律铸根据自己在蜀地的亲身感受,将"蜀道"与人生之路相联系,得出有"难"有"易"的结论,可谓综合了李白与陆畅诗歌的意旨且有所引发。另有作者的诗题并未出现"蜀道难"或"蜀道易"的字眼,而是将其置于正文之内。宋代楼钥《送王仲矜倅兴元》云:"蜀道难难于上青天,蜀道易易于履平地。蜀山天险固自若,视难为易在人尔。"③ 明代邱濬《重编琼台稿》(卷6)《行路难》:"蜀道难,难于上青天。蜀道易,易于履平地。行路难,不在水,不在山,只在人情反复间。"④ 就是将"蜀道"的"难、易"写入诗中的例证。毫无疑问,从陆畅、方孝孺到楼钥和邱濬的作品,都缘起于李白《蜀道难》。他们的创作,或"反其名称及意义",或"融其名称及意义"而成,都是借鉴李白的成果,这种有别于常的做法,可以视之为"异态借鉴"。

4. 编辑作品

诗歌作品的流传,大致可分为两个指向。一是横向,即作品产生当世的传播;二是纵向,即作品延及后世的传播。能够实现真正的(大范围、长时间)传播,首要条件是作品确为佳作,为受众所喜爱,同时也在于作者及编者的精心保存与整理。李白的诗歌,从皇宫、士林到民间

---

① 〔明〕方孝孺《逊志斋集》(卷24)《蜀道易有序》:《文渊阁四库全书》第1235册第697-698页,台湾商务印书馆,1986年。
② 〔元〕耶律铸《双溪醉隐集》(卷2)《蜀道有难易》(并序):《文渊阁四库全书》第1199册第400-401页,台湾商务印书馆,1986年。
③ 〔宋〕楼钥《攻媿集》(卷1)《送王仲矜倅兴元》:《文渊阁四库全书》第1152册第279页,台湾商务印书馆,1986年。
④ 〔明〕邱濬《重编琼台稿》(卷6)《行路难》:《文渊阁四库全书》第1248册第116页,台湾商务印书馆,1986年。

均声名显赫，广为流传。晚唐任华诗中写道："见说往年在翰林，胸中矛戟何森森。新诗传在宫人口，佳句不离明主心。"①可见当时其诗歌接受之盛况。与此同时，李白也注意自己诗歌作品的保存与编辑事宜。天宝十三载（754），李白在金陵与友人魏颢相见，"因尽出其文，命颢为集"（《魏颢《李翰林集序》》）；乾元二年（759），他遇赦返至江夏时，遇到僧人贞倩，将"平生述作，罄其草而授之"（李白《江夏送倩公归汉东序》）；到了临终之时，他又将所作"草稿万卷，手集未修，枕上授简"于族叔李阳冰（李阳冰《草堂集序》），求其"为序"（整理出版）②。虽然经过战乱流离，李白作品遗失多多，但自其身后不久，编辑出版之工作仍然得以开展、延续下去。

最早结成的李白作品集，是李阳冰编的《草堂集》；唐宪宗元和年间，范传正编成《李白文集》（二十卷）。北宋初年，乐史编成《李翰林别集》；宋敏求在乐史所编基础上，编为《李太白文集》，这是传世最早的李白诗文集。自宋代以降，比较重要的李白作品集有：宋蜀本（《李太白文集》）、咸淳本（《李翰林集》），元代萧士赟本（《分类补注李太白诗》），明代解州刊本（《分类李太白诗》）、胡震亨本（《李诗通》）、缪本（缪曰芑影宋刻本《李翰林集》），清代王琦本（《李太白文集辑注》）。当代编辑出版的李白集，主要包括：瞿蜕园、朱金城《李白集校注》（上海古籍出版社，1980年）、詹锳主编《李白全集校注汇释集评》（百花文艺出版社，1996年）、安旗主编《李白全集编年笺注》（中华书局，2015年）。此外，台湾陈宗贤《李太白诗述评》（台湾商务印书馆，1980年）、日本大野实之助《李太白诗歌全解》（早稻田大学出版社，1980年），也是较为知名的李白作品集。

除了李白作品的"合集"（全集），历代也编辑了多种"选集"。最早选录李白诗歌的是《河岳英灵集》，选编者为李白同时代的殷璠，此集所选皆为活动于唐玄宗开元、天宝年间的诗人，共收入 24 位诗人的作品 234 首，其中李白诗 13 首，包括《蜀道难》《行路难》《将进酒》《梦游天姥山别东鲁诸公》（《梦游天姥吟留别》）等作品；唐末韦庄选编《又玄集》收录李白诗 4 首，包括《蜀道难》《长相思》《金陵西楼月下吟》《古

---

① 〔唐〕任华《寄李白》：《全唐诗》第 2902 页，中华书局，1960 年。
② 此处三则引文，见《李太白全集》第 1701、1497、1695 页，中华书局，2015 年。

意》(《南陵别儿童入京》);后蜀韦縠《才调集》收录李白诗28首,如《长干行》《长相思》《白头吟》《宫中行乐词》(八首选五)等。这三部"唐人选唐诗"的诗集,选择视角各不相同,大体上涵盖了李白古体诗的基本题材。以李白之名独自而成的作品选集,古代较为知名者有:元代范德机《李翰林诗》(四卷),明代张含《李诗选》(十卷)、朱谏《李诗选注》(十三卷)、梅鼎祚《李诗钞评》(四卷)、汪瑗《李白五言辨律》(一卷),清代应时《李诗纬》(四卷)、沈寅《李诗直解》(六卷)等。现当代国内出版的李白诗歌选本,多达数十种,如:胡云翼《李白诗选》(上海亚细亚书局,1932年)、舒芜《李白诗选》(人民文学出版社,1954年)、复旦大学古典文学教研组《李白诗选》(人民文学出版社,1961年)、安旗《李白诗新笺》(中州书画社,1983年)、马千里《李白诗选》(香港三联书店,1983年)、裴斐《李白诗歌赏析集》(巴蜀书社,1988年)、刘开扬《李白诗选注》(上海古籍出版社,1989年)、郁贤皓《李白选集》(上海古籍出版社,1990年)、詹锳等《李白诗选译》(巴蜀书社,1991年)、薛天纬《李白诗选》(人民文学出版社,2017年)等。此外,我国台湾省及日本、韩国均有李白诗歌选本,英语的李白选本,也有多种版本行世[1]。

  詹锳先生对李白作品的结集及刊刻流传情况,进行了深入研究与梳理,并就古代的结集情况作出评价:"论李集之繁富,必归功于宋敏求,然其真伪杂陈,亦自敏求始。宋氏以前各本俱已失传,居今之世而欲辨李诗之真伪实难言矣。若夫李诗编次,则分类出于敏求,考次出于曾巩,而分体出明人之手。宋氏分类碎杂无足观,明人分体亦一时风气所趋,居功多者当以南丰曾氏为最。惜其用力尚未深至,仅寓先后于各类之中,而未能通体为之编年。……今传李集各本实无善者。不得已而求其次,则好古当取缪本,求解当取王本。"[2]虽然古今编辑的李白集("全集"及"选集")或多或少存在一些问题,但自李白生活之时起的学者,代代承传地精心编辑李白作品,为李白其人其作的传播与弘扬发挥了重要作用,也是其文学效应的体现。

---

[1] 此处有关李白作品的版本流传等内容,请参见詹锳《〈李白集〉版本源流考》:《李白全集校注汇释集评》第4537-4672页,百花文艺出版社,1996年。

[2] 詹锳《李太白集板本叙录》:《李白诗论丛》第12页,人民文学出版社,1984年。

（二）人格效应

不同于大多数诗人主要以诗作名世，李白的性格人品、言行举止等，也是人们关注之点，重视程度甚至不亚于对待其诗歌。尤其是李白的精神气质和言行表现，更是令人真诚钦佩、感慨系之。

1. 精神气质：由衷赞叹

在盛唐著名诗人之中，高适、杜甫与李白最为相知。他们曾经一起登高览胜、饮酒赋诗，二人对李白赞许有加。高适认为，李白具有英雄气质："李侯怀英雄，肮脏（高亢刚直貌）乃天资。方寸且无间，衣冠当在斯。"① 杜甫创作与李白直接相关的诗歌共计15首，在赞美其诗的同时，更多的是对其人的称道，所谓"剧谈怜野逸，嗜酒见天真。醉舞梁园夜，行歌泗水春"等②，充满了对李白才情气格的钦敬之情。至于"世人皆欲杀，吾意独怜才"③，更是表现出杜甫不为世俗所动，一如既往地相信、热爱李白的意志，可知李白在杜甫心目中地位之重要。

在李白身后，其精神气质仍具有很大的感召力。晚唐诗人杜荀鹤《经青山吊李翰林》："何为先生死，先生道日新。青山明月夜，千古一诗人。天地空销骨，声名不傍身。谁移耒阳冢，来此作吟邻。"④ 此中的"道日新"，所指为思想意志；"千古一诗人"，重在说明李白卓立无两、真正的诗人气质。因为写诗的人、被称为诗人的人很多，而具备纯粹诗人气质的人，则少之又少。

北宋刘攽个性鲜明，他学问很好、脾气很大，但对李白十分亲近："群居笑李白，独与影裴回。愿言常相亲，无使手停杯。"⑤ 以至于人们认为他与李白"为似"（见其《题李白祠》诗）。刘攽与李白"相亲、为似"，并非因为诗歌（刘攽诗歌知名度不高），而是因为性格气质相侔。与苏轼、秦观等人交好的李之仪，甚至与李白攀附"本家"，对其盛赞："吾家谪仙应已朽，采石风流谁可后？却恐骑鲸下紫霄，斯人岂是人间

---

① 〔唐〕高适《宋中别周梁李三子》：《高适诗集编年笺注》第131页，中华书局，1981年。
② 〔唐〕杜甫《寄李十二白二十韵》：《杜诗镜铨》第282页，上海古籍出版社，1980年。
③ 〔唐〕杜甫《不见》：《杜诗镜铨》第373页，上海古籍出版社，1980年。
④ 《全唐诗》第7942页，中华书局，1960年。
⑤ 〔宋〕刘攽《彭城集》（卷4）《次韵以道月中作》：《文渊阁四库全书》第1096册第32页，台湾商务印书馆，1986年。

有!"① "采石风流"指李白通脱放逸、雅致潇洒的格范。黄庭坚是北宋"江西诗派"的创始人,其在诗坛的影响力极大。人们大多知其与杜甫关系密切(江西诗派的"一祖三宗"中的"一祖"是杜甫,黄庭坚是"三宗"之首),实际上他对李白也十分推崇。黄庭坚敬重苏轼,将其与李白并称为"谪仙"(《次苏子瞻和李太白浔阳紫极宫感秋诗韵追怀太白子瞻》);他认为"李白歌诗,度越六代,与汉魏乐府争衡"②;他创作的三首《竹枝词》(《梦李白诵竹枝词三叠》),甚至是李白在梦中亲授而成:"余既作竹枝词,夜宿歌罗驿,梦李白相见于山间。曰:'予往谪夜郎,于此闻杜鹃,作《竹枝词》三叠,世传之不?'予细忆集中无有,请三诵,乃得之。"③从中可知黄庭坚与李白心意相通之情状。有人曾以《太白胸次》为题,赞之曰:"士之所尚,忠义气节,不以摘词摘句为胜。唐室宦官用事,呼吸之间,生杀随之。李太白以天挺之才,自结明主,意有所疾,杀身不顾。"④李白这种嫉恶如仇、不吐不快、无视利害的品性,确非常人所及。

对李白人格评价最为贴切的,当是南宋王绶《暮云亭记》所言:"太白声名,在天地间,犹青天白日、凤凰芝草,孰不知为美瑞,何待骚人墨客始知敬耶!又世之论太白者,徒知锦绣心口、明月肺肠、才思清新、歌词婉丽,独步当时,然此余事耳。方高力士骤贵,公卿大夫争相取容,惴惴然恐失其意,而太白使脱靴殿上,奴视弗顾,可谓气盖天下矣!士以气为主,脂韦娬熟,胁肩谄笑,同流合污者,气之不足也。富贵不能淫,威武不能屈,称大丈夫者,气之所充也。使太白得时行志,寄命托孤,临大节而不可夺,非斯人吾谁与!昔毕文简公以王佐期之,岂过论哉!晚岁脱屣轩冕,纵情诗酒,乐天知命,遗形释智,澹乎若深渊之靓,泛乎若不系之舟,飘然超世之志,曾不以死生动其心,未可以清狂少之也。"⑤他认为李白的"声名"并非来自"才思清新、歌词婉丽"的作品,

---

①〔宋〕李之仪《姑溪居士后集》(卷2)《送李仲益及第调濠州司户还钱塘》:《文渊阁四库全书》第1120册第635页,台湾商务印书馆,1986年。

②〔宋〕黄庭坚《答黎晦叔书》:《宋诗话全编·黄庭坚诗话》第957页,凤凰出版社,1998年。

③〔宋〕任渊《山谷内集诗注》(卷12)《梦李白诵竹枝词三叠·序》:《文渊阁四库全书》第1114册第148页,台湾商务印书馆,1986年。

④〔宋〕何薳《春渚纪闻》(卷6):《宋元笔记小说大观》(三)第2419页,上海古籍出版社,2001年。

⑤〔宋〕王绶《暮云亭记》:《李太白全集》第1905页,中华书局,2015年。

而主要缘自"气盖天下"的"大丈夫"节操品格。

2. **处世行为：真诚钦佩**

一个人内在的精神境界、思想意识、品格性情，通常在其外在表现中体现。李白的言谈举止乃至相貌仪态，尽皆展示出其人格品性。

崔宗之与李白是情投意合的好友，在他的眼中，李白知识丰富（哲学——清论玄谈/历史——楚汉事/政术——王霸道）、言语幽默（抵掌——绝倒）、气质脱俗（担囊无俗物）、侠士品格（袖有匕首剑）、相貌独特（双眸光照人）、才艺超群（弦素琴），是一位形神兼备、文武双全的奇才①。任华对李白十分钦佩，不仅叹服其超卓诗才，更欣赏其"傲岸"特立的性情展现："或醉中操纸，或兴来走笔，手下忽然片云飞，眼前划见孤峰出。……身骑天马多意气，目送飞鸿对豪贵。承恩召入凡几回，待诏归来仍半醉。权臣妒盛名，群犬多吠声，有敕放君却归隐沦处，高歌大笑出关去。且向东山为外臣，诸侯交迓驰朱轮。白璧一双买交者，黄金百镒相知人。平生傲岸，其志不可测。数十年为客，未尝一日低颜色。"②李华为李白所作墓志中，认为李白具备"安物""济难"的仁义之心、辨明事理的渊博知识、宣示志向的诗文佳作，可以"为王师""伯（霸）友"、亦可"经俗"，是一位不可多得的全才。"虽曰死矣，吾不谓其亡矣也。"③魏颢在《李翰林集序》中记述了李白的生平经历、创作才华、家庭状况等，对其相貌品性的形容极为传神："眸子炯然，哆如饿虎，或时束带，风流酝籍。曾受道箓于齐，有青绮冠帔一副。少任侠，手刃数人。与友自荆徂扬，路亡权窆，回棹方暑，亡友糜溃，白收其骨，江路而舟。又长揖韩荆州，荆州延饮，白误拜，韩让之，白曰：酒以成礼。荆州大悦。……骏马美妾，所适二千石郊迎，饮数斗醉，则奴丹砂抚《青海波》，满堂不乐，白宰酒则乐。"④刘全白也说李白："性倜傥，好纵横术。善赋诗，才调逸迈，往往兴会属词，恐古人之善诗者亦不逮，尤工

---

① 崔宗之《赠李十二白》："凉风八九月，白露满空庭。耿耿意不畅，捎捎闻叶声。思见雄俊士，共话今古情。李侯忽来仪，把袂苦不早。清论既抵掌，玄谈又绝倒。分明楚汉事，历历王霸道。担囊无俗物，访古千里余。袖有匕首剑，怀中茂陵书。双眸光照人，词赋凌子虚。酌酒弦素琴，霜气正凝洁。平生心中事，今日为君说。我家有别业，寄在嵩之阳。明月出高岑，清溪澄素光。云散窗户静，风吹松桂香。子若同斯游，千载不相忘。"载《全唐诗》第2905-2906页，中华书局，1960年。
② 〔唐〕任华《寄李白》：《全唐诗》第2902页，中华书局，1960年。
③ 〔唐〕李华《故翰林学士李君墓志》（并序）：《李太白全集》第1710页，中华书局，2015年。
④ 〔唐〕魏颢《李翰林集序》：《李太白全集》第1699页，中华书局，2015年。

古歌。少任侠，不事产业，名闻京师。天宝初，玄宗辟翰林待诏，……欲以纶诰之任委之。同列者所谤，诏令归山。遂浪迹天下，以诗酒自适。又志尚道术，谓神仙可致，不求小官，以当世之务自负。"①范传正作《唐左拾遗翰林学士李公新墓碑》（并序），将李白喻指为"价重千金"的"骐骥"、"势欲摩穹昊"的"大鹏"，以独特性格而知名于世："少以侠自任，而门多长者车。常欲一鸣惊人，一飞冲天，彼渐陆迁乔，皆不能也。由是慷慨自负，不拘常调，器度弘大，声闻于天。"也因超卓的才华为玄宗赏识："天宝初，召见于金銮殿，玄宗明皇帝降辇步迎，如见园、绮。论当世务，草答蕃书，辩如悬河，笔不停缀。玄宗嘉之，以宝床方丈赐食于前，御手和羹，德音褒美。褐衣恩遇，前无比俦。遂直翰林，专掌密命。"遭谗放还之后，个性更加尽情释放："脱屣轩冕，释羁缰锁，因肆情性，大放宇宙间。饮酒非嗜其酣乐，取其昏以自富。作诗非事于文律，取其吟以自适。好神仙非慕其轻举，将不可求之事求之。……偶乘扁舟，一日千里，或遇胜境，终年不移。长江远山，一泉一石，无往而不自得也。"②文末的铭文，概括了李白的人格品性，并指出其追求适宜自然的行为特征。

上述几位人士，或是李白好友，或为李白编辑作品，对李白做出正面（有些不免夸饰）评价，给予了热情赞誉。他们对李白的这些记述评价，得到很多的正向呼应。晚唐的张祜非常喜欢李白，他在《梦李白》中写道："我爱李峨嵋，梦寻寻不见。忽闻海上骑鹤人，云白正陪王母宴。须臾不醉下碧虚，摇头逆浪鞭赤鱼。回眸四顾飞走类，若噴元气多终诸。问余曰张祜，尔则狂者否？……高声叫李白，为尔开玄关。天明梦觉白亦去，兀兀此身天地间。"③其中大量篇幅记述李白入京遇贺知章、布衣身份面见玄宗、脱靴羞辱高力士等"高光"时刻，表达了自己与之为同道的心愿。

北宋的曾巩为人执中平正，对李白十分敬重，其诗《谒李白墓》有"世间遗草三千首，林下荒坟二百年。信矣辉光争日月，依然精爽动山川"

---

① 〔唐〕刘全白《唐故翰林学士李君碣记》：《李太白全集》第1711页，中华书局，2015年。
② 〔唐〕范传正《唐左拾遗翰林学士李公新墓碑》（并序）：《李太白全集》第1714页，中华书局，2015年。
③ 〔唐〕张祜《梦李白》：《全唐诗补编》第221页，中华书局，1992年。

之句①。诗中的"精爽",指李白的精神风貌。他用尽心力为李白诗歌编辑成集,并在《李白诗集后序》认为:"明皇在蜀,永王璘节度东南,白时卧庐山,璘迫致之。"②力辩李白"从璘"并非自愿。王安石是北宋著名政治家,他在《谢公墩》《和王微之秋浦齐山感李太白杜牧之》等诗中,肯定了李白豪放俊逸的品格与诗风,并且以"棲棲孔孟葬鲁邹,后始卓荦称轲丘。圣贤与命相盾矛,势欲强违诚无由。诗人况又多穷愁,李杜亦不为公侯"之语③,将李杜与孔孟并列,对其未能实现政治抱负深表同情。

北宋末的名臣李纲创作多首诗词称颂李白,《读李白集戏用奴字韵》称其"英豪盖一世",《读四家诗选四首》(并序)称其为"有凌云之志"的"诗杰",《太白》称其为君王的"僚友"、游历人间的"天人"。他专门参观与祭拜李白的遗迹祠堂(见《题弄水亭》《游五松山观李太白祠堂》诗),并且"醉著宫锦袍",摹仿李白乘舟泛江而行(《自鄱阳泛江至星子》)。他还作有一首《水调歌头·李太白画像》,直言"太白乃吾祖,逸气薄青云"④,对这位李氏前辈品性神采给予了真诚的赞美。

自宋以后的诗文名家多有以李白为范者,如宋代苏轼和陆游、金元时期赵秉文、明代高启、清代黄景仁,其中很大程度是对李白人格的欣赏。

除了文人学士,僧人也对李白赞誉有加,晚唐诗僧贯休写道:"常思李太白,仙笔驱造化。玄宗致之七宝床,虎殿龙楼无不可。一朝力士脱靴后,玉上青蝇生一个。紫皇案前五色鳞,忽然掣断黄金锁。五湖大浪如银山,满船载酒挝鼓过。贺老成异物,颠狂谁敢和。宁知江边坟,不是犹醉卧。"⑤所列"七宝床""脱靴""满船载酒""醉卧"等,都与李白日常行为相关。

出于对李白的敬重叹服,有的人干脆将自己或他人与李白相比附。中唐薛能直言:"我若身在开元日,争遣名为李翰林。"⑥晚唐徐夤将自己的画像与李白对比:"写得衰容似十分,闲开僧舍静时悬。瘦于南国从

---

① 〔宋〕曾巩《谒李白墓》:《宋诗话全编》第345页,凤凰出版社,1998年。
② 〔宋〕曾巩《李白诗集后序》:《唐宋八大家散文总集》第3018页,河北人民出版社,1995年。
③ 〔宋〕王安石《哭梅圣俞》:《王文公文集》(卷44)第519页,上海人民出版社,1974年。
④ 〔宋〕李纲《水调歌头·李太白画像》:《御选历代诗余》(卷59),《文渊阁四库全书》第1492册第381页,台湾商务印书馆,1986年。
⑤ 〔唐〕贯休《古意九首》(其八):《全唐诗》第9308页,中华书局,1960年。
⑥ 〔唐〕薛能《寄符郎中》:《全唐诗》第6521页,中华书局,1960年。

军日,老却东堂射策年。潭底看身宁有异,镜中引影更无偏。借将前辈真仪比,未愧金銮李谪仙。"① 中唐赵嘏有"杨乘歌篇李白身"之诗句(《成名年献座主仆射兼呈同年》),用以称誉友人杨乘的诗歌,认为具有李白的风范。姚合对张籍推崇备至,说他"古风无敌手,新语是人知。……李白应先拜,刘桢必自疑"②,可见已将张籍置于李白之上的位置。如此直白地与李白相比,需要极大的自信与胆量,因而更多的人表达出与李白相期相会之愿望。晚唐处士张孜对李白十分仰慕,以至在梦中与李白相会:"上天知我忆其人,使向人间梦中见。"③ 北宋著名诗人梅尧臣《寄许越州》诗有"唯有李白诗,酒船芙蓉香。安得效白也,赆载借馀艎。与君同醉翁,智虑收肚肠"④。宋代李若水在其《杂诗六首》(其五)写道:"得酒袖自举,赏此一段奇。人生贵行乐,戚戚竟何为。君看李太白,高风谢尘羁。"表达了以李白人生方式为榜样,期待"吾欲从之游"的真诚心愿⑤。宋代王之道《追和元微之春余遣兴示王觉民》有言:"狂吟醉题壁,纵步懒扶杖。仰止李谪仙,笔端走群象。"⑥ 诸如此类仰慕李白、以之为榜样的作品,在后世文人的作品中数量非常之多。

3. 平生事迹:着力弘扬

李白的创作以诗歌著称,其身份属于文人。但是,由于超越尘俗的品格行为,他成为社会各阶层关注的重点人物;正史、杂传、诗文、戏剧、小说乃至民间故事,塑造出形态各异的李白形象。正史:《旧唐书》和《新唐书》均专设《李白传》,对李白的记述较为详细,其内容可信性较高。笔记(杂传):唐五代的《刘宾客嘉话录》《尚书故实》《开元天宝遗事》及宋代的《北梦琐言》《唐诗纪事》等,多记李白之事。小说:传统的小说与笔记文体最为接近,甚至将二者合称为"笔记小说"。与笔记的记实或虚实相间不同,小说是以虚构为主的文学形式。唐宋时期的传

---

① 〔唐〕徐夤《咏写真》:《全唐诗》第 8162 页,中华书局,1960 年。
② 〔唐〕姚合《赠张籍太祝》:《全唐诗》第 5651 页,中华书局,1960 年。
③ 〔唐〕张孜《纪梦句》:《全唐诗》第 9840 页,中华书局,1960 年。
④ 〔宋〕梅尧臣《宛陵集》(卷 50)《寄许越州》:《文渊阁四库全书》第 1099 册第 361 页,台湾商务印书馆,1986 年。
⑤ 〔宋〕李若水《忠愍集》(卷 2)《杂诗六首》(其五):《文渊阁四库全书》第 1124 册第 677 页,台湾商务印书馆,1986 年。
⑥ 〔宋〕王之道《相山集》(卷 2)《追和元微之春余遣兴示王觉民》:《文渊阁四库全书》第 1132 册第 531 页,台湾商务印书馆,1986 年。

奇小说，已然出现了李白。明代白话小说盛行，代表作品是"三言二拍"，其中也有李白的形象。清代的《红楼梦》及《聊斋志异》（如《白秋练》）均曾提及李白。戏剧：中国戏剧的真正定型，是元朝时期的杂剧。元杂剧中以李白为主角的戏剧有两部：王伯成《李太白贬夜郎》、乔吉《李太白匹配金钱记》；出现李白形象的戏剧，包括《吕洞宾三醉岳阳楼》《陶学士醉写风光好》《苏子瞻风雪贬黄州》等八部。戏剧是雅俗共赏、普及程度最广的艺术形式，能够多次出现李白的形象，可见其影响之大。直到今日，以李白为形象的戏剧及影视剧目仍不断出现。民间故事传说：关于李白的故事，民间流传极多，其中不乏经由文人整理而记录者。例如北南宋之交的朱胜非《绀珠集》，其中《七宝杯酌葡萄酒》《梦笔花》《粲花论》《醉圣》《宫嫔呵笔》《宠姐隔障歌》《太白入月》《诗可泣鬼神》等，南宋祝穆《搔首集》（《古今事文类聚》前集）所录《登落雁峰》《召见金銮》《天星孕秀》（母梦长庚星）《不告姓名》（骑驴过县）《力士脱靴》《锦袍坐船中》《梦笔生花》《宫嫔呵笔》等，皆为人所详知的故事，也是历代笔记小说反复记述者。李白的出生、成婚、久居、逝世之地，更是其故事流传的重镇，至今仍然不断传播（参见蒋志《走进李白故里》、王义功《诗仙碧山情——画说李白在安陆》、武秀《李白在兖州》等）。

　　李白为人们称道且历久不衰，源自其人格与文才魅力。范传正说他："卧必酒瓮，行惟酒船。吟风咏月，席地幕天。但贵乎适其所适，不知夫所以然而然。"[①] 明代汪道也说："白以布衣应召，玄宗降辇步迎，甚者授七宝床，馈方丈食，亡论已。乃若承宣被酒，扶掖登舟，草《吓蛮书》则贵妃、力士为之供役；赋《清平调》则千载而下为之伏膺。夫非巍巍者邪？夫非赫赫者耶？一何藐也。寻以胁从连坐，出九死而进殊方，蓬累自如，视夜郎犹采地耳。"这种"得之自是，不得自是""以任放终身"的人生取向[②]，确实为绝大多数人所不及。清代赵翼认为，李白形貌、行为及诗才皆异于常人："李青莲自是仙灵降生，司马子微一见，即谓其'有仙风道骨，可与游八极之表'。贺知章一见，亦呼为'谪仙人'。放还山后，

---

① 〔唐〕范传正《唐左拾遗翰林学士李公新墓碑》（并序）：《李太白全集》第1713页，中华书局，2015年。
② 〔明〕汪道昆《重修采石太白祠碑》：《李白资料汇编》（金元明清之部），第329页，中华书局，1994年。

陈留采访使李彦允为请于北海高天师授道箓。其神采必有迥异乎常人者。诗之不可及处,在乎神识超迈,飘然而来,忽然而去,不屑屑于雕章琢句,亦不劳劳于镂心刻骨,自有天马行空,不可羁勒之势。……此仙与人之别也。"① 由于常人不及的品性才学,从而成为人们赞叹仰慕的对象。

李白天真随性、平易实诚、酣畅放纵、充满自信、遇挫不折的人格品性及其精神风貌与现实表现,在华夏大地上是极为稀缺的。绝大多数人不能、不敢像李白那样充满自信、胸怀坦荡、直白外露地表明心迹、付诸生活实践。但是,李白的表现,确是众多人理想中的自己,他们"虽不能至"而"心向往之"。这就是李白受到人们持续爱戴的真正原因。

(三)实用效应

李白一生,长期漫游,经行大江南北,留下了大量歌吟题咏之作、宴饮登临之迹,成为极其丰富且颇具价值的遗产。历代朝廷官方、士绅文人、商贾行业乃至普通民众,出于自己的目的,对与李白相关的作品、实物及传说附会之材料,均大力搜集、保护与宣传。具体而言,包括修葺旧址遗存、修建纪念楼宇、搜求艺术作品、托名制造商品等。这些工作及成果,均可归之于李白产生的"实用"效应。

1. 保护旧址遗存

对李白遗产的关注与保护,在其去世之后即已开始。除了编辑其诗文作品之外,重点是其丧葬的墓地。李白晚年寄寓于担任当涂县令的李阳冰,身死之后便葬于此地。李白以诗名著称于世,而且曾经入朝任职翰林,因而得到士林及官方的重视。李白去世不久,著名文人李华为其作《故翰林学士李君墓志》(并序);李白离世 29 年后(唐德宗贞元六年,即 790 年),刘全白撰写《唐故翰林学士李君碣记》;此后,担任宣歙池等州观察使的范传正作《唐左拾遗翰林学士李公新墓碑》(并序),职司秘书省校书郎的裴敬作《翰林学士李公墓碑》。刘全白、范传正和裴敬都亲临李白墓地祭拜,参与对墓地的修整工作。关于李白墓地的情况,宋代程大昌的记述较为详细:"采石江之南岸田畈间有墓,世传为李白葬所,累甓围之,其坟略可高三尺许。前有小祠堂,甚草草,中绘白像,布袍,裹软脚幞头,不知其传真否也。白尝供奉翰林,终不得官,则所

---

① 〔清〕赵翼《瓯北诗话》(卷1):《清诗话续编》第 1139 页,上海古籍出版社,1983 年。

衣白袍是矣。范传正作白《碑》曰：白之孙女言曰：'尝殡龙山之东麓，坟高三尺。'传正时为宣歙观察使，谕当涂令诸葛纵改葬于青山，则在旧瘗之东六里矣。其时元和十二年也。然则龙山、青山两地，皆著白坟，亦有实矣。"①经过修葺的李白墓地，成为人们（特别是文人）的观览祭拜之处，前往的文人墨客多有抒情感怀的诗文作品。最早以李白墓为诗题者，是中唐大诗人白居易的《李白墓》："采石江边李白坟，绕田无限草连云。可怜荒垄穷泉骨，曾有惊天动地文。但是诗人多薄命，就中沦落不过君。"②他对李白的遭遇寄予了无限的同情。此后项斯的《经李白墓》、晚唐许浑《途经李白墓》和殷文圭《经李翰林墓》，都是作者亲临李白墓创作的诗歌。宋代苏轼《李太白碑阴记》、曾巩《代人祭李白文》，明代方孝孺《吊李白》、丘浚《过采石吊李谪仙》等，也都是祭奠纪念李白之作。至于标题中虽未明示李白但在行文中包含李白坟墓、纪念李白其人的诗文，如晚唐杜荀鹤《哭陈陶》："耒阳山下伤工部，采石江边吊翰林。两地孤坟各三尺，却曾开解哭君心。"③此类作品的数量更是多多。

　　李白的故乡是现今江油市青莲镇。人们对其故乡关注的时间，较其墓葬地为晚。宋代杨遂《李太白故宅记》写道："先生旧宅在清廉乡，后往戴天山读书，今旧宅已为浮屠者居之。仆少览先生之文，每为太息。辛卯（宋太宗淳化二年，即991年），谪莅斯邑，因暇披莽挈侣来寻。……为铭勒石，置之金田。"④据清代《同治彰明县志·艺文上》收录此文的"附注"，杨遂时任水部员外郎，此文是在"淳化五年（994）正月八日"撰写、与彰明县尉主簿事马国祥同题，碑刻在当时（同治年间）仍存且"字迹尚显"⑤。可见，杨遂大概是关注李白故宅、真正亲临其地、最早为之撰文树碑的人。李白故宅及故乡的相关遗存，随之也得到了重视。

　　李白居留经行之处，多有被观览纪念者。他在鲁地生活过一段时间，晚唐吴融的七律《题兖州泗河中石床》（载《全唐诗》卷686），标题下自注"李白杜甫皆此饮咏"；他晚年曾经居于庐山屏风叠，晚唐诗人许彬有

---

① 〔宋〕程大昌《演繁露》（卷6）《李白墓》：《文渊阁四库全书》第852册第120页，台湾商务印书馆，1986年。
② 〔唐〕白居易《李白墓》：《白居易集》第281页，岳麓书社，1992年。
③ 〔唐〕杜荀鹤《哭陈陶》：《全唐诗》第7978页，中华书局，1960年。
④ 〔宋〕杨遂《李太白故宅记》：明·周复俊《全蜀艺文志》（卷39），载《文渊阁四库全书》第1381册第540页，台湾商务印书馆，1986年。
⑤ 请见《李白资料汇编》（唐宋之部）第91页，中华书局，2007年。

《经李翰林庐山屏风叠所居》（载《全唐诗》卷678）。可知这些地方在李白身后不久，即成为人们的参访之所。唐末的韦庄创作了《过当涂县》《漳亭驿小樱桃》《焦崖阁》等多首关涉李白行迹的诗歌，抒发了自己经行这些地方的感慨。南宋著名爱国诗人陆游在入蜀途中，特意实地考察李白经行及提及之处，所作《入蜀记》详细记述了"凤凰台、瓦棺阁、三山矶、凌歊台、青山李太白祠堂、天门山、铜官山、九华山、皖公山、天庆观"等与李白相关的情况。南宋学者祝穆对李白事迹的记述也很用心，所著《古今事文类聚》收录"醉中召见""力士脱靴"等近三十则李白故事；特别是其《方舆胜览》一书，将李白经行或作品中提及的地名（如"天姥山""镜湖""姑孰溪"等）约110处予以绍介解说，为读者了解李白、进深研究提供了便利。此外，南宋王象之《舆地纪胜》、明代李贤等人编撰《大明一统志》、清代穆彰阿等人编撰《大清一统志》，对与李白相关涉的地名（经行、提及、纪念性建筑等），都有详细的记述说明。这些记述，对于认知李白遗存旧址的基本情况并进行维护保存，发挥着很大的作用。

2. 修建纪念楼宇

历代记述与李白相关的建筑物极多，这些建筑包括祠堂、亭台楼阁等。极度崇拜李白的北宋诗人郭祥正创作《怀青山草堂》《题姑孰堂》《李白祠堂》等诗，描述自己对当涂县李白纪念堂馆的观感与情意。北宋人韦骧《李白祠堂》诗，对祠堂记述得比较具体："祠堂前临姑熟溪，溪流湛湛清无泥。"标明李白祠堂的坐落；"堂间画像冰玉质，高风爽气何凄凄。"[①]则是夸赞堂内悬挂的李白画像。

李白经行之处也多有纪念建筑。竹溪六逸堂，"在徂徕山西北巉石峰下。唐天宝间，孔巢父、李白、韩准、裴政、张叔明、陶沔隐居于此。有金翰林承旨党怀英撰碑石刻"；太白亭，"在锦江山（四川嘉定州北四十里）之颠，唐李太白尝于此赋诗，宋黄庭坚因以名亭"[②]；捉月亭，北宋李之仪作有《采石三题》诗，其中包括《捉月亭》，可见当时所谓李白投江捉月处，即已建亭为志。大致而言，凡是李白停留之处，一般都会

---

① 〔宋〕韦骧《钱塘集》（卷5）《李白祠堂》：《文渊阁四库全书》第1097册第470页，台湾商务印书馆，1986年。
② 〔明〕李贤等《明一统志》（卷22）《竹溪六逸堂》、（卷72）《太白亭》：《文渊阁四库全书》第472册515页、473册521页，台湾商务印书馆，1986年。

以楼宇亭阁或刻石立碑等予以标志。李白书院"有四：一在贵池县华竹岭；一在青阳县九华山化成寺西，断碑存焉；一在铜陵县五松山；一在石埭县杉山"①。在庐山五老峰、天台山华顶峰等地（见《明一统志》《天台山志》）设有"太白书堂"。

　　李白以好酒著称，以李白命名的酒楼，唐代即已出现。晚唐沈光《李白酒楼记》作于唐懿宗咸通二年（861），记述了自己对任城（山东省济宁市）李白酒楼的观感，其中写道："斯楼也，广不逾数席，瓦坏椽蠹，虽樵儿牧竖过，亦指之曰：'李白'常醉于此矣。"②可知这座狭小且破陋的小酒馆，由于李白的光顾而尽人皆知。此后历代不断保存扩建，今日的济宁市太白酒楼，便是当年"李白酒楼"的后继。由于李白行路万里、流连驻足之处众多，与之相配的纪念性建筑数量非常多，此处不再一一列举。

　　对于为何纪念李白的建筑如此之多，明人邹维琏作过评论："李太白之在唐，可谓流落不偶矣。及其身后，遗迹所在，凭吊珍惜，有若甘棠。是故汉阳则有太白楼，沔阳则有太白湖，江油则有太白台，姑熟、齐鲁之间则有太白祠，而夜郎北碧波山中亦有太白问月亭。……予谓古今重太白，与太白之所以为亭，重者果仅酒与诗而已乎？《清平》三词暗刺玉环，此讽谏也，人主能悟，女戎立消，岂有马嵬之事耶？……呜呼，太白似醉非醉，似狂非狂，有远识，有深心，而又有侠骨，谓为智士可，直臣可，酒仙、诗圣何足尽之哉？"③可见除了酒与诗之外，李白的关心国事、坚贞意志，也是令人敬重与怀念的。

　　我们生活的当今时代，国家和地方政府对与李白相关的堂馆楼宇的维护、增建扩容工作极为重视，其中尤以四川江油、安徽当涂、湖北安陆及山东济宁用力最多、成效最为显著。这些地方不仅对李白的遗迹旧址加以科学维护，加大相关配套工程建设力度，而且充分利用召开专题会议、出版著作或画册、媒体宣传报道、演出影视剧、举办诗歌节等多种形式，全方位地发挥李白的效用，显示李白的巨大影响力。

---

　　①〔明〕李贤等《明一统志》（卷16）：《文渊阁四库全书》第472册第365页，台湾商务印书馆，1986年。

　　②〔清〕董诰《全唐文》（卷802）第3734页，上海古籍出版社，1990年。

　　③〔明〕邹维琏《重修李太白问月亭记》：《李白资料汇编》（金元明清之部）第501页，中华书局，1994年。

3. 搜求法书绘画

李白的书法独具特色，其生前便已颇具声名，在他身后更成为人们争相珍藏的艺术品。为李白作《翰林学士李公墓碑》的裴敬，在文中讲到自己的经历："予尝过当涂，访翰林旧宅。又于浮图寺化城之僧，得翰林自写《访贺监不遇》诗云：'东山无贺老，却棹酒舡回。'味之不足，重之为宝，用献知者。又于历阳郡得翰林《与刘尊师书》一纸，思高笔逸。又尝游上元蒋山寺，见翰林赞志公云：'水中之月，了不可取。刀齐尺量，扇迷陈语。'文简事备，诚为作者。"① 由此可知在晚唐时期，李白的书法已然为收藏者十分看重。宋代董逌《李太白藁》云："藁书，世传李太白遗文，……此书虽少绳墨，不可考以法度，要是轩前轻后，度越陵突，略道心之尘，令人想见酒酣赋诗时也。王僧虔论书，或以其人可想，或以其法可存。世人爱李太白名，至伪书一卷，亦随其名声价增重。"② 此中所记述的藁书（即草书）是否为李白所书，未可确定，但是笔法"轩前轻后，度越陵突"的特征，使人与李白"酒酣赋诗"的形态风采相联系，从而大大增加了这幅藁书的价值。

由于李白书法水平很高，又兼以极盛的诗名，收藏其书法作品为人们所向往与羡慕。宋代"润州苏氏家书画甚多。书之绝异者，有……李太白《天马歌》、贺知章《醉中吟》、张长史《书逸人壁》、颜鲁公《进文殊碑赞》、李阳冰篆《新泉铭》，……并皆真迹"③。李白的书法作品能够与颜真卿、李阳冰等著名书法家并列，表明其确非凡品。他的书法还得到帝王的青睐，在北宋的皇家御府中，收藏着他的行书《太华峰》《乘兴帖》、草书《岁时文》《咏酒诗》《醉中帖》（见《宣和书谱》卷9）。南宋张镃认为，李白书法与其诗歌风格相类："李白诗，如黄帝张乐于洞庭之野，无首无尾，不主故常，非墨工槧人所可拟议。……观其藁书，大类其诗，弥使人远想慨然。白在开元至至德间，不以能书传，今其行草殊不减古人，盖所谓不烦绳削而自合者欤？"④ 李白书法与其诗风相侔，

---

① 〔唐〕裴敬《翰林学士李公墓碑》：《李太白全集》第1726页，中华书局，2015年。
② 〔宋〕董逌《广川书跋》（卷7）《李太白藁》：《文渊阁四库全书》第813册第415页，台湾商务印书馆，1986年。
③ 〔宋〕张邦基《墨庄漫录》（卷1）：《宋元笔记小说大观》（五）第4650页，上海古籍出版社，2001年。
④ 〔宋〕张镃《仕学规范》（卷38）：《宋诗话全编》第7518页，凤凰出版社，1998年。

这也是获人青睐的重要因素。

不同于李白书法的出于己手,李白画像皆为他人(画家)所作。唐代著名画家韩干(幹)和周昉与李白生活时代相同,二人均曾为李白画像,可知其生前有画像。相关的画像包括肖像画、故事画、诗意画三种类型,按材质可分为绘画、石刻和雕塑①。晚唐诗人司空图作《李翰林写真赞》:"水浑而冰,其中莫莹。气澄而幽,万象一镜。跃然栩然,傲睨浮云。仰公之格,称公之文。"②对画像的传神写照予以描述,也表达了自己的敬仰之情。诗僧贯休作有《观李翰林真》(二首):"日角浮紫气,凛然尘外清。虽称李太白,知是那星精。御宴千钟(盅)饮,蕃书一笔成。宜哉杜工部,不错道骑鲸(其一)。谁氏子丹青,毫端曲有灵。屹如山忽堕,爽似酒初醒。天马难拢勒,仙房久闭扃。若非如此辈,何以傲彤庭(其二)。"③记述了画像中李白的形态气质。宋初王禹偁《李太白真赞》(并序)概括了李白的人生经历、诗文主旨,并对其形态姿容予以描述:"观乎谪仙之形态,秀姿清融融,春露晓濯金茎;谪仙之格骨,寒气直泠泠,碧江下浸秋石。仙眸半瞑,醉魄初爽,海底骊龙,眠涛枕浪。仙袂狂鲜,霓裳任斜,松颠皓鹤,宿月栖霞。龙竹自携,乌纱不整,异貌无匹,华姿若生,真所谓神仙中人,风尘外物者也。"④表现出作者对李白其人其作的衷心赞赏和钦佩之情感。北宋著名文学家兼画家张舜民,记叙自己参观绘于亭壁上的李白画像之情形:"过光宁姑孰堂,临溪上,制作宏丽,江表诸郡无此。亭后著李白画像并《十咏》诗,乃李白平生游咏之地也。"⑤宋代大画家董逌形容李白画像云:"秋水为神,春冰为质。神锋太儁(俊),逸气震放。盖玉在璞而流光,金藏卝(矿)而著美。凝脂点漆,岂非神仙中人;琼枝瑶树,自是风尘外物。此盖造化之元精,合于浑沦而不得。"⑥对李白形象的赞美可谓臻于极致。

---

① 关于李白画像的情况,请参见沙鸥《历代文献李白画像考》:《〈中国李白研究〉集萃》第795-807页,黄山书社,2017年。
② 〔唐〕司空图《李翰林写真赞》:《全唐文》(卷808)第3766页,上海古籍出版社,1990年。
③ 〔唐〕贯休《观李翰林真二首》:《全唐诗》(卷829)第9338页,中华书局,1960年。
④ 〔宋〕王禹偁《李太白真赞》(并序):《李白资料汇编》(唐宋之部)第94页,中华书局,2007年。
⑤ 〔宋〕张舜民《画墁集》(卷7):《文渊阁四库全书》第1117册第45页,台湾商务印书馆,1986年。
⑥ 〔宋〕董逌《广川画跋》(卷5)《书李太白画像》:《文渊阁四库全书》第813册第489页,台湾商务印书馆,1986年。

用诗歌记述或推许李白画像的作品，亦不在少数。例如北宋饶节《李太白画歌》、陈无己《和饶节咏周昉画李白真》，南宋王质《题李白笠钓图》、李洪《题谪仙回舟卧披锦袍图》等。至金元时期，文人多有题咏李白画像的诗文之作，如蔡珪《太白捉月图》、元好问《太白独酌图》、刘秉忠《太白归山图》、王恽《李白醉吟图》、赵孟頫《题太白酒船图》。除了描述这些可供悬挂展示的画像，文人常用折扇的扇面上也绘有李白画像（李端甫《太白扇头》），可见此期李白画像数量不在少数。明清时期，题咏李白画像的作品仍然常见，如明代李东阳《太白扶醉图》、文徵明《题太白像》，清代冯溥《题宫袍覆学士图》、陈子升《题李太白像》、查慎行《题张浦画太白像》。

对李白图像的保存，也是历代重视的事情。南宋曾任宋州守的牟子才，在姑熟（当涂）主持树立绘有"太白脱靴"和"山谷返棹"图画的石刻，他专门为之作《画李白脱靴图赞》；宋末的周密也就此作有《脱靴返棹二图赞》（载《齐东野语》卷10）；明代成化六年（1470），监察御史张敩到姑熟视学，发现了这个碑刻，命人建亭重新树立，地方长官施奇为此作《跋识》以志之；清朝康熙十二年（1673），寇明允到姑熟任职，听说了这个碑刻，"因命工搜涤，仍立旧处"，他也作了一篇《跋识》，除了记述寻找、清理、重立此碑的情形，特别申明自己看到画面时对李白"刚风正气，仿佛当年掀髯奋笔时也"的感叹①。李白"岸然长庚相，高标直欲干青冥，逸气可以干象罔"的画像，具有"可以长君胸次之瑰奇，可以助君诗情之豪畅"的重要作用②。

4. 托名制造商品

李白好饮酒，与其相关的商品自然是酒，唐代的"玉浮梁"是李白喜欢饮用的一种酒。宋代陶榖《清异录》说："旧闻李太白好饮玉浮梁，不知其果何物。余得吴婢，使酿酒，因促其功，答曰：'尚未熟，但浮梁耳。'试取一盏至，则浮蛆酒脂也，乃悟太白所饮盖此耳。"③直至当代，这一酒名仍在使用④。毫无疑问，与李白的关系提升了此酒的知名度。李白所到之处，必定到酒家痛饮。一些聪明的酒家就会借李白之名扩大

---

① 金涛声、朱文彩《李白资料汇编》（唐宋之部），第596、713页，中华书局，2007年。
② 〔宋〕家铉翁《则堂集》（卷5）《保定士人以所藏太白像见示笔意甚奇为题此李去非好吟太白之裔欤书一本送之》：《文渊阁四库全书》第1189册第347页，台湾商务印书馆，1986年。
③ 周勋初《唐人轶事汇编》第702页，上海古籍出版社，2006年。
④ 有报道称，西安市两家酿酒企业因为"玉浮梁"和"玉浮梁"的商标而诉诸法律，最终前者胜诉。

销量,甚至自开酒坊(酒厂)。明代许梦熊《过南陵太白酒坊》诗中有"谪仙过日酒初熟,此日犹传新酒坊"之句①,可知李白驻足南陵之后,当地便以其名字建造酒坊。"此日犹传新酒坊",或可解为明代仍有新的以李白命名的酒坊出现。

当代与李白相关的酒名,不止一家。李白故里四川省江油市李白故里酒厂酿造的"诗仙阁酒"(原名"喻家观酒"),"继承和发扬千年酿酒技术,按五粮配方,浓香型白酒传统工艺,经长时间发酵"而成(见其"介绍")。陕西省眉县的"太白酒"据称始于商周、盛于唐宋,其成名于太白山,而闻名于世与李白密切相关。重庆有"诗仙太白酒"等。各地还开发了与李白相关的商品,如江油市出产的"太白茶"(用李白读书的大匡山茶树采摘制作)、"太白砚"(亦称"学士砚",因李白取观雾山之石刻砚得名)、"太白鸭"(相传李白所创)②,成为当地名牌产品。安陆市依托白兆山开发了"李白文化景区",设有"太白潭""谪仙石""邀月亭""谪仙小道""李白躬耕处""李太白诗廊""李白纪念馆"等景点展区,可谓竭尽心力③。安徽省当涂县是李白墓的所在地,当地政府以李白墓为核心,建成"李白墓园",包括"牌坊、太白碑林、眺青阁、太白祠、李白墓、十咏亭、青莲书院"等,属于全国重点文物保护单位。它与近旁长江边上的"采石矶""捉月台"等,共同形成李白晚年生活的景观区。这些景区吸引了大量的观众。

利用李白之名制作商品以售卖,古代也是有的。宋初徐铉《李白旧宅酒杯》,讲述有人在洛阳的李白旧宅得到一只酒杯的故事:"沧州李巡官,居洛阳空宅。其子夜读书,有皂衣肥短人,被酒排闼而入。其子惧走,皂衣人怒曰:'李白尚与我为友,汝何为者耶?'其子疑其神仙,再拜延坐。皂衣曰:'吾有酒与汝饮,'乃以席帽盛酒而至。饮至数杯,其父从户外窥见,以为魅怪,以砖掷之。皂衣走,视其帽,酒杯盖也。明日,粪壤中得杯一只。故老云:李翰林旧宅也。"④ 这个酒杯,很可能是商家托名李白用过之物(假古董),用来高价出售。

---

① 〔明〕许梦熊《过南陵太白酒坊》:《李太白全集》第1770页,中华书局,2015年。
② 刘术云《李白在故里的遗迹风物考》:《中国李白研究》(2010-2011年集)第65-66页,黄山书社,2011年。
③ 朱绍赋《李白故居白兆山》第5-28页,长江文艺出版社,2012年。
④ 〔宋〕曾慥《类说》(卷12)《李白旧宅酒杯》:《文渊阁四库全书》第873册第208页,台湾商务印书馆,1986年。

在众多的李白事迹遗踪之中，不乏存疑甚至作伪者。如《太平广记》（卷211）录有《薛稷》一篇，记述薛稷"曾旅游新安郡，遇李白，因流连，书永安寺额，兼画西方像一壁。笔力潇洒，风姿逸发，曹、张之亚也。二妙之迹，李翰林题赞见在"。不过，根据"薛稷本传，稷坐窦怀贞事赐死，开元元年七月中事也。是时太白年甫十五，未出蜀中，安得与稷相遇于新安郡，盖传闻之伪也"①。对于此类现象，南宋徐得之《重修杜工部祠堂记》曾以李白为例作过说明："世传太白溺死，葬采石；据李阳冰序谓：病卒于当涂，枕上授简；或谓镇侧青山亦有冢。是数说亦相反，学者至今疑焉。……彼贤而可立教者，虽没，人尚贪而爱之，以重其地。"②可见，"作伪"也是人们热爱李白、纪念李白的一种方式。

李白的影响力（效应）还有一种表现，即各地争相将李白视为本地人。这种情况，至迟在明代已趋激烈。李贽《李白诗题辞》对此作过评析："蜀人以白为蜀产，陇西人则以白为陇西产，山东人又借此为山东产，而修入《一统志》，盖自唐至然矣。……一个李白，生时无所容入，死后千百余年，慕而争者无时而已。余谓李白无时不是其生之年，无处不是其生之地。亦是天上星，亦是地上英，亦是巴西人，亦是陇西人，亦是山东人，亦是会稽人，亦是浔阳人，亦是夜郎人。死之处亦荣，生之处亦荣，流之处亦荣，囚之处亦荣；不游不囚不流不到之处，读其书，见其人，亦荣亦荣！莫争莫争！"③李贽此言甚为有理。不过，他劝人"莫争莫争"的效果不大，因为时至今日，各地的此类争议仍在继续。例如，李白《南陵别儿童入京》的"南陵"，究竟是在当今的安徽省还是山东省，双方仍然各执一词。在此不妨引用持守"安徽说"专家的见解："李白是否由安徽的南陵入京，是李白生平上一件大事，自然要弄清楚。弄明白这件事，为李白在安徽所写的诗文进行编年有意义，这是李白以安徽为游历目的地的开端，对宣城、南陵乃至安徽的旅游开发也是有意义的。"④这段文字，适于所有存在争议的李白遗址或经行之地（其他名人遗迹也是如此）。因为归属于自己地区，不仅对当地学术研究有益，更重要的是

---

① 〔清〕王琦《李太白全集》第1881页，中华书局，2015年。
② 金涛声、朱文彩《李白资料汇编》（唐宋之部），第489页，中华书局，2007年。
③ 〔明〕李贽《李白诗题辞》：《李白资料汇编》（金元明清之部），第364页，中华书局，1994年。
④ 汤华泉《关于李白与安徽的五个问题考论》：《中国李白研究》（2010-2011年集）第100页，黄山书社，2011年。

对当地社会文化地位与影响、开发旅游增加经济收入等，具有直接成效。各地从官方到民间，就此形成共识与合力的理由，盖缘于此。当然，这种现象是李白影响力巨大而深远的有力证明。

此外，富有"争议"，也是李白影响巨大的重要原因。其出生地、经行处、人生定位、政治目标、诗歌评价、作品真伪、从璘、死因等，大都是历代议论纷纭、莫衷一是者。清代王琦在其编辑的《李太白全集·附录》中写道："太白事迹，自新、旧二史外，其杂书所载半出于好事者伪篡，乃爱古嗜奇之士多乐引之，非以其人可思慕故耶？……曹石仓作《万县西山太白祠堂记》，有云'事在有无，语类不经。人心爱之，夸讹为真。树若曾倚，其色敷荣。泉若曾酌，其声清泠'数语，余最喜其警策。夫非其人为人所深思而极慕者，何以能至是？后之人苟得斯意，以读斯编，一展卷而太白宛然在矣，彼事之杂于真伪有无，又遑论乎哉！"[①] 如此通达地对待李白其人其事及遗迹旧址，是值得思考与采纳的，也得到普遍的认同。

王琦身为毕生研究李白的专家，在编辑《李太白全集》时将李白相关的经行地址、逸事遗闻等搜集纪录，包括"逸事三十三则""遗迹七十则""异闻十二则""法书二十五则""图画三十二则""祠庙二十二则"，共计一百九十四则［见《李太白全集》（卷36）"外记"］。这些记述基本囊括了自唐至清代的李白相关情况，表现出李白历代获得关注的状况。近现代以来，人们对李白的热情未减，并且更加努力地挖掘相关素材、运用多种方式（修造纪念建筑物、开辟旅游景点、编演影视戏剧、诗歌诵读与创作、召开学术会议）进行推介宣传，以期达到认知李白其人、理解李白其诗、提升当地文化影响力、取得经济效益之目的。

要之，李白以其激情昂扬的诗歌、卓尔不群的特立人格，从精神文化方面提供营养、催人奋进；李白相关的遍布各地之众多遗址旧存，不仅使人能够更加贴近和理解李白、而且能够提升当地声名并获得物质文化实效。李白形成的多方面效应，自其生前身后延续至今，并且还将继续下去。

---

① 〔清〕王琦《李太白全集》第1941页，中华书局，2015年。

五、考量并推究：李白形象光耀千古探原

在唐代诗坛上，李白和杜甫影响力最为巨大。如果仅就诗歌而论，李白与杜甫各有特色，是诗坛最耀眼的"双子星座"；如果将二人的整体状况（性情品格、人生经历、个人魅力等）综合考量，则李白的影响力是超越杜甫的。李白其人其诗能够"光焰万丈"、光耀千古，有其深厚的文化基础与主客观因缘。

（一）思想意识契合文化传统

中国传统文化博大精深，其基本体系（包括精神文化、制度文化等）在先秦时期的周朝已经形成。经过春秋战国时期"诸子百家"的相互论争与社会实践检验，儒、道、法、兵等学派各擅胜场。到了汉代，来自印度的佛教传入中国，后经不断磨合互融实现"本土化"（中国化），隋唐时期成为中国传统文化的重要组成。概括地讲，自古以来的文人士子，无不受到这些思想文化的影响，李白当然也是如此。

1. 以儒为主的思想观念

李白与中国传统文化的关系，大致可以表述为：以儒家为主，以道家为辅，以纵横家、墨家诸学说为补。

李阳冰在评价李白与中国传统文化关系时，说他"不读非圣之书，耻为郑、卫之作。……凡所著述，言多讽兴。自三代已来，风骚之后，驰驱屈、宋，鞭挞扬、马，千载独步，唯公一人"[1]。魏颢也说："文章溯筋者《六经》。《六经》糟粕《离骚》，《离骚》糠秕（秕）建安七子。七子至白，中有兰芳。情理宛约，词句妍丽，白与古人争长。"[2] 他们都认为李白接受的是儒家规范教育，创作也是遵循着文学发展大势而成的。

---

[1] 〔唐〕李阳冰《草堂集序》：《李白全集编年笺注》第1949页，中华书局，2015年。
[2] 〔唐〕魏颢《李翰林集序》：《李太白全集》第1697页，中华书局，2015年。

李白希望官员精心治理地方,实现"权豪锄纵暴之心,黠吏返淳和之性。行者让于道路,任者并于轻重。扶老携幼,尊尊亲亲,千载百年,再复鲁道"之目标①。他对江南地区儒学鲁风之盛非常赞赏:"至今秦淮间,礼乐秀群英。地扇邹鲁学,诗腾颜谢名。"②此中的"邹鲁"是孟子和孔子的故乡,"颜谢"是南朝著名诗人颜延之与谢灵运。可证其对儒家"礼乐文化"及孔孟二圣人的推崇。当然,李白的确有嘲讽儒家的言语,如"拨乱属豪圣,俗儒安可通"(《登广武古战场怀古》)、"鲁叟谈五经,白发死章句。问以经济策,茫如坠烟雾"(《嘲鲁儒》)等,但他嘲讽的是那些没有治世才能的"腐儒"。他甚至对孔子政治遭遇的不幸,表示出深切同情:"时命或大缪,仲尼将奈何。"(《纪南陵题五松山》)有论者认为:"李白对于儒家,处处持着一种反抗的、讥讽的态度。也不止儒家,甚而连儒家所维系、所操持的传统,李白也总时时想冲决而出。"③此论失之偏颇。我们评价一个人,不仅要看其怎么说,更要看其怎么做。李白一生都在追求儒家崇尚的入世建功立业,为此他曾以面圣伴君为荣,甚至撰写颂君赞妃之诗,都是儒家"忠君""立功"思想的具体体现。

  道家的印痕,在李白身上体现得最为明显。李白自幼饱经"道风"熏陶,早年就以求仙学道为务。《感兴八首》(其五)云:"十五好游仙,仙游未曾歇。"《答王十二寒夜独酌有怀》诗云:"少年早欲五湖去。"《登峨眉山》有言:"蜀国多仙山,峨眉邈难匹。……倘逢骑羊子,携手凌白日。"④从中可看出他当时对道教神仙的沉迷。他与道士司马承祯、吴筠等人结交,并且正式接受"道箓",也从事过炼丹服药之类的工作。从表面上看,他与真正的道士似乎一样,不过"按照道教的要求,无论是入道还是炼丹,都应该远绝人间,才会有所成就,应该淡泊功名,才能达到高的境界。但是,李白并不这样,他的功名心极其强烈。他既入道、炼丹,又追求功业。不唯李白如此,唐代的许多重要诗人都如此"。与李白关系密切的吴筠在其所著《元纲论·专精至道章》中,"明确地论述了入世建立功业与学神仙并不相悖,……这就为事功与修道一体提供了理

---

① 《任城县厅壁记》:《李白全集校注汇释集评》第4290页,百花文艺出版社,1996年。
② 《留别金陵诸公》:《李白全集编年笺注》第870页,中华书局,2015年。
③ 李长之《道教徒的诗人李白及其痛苦》第8页,辽宁教育出版社,1998年。
④ 此处引录诗句,见《李太白全集》第1287、1068、1130页,中华书局,2015年。

论上的依据"①。因此，虽然他被司马子徽（承祯）认为有"仙风道骨"（见《大鹏赋序》）、贺知章见面就称他为"谪仙人"（《对酒忆贺监》），占据其主导地位的仍是儒家"事功"思想。

李白的思想以"杂"著称，儒家与道家之外，也有纵横家、墨家诸学说的印记。李白在蜀中曾仗剑任侠，《上韩荆州书》云："十五好剑术，遍干诸侯。"《赠从兄襄阳少府皓》诗云："结发未识事，所交尽豪雄。……托身白刃里，杀人红尘中。"②《侠客行》中银鞍白马、吴钩杀人的"赵客"之所作所为，当是李白青年时代任侠思想与行为的写照。他最钦佩鲁仲连，引之为同路人。鲁仲连兼有说客、策士、侠者、隐人之特征，是先秦时期各派学者的诠释者，也是李白一生学习的榜样。

李白与佛教也是有关系的。唐代是佛教真正实现本土化（中国化）的时期，且与儒、道形成鼎足而三之势。特别是禅宗六祖惠能创立"顿悟"说，为大众打开了修行成佛的法门。从帝王将相到平民百姓，崇信佛教者多多，诗人群体中礼佛修行者也大有人在。相较于王维或杜甫，李白受佛教的影响较小，当然也不是毫无关系。他曾有过"学禅"的经历："始学于白眉空，得'大地了镜彻，回旋寄轮风'之旨；中谒太山君，得'冥机发天光，独照谢世氛'之旨；晚见道崖，则此心豁然，更无疑滞矣。所谓'启开七窗牖，托宿挈电形'是也。后又有谈玄之作云：'茫茫大梦中，唯我得先觉。腾转风火来，假合作容貌。问语前后际，始知金仙妙。'则所得于佛氏者益远矣。"③学禅（习禅）属于一种精神修持的方法，进入"禅定"的境界，可以保持内心的平静，实现摆脱各种干扰、减轻精神重压的愿望。李白以此克服追求功业中的心理压力和"功业无成"的精神焦虑。此外，李白别号"青莲"，与佛教确实有些关联。明代李维桢《青莲馆诗序》写道："青莲为释氏事，而吾家供奉以自号，其事益美而名益尊。夫青莲生于泥，皭而不缁，异矣；青莲生舌生钵为尤异。是不从人间来，其神化所至耶。诗于唐最盛，而声调气韵类不相远。供奉俊逸高华，豪宕纵横，变幻超忽，飘然有出世之想，若仙人餐霞饮露，不

---

① 两段引文出自罗宗强《李白的神仙道教信仰》；《〈中国李白研究〉集萃》第559、560页，黄山书社，2017年。

② 此处引录诗句，见《李太白全集》第1448、548页，中华书局，2015年。

③〔宋〕葛立方《韵语阳秋》（卷12）；《历代诗话》第576页，中华书局，1981年。此中所引李白诗句，出自《赠僧崖公》和《与元丹丘方城寺谈玄作》。

食人间烟火，即学力琢磨未可企及，号青莲不虚耳。"① 如此说来，李白以"青莲"为别号，表达的是"出世之想"。就"出世"而言，儒释道三家有相似之处，李白一直表达的"功成"之后的"身退"，其实就是儒家"出世"思想的体现。此外，李白以"青莲"自称，也有欣赏"青莲生于泥，皭而不缁"之特征的缘故。就这一视角观察，李白与宋代理学家周敦颐"爱莲之出淤泥而不染，濯清涟而不妖"（《爱莲说》）之意相同，而并非仅仅表达"出世"之思。

人们通常认为，李白受道家思想影响最大。不过，"李白的宇宙观和人生观虽然主要受道家思想影响，人的社会观却是属于儒家思想体系的。从他的诗文可以看出，老庄哲学主要被他用来塑造超然独立的人格，表达功成身退的理想，丰富诗歌艺术的想象力。而凡是涉及政治和社会问题的时候，他便与正统的儒生一般无二了。儒家认为政治应以礼乐教化为先的观念，在他头脑时是根深蒂固的"②。通观李白的思想表现，"在他身上，有着儒家的热情、道家的超旷、纵横家的胆魄、游侠的气质、兵家的奇诡、屈子的执着、佛禅的颖悟、神仙家的浪漫、魏晋名士的风流"③。然而归根结底，其思想观念仍是以儒家为基础中坚，以其他诸家思想为辅佐羽翼的。

2. 承前启后的创作追求

李白的身份是文士，创作诗文乃是其正业。他的创作可以表述为：以继承为基础、以现实为参照、以创新为标的。

中国文化历史悠久、典籍众多，内容极为丰富，要想获取知识与能力，必须从中汲取营养。李白深知这一道理，他从小就认真读书，涉猎很广，以经典为主要参照，数十年坚持不辍地读书与写作。《诗经》是儒家的重要经典，也是古代诗歌最早的结集，李白的"君国情怀、贤士情结、人伦情感和诗学观念"等方面④，都受到《诗经》的直接启示与影响。《文选》收录先秦至南朝梁代时期、以屈原为始的100多位作者、诗赋散文等各种体裁的700多篇作品，此书在唐代广泛流行，极受重视。

---

① 〔明〕李维桢《青莲馆诗序》：《李白资料汇编》（金元明清之部）第425页，中华书局，1994年。
② 葛晓音《论李白乐府的复与变》：《诗国高潮与盛唐文化》第171页，北京大学出版社，1998年。
③ 葛景春《李白与中国传统文化》：《〈中国李白研究〉集萃》第856页，黄山书社，2017年。
④ 参见谢建忠《论〈毛诗〉与李白文、赋的儒家情怀》：《中国李白研究》（2009年集），黄山书社，2009年。

李白认真研读《文选》，据称曾经精心摹仿其中的名家作品，"李白在总体上鄙视六朝文学，但却并不反对和排斥六朝文学特有的表现方式。《文选》所提供的先秦两汉魏晋时期的代表作品，成了摆脱齐梁以后过分骈俪、绮靡文风的武器。李白采取了一种既反对六朝文风，向汉魏文学吸取营养，同时又全面继承六朝文学精华的方法。"①对前代著名文人及其擅长的文体，他很早就关注且亲身创作实践。他自称"十五观奇书，作赋凌相如"②，可知其年轻时受司马相如影响很深。另如扬雄、曹植、谢灵运、谢朓、庾信、鲍照等前代名家，李白都曾认真研究与借鉴。

对于唐代的文坛风尚、创作状况，李白更是十分着意地学习参照。他反对唐初盛行的齐梁之风，极为赞赏陈子昂。陈子昂高举复古大旗，坚决反对齐梁绮丽纤弱之风，着力创作古体诗。李白引之为同道、视之为师友，在创作理论与实践均保持高度一致："唐初王、杨、沈、宋擅名，然不脱齐梁之体。独陈拾遗首倡高雅冲澹之音，一扫六代之纤弱，趋于黄初、建安矣。太白、韦、柳继出，皆自子昂发之。""陈拾遗、李翰林一流人，陈之言曰：'汉、魏风骨，晋、宋莫传。'仆尝暇时观齐、梁间诗，彩丽竞繁而兴寄都绝，每以永叹。'李之言曰：'梁、陈以来，艳薄斯极。沈休文又尚以声律。将复古道，非我而谁！'陈《感遇》三十八首，李《古风》六十六首，真可以扫齐、梁之弊而追黄初、建安矣。"③李白对山水田园诗派的代表人物孟浩然十分敬服，直言"吾爱孟夫子"（《赠孟浩然》）。对被称为"诗家夫子""七绝圣手"的王昌龄，更是情投意合，在其落难之时由衷惦念："我寄愁心与明月，随风直到夜郎西。"（《闻王昌龄左迁龙标遥有此寄》）他还与高适及杜甫等人共同游历览胜、饮酒赋诗。李白在与这些诗坛名宿的交往中，唱和酬答、交流经验是必不可少的，也是提高自己创作水平和诗坛声名的重要途径。

进行文学创作，继承是必要的，创新则是必须追求的目标。李白与陈子昂"皆疾梁、陈之艳薄而思复古道者。然子昂以精深复古，太白以豪放复古。必如此乃能复古耳。若其揣摹于形迹以求合，奚足言复古乎？"④这种以"豪放"为特征的"复古"，是对齐梁诗风之偏颇的拨正；

---

① 张瑞君《李白与〈文选〉》：《中国李白研究》（2009年集），黄山书社，2009年。
② 《赠张相镐二首》（其二）：《李太白全集》第704页，中华书局，2015年。
③〔宋〕刘克庄《刘克庄诗话》：《宋诗话全编》第8357、8398页，凤凰出版社，1998年。
④〔清〕翁方纲《石洲诗话》（卷1）：《清诗话续编》第1370页，上海古籍出版社，1983年。

但不是完全返回汉魏诗风，而是在汉魏风骨基础上的变新，包括对陈子昂诗风的革新。李白以大量创作乐府诗为主，此类诗歌最能够体现其继承与创新的用心与成效："其复古与变革的关系，大致可分为三种类型：一是在体制、内容及艺术方面恢复古意；二是综合并深化某一题目在发展过程中衍生的全部内容，或在艺术上融合汉魏、齐梁风味再加以提高和发展；三是沿用古题，而在兴寄及表现形式方面发挥最大的创造性。"①由乐府诗派生出的歌行体，在李白之手大放异彩。李白的歌行大多以"歌、行、吟、曲"等标题，用第一人称书写，其特征为：题材多种嫁接与主题的多义、句型的长短参差与功能的各异、句式的集成与变化的多样。"题材的多种嫁接组合，而形成层意的飞跃与主题的多义。句型极长短参差之能事，而使感情淋漓酣畅地得以发抒。句式上千变万化，加上在句群或者全诗结构中所起的种种作用，既显得自然流走，又见出匠心独运，给他的歌行平添了别样的风采。"②《梦游天姥吟留别》《蜀道难》《梁父吟》诸作，皆属李白继承与创新相结合的典范诗篇。

文化传统对于生活其中的人而言，具有极强的影响力、制约力，才华卓异如李白者亦是如此。以儒家为主导的中华思想文化，是李白的精神支柱，道家及其他诸家学说，是作为补充或调节情绪之用的。李白所思所行，并未超出传统文化的范围。李白创作的诗文佳作，则是学习传统文献典籍、借鉴前人经验又加以创新的成果。可以说，李白契合于文化传统，又为传统文化增添了新鲜的内容。

（二）人格魅力举世无与伦比

人格魅力，是指人自身具有的性情、气质、才华、能力等特征，对他人形成极强的关注、吸引、仰慕、赞赏的力量。在中国古代诗人群体中，李白的人格魅力是无与伦比的。他以自己与众不同的人生定位、豪迈气魄、诗酒生涯等，引发无数人的感叹、仿效与思考。

1. 理想主义的定位追求

理想，意指对未来事物的合理设想或希望。理想主义，是指人类超越日常物欲心情，在精神上确立更加崇高的目标，并且积极努力地求其

---

① 葛晓音《论李白乐府的复与变》：《诗国高潮与盛唐文化》第162页，北京大学出版社，1998年。
② 魏耕原《李白歌行的创变特征新探》：《中国李白研究》（2015年集）第143页，黄山书社，2016年。

实现,以获得人生真正意义。具有这种目标追求的人,就是理想主义者。与现实主义者相比,理想主义者以极其热忱的方式看待事物、充满希望地设定目标、满怀激情地为之奋斗,以期达成自己的愿望。理想主义者对待事物的态度、承担工作决心的表现,更加积极坚定。同时,由于理想主义者的理想抱负更加远大(崇高),其实现的概率可能相对较低,参与者的情绪也会受到影响。不过,真正的理想主义者不会因之而畏惧退缩。李白就属于拥有坚定信念的理想主义者,他的为人与创作,都带有鲜明的理想主义印记。

李白为自己设定的人生目标,是在"辅弼"君王"使寰区大定,海县清一"之后"浮五湖,戏沧洲"①。为了实现这一理想,李白刻苦读书进学、游历增识、干谒求进、面君逞能,以至被"赐金还山"甚至"从璘获罪"之后,仍然关心国事、企盼立功愿望成真。在创作上,李白经常通过主观想象和虚构(造境)以表达思想、反映现实,体现出其理想主义的特征。大鹏是表现李白政治理想的鲜明意象,他在《上李邕》中以大鹏自比:"大鹏一日同风起,抟(一作"扶")摇直上九万里。假令风歇时下来,犹能簸却沧溟水。……宣父犹能畏后生,丈夫未可轻年少。"直接表达建立功业的雄心壮志。直至辞世之前的《临路歌》,仍然以大鹏为喻:"大鹏飞兮振八裔,中天摧兮力不济。……后人得之传此,仲尼亡兮谁为出涕?"②虽是悲叹自己不遇于时、政治抱负未能实现,亦是对在政治上有所作为的心愿表达。对李白《大鹏赋》的评价,有强调其积极入世、意欲大为,乃是儒家思想的体现;也有认为主旨是追求自由自在、无拘无束境界,更多受到道家思想影响③。这两种观点,都表现出李白的理想主义特征。

理想主义是基于信仰的一种追求,它在很大程度上体现在心理(精神)层面。从国家整体而言,全体国民拥有远大理想(信仰),国家民族的伟大复兴、繁荣昌盛才有希望;从单独个体角度而言,一个有理想、有信仰、有抱负的人,才会全心全意、矢志不渝地努力奋斗,在为国为民贡献力量的过程中,实现个人的价值、成就自己的事业。李白的一生,

---

① 《代寿山答孟少府移文书》:《李白全集编年笺注》第1744页,中华书局,2015年。
② 此处引录诗句,见《李太白全集》第606、537页,中华书局,2015年。
③ 参见杨明《论李白〈大鹏赋〉的主旨——兼论大鹏意象的演变》:《〈中国李白研究〉集萃》第367-374页,黄山书社,2017年。

就是为理想而奋斗的一生。虽然他的政治理想未能实现,但这种为理想而持之以恒的奋斗精神,值得赞赏与大力弘扬。

2. 傲视王侯的豪迈气魄

中国自周朝(东周)即废除奴隶制度,进入中央集权的封建社会(欧洲中世纪之后废除奴隶制),普通百姓取得了自由人的身份。从那时起,所有人从根本上讲其地位是平等的。民间流传的"王侯将相宁有种乎""皇帝轮流做,明年到我家"之类,可视为"平等"的注解。不过,以上表述更多属于"造反者"的观点,普通大众对"王侯"充满着敬畏、羡慕之情。这些居于统治地位的"王侯",从来都是国人关注的重点群体。国人面对"王侯"的基本表现大致如是:普通人士,仰视王侯;成功人士,平交王侯;特殊人士,傲视王侯。

李白对王侯态度的表述分为几种情况:一是托交王侯:"士有饰危冠,扬眉吐诺,激昂青云者,咸夸炫意气,托交王侯";二是结交王侯:"少以英气爽迈,结交王侯";三是平交王侯:"吾不滞于物,与时推移,出则以平交王侯,遁则以俯视巢许""府县尽为门下客,王侯皆是平交人";四是轻视王侯:"黄金白璧买歌笑,一醉累月轻王侯"①。此中"托交王侯""结交王侯"讲的是社会现象或他人行为,而"平交王侯""轻视王侯"则是李白的自我描述。李白之所以能够"平交"甚至"轻视"王侯,与其个人才华与社会现实氛围紧密相关。唐代是诗的时代,诗人的社会地位很高,"千首诗轻万户侯"(杜牧《登池州九峰楼寄张祜》),正是诗人颇受尊崇的真实写照。李白居于诗坛最高处,又兼其满满的自信心及入朝面君、职司翰林的经历,"平交王侯"自不待言,"轻视王侯"也合乎情理。

李白与王侯交往的情况被人们关注并加以演绎,特别是他在朝堂命令"力士脱靴"的故事有多种版本,甚至官修正史(《旧唐书》《新唐书》)都加以收录。官方民间都热衷传播"力士脱靴""贵妃捧砚"之类的故事,可见人们对李白平等、自尊意识的肯定,在对李白表示敬佩与叹服的同时,也表达出希望自己能够成为李白那样"傲视王侯"之人。

---

① 《秋夜于安府送孟赞府兄还都序》、《地藏菩萨赞》(并序)、《冬夜于随州紫阳先生餐霞楼送烟子元演隐仙城山序》、《少年行》、《忆旧游寄谯郡元参军》:《李白全集编年笺注》第 1760、1882、1771、315、897 页,中华书局,2015 年。

3. 鲜明强烈的主体意识

李白是一位非常自信的人,自信就是完全相信自己,是主体意识、自我意识的体现。李白的主体思想意识,就是"热切追求清明政治、个性解放、人身自由和蔑视权贵、憎厌黑暗、希望施展自己抱负的理想社会环境过程中,展现出来的自由意识、主宰意识、平等意识和超越意识"①。李白坚定不移的自信心和强烈主体意识,特别明显地表现在他勇于表达自己的真实意愿,亦即明确地以"诗言志"。"志也者,训诂为'心之所之',在释氏,所谓'种子'也。志之发端,虽有高卑、大小、远近之不同;然有是志,而以我所云才、识、胆、力四语充之,则其仰观俯察、遇物触景之会,勃然而兴,旁见侧出,才气心思,溢于笔墨之外。志高则其言洁,志大则其辞弘,志远则其旨永,如是者,其诗必传。"②李白诗歌的广泛流传,与其具有这些特色大有关系。

利用第一人称手法,表达主观意念最为直接。有论者注意到李白以"我"字作为诗歌开头的情况:"太白诗起句缥缈,其以'我'起者,亦突兀而来。如'我随秋风来','我携一尊酒','我家敬亭下','我觉秋兴逸','我昔钓白龙','我有万古宅','我行至商洛','我有紫霞想','我今浔阳去','我昔东海上','我本楚狂人','我来竟何事','我宿五松下','我浮黄河去京阙','我吟谢朓诗上语'之类是也。"③所谓"我"字的"突兀而来",正是李白重视自我、直切表明自我的方式。在李白的诗歌作品中,出现"我、吾、余、予"等第一人称的语词,总计达五百多处,其作用也是为了便于表情达意④。

身为理想高远、目标明确、充满自信、激情昂扬的诗人,李白特别乐观、积极进取。他期盼着能够参与国家治理,在政治上大有作为。但是,现实政治的黑暗、统治者的腐败,阻挡了他前进的道路,使他陷入深深的痛苦之中:"白日不照吾精诚,杞国无事忧天倾。"(《梁甫吟》)于是,怀才不遇的情感油然而生:"世人不识东方朔,大隐金门是谪仙"(《玉壶吟》)、"一身竟无托,远与孤蓬征。……欲献济时策,此心谁见明"(《邺中赠王大劝入高凤石门山幽居》)。他十分厌恶"世道日交丧,浇风散淳

---

① 王定璋《论李白的主体精神》:《〈中国李白研究〉集萃》第520页,黄山书社,2017年。
② 〔清〕叶燮《原诗》第47页,人民文学出版社,1979年。
③ 〔清〕余成教《石园诗话》(卷1):《清诗话续编》第1746页,上海古籍出版社,1983年。
④ 参见本书"彰显主体意识:李白诗歌中的自我称谓"部分。

源"[《古风五十九首》（其二十五）]、"骅骝拳跼不能食，蹇驴得志鸣春风"（《答王十二寒夜独酌有怀》）的社会风气；坚定持守自己的高洁情操："凤饥不啄粟，所食唯琅玕。焉能与群鸡，刺蹙争一飧（餐）"[《古风五十九首》（其四十）]、"为草当作兰，为木当作松。兰幽香风远，松寒不改容"（《于五松山赠南陵常赞府》）①。尽管李白一生坎坷、功业无成，但他从未真正绝望，总是期待着机遇并坚信必定会到来。李白就是这样，将自己的所思所想、所期所盼、所爱所恨等直白坦率地公之于众、任人评说，此中表现出的胆识，远远超越俗常之人。晚唐司空图有诗曰："一任喧阗绕四邻，闲忙皆是自由身。人来客去还须议，莫遣他人作主人。"②李白达到了自己做主、不为他人所动的程度。

需要说明的是："李白绝大部分诗歌都包含着丰富的社会内容；但它经常不是通过对社会问题的直接叙述，而是通过个人抒情的方式表现出来。……怀才不遇和人生如梦，是李白诗中最常见的主题。它表现了李白时代的优秀人物的痛苦和愤懑的情绪，这种情绪与当时深受压迫的广大人民的情绪起着和谐的共鸣。李白诗歌是忧郁、愤怒的，这才是那时代的真实的声音。"③能够将自己的喜怒哀乐直白地表达出来，并非人人所能做到；将个人发抒情感观念与鞭挞邪佞、歌颂正义、关爱国家人民相结合，因其充满风险而更加艰难。李白在这两个方面，都为人们立下了标杆、做出了榜样，表现出其主体意识的强烈与自信心的无比坚定。

4. 挫而不折的耐受能力

李白具有远大的理想抱负和明确的人生目标。为了实现这些目标，他付出了艰苦的努力和惨痛的代价。他的一生，经历了巨大的跌宕起伏，不断遭受着各种各样挫折与失意。

十几岁时，他面对着家乡"鱼跃青池满，莺吟绿树低。野花妆面湿，山草纽斜齐"的景色④，认真地读书习业，并且到戴天山等处访道学仙。二十岁时，他以大鹏鸟自比，不畏人言、高声宣示："时人见我恒殊调，

---

① 此处引录诗句，见《李太白全集》第 207、449、593、147、1066、166、727 页，中华书局，2015 年。
② 〔唐〕司空图《南至四首》（其四）：《全唐诗》第 7268 页，中华书局，1960 年。
③ 裴斐《论李白诗歌中的怀才不遇与人生若梦的主题》：《李白十论》第 178 页，四川人民出版社，1981 年。
④ 《晓晴》：《李太白全集》第 1648 页，中华书局，2015 年。

见余大言皆冷笑。宣父犹能畏后生，丈夫未可轻年少。"① 同时登上峨眉山，观览蜀地风景。二十五岁时，乘舟东出三峡，历荆州（江陵）、江夏（武昌）、金陵（南京）至安陆成婚居留，此间游庐山等名胜、会见孟浩然等挚友，生活比较惬意。三十岁时，第一次西入长安，寓居玉真公主别馆，在与皇亲贵戚交往时受到冷遇，但并未灰心，而是充满自信（《玉真公主别馆苦雨赠卫尉张卿二首》）；此间创作的《侠客行》《少年行二首》诸诗，可知李白当时积极向上之心情，而"大道如青天，我独不得出"的呼喊②，也使他感受到世事的艰难。四十岁时，移家东鲁，与孔巢父等友人相聚，游览泰山等鲁地名胜。四十二岁时，李白迎来了重要时刻：奉召赴京面见君；在京城经历了所谓"玉手调羹""力士脱靴"的高光时刻之后，李白对最高统治集团腐朽的认识加深，体会到"君王虽爱蛾眉好，无奈宫中妒杀人"的残酷现实③、"独酌无相亲"的孤独④，开始产生回归故山的想法。四十五岁离京东归后，他与杜甫、高适同游梁、宋、鲁地，度过了一段诗酒风流的时光。"安史之乱"爆发的第二年（肃宗至德元年，即 756 年），五十六岁的李白奉命进入永王李璘幕府，次年永王兵败、李白被拘于浔阳狱中，经人保举出狱不久，又被判流夜郎；两年之后（759）的春天，在途经夔州奉节县时，遇赦而归、流落江南。到了唐代宗广德元年（763），李白病死于当涂。临终前所作《临路歌》，仍然以大鹏自比，认定"余风激兮万世，游扶桑兮挂石袂"⑤，表达出未能实现政治愿望的遗憾，亦可称之为对愿望实现的期盼。

　　简要回顾李白人生经历，可以从时序上大致概括出他的几种身份：早年的放逸诗仙才子、中年的朝廷翰林学士、晚年的流放谋逆罪犯、暮年的无法归根孤魂。他的人生高点是被誉为"谪仙"的诗才和奉召而入翰林，最低点则是入幕李璘而得罪下狱。从高点的君王宾客到最低点的阶下囚犯，经历如此悬殊的人生落差，对任何人而言都很难容受，却是必须予以应对的，至于应对的方式则各有不同。比如李白十分敬重的孟浩然，在应试未中之后，便回归故乡、隐居山林，着意于创作山水田园

---

① 《上李邕》：《李太白全集》第 606 页，中华书局，2015 年。
② 《行路难三首》（其二）：《李太白全集》第 228 页，中华书局，2015 年。
③ 《玉壶引》：《李太白全集》第 449 页，中华书局，2015 年。
④ 《月下独酌四首》（其一）：《李太白全集》第 1237 页，中华书局，2015 年。
⑤ 《临路歌》：《李太白全集》第 537 页，中华书局，2015 年。

诗歌，应对方式是退隐；与李白携手同游、情意深厚的杜甫，在应考不利之后，又通过"献赋"、干谒等途径，苦守京城十年，终于获得低级官职，应对方式是认同现实；王维在经历"安史之乱"、被俘囚禁后，全身心地投入佛教、参禅悟真："一兴微尘念，横有朝露身。如是睹阴界，何方置我人。碍有固为主，趣空宁舍宾。洗心讵悬解，悟道正迷津。因爱果生病，从贪始觉贫。色声非彼妄，浮幻即吾真。"①应对方式是遁入空门；生活时代稍晚于李白的白居易在政治受挫之后，选择了"中隐"的生存方式："大隐住朝市，小隐入丘樊。丘樊太冷落，朝市太嚣喧。不如作中隐，隐在留司官。似出复似处，非忙亦非闲。……人生处一世，其道难两全。贱即苦冻馁，贵则多忧患。唯此中隐士，致身吉且安。穷通与丰约，正在四者间。"②应对方式是半官半隐。他们几人的这些选择，或多或少都是对现实极大失望甚至绝望之后做出的。李白与他们不相同，虽然他对社会现实有着清醒的认识，对不断遭受挫折深感痛苦，但"李白却始终不向现实屈服。他不考科举，不求小官，总想步先秦策士后尘，凭借个人才能一举而致卿相，成为安邦定国的风云人物。这种从政道路在逐鹿未定的封建社会初期曾经是现实的，在封建社会庞大的官僚机器已经巩固建立的时期便显得滑稽可笑。这是李白从政失败的主观原因，也是他的政治抱负在历史上不被理解的重要原因"③。其实，人们不应该嘲笑李白这种选择与努力；相反，应当佩服他这种"挫而不折"的坚韧品格，为他的这种精神而感动。

5. 醉酒狂歌的潇洒人生

人类进入阶级社会之后，每个人都是社会的成员，接受社会有形或无形的限制与约束。一个人置身于现实社会之中，活出真正的自己、精彩的自己，这样的人就是非常之人，这样的人生就是值得羡慕的人生。李白的一生，纵情任性、醉酒狂歌、成败从容，其人生经历丰富多彩，令人不得不击节感动。

李白性格外向豪爽，家境富足充裕，欣逢国安民富的大唐盛世，使其人生潇洒而精彩。他游历祖国名山大川、胜地遗踪，足迹遍及大江南

---

① 〔唐〕王维《与胡居士皆病寄此诗兼示学人二首》（其一）：《全唐诗》第1239页，中华书局，1960年。
② 〔唐〕白居易《中隐》：《白居易集》第799页，岳麓书社，1992年。
③ 裴斐《李白十论》第36页，四川人民出版社，1981年。

北：从其故乡江油所在的山南西道，到襄阳所在的山南东道、安陆所在的淮南道、西京（西安）所在的关内道、东京（洛阳）所在的河南道、太原府所在的河东道、幽州（北京）所在的河北道、会稽（绍兴）所在的江南东道、洪州（南昌）所在的江南西道，以及晚年被贬赴夜郎的黔中道，涵盖了中华最核心的长江、黄河、淮河及钱塘江流域的广大地区。洞庭湖、彭蠡湖（鄱阳湖）、太湖之滨，峨眉山、庐山、黄山、会稽山、天台山、太白山、华山、嵩山、泰山等名山之巅，成都、渝州（重庆）、江陵（荆州）、巴陵（岳阳）、宣城、扬州、金陵（南京）、杭州、咸阳、宋州（商丘）、邺城（安阳）、邯郸等城市，以及黄帝陵、雁门关、曲阜孔府、金陵凤凰台、庐山东林寺、宣州谢朓楼、西施浣纱石等古迹名胜，都留下了李白的印记①。他的《登峨眉山》《荆州歌》《望庐山瀑布》《金陵酒肆留别》《登太白峰》《嵩山采菖蒲者》《襄阳歌》《游泰山六首》《留别广陵诸公》等众多诗歌，描述了祖国的壮丽河山、优美景色及丰富的文化景观。

广泛结交友朋，是李白特别重视的。身为诗人，李白结交最多的是诗朋文友。孟浩然、王昌龄、高适、杜甫等著名诗人，或为李白所敬重，或结伴观览风景，或相互切磋诗艺，在一定程度上有助于李白创作水平的提升。李白的理想是成为政治家，其目标是任职宰辅、治国理政。基于这样的人生定位，他曾竭尽心力地与官员结交，主要是希望通过他们的汲引推助，使自己能够亲睹天颜、获取权柄，实现政治抱负。通过《上安州李长史书》《上安州裴长史书》《与韩荆州书》诸作，可以看到他与官员交往的急切之情。同时，李白也乐于与社会各界人士交接互动，以至成为真正的朋友。典型的例子便是居住在桃花潭近旁的村人汪伦，因他经常用美酒招待，李白特意以诗相赠（《赠汪伦》），从中可知双方友情之深厚。

醉酒狂歌，更是李白的最爱。他从年少与孔巢父等人一起酣歌纵酒，到入京后与贺知章等人欢饮酒肆，再到朝廷放还之后、观览美景途中的逢酒必饮，甚至"竟以饮酒过度"而醉死（见《旧唐书·李白传》），可知他的一生都是与酒相伴的。他的很多诗歌都与酒有关，而《将进酒》《对酒二首》《山人劝酒》等诗，则是直接以酒命名。酒之于李白，能够

---

① 参见詹锳《李白诗论丛·李白游踪图》第119页，人民文学出版社，1984年。

励壮志、增胆识、厚友情、消忧愁、助才思。在与酒相伴的时候，李白的情感得以完全释放、性格得以真正展现，使人看到真实而可爱的李白。此外，李白曾经学仙访道，酷爱击剑任侠。他的这种丰富多彩的生活，即使获罪流放夜郎也没有改变："朝别凌烟楼，暝投永华寺。贤豪满行舟，宾散予独醉。"①可知遇酒则饮，乃是其生活的常态。

人生在世，本有各自的理想愿望及生活方式。坦诚地讲出自己的期愿、按照自己的方式生活，本是自然而然之事。但是，因为儒家提出"讷于言而敏于行""敏于事而慎于言""君子耻其言而过其行"的要求，以及对"巧言令色"的严厉批判，得出"有言者不必有德""巧言乱德"的结论。于是，国人便形成不敢（不愿）表达心愿或意见，而是等待别人讲话自己"察言而观色"的习气②。对此，李白可称之为异类。他以毫无遮掩的方式、坦率至极的语言，表明自己的心迹理想；按照自己喜爱选择生活方式，最大限度地使自己成为自己希望的人。李白的人生，是真正的醉酒狂歌、潇洒自如的人生。他敢于讲大多数人不敢讲的话、敢于做大多数人想做而不敢做的事，达成了很多人心目中的愿望。他以自己独特的人格魅力，成为被大众羡慕和嫉妒（表面反对而内心羡慕）的人。

（三）名篇佳作助益励志扬名

自古至今，很多人都希望在自己的有生之年，在自己擅长（专业）的领域做出一番事业，使之功在当世、泽及后人。按照儒家的标准，"太上有立德，其次有立功，其次有立言，虽久不废，此之谓不朽"③。在这"三不朽"之中，"立言"包含着写诗作赋、著书立说，属于读书人的专业，也是文人所追求"不朽"的标志。就李白而论，他"一生主要兴趣在政治，不在诗。和'语不惊人死不休''新诗改罢自长吟''晚节渐于声律细'的杜甫比较，他对作诗并不那么重视。李白很骄傲，但他极少吹嘘自己的诗才，却总是吹嘘自己的政治才能，……李白在历史上的显赫诗名谁都承认，对于他的政治抱负谁都不承认"④。李白执着从政立功的精神值得肯定，其政治业绩的确无从查证。但是，他的文学创作（特

---

① 《流夜郎永华寺寄浔阳群官》：《李太白全集》第801页，中华书局，2015年。
② 此处所引文字，皆出自《论语》。
③ 《左传》（襄公二十四年）：《十三经注疏》第1979页，中华书局，1980年。
④ 裴斐《李白十论》第35页，四川人民出版社，1981年。

别是诗歌）是以名篇众多、特色独具、真切感人而名震当时、世代相传，真正实现了诗人身份的"不朽"。

1. 佳作数量众多

真正的诗人，其身份与声名，都是以创作的诗歌名篇佳作为支撑的。以李白生活的号称"诗国"的唐代而论，在《全唐诗》收入的2200余位诗人的48900多首诗之中，真正著名（为大众熟知）的诗人不过数十人，真正流传广远的诗歌不过数百首。有的人是以一首诗而成名，如张若虚《春江花月夜》、刘希夷《代悲白头翁》等。有的拥有两三首名作，如王之涣《登鹳雀楼》（白日依山尽）、《凉州词二首》（其一：黄河远上白云间）。有的诗句为人熟知，但提起其作者或诗题则多数人回答不出，例如"一将功成万骨枯"（曹松《己亥岁》）、"侯门一入深如海"（崔郊《赠去婢》）、"自古男儿当自强"（李咸用《送人》）等。包括著名诗人杜甫的"人生七十古来稀"[《曲江二首》（其二）]、李贺的"天若有情天亦老"（《金铜仙人辞汉歌》）、元稹的"贫贱夫妻百事哀"[《遣悲怀三首》（其二）]，很多人并不知道作者是谁，更不知其诗题为何、全诗体式结构如何。但是，李白的情况与此大不相同，他是以诗歌佳作数量多、名句流传广、读者记忆牢固而著称的。

判断一首诗歌是否佳作，应当以研究者及普通读者的认可度为衡量标准，历代的唐诗选本及论者的评析文章就是重要依据。笔者曾对《唐诗纪事》《唐诗三百首》《唐诗鉴赏辞典》等古今十几种代表性唐诗选本、20世纪50年代以来的唐诗赏析文章进行统计，关注度很高的李白诗歌名篇约有五十首以上、普通读者耳熟能详的也有二三十首[①]。在唐代诗人之中，拥有这样数量的诗歌佳作，只有杜甫等极少数诗人可以达到。至于李白"天生我材必有用"之类励志动人的名句，更是尽人皆知，远远超过其他诗人名句之影响力。

2. 诗歌特色独具

李白诗歌之所以被受众推崇，广泛流传，与其独具的特色密不可分。这些特色主要体现在：天赋才华而致的非凡气势、纯真诚挚的浓烈情感、灵活多样的创作技法等方面。

首先，诗歌气势充盈盛大，举世无双。这种气势，原生于李白本身

---

① 见本书"诗歌名篇：认知李白的重要载体"（一）"李白诗歌名篇的界定"部分。

自具的"天分"(天才):"杜、韩以学力胜,学之,刻鹄不成,犹类鹜也。太白、东坡以天分胜,学之,画虎不成,反类狗也。佛云:'学我者死。'无佛之聪明而学佛,自然死矣。"① 李白的这种"天分",他人是无可比拟、无法获取的。有人将李白与杜甫进行对比,得出李白"以气为主"、杜甫"以意为主"的结论(清·田同之《西圃说诗》)。李白的"气"盛大充盈,在其诗歌中得到了充分的体现,正如韩愈所言:"气,水也;言,浮物也。水大而物之浮者大小毕浮。气之与言犹是也,气盛则言之短长与声之高下者皆宜。"② 读其《行路难》《宣州谢朓楼饯别校书叔云》等诗,不难得出"气盛言宜"之结论。"李白的诗那么自然,冲口而出,真似乎妙手天成,却不知道这有一种根本的关系在,这就是他那充溢的生命力使然了。"③ 而"充溢的生命力",肯定是由"气"推动的。李白以其先天秉赋而具备非凡的气质形成强大的气场,聚集旺盛的人气,在其诗歌作品中展示出过人的才气、冲天的豪气,从而构成以矢志建功立业为目标的雄壮气势。

其次,诗歌情感真挚强烈,感人至深。按照传统的观点,诗歌的功能在于"言志抒情",而"抒情"可以包括"言志"。因此,诗人是否具有真挚情感且将其注入诗歌,决定着诗歌是否能够真正打动人心。"'作诗有性情必有面目'。……其中有全见者,有半见者。如陶潜、李白之诗,皆全见面目。"④ 比如,同样是同情百姓,杜甫著名组诗"三吏"中的《石壕吏》和《新安吏》,都是描写"强征平民百姓入伍"的事情。杜甫身为亲历者,在《石壕吏》强征"老妪"入伍的过程中,自始至终未曾发表意见;在《新安吏》中,看到那些十几岁的"中男"被抓从军,也只是说出"送行勿泣血,仆射如父兄"之类安慰的话⑤。再看李白如何表达对百姓的同情:他听到拉船工人号子的反应是"一唱都护歌,心摧泪如雨"(《丁都护歌》),他接过贫寒之家饭食的表现为"令人惭漂母,三谢不能餐"(《宿五松山下荀媪家》)⑥。这种情感乃是内心真情的流露,决

---

① 〔清〕袁枚《随园诗话》(卷4):《李白资料汇编》(金元明清之部)第884页,中华书局,1994年。
② 〔唐〕韩愈《答李翊书》:《唐宋八大家散文总集》第109页,河北人民出版社,1995年。
③ 李长之《道教徒的诗人李白及其痛苦》第16页,辽宁教育出版社,1998年。
④ 〔清〕叶燮《原诗》第50页,人民文学出版社,1979年。
⑤ 〔清〕仇兆鳌《杜诗详注》第524页,中华书局,1979年。
⑥ 此处引录诗句:《李太白全集》第394、1195页,中华书局,2015年。

非矫揉造作可比。此中杜甫的"客观"描述,绝对不如李白"主观"抒发感动人心。

李白诗歌中抒发的情感,包括表现建功立业之志的豪壮之情(《侠客行》《天马歌》《扶风豪士歌》)、表达批判黑暗现实的恨怨不平之情(《梁甫吟》《梦游天姥吟留别》《宣州谢朓楼饯别校书叔云》《颍阳别元丹丘之淮阳》)、抒发忆念叹惋之心的爱怜之情(《寄东鲁二稚子》《黄鹤楼送孟浩然之广陵》《闻王昌龄左迁龙标遥有此寄》《丁都护歌》《宿五松山下荀媪家》),以及展示自我性格的纯真之情(《静夜思》《古朗月行》《南陵别儿童入京》《独坐敬亭山》)等。由于"李太白为人天真流逸,志节高迈。所为文多直举胸臆,不假雕饰,而咳唾珠玉,气韵天成,盖能脱六朝初唐排比靡曼之习,而风气将变之机也"①,李白诗歌对"风气"的改变,就是用真心、表真情、显真意。有时,李白喜欢采用夸饰性的"大言",这与杜甫很不一样:"未老言老,不贫言贫,无病言病,此是杜子美家窃盗也。不饮一盏而言一日三百杯,不舍一文而言一挥数万钱,此是李太白家掏摸也。"②李白采用这种方法,也是为强化抒情性、增进感染力。

最后,诗歌写作技艺非凡。诗歌属于文学作品的重要体类,比之于散文小说等文体,诗歌对篇章结构、语词选用、写作方法、表达技巧等要求更加严格。一首优秀的诗歌,其浓烈的情感、深刻的思理,必须利用完整的篇章、适宜的语言及合理方法加以展现。李白的诗歌固然以言志抒情见长,而其创作之技艺,亦非常人所及。

在诗歌体式的选择上,李白以乐府为主而兼擅各体。乐府诗创作,李白接续拟古乐府的传统,采用"从缘题立意出发,在写作上独辟蹊径,通过对题意的深入挖掘,多层演绎,再加上奇特的构思,以求超越古辞与前人旧作"的方法③。这一重新激活古乐府传统的做法,与杜甫、白居易"即事名篇,无复依傍"的新题乐府相比,创新难度更大,需要作者的超凡才情支撑,非一般人可仿可达。李白的绝句几乎篇篇皆佳,他

---

① 〔清〕张九镡《书李集后》:《李白资料汇编》(金元明清之部)第1004页,中华书局,1994年。

② 〔明〕雪畴子《绿天耕舍燕草》(卷4):《李白资料汇编》(金元明清之部)第485页,中华书局,1994年。

③ 钱志熙《论李白乐府诗的创作思想、体制与方法》:《〈中国李白研究〉集萃》第429页,黄山书社,2017年。

"能以简洁明快的语言，表达出无尽的情思，做到了既自然，又含蓄，真实简练而蕴含丰富。这是绝句的最高境界"[1]。李白的律诗在遵循格律诗基本规范的同时，自由挥洒、情思飞扬、一气呵成，别具特色。明代陈沂对李白的五言律诗评价很高："太白五言律，如《塞下曲》《宫中行乐词》，极佳者；赠孟浩然、王使君、崔秋浦、钱少阳、《宣城北楼》《崔氏水亭》、《太原早秋》诸诗，皆使后人敛手耳。"[2]李白的七言律诗以《登金陵凤凰台》为代表，亦臻于唐代律诗名作之列。

在形象塑造上强调个性化，主观色彩浓郁。李白的诗歌，大多有其自我形象。他在作品中真切直白记述行为、表达情感、申明观点、展示个性，这种全方位的自我推介，有助于读者加深对作品与作者的体认。

在篇章结构上，注重完整而富于变化。作诗如作文，事情的生发变结、结构的起合承转等，是必须遵守的基本规则。李白诗歌在守规的同时，具有灵动畅达（《望庐山瀑布》）、情境跳跃变换（《宣州谢朓楼饯别校书叔云》）等特征。

在抒情表意上，坚持录真写实的原则。李白诗歌求"真"，表现为抒真情、记真景、写真事；李白诗歌务"实"，包括实事（与"君友亲民"的交往）、实境（山水胜迹）、实情（爱恨忧愤），达到了以真实而感人的目的。

在写作技巧上，融汇夸张、比拟等多种手法。李白性格外向、才华横溢、知识丰富而又立志高远、耽于理想，因而诗歌大量使用夸张、比喻、拟人、象征、使事用典等手法，再兼之以清新自然、明快流畅的语言，更加有利于表达思想、抒发激情。

李白身为盛唐诗坛居首的诗人，全力扫除六朝华靡诗风，完成了陈子昂的诗歌革新事业，创造性地发展了古典诗歌的内容和形式。他以厚重的思想内容、杰出的艺术成就，极大地提高了唐诗的审美价值，开创了中国古典诗歌的黄金时代。李白诗歌中的名篇佳作，更是使读者经眼入心，成为激励自己战胜困难、勇敢前行的精神食粮，这也成为李白"立言"而"不朽"的重要标志。

---

[1] 袁行霈《中国文学史》（第二卷）第223页，高等教育出版社，2005年。
[2]〔明〕陈沂《拘虚集·诗谈》：《李白资料汇编》（金元明清之部）第215页，中华书局，1994年。

3. 受众增识获益

诗歌的主要功能，在于启示、引导、激励读者，发挥增进知识、体认社会、领悟人生的作用。至于诗歌作品发挥作用或产生的影响究竟是正面还是负面的、读者是否获得收益，则是各不相同的。此处以著名的"三李"为例，稍加阐析。

李贺号为"诗鬼"，其诗多写死亡之事、地府之境，风格以"幽冷"著称，"黑云压城城欲摧""塞上燕脂凝夜紫"等（《雁门太守行》），读之使人心情黯淡、心态压抑。李商隐人生陷入"两难"（爱情与仕途）、政治上受到"两党"（牛党与李党）夹击，其诗欲言又止，风格"深婉"，通过多首《无题》及《锦瑟》诗，可见其迷茫之态、怅然之情。李白诗以"飘逸""激昂"为风格特色，虽然功业难成、阻障不断，也偶有灰心之时、逃避之念，但终归于积极进取、勇往直前，传达给读者的都是激情迸发的正能量。造成这一情形的原因，在于各人性格的不同。以李白与李商隐相较："他们同是情感上极其发达的人物，但是李义山的力量永远向里边缩，永远像蚕一样，作茧自缚，真是'春蚕到死丝方尽'似的。李白却不然，他的力量永远往外面施放，所以一不如意，他就要毁灭一切了！同是不如意，在李义山只有悲哀，但是在李白却是加上烦躁，因为李白为那要求一切的生命力所激扰故。""李商隐是针尖大的事情，也看得不得了，在李白这里，却是天大的事情，也看得不足一笑。这种风度，我们就称之为豪气。"① 因此，人们阅读李贺和李商隐的诗歌，心情总是难免纠结抑郁；而看到李白的诗歌，总是激励心神、催人奋进。读者从李白诗歌得到的最大收益，莫过于此。

增进知识，也是诗歌应当给予读者的礼物。不少人认为，李白诗仅仅以气势与激情取胜，其文字大多浅易，表明其文化（文学）知识不足。这种观点，显然是很大的误解。关于文字的浅白，其实是李白有意为之。清代钱泳就此谈过自己的体会："记得少时诵李、杜诗，似乎首首明白。……始悟诗文一道，用意要深切，立辞要浅显，不可取僻书释典，夹杂其中。但看古人诗文，不过将眼面前数千字搬来搬去，便函成绝大文章。乃知圣贤学问，亦不过将伦常日用之事，终身行之，便为希贤希

---

① 李长之《道教徒的诗人李白及其痛苦》第 56、14 页，辽宁教育出版社 1998 年。

圣，非有六臂三首牛鬼蛇神之异也。"①用人皆可识的浅近文字，表达精深思想与观点，是赋诗作文的高标。作者若无坚定意志、渊博知识且掌握正确方法，是难以企及的。陶渊明、孟浩然的诗歌以"平淡"著称而诗坛地位很高，李白虚心学陶而尊孟，盖源于此。

李白作诗多用浅近语言，其中所涉知识却极为丰富。以《蜀道难》为例："蚕丛及鱼凫""地崩山摧壮士死"出自扬雄《蜀王本纪》、"胁息"见于《汉书》，属于史学；"六龙回日"出自《淮南子》，属于子学；"冲波逆折"借自司马相如《上林赋》、"一夫当关，万夫莫开"借自张载《剑阁铭》、"侧身西望"见于张衡《四愁诗》，属于文学；"青泥"是山岭名称、"剑阁"载于郦道元《水经注》，属于地理学；"扪参历井"的"参""井"为二十八宿的星座，属于天文学；"子规啼夜月"见于张华《禽经》，可归于动植物学。再如《梁甫吟》："阳春"出自宋玉《九辩》、"朝歌屠叟"出自《韩诗外传》、"大贤虎变"出自《易经》、"高阳酒徒"（郦食其）出自《史记》、"攀龙"见于《汉书》、"投壶"见于《神异经》、"以额叩关阍者怒"借自《离骚》、"杞国无事忧天倾"来自《列子》、"獑猢"见于《述异记》、"智者可卷"本自《论语》、"轻鸿毛"出于《史记》、"力排南山三壮士，齐相杀之费二桃"出自《晏子春秋》、"两龙剑"见于张华《博物志》、"风云感会"出自《后汉书》……试问，如果李白未曾刻苦攻读、牢固记忆，怎能将如此多样的知识融为一体，创作出诗歌佳作？可见，李白的学识，也是依靠持之以恒的勤学苦读得来："李白《张秀才谒高中丞诗序》中有：'余时系寻阳狱，正读《留侯传》。'可见他虽然被捕入狱了，都还在读书，则平时更可知了。……所以倘若说李白不像普通人读书那么死，则可；倘若说他不读书，就不对了。"②还有论者以李白乐府诗为例，从读懂的"困难"入手，说明李白学问功力之深厚："读太白乐府者有三难：不先明古题辞义源委，不知夺换所自；不参按白身世遭遇之概，不知其因事傅题、借题抒情之本指；不读尽古人书，精熟

---

① 〔清〕钱泳《履园谭诗·总论》：《清诗话》第908页，上海古籍出版社，2015年。
② 李长之《道教徒的诗人李白及其痛苦》第77页，辽宁教育出版社，1998年。

《离骚》、选赋及历代诸家诗集，无由得其所伐之材与巧铸灵运之作略。今人第谓太白天才，不知其留意乐府，自有如许功力在，非草草任笔性悬合者。"① 可见，纠正李白作诗"多才情、少知识"的错误认识，是真正理解李白、学习李白的重要前提。

如果有意研究李白，除了其诗歌作品，还有许多相关问题可以探讨。这些问题大致可分为三个类别。一是"文本之歧"。因为"李白在唐代名气很大，托名、传误之作多有，流布到宋人编次之间又产生一些新的论误。宋以后有关李白诗歌的辨伪有大量议论，从苏轼、黄庭坚开始且有许多名家参与，其中大多从诗风推测，可备一说，难成定论。有些近年提出的伪作，因有较强的反证，意外地可以坐实"②。李白诗歌文本多歧，还可细分为辨别作品真伪、作品名称及文字正误（如《梦游天姥吟留别》又题为《梦游天姥山别东鲁诸公》）、作品顺序排列（如《古风五十九首》及作品"编年"）等。二是"作品之辩"。对于李白诗歌的理解，论者的意见多有不同，其中涉及创作时间、思想意旨、所指对象、创作方法、艺术特点等。《蜀道难》是典型的代表，相关争论至今未止。三是"作者之疑"。李白的出生地、家庭状况、行踪所历、交游之人、从璘评判、死亡原因等，无不疑点重重、莫衷一是。上述这些问题，有的经过深入研究、找到有力证据，已经得以解决；有的仍在论争之中。如果参与其中，就可以更加准确地体认李白，开阔自己的眼界，提高研学认知水平。

清代著名文人姚莹（桐城派领袖姚鼐之孙）在评价李白、杜甫、白居易、陆游时，说他们"以诗人震耀今古，称名之伟如日月江河者，何也？则不惟其诗，惟其人也。此三四公者，方谓天地间所责于吾身其众且巨，将汲汲焉求以任之，不得已而以诗名，岂彼之所自命为豪杰者乎！惟自命不在此，而卒迫之不得不出于此，然后以其胸中之所磅礴郁积者一托于诗以鸣其意。其蓄之也厚，故发之也无穷；其念之也深，故言之

---

① 〔明〕胡震亨《唐音癸签》（卷9）：《明诗话全编》第6895页，凤凰出版社，1997年。
② 陈尚君《李白诗歌文本多歧状态之分析》：《唐诗求是》第386页，上海古籍出版社，2018年。

也愈切。……夫非其声音文字之工也,是其忠义之气,仁孝之怀,坚贞之操,幽苦怨愤郁结而不可申之志,所存者然也。惟然,故观其诗可得其人;其人虽亡,其名以立"①。这段文字用之于杜、白、陆三人固无不妥,而用之于李白则是更加贴切。这也是李白其人其诗传之久远、光耀千古的主因。

---

① 〔清〕姚莹《黄香石诗序》:《李白资料汇编》(金元明清之部)第1164页,中华书局,1994年。

结语：李白人格精神的现代启示

我们所处的时代，是一个科学进步、产力强大、物质丰富、生活改善、资讯发达、全球一体、思想活跃、文化多元、强调人本、谋求和谐的时代，同时又是一部分人私心膨胀、物欲横流、诚信趋寡、公德缺失、金钱至上、投机取巧、放弃理想、逃避责任的时代。处于这样的时代，最为迫切的任务，就是对凝聚人心、激励斗志之优秀文化的整合与构建。从事这一工作，必须从博大精深、源远流长的传统文化中汲取营养。就社会个体的文化素质而言，李白所拥有的热衷服务社会、积极进取求索、保有独立人格、勇于张扬个性等特点，都是其人格精神的具体展现。平心而论，李白的精神及人生取向是中国历来所缺乏的，至今仍具有借鉴参考价值。

（一）树立信念　追求理想

每个人都有自己的人生目标、志向抱负。所不同的是，有的人目光短浅，只是为了一己私利而求田问舍、贪图物欲，无异于行尸走肉。更有甚者，把获取个人私利建立在损害社会或他人利益之上，理应被社会所唾弃。真正的人生，应当眼界开阔、志存高远，树立起远大理想抱负、坚定信念和明确的人生目标。

就李白而言，他的理想就是"功成身退"。为达此目的，他进行了长时间、多方面的准备。为了实现理想，他投入了自己的一生。李白虽然时常发出脱离俗世红尘的牢骚语，但始终没有动摇过人生信念，没有放弃对理想的执着追求。有人指责他晚年不该"从璘"，其实这是他为了实现"事功"理想而作的选择。有人认为李白是个很幼稚的人，他的所谓理想抱负非常可笑。以这样的眼光看待李白，可谓谬之千里。因为李白所确立的人生目标，乃是每一位富有社会责任感、渴望建功立业文士的同思共想。我们不妨举出几例:"致君尧舜上,再使风俗淳"①,是杜甫的政治目标;"欲为圣明除弊事,肯将衰朽惜残年"②,是韩愈的人生定位;与此相近者还有辛弃疾"了却君王天下事,赢得生前身后名"③、文天祥"人生自古谁无死,留取丹心照汗青"④。他们的这些表述,还都是在建功立业的层面,更有的则是以"成圣"自期:"为天地立心,为生民立道(命),为去(往)圣继绝学,为万世开太平。"⑤读罢北宋理学家张载此言,怎能不为之肃然起敬?难道这些都是哗众取宠吗?可见,以功名自许、以圣贤自期,是包括李白在内的古代文人士子的基本追求。

新中国成立以后,我们曾经拥有一个确立了远大理想、坚定信念的社会模式。可惜近些年来,对物质的渴求充斥社会,拜金主义、极端利己主义思潮盛行。有的人不仅放弃了马克思主义,而且割断了中华民族文化的优良传统。仁爱的思想、治国平天下的追求、实现"大同"社会的理想,统统被抛弃;物质生活得到了极大改善,而精神方面则显得苍白空虚。不少人成为精神的乞丐,整个社会也就缺少了有力的理念支撑。要改变这一状况,必须让人们重新树立理想信念,积极追求理想。固然,限于主客观条件的制约,个人的理想往往难以完全实现。但是,拥有高远的理想并为之不懈努力,就会使人生变得精彩美丽、魅力四射。李白的人生,就是这样足以令我们视为楷模的精彩人生。

(二)关心社会 批判现实

生活在社会之中,每个人都有自己的处世为人方式。陶渊明虽"结庐在人境",却能做到视世事于不见的"心远地自偏"⑥;阮籍从不臧否人物,仅以青白眼表明好恶;王维退居辋川,"万事不关心"⑦,等等,都是一种选择,也都有各自的主客观原因。但是,正视现实、直面现实、积极投身现实,则更加令人肃然起敬。

---

① 《奉赠韦左丞二十二韵》:《全唐诗》第2251页,中华书局,1960年。
② 《左迁至蓝关示侄孙湘》:《全唐诗》第3859页,中华书局1960年。
③ 《破阵子·醉里挑灯看剑》:《稼轩词编年笺注》第204页,上海古籍出版社,1978年。
④ 《过零丁洋》:《中国文学作品选》(第四册)第344页,东北师范大学出版社,1998年。
⑤ 〔宋〕朱熹、吕祖谦编 杨浩译注《近思录》第123页,中华书局,2020年。
⑥ 〔晋〕陶渊明《饮酒二十首》(其五):《陶渊明集笺注》第242页,中华书局,2018年。
⑦ 《酬张少府》:《全唐诗》第1267页,中华书局,1960年。

李白"日为苍生忧"①，时刻关心着现实。对于下层百姓的疾苦，他以《丁都护歌》《宿五松山下荀媪家》等诗歌，给予了深切的同情；对于安史乱后"茫茫走胡兵""豺狼尽冠缨"的严峻形势②，他表现出极大的忧虑。不过，李白特别值得称道的，乃是对社会现实问题的大胆揭露与批判。"穷兵黩武今如此，鼎湖飞龙安可乘"③，是在反对好大喜功；"前门长揖后门关，今日结交明日改"④，是在讽刺堕落世风；"中贵多黄金，连云开甲宅"⑤，是在揭发得势宦官；"殷后乱天纪，楚怀亦已昏"⑥，则是在直斥昏聩的皇帝。试想，有多少人能够如此大胆且全方位地对身边的奸邪之人、不良现象进行批判？李白当时不被人喜，这肯定是重要原因。但是，从国家民族最大利益而言，非常需要有这样的敢言之人。因为孟子早就指出："入则无法家拂士，出则无敌国外患者，国恒亡。"⑦据此，不论李白之于现实的批判是否完全得当，这种勇气、精神与社会责任感都应当得到保护与扶持。

当今社会，人们的物质生活得到极大改善，但思想意识与境界并未真正与之相应。"各人自扫门前雪，莫管他人瓦上霜"⑧"事不关己，高高挂起；……只要组织照顾，不要组织纪律"的利己主义者有之⑨；面对国家利益受到侵蚀、公众利益受到损害、弱势群体需要救助而漠然视之者有之；面对不良社会现象摇头叹气的悲观主义者有之；甚至还有伺机煽风点火、唯恐天下不乱之人。凡此种种，对社会的安定与进步，都是非常不利的。因此，应当下大力气培养人们关心国家大事、关注社会发展的意识。使每个公民真正树立公德、提高公民意识，成为积极入世之人，而不做旁观者；多提建设性的意见，而不是一味冷嘲热讽。这样，于国于家、于人于己都是有益的。李白，在这方面也是很值得我们学习的。

---

① 《赠清漳明府侄聿》：《全唐诗》第1737页，中华书局，1960年。
② 《古风五十九首》（其十九）：《全唐诗》第1673页，中华书局，1960年。
③ 《胡无人行》：《全唐诗》第247页，中华书局，1960年。
④ 《赠从弟南平太守之遥二首》（其一）：《全唐诗》第1755页，中华书局，1960年。
⑤ 《古风五十九首》（其二十四）：《全唐诗》第1674页，中华书局，1960年。
⑥ 《古风五十九首》（其五十一）：《全唐诗》第1678页，中华书局，1960年。
⑦ 〔清〕焦循《孟子正义·告子下》第515页，上海书店影印出版，1986年。
⑧ 〔明〕冯梦龙《警世通言·玉堂春落难逢夫》第274页，河北人民出版社，1993年。
⑨ 毛泽东《反对自由主义》：《毛泽东选集》（一卷本）第330页，人民出版社，1967年。

（三）积极进取　挫而不折

李白一生积极入世进取、渴望建功立业，具有强烈的英雄主义、乐观主义精神。然而，我们更应看重他的遇挫而不折。挫折之意，包含着遇到困难、失败之后的屈服与退缩。一般人是遇挫即折，具有一定意志品质的人，可做到再挫、三挫而折。只有意志极其坚强者，方可达到挫而不折的程度。以唐代诗人为例，真正称得上挫而不折的，不过高适、刘禹锡、李白数人而已。高适的"莫愁前路无知己，天下谁人不识君"[①]，激励着无数穷途之人重新树立信心；而刘禹锡"沉舟侧畔千帆过，病树前头万木春"的表述[②]，更是遭受长期不公正待遇却仍对前途满怀希望的展现。李白一生的追求是"功成身退"，由于"功成"是"身退"的前提和必须，因此"事功"就成为李白最大的愿望、"入世"成为必然选择。但是入世事功的过程中，他遇到了无数的困难。他的思想及行为无人理解："悲来不吟还不笑，天下无人知我心"[③]；他深切感受到世态炎凉与人心不古："兄弟尚路人，吾心安所从。它人方寸间，山海几千重"[④]；他感到天下虽大，自己却无路可走："欲渡黄河冰塞川，将登太行雪暗天"[⑤]，不断地被巨大的忧愁所笼罩。但是，在遭受世人不解、帝王弃逐直至因"助逆"而被流放夜郎等无数挫折后，他始终没有放弃理想与追求，始终坚信自己的目标可以达到、理想可以成为现实，对自己、对前途充满了信心。

追求理想、战胜困难，贯穿着李白的一生，这种精神特别值得我们学习与借鉴。当今社会的经济发展很快，社会集团的重组新建十分频繁，身份的变换与利益再分配非常普遍。与之相应，成功与失败、受挫与顺利成为每个社会成员的人生常态。因此，始终保持一种积极进取、遇挫不折的精神，并且将其付诸人生实践之中，就显得非常重要。

---

① 〔唐〕高适《别董大二首》（其二）：《高适诗集编年笺注》第 193 页，中华书局，1981 年。
② 〔唐〕刘禹锡《酬乐天扬州初逢席上见赠》：《全唐诗》第 4061 页，中华书局，1960 年。
③ 《悲歌》：《全唐诗》第 312 页，中华书局，1960 年。
④ 《箜篌谣》：《全唐诗》第 424 页，中华书局，1960 年。
⑤ 《行路难三首》（其一）：《全唐诗》第 344 页，中华书局，1960 年。

（四）保持个性　展示自我

中华传统文化是建立在农耕文明基础上形成的。农耕文明以对不可移动的土地的依赖为前提，与游牧、商业乃至海洋性文明有着很大区别，从而使得个人与家庭、邻里、社区乃至国家的联系更加紧密，保持和张扬个性的可能性较小。秦朝确立的大一统政治结构模式、西汉确立的"罢黜百家，独尊儒术"的思想统治模式，使得对个性、平等的追求变得更加困难。

唐朝社会政治虽然较为开明，但在"三纲五常""尊尊敬长"已经深入人心的文化背景下，很少有人认识到个性、平等之类的问题，更不必说为之努力争取。因此，李白的言行就显得尤其突出："作人不倚将军势，饮酒岂顾尚书期"[①]"府县尽为门下客，王侯皆是平交人"[②] 等诗句，都表现出鲜明的平等思想。这种平等思想不是一时的做秀造势，也不是醉酒之后的装疯卖傻，而是植根于头脑中、落实在行动上的终极追求。他不但平交王侯，也平交百姓与皇帝。他既"敢把皇帝拉下马"（如果"玉手调羹、贵妃捧砚"属实的话），又对下层人民恭敬坦诚（参见《宿五松山下荀媪家》《赠汪伦》等诗），正是平等思想的体现。因为在中华历史上，对高贵帝王的不恭与对低贱草民的尊敬都是极为罕见的。对于李白的个性，我们不必刻意模仿他的贪杯嗜酒，但他的自信、天真、坦荡特别是干云豪气，则是我们十分需要的。

在经过数十年的改革开放、初步达到"小康"社会、GDP 位列世界第二的今天，我国的文化软实力亟待提高。文化软实力包括国民的整体素质，而整体素质是由每一位国民的素质累积而成的。国民素质中最重要的成分是人格独立、自尊自信、观念平等，同时能够以适当的方式将其予以表达。可惜，我们在这方面的缺陷很大。嫌贫爱富、炫财耀富者有之，瞒上欺下、践踏民主者有之，离经叛道、故弄玄虚者有之，真正能够以平等、独立为前提的正常自我个性、才华展示并不多见。因此，我们应当注重强化平等、自尊、公德等公民意识的培育，以提高现代社会文明的水平。

[①]《扶风豪士歌》：《全唐诗》第 1717 页，中华书局，1960 年。
[②]《少年行》：《全唐诗》第 324 页，中华书局，1960 年。

（五）热爱自然　和谐共处

李白非常热爱大自然："五岳寻仙不辞远，一生好入名山游。"① 他与大自然相互尊重："相看两不厌，只有敬亭山。"② 与大自然合为一体："懒摇白羽扇，裸体青林中。脱巾挂石壁，露顶洒松风。"③ 与大自然心灵融通："有时白云起，天际自舒卷。心中与之然，托兴每不浅。"④ 大自然缓解了他的烦恼："雁引愁心去，山衔好月来。"⑤ 在大自然中体悟了事物的法则，获得了难以言传的愉悦："问余何意栖碧山，笑而不答心自闲。桃花流水窅然去，别有天地非人间。"⑥ 李白可以说真正实现了与自然的和谐共处。

对大自然的态度，从根本上讲反映了个人的修养品位，显示出社会的文化水准，并且关系着人类的生死存亡。当人们懂得尊重自然、保护自然并投身自然、领悟自然、赞美自然的时候，大自然一定会以母亲般的胸怀与慈爱养育和回馈人类；当人们滥砍乱伐森林树木、毁坏草原植被、将工业废水和生活污水直接排入江河湖海的时候，大自然就会以泥石流、山体滑坡、沙尘暴、大旱或大涝、污染或疫病来警示或惩治人类。对大自然的过分掠夺与改造，造成严重的温室效应、大气层空洞，其结果不仅仅关涉人类的生存，甚至危及地球上的所有生物和地球本身。对大自然的不尊重、与大自然的不和谐，既是社会不和谐的表现，又是造成社会大动荡的诱因。自然财富分配不均，会形成社会成员之间的矛盾；自然遭到破坏的严重后果，会损坏人们的财产、伤害人们的生命。一旦出现这种情况，很难确保社会的和谐与人们的和平共处，极有可能形成动乱。

我国正在努力建设和谐社会，"社会和谐是中国特色社会主义的本质特征，是国家富强、民族振兴、人民幸福的重要保证。……是民主法治、公平正义、诚信友爱、充满活力、安定有序、人与自然和谐相处的

---

① 《庐山谣寄卢侍御虚舟》：《全唐诗》第1773页，中华书局，1960年。
② 《独坐敬亭山》：《全唐诗》第1858页，中华书局，1960年。
③ 《夏日山中》：《全唐诗》第1856页，中华书局，1960年。
④ 《望终南山寄紫阁隐者》：《全唐诗》第1767页，中华书局，1960年。
⑤ 《与夏十二登岳阳楼》：《全唐诗》第1838页，中华书局，1960年。
⑥ 《山中问答》：《全唐诗》第1813页，中华书局，1960年。

社会，也是全体人民学有所教、劳有所得、病有所医、老有所养、住有所居的社会"①。这段文字，是我们创建的"和谐社会"的基本内涵。但是要实现上述目标，我们还有很长的路要走、很多问题要解决，其中首要的是解决思想观念的问题。李白具有的积极进取、勇于创新、和睦共处（人与自然）等精神理念，可以为之提供参照。因此，我们真的有必要认真读读李诗、想想李白，以助益正确对待自然、对待社会、对待自己。

  关于李白的话题，还可以讲出很多。自唐迄今，李白始终受到热切的关注。李白其人其诗不仅已经汇入中华文化的系统之中，而且成为一种特征鲜明突出的文化形态、文化象征、文化需求，至今仍具有强大的生命力。这值得我们很好地分析思索、汲取营养并加以创制生新，以促使我们的社会文化事业得到更快的进步与发展。

---

① 中宣部《社会主义核心价值体系学习读本》第34页，学习出版社，2009年。

主要参考书目

B

《白居易集》〔唐〕白居易,长沙:岳麓书社,1992年。
《柏拉图文艺对话集》朱光潜译,北京:人民文学出版社,1963年。
《北梦琐言》〔宋〕孙光宪,《宋人诗话外编》本,北京:国际文化出版公司,1996年。
《本事诗》〔唐〕孟棨,《历代诗话续编》本,北京:中华书局,1983年。
《弁山小隐吟录》〔元〕黄玠,《文渊阁四库全书》本,台北:台湾商务印书馆,1986年。

C

《沧浪诗话》〔宋〕严羽,《历代诗话》本,北京:中华书局,1981年。
《册府元龟》〔宋〕王钦若,《文渊阁四库全书》本,台北:台湾商务印书馆,1986年。
《茶山集》〔宋〕曾几,《文渊阁四库全书》本,台北:台湾商务印书馆,1986年。
《禅宗与中国文化》葛兆光,上海:上海人民出版社,1986年。
《陈振孙诗话》〔宋〕陈振孙,《宋诗话全编》本,南京:凤凰出版社,1998年。
《成都文类》〔宋〕扈仲荣,《文渊阁四库全书》本,台北:台湾商务印书馆,1986年。
《诚斋集》〔宋〕杨万里,《文渊阁四库全书》本,台北:台湾商务印书馆,1986年。
《诚斋诗话》〔宋〕杨万里,《宋诗话全编》本,南京:凤凰出版社,1998年。

《重编琼台稿》〔明〕丘濬，《文渊阁四库全书》本，台北：台湾商务印书馆，1986年。

《初寮集》〔宋〕王安中，《文渊阁四库全书》本，台北：台湾商务印书馆，1986年。

《春渚纪闻》〔宋〕何薳，《宋元笔记小说大观》本，上海：上海古籍出版社，2001年。

《此山诗集》〔元〕周权，《文渊阁四库全书》本，台北：台湾商务印书馆，1986年。

D

《澹轩集》〔宋〕李吕，《文渊阁四库全书》本，台北：台湾商务印书馆，1986年。

《道德经讲解》黄朴民，长沙：岳麓书社，2005年。

《道教徒的诗人李白及其痛苦》李长之，沈阳：辽宁教育出版社，1998年。

《东维子集》〔元〕杨维桢，《文渊阁四库全书》本，台北：台湾商务印书馆，1986年。

《东坡全集》〔宋〕苏轼，《文渊阁四库全书》本，台北：台湾商务印书馆，1986年。

《东野农歌集》〔宋〕戴昺，《文渊阁四库全书》本，台北：台湾商务印书馆，1986年。

《洞霄图志》〔宋〕邓牧，《文渊阁四库全书》本，台北：台湾商务印书馆，1986年。

《读通鉴论》〔清〕王夫之，北京：中华书局，1975年。

《杜诗镜铨》〔清〕杨伦，上海：上海古籍出版社，1980年。

《杜诗详注》〔清〕仇兆鳌，北京：中华书局，1979年。

《逊志斋集》〔明〕方孝孺，《文渊阁四库全书》本，台北：台湾商务印书馆，1986年。

F

《分甘余话》〔清〕王士禛，北京：中华书局，1989年。

《佛教与中国文化》张曼涛，上海：上海书店，1987年。

《佛学与隋唐社会》张国刚，石家庄：河北人民出版社，2002年。

《傅与砺诗文集》〔元〕傅若金，《文渊阁四库全书》本，台北：台湾商务印书馆，1986年。

G

《高适诗集编年笺注》刘开扬，北京：中华书局，1981年。

《攻媿集》〔宋〕楼钥，《文渊阁四库全书》本，台北：台湾商务印书馆，1986年。

《碧溪诗话》〔宋〕黄彻，《宋诗话全编》本，南京：凤凰出版社，1998年。

《古欢堂集》〔清〕田雯，《文渊阁四库全书》本，台北：台湾商务印书馆，1986年。

《古今事文类聚》〔宋〕祝穆，《文渊阁四库全书》本，台北：台湾商务印书馆，1986年。

《古代小说百科大辞典》白维国主编，北京：学苑出版社，1992年。

《古梅遗稿》〔宋〕吴龙翰，《文渊阁四库全书》本，台北：台湾商务印书馆，1986年。

《归潜志》〔金〕刘祁，《宋元笔记小说大观》本，上海：上海古籍出版社，2001年。

《归田类稿》〔元〕张养浩，《文渊阁四库全书》本，台北：台湾商务印书馆，1986年。

H

《海录碎事》〔宋〕叶廷珪，《文渊阁四库全书》本，台北：台湾商务印书馆，1986年。

《河岳英灵集》〔唐〕殷璠，《唐人选唐诗新编》本，西安：陕西教育出版社，1996年。

《鹤林玉露》〔宋〕罗大经，《宋人诗话外编》本，北京：国际文化出版公司，1996年。

《后村集》〔宋〕刘克庄，《文渊阁四库全书》本，台北：台湾商务印书馆，1986年。

《后山诗话》〔宋〕陈师道，《历代诗话》本，北京：中华书局，1981年。

《华阳国志》〔晋〕常璩，《文渊阁四库全书》本，台北：台湾商务印书馆，1986年。

《淮南子》〔汉〕刘安，《诸子集成》本，上海：上海书店，1986年。

《環溪诗话》〔宋〕吴沆，《宋诗话全编》本，南京：凤凰出版社，1998年。

J

《稼轩词编年笺注》邓广铭，上海：上海古籍出版社，1978年。

《涧泉集》〔宋〕韩淲，《文渊阁四库全书》本，台北：台湾商务印书馆，1986年。

《江湖小集》〔宋〕陈起，《文渊阁四库全书》本，台北：台湾商务印书馆，1986年。

《近思录》〔宋〕朱熹、吕祖谦，北京：中华书局，2020年

《经学概说》何耿镛，武汉：湖北人民出版社，1984年。

《警世通言》〔明〕冯梦龙，石家庄：河北人民出版社，1993年。

《旧唐书》〔五代〕刘昫，《二十五史》本，上海：上海古籍出版社，1986年。

K

《开元天宝遗事》〔五代〕王仁裕，《全唐五代笔记》本，西安：三秦出版社，2012年。

《开元天宝遗事十种》丁如明辑校，上海：上海古籍出版社，1985年。

《会稽志》〔宋〕张淏，《文渊阁四库全书》本，台北：台湾商务印书馆，1986年。

L

《郎瑛诗话》〔明〕郎瑛，《明诗话全编》本，南京：凤凰出版社，1997年。

《老子道德经》〔三国·魏〕王弼注，《诸子集成》本，上海：上海书店，1986年。

《老学庵笔记》〔宋〕陆游，《宋元笔记小说大观》本，上海：上海古籍出版社，2001年。

《类说》〔宋〕曾慥，《文渊阁四库全书》本，台北：台湾商务印书馆，1986年。

《冷斋夜话》〔宋〕释惠洪，《宋元笔记小说大观》本，上海：上海古籍出版社，2001年。

《李白丛考》郁贤皓，西安：陕西人民出版社，1982年。

《李白资料汇编》（金元明清之部）裴斐、刘善良，北京：中华书局，1994年。

《李白资料汇编》（唐宋之部）金涛声，北京：中华书局，2007年。

《李白全集编年笺注》安旗，北京：中华书局，2015年。

《李白全集校注汇释集评》詹锳,天津:百花文艺出版社,1996年。
《李白十论》裴斐,成都:四川人民出版社,1981年。
《李白诗文系年》詹锳,北京:人民文学出版社,1984年。
《李白年谱》安旗、薛天纬,济南:齐鲁书社,1982年。
《李白生平研究匡补》杨栩生,成都:巴蜀书社,2000年。
《李太白全集》〔清〕王琦,北京:中华书局,2015年。
《李翰林集》马鞍山李白研究所,合肥:黄山书社,2004年。
《李白诗论丛》詹锳,北京:人民文学出版社,1984年。
《李白故居白兆山》朱绍赋,武汉:长江文艺出版社,2012年。
《李贺诗集》叶葱奇,北京:人民文学出版社,1959年。
《礼记译解》王文锦,北京:中华书局,2001年。
《历代词论新编》龚兆吉,北京:北京师范大学出版社,1984年。
《历代诗话》〔清〕何文焕,北京:中华书局,1981年。
《历代诗话续编》丁福保,北京:中华书局,1983年。
《梁溪集》〔宋〕李纲,《文渊阁四库全书》本,台北:台湾商务印书馆,1986年。
《两宋名贤小集》〔宋〕陈思编、〔元〕陈世隆补,《文渊阁四库全书》本,台北:台湾商务印书馆,1986年。
《辽金元诗话全编》吴文治,南京:凤凰出版社,2006年。
《刘宾客嘉话录》〔唐〕韦绚,《唐五代笔记小说大观》本,上海:上海古籍出版社,2000年。
《刘克庄诗话》〔宋〕刘克庄,《宋诗话全编》本,南京:凤凰出版社,1998年。
《龙城录》〔唐〕柳宗元,《唐五代笔记小说大观》本,上海:上海古籍出版社,2000年。
《卢溪文集》〔宋〕王庭珪,《文渊阁四库全书》本,台北:台湾商务印书馆,1986年。
《陆放翁全集》〔宋〕陆游,北京:中国书店,1986年。
《陆游集》〔宋〕陆游,北京:中华书局,1976年。
《陆游资料汇编》孔凡礼、齐治平,北京:中华书局,1962年。
《吕氏春秋集释》许维遹,北京:中华书局,2017年。
《履园谭诗》〔清〕钱泳,《清诗话》本,上海:上海古籍出版社,

2015年。

《论语译注》杨伯峻，北京：中华书局，1980年。

M

《毛诗正义》〔唐〕孔颖达，《十三经注疏》本，北京：中华书局，1980年。

《毛泽东选集》毛泽东，北京：人民出版社，1967年。

《孟子译注》杨伯峻，北京：中华书局，2005年。

《孟子正义》〔清〕焦循，《诸子集成》本，上海：上海书店，1986年。

《明皇杂录·补遗》〔唐〕郑处诲，《唐五代笔记小说大观》本，上海：上海古籍出版社，2000年。

《明诗话全编》吴文治，南京：凤凰出版社，1997年。

《名义考》〔明〕周祈，《文渊阁四库全书》本，台北：台湾商务印书馆，1986年。

《墨庄漫录》〔宋〕张邦基，《宋元笔记小说大观》本，上海：上海古籍出版社，2001年。

N

《南史》〔唐〕李延寿，《二十五史》本，上海：上海古籍出版社，1986年。

《南部新书》〔宋〕钱易，《宋元笔记小说大观》本，上海：上海古籍出版社，2001年。

《南涧甲乙稿》〔宋〕韩元吉，《文渊阁四库全书》本，台北：台湾商务印书馆，1986年。

《能改斋漫录》〔宋〕吴曾，《宋诗话全编》本，南京：凤凰出版社，1998年。

O

《欧阳修撰集》〔宋〕欧阳澈，《文渊阁四库全书》本，台北：台湾商务印书馆，1986年。

《瓯北诗话》〔清〕赵翼，《清诗话续编》本，上海：上海古籍出版社，1983年。

P

《裴斐文集》裴斐，北京：人民文学出版社，2013年。

《鄱阳五家集》〔宋〕黎廷瑞，《文渊阁四库全书》本，台北：台湾商务印书馆，1986年。

Q

《骑省集》〔宋〕徐铉，《文渊阁四库全书》本，台北：台湾商务印书馆，1986年。

《青山集》《青山续集》〔宋〕郭祥正，《文渊阁四库全书》本，台北：台湾商务印书馆，1986年。

《清江三孔集》〔宋〕孔平仲，《文渊阁四库全书》本，台北：台湾商务印书馆，1986年。

《清诗话续编》郭绍虞，上海：上海古籍出版社，1983年。

《清献集》〔宋〕杜范，《文渊阁四库全书》本，台北：台湾商务印书馆，1986年。

《秋涧集》〔元〕王恽，《文渊阁四库全书》本，台北：台湾商务印书馆，1986年。

《全唐诗》〔清〕彭定求，北京：中华书局，1960年。

《全唐诗补编》陈尚君，北京：中华书局，1992年。

《全唐文》〔清〕董诰，上海：上海古籍出版社，1990年。

《全唐五代笔记》陶敏，西安：三秦出版社，2012年。

《全元曲》张月中，郑州：中州古籍出版社，1996年。

R

《日知录集释》〔清〕顾炎武，北京：中华书局，2020年。

《儒学的历史文化功能》陈明，北京：中国社会科学出版社，2005年。

S

《山谷集》〔宋〕黄庭坚，《文渊阁四库全书》本，台北：台湾商务印书馆，1986年。

《珊瑚钩诗话》〔宋〕张表臣，《历代诗话》本，北京：中华书局，1981年。

《少室山房笔丛》〔明〕胡应麟，《文渊阁四库全书》本，台北：台湾商务印书馆，1986年。

《升庵集》〔明〕杨慎，《文渊阁四库全书》本，台北：台湾商务印书馆，1986年。

《升庵诗话》〔明〕杨慎，《历代诗话续编》本，北京：中华书局，1983年。

《诗薮》〔明〕胡应麟,《明诗话全编》本,南京:凤凰出版社,1997年。
《诗人玉屑》〔宋〕魏庆之,上海:上海古籍出版社,1978年。
《诗国高潮与盛唐文化》葛晓音,北京:北京大学出版社,1998年。
《十三经注疏》〔清〕阮元,北京:中华书局,1980年。
《十五家词》〔清〕陈维崧,《文渊阁四库全书》本,台北:台湾商务印书馆,1986年。
《石屏诗集》〔宋〕戴复古,《文渊阁四库全书》本,台北:台湾商务印书馆,1986年。
《石园诗话》〔清〕余成教,《清诗话续编》本,上海:上海古籍出版社,1983年。
《石洲诗话》〔清〕翁方纲,《清诗话续编》本,上海:上海古籍出版社,1983年。
《石田诗选》〔明〕沈周,《文渊阁四库全书》本,台北:台湾商务印书馆,1986年。
《仕学规范》〔宋〕张镃,《文渊阁四库全书》本,台北:台湾商务印书馆,1986年。
《鼠璞》〔宋〕戴埴,《文渊阁四库全书》本,台北:台湾商务印书馆,1986年。
《双溪集》〔明〕杭淮,《文渊阁四库全书》本,台北:台湾商务印书馆,1986年。
《双溪醉隐集》〔元〕耶律铸,《文渊阁四库全书》本,台北:台湾商务印书馆,1986年。
《四书章句集注》〔宋〕朱熹,北京:中华书局1983年。
《四溟诗话》〔明〕谢榛,《历代诗话续编》本,北京:中华书局,1983年。
《宋诗话全编》吴文治主编,南京:凤凰出版社,1998年。
《宋史》〔元〕脱脱、〔元〕阿鲁图,《二十五史》本,上海:上海古籍出版社,1986年。
《宋人诗话外编》程毅中主编,北京:国际文化出版公司,1996年。
《宋元笔记小说大观》上海古籍出版社编,上海:上海古籍出版社,2001年。
《岁寒堂诗话》〔宋〕张戒,《历代诗话续编》本,北京:中华书局,1983年。

T

《太平广记》〔宋〕李昉，北京：中华书局，1961年。

《太平御览》〔宋〕李昉，《文渊阁四库全书》本，台北：台湾商务印书馆，1986年。

《唐诗别裁集》〔清〕沈德潜，北京：中华书局，1975年。

《唐诗纪事》〔宋〕计有功，上海：上海古籍出版社，2013年。

《唐诗品汇》〔明〕高棅，《明诗话全编》本，南京：凤凰出版社，1997年。

《唐宋八大家散文总集》郭预衡，石家庄：河北人民出版社，1995年。

《唐诗镜》〔明〕陆时雍，《明诗话全编》本，南京：凤凰出版社，1997年。

《唐人选唐诗新编》傅璇琮，西安：陕西人民教育出版社，1996年。

《唐诗汇评》陈伯海，杭州：浙江教育出版社，1996年。

《唐朝文化史》徐连达，上海：复旦大学出版社，2003年。

《唐诗求是》陈尚君，上海：上海古籍出版社，2018年。

《唐人轶事汇编》周勋初，上海：上海古籍出版社，2006年。

《唐文粹》〔宋〕姚铉，《文渊阁四库全书》本，台北：台湾商务印书馆，1986年。

《唐代文学研究论著集成》傅璇琮、罗联添，西安：三秦出版社，2004年。

《唐诗史案·李白从璘案》陈文华，上海：上海古籍出版社，2003年。

《唐国史补》〔唐〕李肇，《唐五代笔记小说大观》本，上海：上海古籍出版社，2000年。

《唐五代笔记小说大观》丁如明，上海：上海古籍出版社，2000年。

《唐才子传校笺》傅璇琮，北京：中华书局，1995年。

《唐音癸签》〔明〕胡震亨，上海：古典文学出版社，1957年。

《唐语林》〔宋〕王谠，上海：上海古籍出版社，1978年。

《全唐五代小说》李时人，西安：陕西人民出版社，1998年。

《唐摭言》〔五代〕王定保，《全唐五代笔记》本，西安：三秦出版社，2012年。

《陶渊明集笺注》袁行霈，北京：中华书局，2018年。

《苕溪渔隐丛话》〔宋〕胡仔，《宋诗话全编》本，南京：凤凰出版社，

1998年。

《屠隆诗话》〔明〕屠隆,《明诗话全编》本,南京:凤凰出版社,1997年。

W

《宛陵集》〔宋〕梅尧臣,《文渊阁四库全书》本,台北:台湾商务印书馆,1986年。

《王维集校注》陈铁民,北京:中华书局,1997年。

《王文成全书》〔明〕王守仁,《文渊阁四库全书》本,台北:台湾商务印书馆,1986年。

《王阳明全集》〔明〕王守仁,上海:上海古籍出版社,2011年。

《王文公文集》〔宋〕王安石,上海:上海人民出版社,1974年。

《王维集校注》陈铁民,北京:中华书局,1997年。

《围炉诗话》〔清〕吴乔,《清诗话续编》本,上海:上海古籍出版社,1983年。

《文选》梁·萧统编、〔唐〕李善注,长沙:岳麓书社,2002年。

《文忠集》〔宋〕周必大,《文渊阁四库全书》本,台北:台湾商务印书馆,1986年。

《文山集》〔宋〕文天祥,《文渊阁四库全书》本,台北:台湾商务印书馆,1986年。

《五总录》〔宋〕吴坰,《文渊阁四库全书》本,台北:台湾商务印书馆,1986年。

X

《西清诗话》〔宋〕蔡絛,《宋诗话全编》本,南京:凤凰出版社,1998年。

《西湖游览志·西湖游览余志》〔明〕田汝成,《文渊阁四库全书》本,台北:台湾商务印书馆,1986年。

《西圃说诗》〔清〕田同之,《清诗话续编》本,上海:上海古籍出版社,1983年。

《咸平集》〔宋〕田锡,《文渊阁四库全书》本,台北:台湾商务印书馆,1986年。

《小畜集》〔宋〕王禹偁,《文渊阁四库全书》本,台北:台湾商务印书馆,1986年。

《新唐书》〔宋〕欧阳修,《二十五史》本,上海:上海古籍出版社,1986年。

《盱江集》〔宋〕李觏,《文渊阁四库全书》本,台北:台湾商务印书馆,1986年。

Y

《俨山集》〔明〕陆深,《文渊阁四库全书》本,台北:台湾商务印书馆,1986年。

《弇州四部稿》〔明〕王世贞,《文渊阁四库全书》本,台北:台湾商务印书馆,1986年。

《雁门集》〔元〕萨都剌,《文渊阁四库全书》本,台北:台湾商务印书馆,1986年。

《筱园诗话》〔清〕朱庭珍,《清诗话续编》本,上海:上海古籍出版社,1983年。

《伊滨集》〔元〕王沂,《文渊阁四库全书》本,台北:台湾商务印书馆,1986年。

《艺文类聚》〔唐〕欧阳询,上海:上海古籍出版社,1982年。

《艺苑卮言》〔明〕王世贞,《明诗话全编》本,南京:凤凰出版社,1997年。

《瀛奎律髓》〔宋〕方回,《文渊阁四库全书》本,台北:台湾商务印书馆,1986年。

《酉阳杂俎》〔唐〕段成式,《唐五代笔记小说大观》本,上海:上海古籍出版社,2000年。

《御选唐宋诗醇》〔清〕爱新觉罗·弘历,《文渊阁四库全书》本,台北:台湾商务印书馆,1986年。

《寓简》〔宋〕沈作喆,《宋诗话全编》本,南京:凤凰出版社,1998年。

《元稹集》〔唐〕元稹,北京:中华书局,1982年。

《元氏长庆集》〔唐〕元稹,《文渊阁四库全书》本,台北:台湾商务印书馆,1986年。

《原诗》〔清〕叶燮,北京:人民文学出版社,1979年。

《郧溪集》〔宋〕郑獬,《文渊阁四库全书》本,台北:台湾商务印书馆,1986年。

《韵语阳秋》〔宋〕葛立方,《历代诗话》本,北京:中华书局,1981年。

Z

《载酒园诗话》〔清〕贺裳,《清诗话续编》本,上海:上海古籍出版社,1983年。

《战国策译注》王延栋,北京:中华书局,2017年。

《昭昧詹言》〔清〕方东树,北京:人民文学出版社,1961年。

《止斋集》〔宋〕陈傅良,《文渊阁四库全书》本,台北:台湾商务印书馆,1986年。

《中国文学批评史》罗根泽,上海:古典文学出版社,1957年。

《中国古典文学接受史》尚学锋,济南:山东教育出版社,2000年。

《中国古代文学作品选》李道英,长春:东北师范大学出版社,1998年。

《中国李白研究》(2009年集),中国李白研究会,合肥:黄山书社,2009年。

《中国李白研究》(2010—2011年集),中国李白研究会,合肥:黄山书社,2011年。

《中国李白研究》(2015年集),中国李白研究会,合肥:黄山书社,2016年。

《〈中国李白研究〉集萃》中国李白研究会秘书处,合肥:黄山书社,2017年。

《中国文学史》袁行霈,北京:高等教育出版社,2005年。

《中国历代文论选》郭绍虞,上海:上海古籍出版社,1979年。

《中国古代政治思想史》刘泽华,天津:南开大学出版社1992年。

《中国文化史》陈登原,商务印书馆,北京:2014年。

《中国学术史》张国刚,上海:东方出版中心,2002年。

《中华文化史》冯天瑜,上海:上海人民出版社,1990年。

《中山诗话》〔宋〕刘攽,《历代诗话》本,北京:中华书局,1981年。

《周易评注》唐邦明,中华书局,2009年。

《朱子语类汇校》〔宋〕黄士毅,上海:上海古籍出版社,2014年。

《竹庄诗话》〔宋〕何汶,《宋诗话全编》本,南京:凤凰出版社,1998年。

《竹溪鬳斋十一藁续集》〔宋〕林希逸,《文渊阁四库全书》本,台北:

台湾商务印书馆，1986年。

《麈史》〔宋〕王得臣，《宋元笔记小说大观》本，上海：上海古籍出版社，2001年。

《庄靖集》〔金〕李俊民，《文渊阁四库全书》本，台北：台湾商务印书馆，1986年。

《庄子集解》〔清〕王先谦集解，上海：上海书店1986年。

《庄子浅注》曹础基，北京：中华书局，1982年。

《庄学研究》崔大华，北京：人民出版社，1992年。

《资治通鉴》〔宋〕司马光，上海：上海古籍出版社，1987年。

后　记

　　李白，是中国古代最著名的诗人之一。他不仅为普通读者所熟知，更是唐代文学乃至整个中国古代文学研究领域关注度极高的人物。自1983年大学毕业留校，我被分配至古代文学教研室承担唐宋文学教学工作，李白诗歌即为课堂教学的重点之一。不过，在参加工作后二十年左右的时间里，虽然不断地讲述李白诗歌甚至也发表过相关论文，但我并未将其视为自己学术研究的重要对象。

　　2005年暑假，我应邀赴新疆师范大学参加"中国李白研究会第十一届年会暨学术研讨会"。通过这次会议，我一方面对李白研究的整体状况及最新成果有了了解，另一方面则是有幸结识了李白研究的前辈专家与众多同道，从而真正打开了研修李白的大门。自此之后，我开始积极参加中国李白研究会的活动，认真地重读李白诗歌、搜集李白的相关资料，逐渐成为尽力接近李白、真诚热爱李白、用心诠释李白的人。

　　2018年，我以"李白人格形象研究"为题，申报"四川省李白文化研究中心"的研究项目，获批为该中心的"重大委托课题"。为了顺利完成这一项目，我查阅、摘抄了大量资料，并且初步列出书稿提纲。但是准备正式写作之时，在整体框架结构、支撑材料选择、切入视角乃至层级从属安排等，都遇到不小的困难；突发且持续三年的"新冠疫情"，更是阻断了我正常的工作与生活，致使此项研究处于基本停滞状态。

　　这三年间，我一直考虑如何完成这一项目。在仔细翻阅此前撰写的十余篇李白研究论文之后（有些已正式发表），终于找到较为适宜的思路：自己的这些论文，大部分与李白的人格形象相关，将其整理组合，可以支撑起《李白人格形象研究》的基本框架。现在呈现出来的文字，就是利用已有的论文（对篇章及行文均进行了若干调整或修改补充），再加上另外补写的几篇文字，分为"上中下"三篇而成。

坦率地讲，书中部分内容略显单薄，或者结构衔接未必皆契；又因若干章节是以单篇论文为基础而成，其中引用的某些文献资料（包括观点）难免重复。不过，本书采用的连缀篇章方式，既不同于学位论文（博士）般的学术要素齐备、编排体例整饬，又不同于普通论文结集的各自成体、相互关联松散，而是将所有内容形成相对完整的体系（围绕李白人格形象），也算是一种结构编排上的尝试吧。

能够以"李白人格形象"为题结撰成书，先期获批的"四川省李白文化研究中心"研究项目提供了重要契机；此书的正式出版，得益于天津财经大学珠江学院"中国语言文学与文化科研创新团队"，该团队将本书列为重点科研成果且资助了出版经费；南开大学出版社的领导，特别是责任编辑杨硕老师，为本书的出版，给予了很大的支持。对此，特致真诚谢意！

总之，这是自己近二十年来研学李白的一份答卷。现不揣浅陋予以呈献，或可为李白研究提供纤介之助。若然，则吾心不胜欣欣焉。

崔际银
2024 年 2 月 28 日